KB132221

마지막 소년

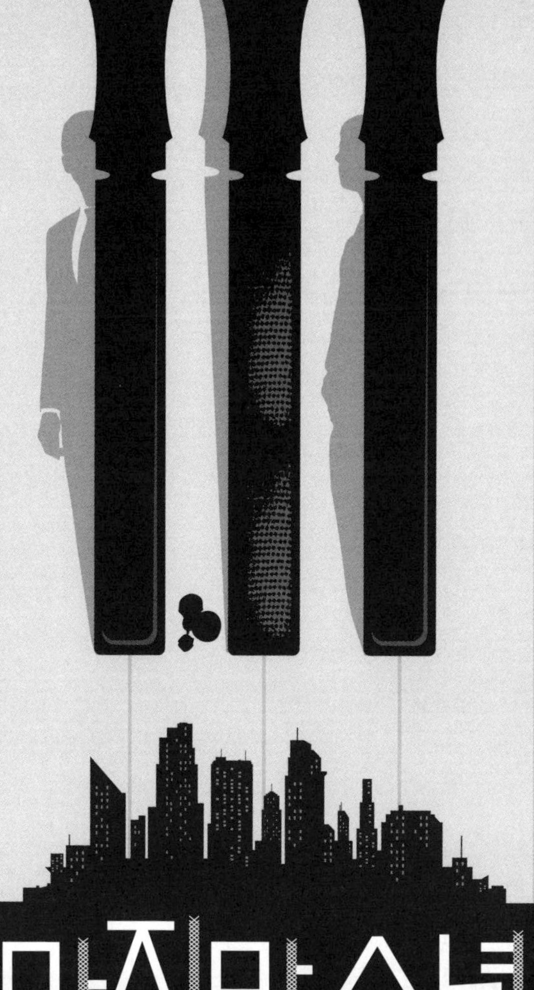

마지막 소년

레이먼드 조 장편소설

차례

일러두기

이 소설은 순수한 픽션으로 특정 단체나 특정 인물과는 관련이 없음을 밝힙니다.

프롤로그

오토바이를 볼 때마다 형이 생각난다. 어디선가 두근거리는 낮은 엔진 소리가 들리고, 커다란 바이크가 시원하게 곧은 선을 그리고 사라지면, 나는 두 바퀴가 지나간 공간을 멍하니 쳐다보곤 한다.

지난겨울, 형과 바이크를 타고 해안 도로를 달렸다. 낮이었지만 사방은 안개에 휩싸여 있었다. 그림자는 흐렸고, 도로는 습기로 진했다. 바람이 많이 불었다. 헬멧 안으로 파고 들어오는 비린내는 점점 내 냄새가 되어갔다. 흔들리는 내 두 눈은 앞서가는 형을 매달리듯 좇았다. 형의 바바리코트가 파드드득 하고 쉴 새 없이 춤을 추었다. 그걸 계속 보고 있자니 엔진 소리도 바람 소리도 들리지 않았다. 흐린 꿈속 같았다.

축축한 도로에 납작하게 붙은 고양이 사체를 형이 그대로 밟고 지나갔다. 나는 바이크에 몸을 바짝 붙이고 죽은 고양이를 가까스로 피했다. 항구와 가까워질수록 도로에는 물웅덩이가 많았다. 웅덩이 주위엔 더럽고 기분 나쁜 것들이 깔려 있었다.

목적지에 도착하자 형의 코트는 망토처럼 부드럽게 가라앉았다. 코트 밖으로 검은 바지가 빠져나왔다. 형은 청바지를 입지 않는다.

"바람아, 죠스 꺼내놔."

내 이름은 바람도 아니고 내가 쓰는 녹슬고 뭉툭한 철공용 줄은 죠스도 아니지만 형은 그렇게 불렀다. 나는 점퍼의 지퍼를 내리고 왼쪽 옆구리에 끈으로 고정시킨 가죽집에서 철공용 줄을 꺼냈다. 원래는 쇠를 가는 공구로 흔히 '야스리'라고도 불린다. 멀리서 보면 네모난 칼처럼 보인다. 붕대로 감은 죠스 손잡이엔 손때가 묻어 있었다. 나는 손잡이를 하늘로 향하게 한 다음 보이지 않게 소매 안으로 집어넣었다. 이렇게 하면 일 초 안에 휘두를 수 있다.

우리는 말없이 안개를 헤치며 걸었다. 어느새 크고 오래된 호텔이 나타났다.

호텔 로비에는 크리스마스트리가 꾸며져 있었다. 아쉽게도 트리 전구에는 불이 들어오지 않았다. 서울에선 낮에도 반짝이는데. 그래도 트리를 볼 때마다 늘 기분이 좋아진다. 우리는 엘리베이터를 타고 올라갔다.

"팔공삼, 팔공삼……."

작게 중얼거리며 나는 803호 앞에 섰다.

"메시지가 왔습니다, 고객님."

803호의 문을 두드리며 내가 말했다. 옆에 있던 형은 고개를 돌리더니 '그렇게 해서 문이 열리겠어?' 하는 표정을 지었다. 순간 부끄러웠는데 다행히 문이 열렸다.

형이 힘껏 문을 박찼다. 803호 문 뒤로 떠밀리는 남자가 어어 하고, 문 앞에서 열쇠를 찾다가 아내에게 줄 생일 케이크를 떨어뜨린 것마냥 맹한 얼굴을 하더니 형을 보고 백지장이 됐다. 사람들은 형이 무슨 일로 왔는지 금세 알아차린다. 나는 재빨리 안으로 들어가 남자의 일행이 있는지 살폈다. 욕실 문도 열고, 옷장도 열고, 여는 김에 화장대 서랍까지 활짝 열었다. 작은 요정도 숨어 있지 않았다. 커다란 창문 뒤로 바다가 출렁거렸다.

"조니 워커네요. 한잔하시겠습니까?"

방 안으로 들어온 형이 말했다. 양주가 놓인 유리 테이블을 가운데 두고 형과 남자가 마주 앉았다. 중년의 남자는 아무 말도 하지 못했다. 나는 엎어져 있던 글라스 두 개를 뒤집어 양주를 따랐다. 양쪽에 술을 따르고 나서 보니 촌스럽게 좀 많이 따른 것 같았다. 어쨌든 저 남자는 다 마시게 되리라. 형은 태연하게 다리를 꼬고 앉아 테이블 위에 놓인 신문을 무심하게 들었다 놓았다.

"요즘 뉴스를 보면 실업난이라고 하더군요."

글라스를 흔들며 형이 말했다.

"그런데 여러 대표님들을 만나보면 다들 정반대로 얘기하세요. 쓸 만한 사람이 없다고. 맞아요, 사업이 정말 그렇더군요. 저도 밑에 동생들이 많지만 믿는 건 이 아이밖에 없죠."

겁에 질린 중년 남자는 미동이 없었다. 형은 내 허벅지를 두 번 두드렸다.

"이 아이 좀 보세요. 일만 잘하는 게 아니라 얼굴도 깨끗하게 생겼죠. 몸에 쓸데없는 세포가 하나도 없어요. 근육이 기계처럼 효율적이고 돌고래처럼 매끈하죠. 벗어봐."

뭐지? 잠시 나는 머뭇거렸다. 형이 태연하게 나를 올려다봤다. 어쩔 수 없이 위에서부터 옷을 벗었다. 점퍼와 니트, 누구한테도 보여주기 싫은 내복과 하얀 난닝구까지 다 벗었다. 젖꼭지에 냉기가 느껴졌다. 바다가 보이는 창문이 웃통을 벗은 나를 놀리듯이 비췄다. 나는 살색 물건이 된 기분이 들었다.

다 벗어야 하나? 나는 바지 후크를 풀고 지퍼를 내렸다. '그만 됐어.' 형이 손짓했다.

"제가 진화라는 말을 이해 못 했다가 이 아이를 보고 아하 이게 진화라는 거구나, 책상을 탁 쳤죠." 형은 테이블을 탁 쳤다. "어때요. 아이돌 같지 않나요?"

쥐구멍에라도 숨고 싶은 심정이었다. 마치 100미터를 10초대로 뛰는 육상 선수한테 '오, 너도 제법 빠른걸' 하는 소리를 들은 기분이었다. 형은 굉장한 미남이었다. 서류 직업란에 '미남'이라고 적어도 아무도 웃지 않을 만큼. 내가 생전에 현실에서 만난 사람 가운데 가장 잘생긴 인물이었다. 저토록 처절하게 아름다운 남자는 하루를 어떤 기분으로 살까. 가끔 긴장을 풀고 형의 얼굴을 가만히 들여다보면 정신이 까마득해지면서 숨까지 막혀온다.

"회계를 하셔서 법을 잘 아시겠지만 대한민국 법에 구멍이 많아요. 이런 아이는 무슨 짓을 해도 큰 벌을 받지 않죠. 얘가 윤하랑 동갑이거든요."

형은 다시 내 허벅지를 쳤다.

"윤하 귀엽지 않니?"

또 뭐지? 형이 이럴 때마다 참 난감했다. 아무리 머리를 쥐어짜내도 윤하라는 아이는 기억에 없는데.

"윤하 꿈이 외교관인 걸 알고 계시나요? 왜 현우만 미국으로 보내셨나요. 윤하가 둘째고 딸이어서 그런 겁니까? 자식을 외국으로 한 명밖에 보낼 수 없다면 난 반대로 했을 텐데."

학부모를 책망하는 열정적인 진학 상담 교사 같은 말투였다. 남자의 얼굴에서 절망이 그대로 보였다. 나는 뒤늦게야 '아, 윤하는 저 아저씨 딸이구나' 하고 눈치챘다. 물론 우리는 여자를 납치하지도 않고 당연히 때리지도 않는다. "하지만 그렇게 할 수도 있다는 분위기는 필요하지"라고 형이 말한 적은 있지만. 어쨌든 형은 말이 통하는 상대와는 대화로 문제를 푸는 게 최선의 방법이라고 늘 말해왔다.

형이 나가 있으라고 손짓했다. 형은 '상담'을 할 때 꼭 나를 내보냈다. 언젠가 그 이유를 묻자 형은, 다른 사람이 보여주기 싫어하는 건 안 보는 게 예의라고 가르쳐주었다. 옷을 주섬주섬 챙겨 입고 나는 밖으로 나왔다. 보통 상담 때는 얼마 안 있어 문밖으로 통곡 소리가 들리곤 하는데 이번에는 조용한 편이다. 저 아저씨는 의외로 대담한 인물 같았다.

좁은 호텔 복도를 바라보며 나는 만일의 상황을 대비했다. 문이 많아서 어디에서 누가 나타날지 몰랐다. 게다가 막힌 복도는 위험하다. 두 명까지는 내 선에서 해결할 수 있지만 셋이면? 넷은? 그렇게 가상의 적이 칼을 들고 달려들면 어떻게 해결해야 할까 상상하고 있을 때 문이 열렸다. 형이 서류 봉투를 들고 나왔다. 때로는 큰일이 쉽게 풀리기도 한다.

호텔을 나온 우리는 바이크를 타고 바다로 갔다. 형은 빨간색 등대 아래 바이크를 세우고 안개 낀 바다를 말없이 바라봤다. 테트라포드 안에서 물이 뒤엉키며 찰싹찰싹거렸다. 멀리 떨어진 하얀 등대가 이쪽을 쳐다보는 것 같기도 하고 등진 것 같기도 했다. 파란 바다가 아니어서 아쉬웠다.

형은 코트 깃을 세우자, 또 멋있어졌다. 바람이 파도로 그림을 그리듯 형의 머릿결을 근사하게 흔들었다. 휘파람 같은 우울한 바닷소리에 귀를 기울이던 나는 내가 어떤 식으로 죽게 될지 상상했다. 아마도 거리에서 칼에 맞게 되겠지. 짧은 칼이었으면. 신체가 절단되는 건 죽기보다 싫었다.

"바람아, 넌 왜 술 안 마셔?"

치익, 맥주 캔을 따는 소리가 들렸다.

"미성년자잖아요."

"오늘은 마셔."

형은 바이크 가방에서 캔을 꺼내 내게 던졌다. 나도 치익, 했다.

"앞으로 사람 쫓아다니는 일 없을 거다."

그러면서 형은 우리가 이제 관리를 하게 됐다고 말했다. 그때까지 생활정보지의 '○○ 관리자 구함' 정도 말고는 딱히 관리라는 말을 들어본 적이 없어서 승진 비슷한 건가 보다 생각했다. 아주 틀리진 않은 모양이었다. 형은 앞으로는 내가 양복을 입고 일해야 한다고 말했다. 나는 검은 양복을 입고 관 속에 누워 있는 내 모습을 상상했다.

"야, 바람!"

"네, 형님!"

정신을 차리고 대답하자 형이 웃었다.

"네가 날 형님이라 부를 때마다 말이야, 좀 웃겨. 별것도 아닌 걸 너무 열심히 하는 초등학생 같다고."

형은 시원하게 맥주를 목으로 넘겼다.

"형이라고 불러봐."

형은 씨익 하고 묘하게 웃더니 캔을 작게 구겨서 바다에 던졌다. 해도 안개에 숨었는데 캔은 참 반짝이고 눈이 시렸다.

"눈이 올 거 같아요……."

언뜻 진눈개비가 흩날린 것 같았다. 어쩌면 바람을 타고 온 물방울일지도 몰랐다. 나는 안개 속에서 눈물을 참았다.

1부

소년의 탄생

엄마는 메그 라이언이 나오는 영화를 좋아했다.

"저게 진짜 영화지, 안 그래?"

취향은 가까운 사람을 따라가는지 나도 조금씩 노란 파마 머리를 한 옛날 배우의 팬이 됐다. 케이블 TV에서 〈해리가 샐리를 만났을 때〉를 처음 보고 나서, "엄마, 이거 재밌다"라고 해서 엄마를 들뜨게 하고 싶었는데, 엄마는 영화 평론가라도 되는 양 고개를 흔들더니 〈프렌치 키스〉가 '따봉'이라고 말했다.

"따봉?"

"생퀴, 그것도 몰라?"

몇 년 뒤 케이블 TV에서 〈프렌치 키스〉를 봤다. 아무리 엄마가 그래도 〈해리가 샐리를 만났을 때〉가 더 '대박'이었다.

어렸을 때 TV에서 〈프렌치 키스〉 더빙판을 보고 메그 라이언에 꽂힌 엄마는 어른이 되어서도 팬심을 놓지 않았다. 일편단심이라기보다는 자막 읽기를 싫어해서 다른 할리우드 스타로 갈아탈 기회가 적었던 것 같다. 사춘기의 괴로움을 친구들과 술로 풀어서 그런가, 엄마의 문화 취향은 그나마 맨 정신이었던 초등학생 때에 멈춰 있는 것 같았다. 문화생활에 돈을 쓰지 않으니 세상 유행에 늘 한 박자씩 뒤처졌다.

엄마는 메그 라이언만큼 술을 좋아했다. 아마도 요즘 사람들이 얘기하는 알코올중독이었을 거다. 그래도 속이 쓰리다고 하거나 구토를 한 적이 없다. 엄마는 날 낳은 열아홉 살 이후로는 병원 문턱에도 가지 않았다.

"누나세요?"

나를 데리고 다니다가 누군가 그런 말을 하면 엄마는 새침하게 웃었다. 내 입학식마다 엄마는 술이 덜 깬 채 학교에 왔지만 난 하나도 창피하지 않았다.

엄마는 늘 머리를 다양한 색깔로 염색했다. 돌이켜보면 엄마의 검은 머리를 본 적이 몇 번 없다. 엄마는 자기 외모에 자신만만했는데, 특히 다리를 트로피처럼 자랑스럽게 여겼다. "생귀, 명심해. 여자의 생명은 다리야." 그러면서 엄마는 나중에 어른이 되면 꼭 다리가 예쁜 여자를,

"따먹어."

라고 밥상머리 교육을 했다.

"엄마, 사람 먹으면 지옥 가."

"생퀴가 일곱 살이나 먹었으면서 어디서 순진한 척은."

한번은 엄마가 학부모 상담을 하러 학교에 왔다. 머리는 초록색으로 염색을 하고 검은 핫팬츠에 가죽 재킷을 입고 교실로 들어왔다. 학창 시절에 좀 놀아봤다는 엄마는 학교를 자신의 홈그라운드쯤으로 생각하고 있었다. 그날 엄마와 담임선생님 사이의 긴장감이 팽팽했는데, 교사 대 학부모가 아니라 교사 대 불량 학생의 느낌이 났다.

"생퀴, 학교에서 억울한 일 당하면 누나누나한테 말해. 누나누나가 가서 확 엎어버릴 테니까." 말은 그러면서도 엄마는 아들의 학교생활에 대해 별 관심을 가지지 않았다. 집에 책이라고는 낡은 국어사전뿐이었다. 또래들이 『신데렐라』나 『마당을 나온 암탉』을 읽을 때 나는 하나도 재미없는 국어사전만 훑어보곤 했다.

사실 엄마가 메그 라이언과 술보다 더 좋아했던 건, 연애였다. 알코올중독자보다는 연애 중독자에 가까웠다. 우리 집에는 꽤 많은 남자들이 오갔다. 그중 작고 귀여운 아저씨가 유난히 기억이 난다.

내가 일곱 살 때였다. '작은아찌'는 장미색 다마스를 타고 생활정보지를 배포하는 일을 했다. 어린이 만화 속 캐릭터처럼 작은아찌는 옷이 맨날 똑같았다. 군화, 힙합 바지, 카키색 야상, 챙이 짧은 모자, 여기에 매직으로 그린 것 같은 뿔테 안경이면 고유의 패션이 완성되었다. 눈은 작고 째졌는데, 늘 재미난 걸 찾아다니는 눈이었다.

작은아찌는 우연히 엄마와 술자리에 합석한 뒤로, 매일 오전 타임의 마지막 코스라며 우리 집 앞으로 왔다. 하지만 정작 엄마는 작은아찌를 연애 상대로 생각하지 않았다. 작은아찌가 시멘트 담장 밖에서 기웃거리며 "지혜 씨, 지혜 씨" 하고 나긋나긋 부르면 엄마는 "저 병진은 왜 아침부터 지랄이야" 하고 이불을 푹 뒤집어쓰며, "생퀴, 병진한테 죽여버리기 전에 꺼지라고 해"라며 점심시간이 지났는데도 계속 잠만 잤다. 어쩔 수 없이 나 혼자 마당에 나가면, 작은아찌는 실망하지 않고 또 새로운 재미난 걸 찾아낸 듯 입을 벌렸다.

엄마가 집에 없을 때도 작은아찌는 그냥 가지 않고 나와 함께 있어줬다. 처음에는 엄마의 환심을 사기 위해 나랑 놀아주는 줄 알았는데, 아마 원래 목적도 그랬을 테지만, 워낙 천성이 어린애 같고 순수한 사람이었다. 애랑 놀아주는 게 아니라 자기가 재밌으니까 같이 놀았다.

작은아찌는 군대와 관련된 모든 걸 좋아했다. 명령, 작전, 훈련, 전우애 같은 단어를 자주 입에 올렸다. 참호에 수류탄이 떨어지자 용감한 분대장이 몸을 던져서 부하들을 구했다는 식의 이야기를 들을 때마다 코끝이 찡했다. 그 밖에도 작은아찌는 모포를 개는 법, 지도 보는 법, 위장술 등을 가르쳐주었다. 한번은 M16 소총을 가져온 적이 있다. 비록 방아쇠를 당기면 총알 대신 BB탄이 나가는 가짜 총이었지만 애들 장난감하고는 차원이 달랐다. 작은아찌는 총을 실제처럼 보이기 위해 소총 몸통에 일부러 흠집을 내고 개머리판에 흙을 묻혔다. M16 소총을 보자마자 나는 흥분해서 쏴보게 해달라고 졸라댔다. 하지만 작은아찌는 단호하게 사격보다 총검술이 먼저라고 말했다.

"내가 실제 총하고 무게를 똑같이 맞춰서 너한텐 좀 무거울 거야. 하지만 이라크에선 아이들도 진짜 총을 들고 다닌대. 그러니 너도 할 수 있어. 그전에 기초가 먼저야. 총검술 열아홉 동작을 다 익히면 사격을 가르쳐줄게. 열심히 배울 수 있지? 전쟁 나면 네가 엄마를 보호해야 돼."

나는 비장한 마음으로 M16 소총을 받아 들었다. 무거워서인지 현실감이 있었다.

매일 나는 작은아찌의 힘찬 구령에 맞춰 마당에서 총검술을 연습했다. 엄마를 보호해야 한다! 그것은 지구를 구하는 것만큼 멋지고, 흥분되고, 가슴 뭉클한 사명이었다. 하지만 며칠 뒤에 엄마가 문을 열어젖히더니 "아놔, 아침부터 웬 병진들의 행진이야"라면서 계속 시끄럽게 굴면 "아가리 찢는다"고 엄포를 놨다. 그날부로 우리는 마당에서 쫓겨났다.

철거촌이던 동네에는 다행히 공터가 많았다. 가난하고 어수선한 동네의 허물어진 담벼락을 보면 폭격당한 도시 같기도 하고, 시가전의 한가운데 있는 느낌도 났다. 본격적인 훈련을 하기에는 안성맞춤이었다. 총검술 외에도 작은아찌는 태권도와 PT체조를 시키고, 낮은 포복이나 클레이모어 설치하는 법 등을 가르쳐주었다. 훈련의 시작과 마지막은 구보였다. 작은아찌의 구령에 맞춰 공터를 달리면 기분이 좋아졌다. 땀을 흘릴수록 뭔가 더 발전되고, 무엇보다 올바르게 사는 느낌이 들었다.

훈련이 끝나면 우리는 전우처럼 무너진 담벼락에 나란히 걸터앉아 허심탄회하게 이야기를 나눴다.

"첨 지혜 씨 봤을 때, 처녀인 줄 알았어. 몰래 집에 따라와 보니까 왜 여자 혼자 조카를 데리고 사나 했지. 아니, 네가 있어서 실망했다는 얘기가 아니라……."

"알아요."

"응, 내 맘 알지? 누가 지혜 씨를 애 엄마로 보겠어."

내심 뿌듯했다. 우리 집은 엄마가 젊다는 거 말고는 내세울 게 없었다.

"하여튼 그날 실내 포장마차에서 지혜 씨 처음 보고 '어, 샤론 스톤이 반바지를 입고 혼자 소맥을 마시네?' 그랬지. 그때 지혜 씨가 노랗게 염색한 때였거든. 아, 너는 샤론 스톤 모르지? 〈원초적 본능〉이라는 영화에 나오는데 엄청 무서운 여자야. 중학생 되면 꼭 봐."

"엄마는 메그 라이언 좋아해요."

중요한 사실을 너무 늦게 알려줘서 미안했다. 작은아찌가 엄마한테 샤론 스톤이 아니라 메그 라이언을 닮았다고 말했으면, 조금이라도 다정하게 대해줬을지도 몰랐다. 엄마는 마음에 두지 않는 남자한테는 정말 악마처럼 굴었다. 사람을 저렇게 함부로 대해도 되나 싶을 정도로 상대를 욕하고, 무시하고, 종종 이용해먹었다. 그걸 보면서 사랑은 말도 안 되게 불평등하다는 걸 어렴풋이 직감했다.

훈련 마지막 날, 작은아찌는 나를 텅 빈 학교 운동장으로 데리고 갔다. 우리는 아이스크림을 먹으며 그네를 탔다.

"아들이 생기면 이렇게 같이 해보고 싶었어."

그네 위의 작은아찌는 초등학교 고학년생 같았다. 작은아찌는 내게 십만 원을 줬다.

“문방구에서 불량 식품 사 먹을 때 써. 먹어도 안 죽어. 몰랐지?”

그러더니 작은아찌는 그네를 완전히 멈춰 세웠다.

“어라, 생각해보니까 불량 식품, 전투식량하고 은근히 맛이 비슷하단 말이야. 딱딱하고 달달한 게……. 나도 가끔 사 먹어야겠다.”

재미난 목표가 생겨서인지 의욕에 차 보였다. 하지만 나를 보더니 금세 담담해져서 누가바의 하얀 부분이 없어질 때까지 아이스크림을 계속 핥기만 했다.

“아참, 이게 뭔지 알아?”

작은아찌가 야상 주머니를 뒤적거리더니 새끼손가락만 한 뾰족한 쇠를 꺼냈다.

“총알 아니에요?”

“역시 훈련시킨 보람이 있네. 맞아, 총알이야. 내 M16 소총은 BB탄 총이지만 이 총알만큼은 진짜야. 화약이 들어 있는 실탄이라고. 어때, 만져보고 싶니? 대신 조심하겠다고, 자, 약속.”

새끼손가락을 걸고 나서 작은아찌가 내 작은 손바닥 위에 총알을 올려놓았다. 그러자 어른들의 세계에 당당하게 입성한 기분이 들었다.

“이 총알 하나 없어져서 그때 부대가 발칵 뒤집혔어. 전우들한텐 지금도 미안하지만, 너무 가지고 싶은 걸 어떡해. 어떤 물건이든 간절히 원하는 사람한테 가야 순리잖아. 그러지 않을까?”

동의를 구하는 말투였다. 나는 멀뚱멀뚱 눈만 깜박였다.

“지금도 후회되는 일이 내가 아침에 일찍 일어나는 게 싫어서 군대에서 말뚝을 안 박았거든. 근데 지금 봐, 먹고살려고 맨날 새벽 5시에 일어나서 정보지 돌리잖아. 웃기지? 참, 그걸 못 참아서. 군대는 지금 우리 회사처럼 시대에 뒤처졌다고 망할 일도 없는데. 그러니까 인생은…….”

잠시 정적이 흘렀다. 작은아찌는 자신이 무슨 말을 하고 있는지 모르겠다는 듯이 고개를 흔들었다.

“넌 훌륭한 군인이 될 거야.”

“진짜요?”

“응, 넌 뭘 시켜도 군소리를 안 하니까. 딱 군 체질이야.”

그날 M16 소총과 십만 원을 들고 집으로 들어오자, 엄마는 고향으로 돌아간 작은아찌의 안부도 묻지 않고 돈을 빼앗았다. 그러고는 속 편하게 작은아찌도 내 십만 원도 다 잊어버렸다.

제대로 된 남자는 작은아찌가 처음이자 마지막이었다. 나머지는 전부 최악이었다. 그래서 초등학교 6학년 때부터 나는 엄마의 남자 친구들을 때렸다.

엄마는 정말 맞을 짓 하는 놈들만 사귀었다. 엄마를 뭐라고 설명해야 할까. 쓰레기 같은 인성에 매력을 느끼는 여자였다. 그중엔 덩치가 산만 하고 어깨에 문신을 한 아저씨도 있었다. 그는 엄마를 때리는 것도 모자라 내가 매일 분해하고 광 내는 M16 소총을 중고나라에 팔려고 한 놈이었다. 그늘진 좁은 골목에서 결투를 벌였을 때 그 아저씨가 싸움을 너무 못해서 깜짝 놀랐다. 주먹으로 오십 대쯤 때리고 나서 보니 그 아저씨는 덩치가 좋은 게 아니라 그냥 살이 찐 거였다.

나한테 얻어맞은 남자들은 창피해서인지 엄마를 멀리했다. 그렇게 남자 친구가 사라질 때마다 엄마는 내 머리에 꿀밤을 때렸다.

"생퀴, 너 그러다 진짜 깡패 되겠다. 하아, 골 때리네…….
그 새끼는 좁밥이었는데."

그날 비로소 한 번도 듣지 못했던 내 친부의 정체를 알게 되었다.

아버지는 좁밥이었다.

내가 열일곱 살 때는 엄마의 가출이 잦았다. 외박이야 일상이었지만 보름 넘게 집을 비우거나 아들을 버린 적은 없었다.

그날은 중간고사여서 학교가 일찍 끝났다. 담벼락 낙서로 어수선한 철거촌의 좁은 언덕을 올라 집에 와보니 방은 아침에 청소한 그대로였다. 딱히 정리할 게 없어서 교복 와이셔츠를 다렸다. 엄마 옷도 다려줄까 했지만 엄마 청바지를 다리다가 혼난 적이 있어서 마음을 접었다. "똘아이 생퀴야, 멀쩡한 옷을 왜 다리고 지랄이야. 커서 호스트 될 거야? 남자답게 밖에 나가서 삥을 뜯어 오든가."

나는 와이셔츠를 옷걸이에 걸고, 감자 다섯 개와 달걀 두 개를 삶아 소금 없이 먹었다. 비타민이 부족하다는 느낌이 들어서 냉장고에 남아 있던 풋고추를 질겅질겅 씹었다.

그러고선 방에 누워서 막연하게 '프랑스 외인부대에 지원하면 어떨까?' 생각했다. 외인부대란 말은 언제 떠올려도 근사했다. 게다가 돈도 많이 벌 수 있다고 들었다. 군인이면 돈을 쓸 일도 없을 테니 봉급을 전부 엄마한테 송금할 수 있다. 상상만으로도 효자가 된 것 같아 뿌듯했다. 한국에서 통장을 펼쳐보면 엄마가 "굼벵이도 구르는 재주가 있다더니, 생퀴" 하고 기뻐하겠지. 입가에 싱글벙글 웃음이 넘쳤다. 그러다 문득 '프랑스어를 해야 하나?' 궁금해졌다. 다시 생각해보니 상황이 좀 말이 안 됐다. 사실 공부를 못해서 용병이 되려는 건데 프랑스어는 언제 배우나? 또 프랑스는 어떻게 가나? 또 가도 미성년자를 받아주긴 하나……. 그러고 있는데 땅콩이 들어왔다.

"여기 한지혜 집 맞지?"

나는 누운 채 고개를 끄덕였다. 땅콩은 검은 양복에 검은 와이셔츠 차림이었다. 불법 다단계에 빠져 잠실 거리를 우르르 몰려다니는 형들처럼 양복 차림이 어설펐다. 몇 살일까. 나는 그가 군 전역자인지 아닌지 궁금했다.

"넌 뭐야, 기둥서방이야?"

"아들입니다."

땅콩은 방 안을 한번 둘러보더니 창가 옷걸이에 걸린 교복을 발견하고 발을 굴렀다.

"이런, 미친년. 돈 갚을 생각은 안 하고 애새끼를 싸지르고 지랄이야."

엄마가 나를 낳은 건 아주 오래전이니 땅콩이 뭔가 착각을 했을 것이다.

"그나저나 싸가지 없는 새끼야. 어른이 왔으면 냉큼 일어나야지."

"아무리 가난한 집이라도……."

"뭐?"

"신발은 벗고 들어오셔야죠."

자기 구두코를 내려다보던 땅콩은 고등학생과 말싸움을 하는 스스로가 한심한지 한숨을 푹 내쉬었다.

"네 에미한테 전해라. 삼 일 준다. 삼 일 안에 안 나타나면 네놈 콩팥이랑 눈깔 하나씩 파 갈 테니까 그리 알아."

"그건 곤란하죠."

방에서 일어서며 내가 말했다.

"제가 어머니의 재산을 상속하지 않는 한, 자식이 부모의 빚을 갚을 의무는 없습니다. 어머니가 얼마나 연체했는지 모르지만 이자는 원금의 27.9퍼센트를 넘을 수 없어요. 장기 매매는 당연히 불법이고요. 그리고 어머니가 파산 신고를 하면 돈을 안 갚아도 되죠. 어차피 별 재산도 없는 우리 입장에서 차라리 그편이 나을지 모르고요."

"돈을 빌렸으면 몸을 팔아서라도 갚아야지. 어떤 새끼가 그런 헛소리를 해?"

"김상중 씨요."

"그 새끼는 누구야?"

나는 〈그것이 알고 싶다〉의 진행자라고 대답했다. 그러자 땅콩은 팔을 부르르 떨더니 내 머리채를 잡고 마당으로 끌고 갔다. 지금도 이해하기 힘든 점인데, 땅콩이 왜 그렇게 내 빰을 많이 후려쳤을까? 그렇지만 빚을 안 갚은 엄마한테도 잘못은 있으니 자식이 적당히 맞아주는 것도 예의 같았다. 그런데 계속 뺨을 맞고 있으니 도가 지나치다는 생각이 들었다. 나는 따귀를 날리는 땅콩의 팔목을 잡고 목에 가볍게 손날을 날렸다. 꾸억, 땅콩이 개구리 소리를 냈다.

목을 감싸 쥐고 지그재그로 방황하던 땅콩은 대야를 밟고 넘어졌다.

"들어가볼게요. 화요일은 식기 소독하는 날이에요."

기침을 하던 땅콩이 황망한 얼굴을 들었다. 나한테 맞은 엄마의 남자들도 처음엔 다 저런 표정이다. 이게 뭐지? 바지에 똥을 싼 얼굴. 열에 아홉은 자기가 때리다가 실수로 자기 손에 맞은 줄 안다. "개새끼야!" 목이 쉰 여자아이 같은 목소리를 내며 달려드는 땅콩에게 꿀밤을 때려줬다. 땅콩은 머리를 붙들고 데굴데굴 굴렀다.

"어린놈의 새끼가 망치로 사람을 쳐!"

눈앞이 오락가락한지 헛소리를 해댔다. 정신 차리게 몇 대 더 때려주려고 다가가니 땅콩은 슬슬 뒷걸음질 쳤다.

"감히 내가 누구인지 알고. 너 여기 꼼짝 말고 기다려."

안 그래도 그럴 참이었다. 가난하고 친구 없는 아이는 딱히 어디 갈 데도 없다.

나는 수돗가에서 입안에 가득한 핏물을 뱉어냈다. 수돗물로 입안을 깨끗이 헹구고 세수를 하는데, 땅콩이 도망가면서 주머니를 뒤적이던 모습이 떠올랐다. 수도꼭지를 잠그고 마당을 둘러봤다. 잡초가 자라는 고무 화분 앞에 접이식 칼이 떨어져 있었다. 그걸 펼쳤다. 딱, 소리와 함께 칼날이 우뚝 솟았다. 이놈 주인에겐 과분할 정도로 바르고 날카로웠다.

방에서 뺨에 얼음찜질을 하며 생각했다. 그가 다시 찾아올까? 나한테 맞은 어른들은 대개 애한테 맞은 게 부끄러워서 구타당한 사실을 쉬쉬했다. 나도 그들도 서로가 조용히 넘어갔다. 나는 내가 땅콩의 입장이라면 어떻게 행동할까 진지하게 상상했다.

'만약 내가 초등학생한테 맞았다면?'

역시 나라도 그냥 모른 척 넘어갈 것 같았다.

홀가분한 마음으로 냄비에 물을 담고 가스레인지의 불을 켰다. 시간이 지나자 냄비 안에 있던 숟가락과 젓가락 들이 덜덜 떨었다. 뜨거운 수면 위로 하얀 음식 찌꺼기가 떠올랐다. 깨끗이 설거지를 한다고 하는데 참 볼 때마다 신기한 광경이었다.

밖에서 요란한 바이크 소리가 들렸다. 문을 열었다. 땅콩이 비계와 아놀드를 데리고 마당으로 들어와 있었다. 알고 보니 땅콩은 부끄러움을 모르는 어른이었다. 어쨌든 사태가 심각했다. 껄렁껄렁한 땅콩과 달리, 트레이닝복 XL 사이즈가 꽉 끼는 비계와 덩치가 산만 한 아놀드는 어떤 편견 없는 시각으로 봐도 현역 깡패였다.

"가스 불 좀 끄고 나오겠습니다."

처음으로 죽을지도 모른다는 생각이 들었다. 나는 가스레인지를 끄고 방으로 들어갔다. 순간 국어 선생님이 들려준 소설이 생각났다. 예기치 못한 사고를 당한 주인공이 마지막 순간에 내 누렇고 구멍 난 팬티를 누군가 보겠구나, 창피해하며 눈을 감는다는 내용이었다. 내게는 어떤 위대한 문학 작품보다 인상적인 소설이었다. 나는 장롱 서랍을 열었다. 명절 때 입으려고 아껴두었던 BYC 속옷 세트의 비닐 포장을 뜯고, 경건한 마음으로 팬티를 갈아입었다.

나는 그들과 함께 구불구불한 골목을 걸었다. 옥상 빨랫줄에 걸려 옴짝달싹 못 하는 축 늘어진 옷들을 보니 딱 내 신세였다. 어깨가 쫙 펴진 아놀드와 비계의 뒷모습에서 고등학생쯤은 언제든 잡을 수 있다는 자신감이 엿보였다. 많이 무서웠다.

공터에서는 커플인 듯한 젊은 남녀가 캐치볼을 하는 중이었다. NC 다이노스 야구단 모자를 쓴 남자가 공을 살살 던져주었다. 여자도 곧잘 받았지만, 무척 하기 싫어하는 표정이었다. 그러다 우리를 발견한 여자가 야구 글러브를 벗고 남자한테 빠르게 다가갔다. 여자가 남자의 팔을 잡아당겼다. 남자가 어어, 하며 여자에 이끌려 사라졌다. 확실히 여자들이 어떤 기운을 잘 느낀다. 앞으로 점을 볼 일이 있다면 여자한테 봐야겠다고 생각했다. 물론 여기서 살아남으면.

비계가 팔자걸음으로 공터 가운데로 들어갔다. 백 킬로그램이 훌쩍 넘는 비계가 걸을 때마다 운동화 자국이 선명하게 찍혔다. 목을 두드린 비계가 내게 덤비라고 손가락을 까닥했다. 생각할 틈도 주지 않고 그에게 달려들었다. 빠른 반응에 비계가 움찔했다. 발로 그의 무릎을 차고 거리를 벌렸다. "아이, 씨……." 그의 입에서 욕이 다 나오기도 전에 다시 달려들어 정강이를 걷어찼다. 비계의 얼굴이 새빨개졌다. 나는 원을 그리며 비계와의 거리를 유지했다. 맷집으로는 승산이 없었다. 비계가 기합을 넣듯 솥뚜껑만 한 손으로 박수를 쳤다. 비계가 성큼성큼 걸어왔다. 잡히면 끝이다. 나는 푹신한 비계의 배를 재빠르게 밟고 올라 무릎으로 그의 이마를 깼다.

비계가 피를 쏟으며 무너졌다. 그 충격에 나도 중심을 잃고 갈팡질팡 발을 헛딛다가 벽에 부딪쳐 엉덩방아를 찧었다. 위를 올려다봤다. 벽이 아니라 아놀드였다. 키가 전봇대였다.

그때 아놀드는 나를 묵사발로 만들 수 있었다. 하지만 그는 넘어져 있는 내 약점을 이용하지 않고 담담한 표정으로 나를 일으켜주었다. 전체적으로 비계와 대조되는 남자였다. 둘 다 똑같은 스포츠머리였지만 비계가 험악한 조폭 분위기였다면, 그는 방랑하는 무도인 같은 인상을 풍겼다. 아놀드가 나와 대결을 하기 위해 양복을 벗고, 와이셔츠 소매를 걷어 올렸다. 이제 진짜 죽겠다 싶었다.

빠앙—.

클랙슨 소리가 울렸다. 나는 소리를 따라 고개를 돌렸다. 커다란 바이크를 탄 남자가 격투 시합을 중단시키는 황제처럼 느긋하게 손을 들어 올리고 있었다. 손이 숙녀처럼 고왔다.

그가 이들의 보스라는 건 누구라도 알 수 있었다. 보스가 오라고 손짓했다. 나는 겁을 집어먹은 채 그에게 걸어갔다. 보스가 헬멧을 벗고 머리를 살짝 흔들었다. 이목구비가 뚜렷한 그의 얼굴이 햇살 속에 드러났다. 갑자기 숨이 막혔다. 뭔가 비현실적인 느낌이랄까. 보면 볼수록 사람이 아니라 TV를 보는 착각이 들었다.

"땅콩, 쪽팔릴 거 없어. 그냥 이놈이 괴물이야."

젊은 보스는 기울어진 핸들 끝에 헬멧을 걸었다.

"얼굴 좀 자세히 보자."

보스가 손짓했다. 나는 칼에 안 찔릴 만큼 그와 적당히 거리를 뒀다.

"몇 살이지?"

"고1요."

"학생이 싸움 잘하네. 동작이 하도 빨라서 발이 보이질 않더라. 그래도 어른을 때리면 안 되지."

"저분이 엄마를 욕했어요."

나는 땅콩을 가리키며 말했다.

"부모 욕 들을 때마다 눈 뒤집히는 게 자랑이야? 그건 네 약점이잖아."

보스가 차갑게 말했다.

"등에 그런 약점 버튼 달고 살다가 누가 누르면 아무 때나 미쳐 날뛰겠구나. 세상 무서운지 모르고."

"누구든 엄마를 모욕하면……."

"스무 살까지만 살고 싶어?"

그토록 냉혹하고 무서운 눈은 본 적이 없었다. 나한테만 그림자가 진 것 같았다. 몸이 움직이지 않았다. 공포에 질려 헛딸꾹질이 나왔다.

"사과하는 게 낫지 않을까."

젊은 보스가 무심하게 말했다. 여기까지 왔는데 빈손으로 돌아갈 수는 없다는 뜻 같았다.

그의 말은 어떤 거부할 수 없는 힘이 있었다. 나는 힘겹게 고개를 끄덕이고 땅콩에게 갔다. 그네 옆에 서 있던 땅콩은 우물쭈물거리다 내 복부에 주먹을 날렸다. 다행히 때릴 때 망설임이 있어서 별로 아프지 않았다. 나는 배를 쓰다듬으며 그가 마당에 흘리고 간 칼을 사람들 몰래 건넸다. "땡큐베리마치." 땅콩이 속삭이고 칼을 챙겼다. 나는 보스에게 돌아갔다.

"집안의 장남이니까 너도 알아야 해. 네 어머니가 우리한테 갚을 돈이 있어. 정확히 말하면 우리한테 직접 빌리지는 않았어. 우리가 금융시장에서 네 어머니의 채무 채권을 샀지. 어쨌든 결과는 똑같아. 우린 네 어머니한테 돈을 받아야 한다. 여기까지 알아듣겠어?"

나는 고개를 끄덕였다.

"그런데 사람 일이 톱니바퀴처럼 아귀가 딱딱 맞지가 않아. 살다 보면 돈이야 못 갚을 수도 있지. 그래서 상황에 따라서 쇼부를 보든 탕감을 받든 할 수 있어. 사실 기업도 은행도, 있는 놈들은 다 그렇게 해. 뭐든 쇼부 보기 나름이지."

나는 또 고개를 끄덕였다. 긴장된 분위기 때문인지 말이 귀에 쏙쏙 들어왔다.

"하지만 잠수를 타는 건 참을 수 없어. 우리를 호구 취급하면, 정말 죽이고 싶어져."

순간 심장이 얼어붙었다. 나는 젊은 보스의 얼굴을 관찰했다. 혼란스러웠다. 좀처럼 파악이 안 되는 사람이었다. 분명 험한 일과는 어울리지 않는 인상이었다. 동시에 또, 한다면 하는 사람 같았다. 나도 모르게 꿀꺽 침을 삼켰다. 나는 엄마가 돈을 갚도록 설득하겠다고 말했다.

"대신에 법정 이자 이상은 드릴 수 없어요."

보스가 팔을 움직였다. 나는 한 발 뒤로 물러났다. 보스는 주머니에서 말보로 담뱃갑을 꺼냈다. 그는 날 한참 바라보았다.

"한국전쟁 때 말이다."

담배에 불을 붙이고 그가 말을 이었다.

"서울 시민 여러분, 안심하십시오, 서울을 지키십시오, 적은 패주하고 있습니다……. 대통령의 목소리가 확성기로 하루 종일 나왔지. 하지만 대통령은 이미 도망가고 난 뒤였어. 자기가 서울 탈출하고 나서는 북한군 못 쫓아오게 쾅! 한강 다리를 폭파했지. 서울에 갇힌 시민들은 북측에 학살당하고, 살아남은 시민들은 공산당에 부역했다는 이유로 남측에 학살당했어. 그때 이 나라에서 사는 법이 정해진 거야. 각자도생. '자기 밥그릇은 자기가 챙겨라'. 이게 진짜 대한민국 헌법 1조다."

보스가 담배 연기를 길게 내뱉었다.

"최고 이율이라. 좋아. 그렇게 하지. 대한민국 고등학생들이 네 반만큼이라도 똑똑하면 얼마나 좋겠어."

어리둥절했다. 태어나서 처음으로 머리가 좋다는 이야기를 들은 날이었다.

"사실은 저 9등급……."

"당연해. 학교에서는 가짜 세상을 가르쳐주니까. 그런 공부에는 흥미가 없겠지."

처음 듣는 이론이었다. 평범한 어른이 말했다면 귓등으로 흘려들을 테지만, 보스의 입에서 그런 말이 나오자 머릿속에서 정신 혁명이 일어나는 것 같았다.

"진짜 세상은 어떤 건가요?"

내 질문에 보스는 아주 할 말이 많은 것 같았다. 하지만 이야기를 꺼내면 하루도 모자라다는 듯 입을 열다가 말고, 허탈하게 고개를 저었다.

보스가 바이크에 시동을 걸었다. 엔진 소리가 부드러웠다. 순하고 거대한 짐승이 코를 고는 듯이.

"똑똑한 학생, 커서 뭐 되고 싶어?"

"용병요."

보스는 담배의 마지막 연기를 내뿜었다.

"너 운동부야? 스포츠든 뭐든 정규직이 좋아."

그가 바이크를 타고 사라졌다. 공터에 남았던 땅콩과 덩치들도 하나둘씩 내려갔다. 저들 뒤에 몇 명이 있을지 알 수 없었다. 빨리 돈을 갚아야 한다, 그 생각뿐이었다.

그날부터 아르바이트 자리를 찾아다녔다.

새벽에 땀 흘리는 걸 좋아해서 일단 신문 배달을 알아봤지만 학생한테는 자리가 없었다. 커다란 기계를 좋아해서 공장은 어떨까 알아보니 미성년자는 아예 그런 일 자체가 불가능했다. TV에서는 한때 고생한 어른들이 나와서 내 나이 때 신문도 돌리고 공장도 다녔다고 하지만 그런 멋진 일들은 이제 어른들의 차지였다. 친구들을 남겨두고 혼자만 용이 된 어른들은 요즘 개천 사정을 잘 모른다. 주유소 알바도 할아버지와 경쟁해야 한다.

당장 일을 시작할 수 있는 곳은 음식점이었다. 아래 동네엔 1년 365일 폐업 할인하는 화장품 가게가 있었고, 그 옆에 옆에는 일 년에 200일쯤 아르바이트생을 구하는 '서로 갈비'라는 고깃집이 있었다. 아르바이트 부모 동의서는 내가 알아서 써 냈다. 어차피 엄마가 있어도 써주지 않는다. 엄마는 원체 글씨 쓰는 걸 싫어했다. 초등학생 때부터 각종 기관에 제출해야 할 서류는 내가 작성했다. 날이 갈수록 내 글씨체는 자음이 아기 볼처럼 동글동글해졌다.

서로 갈비 사장님은 나를 보고 젊은 학생이 들어오니 가게 분위기가 확 밝아졌다며 손님들이 무척 좋아할 거라고 환대했다. 그래서 홀 서빙을 시키려나 했더니 팔 할이 설거지였다. 어쨌든 서빙보다는 내 성격과 맞았다. 여기서는 고기 불판을 커다란 고무 통에 모아서 한 번에 처리했다. 쪼그려 앉아서 철수세미로 눌어붙은 단백질을 박박 벗겨내는데 처음 며칠은 자세가 안 나와서 고생을 했다. 은근히 고독한 작업이었다.

한 달 동안 일하면서 가족과 외식을 하러 온 학교 동급생 두 명과 마주쳤다. 두 번 다 우리는 서로 모른 척했다. 그래도 주방 이모한테 동급생 테이블에 밑반찬 많이 챙겨달라고 부탁했다. 동급생들이 가족과 고기를 구워 먹는 모습은 비슷했다. 끌려 나온 것처럼 시큰둥하고, 스마트폰을 들여다보다가 엄마한테 한 소리 듣고, 맥주 한잔 걸친 아버지와 서먹서먹 짧게 대화 비슷한 걸 하고, 뭐, 그래도 행복해 보였다. 뭉게뭉게 피어오르는 숯불 연기의 마력 때문일까. 나는 엄마가 가출을 끝내고 돌아오면 양념 갈비를 사주리라 다짐했다. 직원이 여기서 외식을 하면 고기를 1인분 더 준다.

하지만 첫 월급날이 왔을 때 남루한 1인분의 꿈은 깨졌다.

"너 학교에서 짱이니?"

사장님이 돈은 안 주고 이상한 소리를 했다.

"저는 잘 모르겠는데요."

"이 동네 애들이 네가 무서워서 여기 오기 싫어한대."

사장님의 요지는 이랬다. 서로 갈비는 오랫동안 동네 주민들의 사랑을 받아온 가족 회식의 메카이다. 그런데 몇 주 전부터 가족 단위 손님들이 줄어들었다. 특히 남학생들을 키우는 가족들이 사라졌다. 그래서 조사를 해보니 일대 남학생들 세계에서는 내가 피하고 싶은 존재였다는 것이다. 그들은 마치 산후조리원에서 시어머니한테 시중받는 며느리처럼 서로 갈비에 오는 걸 불편해하고 있다. 며느리 기분이 어떨지 상상이 안 갔지만, 어쨌든 나로 인해 손님이 줄어든다는 이야기였다.

"차라리 염색하고 화장실에서 담배 몰래 피우는 평범한 학생이면 좋았을 텐데."

사장님은 다른 일을 알아보라고, 대신 이 동네 자영업계엔 소문이 쫙 퍼졌으니 먼 곳으로 알아보는 게 좋을 거라 충고했다. 처음엔 이게 무슨 코미디인가 싶었다. 전혀 복잡할 게 없었다. 그저 설거지와 잡일을 하고 코딱지만 한 돈을 받는 것뿐이었다. 그런데 막상 돈 봉투를 받아 들자, 사장님 입장에서는 심각한 문제일 수도 있겠다 싶었다. 돈이 오가는 어른들의 세계란 어쩌면 굉장히 심각해 보이는 코미디일지도 모른다.

"물의를 일으켜 죄송합니다."

나도 모르게 정치인 같은 말투가 나왔다. 홀에서 하루 종일

TV 뉴스 채널을 틀어놔서 그렇다. 사장님은 마지막 날이니 갈비나 좀 뜯고 가라고 호의를 베풀었다. 뜯으면 비참해질 것 같아서 그냥 인사만 하고 나왔다.

며칠 동안 피시방에 들러 아르바이트 자리를 검색했다. 생각지도 못한 핸디캡이 생기니 구직 자체가 복잡한 일이 됐다. 일단 동네 남학생들의 세계 밖이어야 한다. 하지만 집에서 너무 멀어도 곤란했다. 엄마가 언제 돌아올지 몰랐다. 아무래도 엄마는 가출해서 말썽을 피운 것 같았다. 엄마가 돌아오면 무슨 일이든 터질 가능성이 컸다. 집과 거리가 가까워야 내가 달려가 때리든 맷값을 치르든 엄마 뒷감당을 할 수 있었다. 그리고 이제는 시급도 중요했다. 방과 후 갈빗집 알바 정도로는 답이 안 나왔다. 우리는 입에 풀칠도 해야 하고 무엇보다 빚을 갚아야 했다.

엄마의 가출이 길어질수록 커다란 바이크를 탄 젊은 보스가 자꾸 신경이 쓰였다. 그는 뭐랄까, 인간의 '자세'를 중요하게 여기는 성격 같았다. 우리 경우에는 돈을 한 번에 못 갚더라도, 갚으려는 성의를 보여야 하지 않을까 싶었다. 일주일에 돈만 원이라도 갚아야 엄마가 안전할 것 같았다. 나는 행거 서랍에 돈 봉투를 놔두고, 매일 땅콩이 왔던 시간에 그들을 기다렸다. 하지만 품위 있는 바이크 엔진 소리는 들리지 않았다. 치킨 배달 스쿠터만 귀 따갑게 오르락내리락할 뿐이었다.

일요일에도 바이크 소리를 기다리다가 피시방으로 갔다. 아무리 검색해봐도 아르바이트 자리가 마땅치 않았다. 애가 타서 피시방의 공짜 물을 몇 번이나 마셨는지 모르겠다.

얼마 뒤 피시방으로 경찰이 한 명 들어왔다. 아직 셧다운 시간이 아닌데, 흡연 단속을 나왔나? 경찰은 일요일에도 일을 하니 피곤하겠구나 싶었다. 그는 두리번거리며 피시방 안을 걸어 다녔다. 그러다 창가 쪽으로 몸을 기울이고 내 어깨를 두드렸다.

"한지혜 씨 아들 맞지?"

나는 천천히 고개를 끄덕이고, 혹시 엄마가 고소를 당했느냐고 물어보았다. 그는 아니라고 대답했다. 그럼 엄마를 왜 찾느냐고 묻자, 이미 찾았다는 대답이 돌아왔다. 기분이 이상했다. 난 실종 신고를 한 적이 없었다. 파티션 위로 남자아이들의 얼굴이 쏙쏙 올라왔다. 다들 '저 녀석이 드디어 큰일을 저질렀구나' 하는 표정이었다. 경찰이 수갑을 채우지도 않았는데 말이다. 근데 녀석들이 모르는 게 있다. 그날 경찰서에서 나는 취조 대신 따뜻한 위로를 들었다. 그때는 내내 정신이 멍해 있어서 기억이 흐리다. 경찰서는 좀 어수선했지만 다들 친절하게 대해줬다.

다음 날 나는 학교생활 중 처음으로 결석을 했다. 슬프지도 화가 나지도 않았다. 그냥 다 믿기지가 않았다. 차라리 엄마가 루이비통 가방을 훔치다 잡혀 왔으면 믿었을 텐데. 엄마는 면회도 안 됐다. 나는 엄마를 한 번밖에 볼 수 없었다.

"누가 내 어머니를 죽였습니까?"

엄마의 장례식을 치르고 제일 먼저 한 일은 보스를 찾는 거였다. 그들도 우리 집을 찾았으니 이쪽에서도 못 하리라는 법은 없었다. 보스의 사무실은 작은 삼거리 코너에 접한 상가 2층이었다. 내부는 일반 사무실과 비슷했다. 벽시계, 책상, 모니터, 화분, 책장…… 다만 어울리지 않게 접대용 탁자에 지구본이 있었는데, 아마 심심할 때 돌리려고 산 것 같았다.

접대용 소파에 비스듬히 앉아 스마트폰을 들여다보던 땅콩은 날 보고 입을 떡 벌렸다. 눈부신 창가 쪽 책상 위엔 명패가 보였다. 옛날 한국 영화에 자주 나오던 검은색 명패였고, 명패 속의 한자는 내신 9등급도 읽을 수 있는 쉬운 이름이었다. 보스의 이름은 한 글자였다.

디딤해피머니 대표

白 起

창가를 등지고 앉아 있던 보스가 고개를 갸우뚱거렸다. 백기. 그는 문 앞에 서 있는 나를 주시한 채 느긋하게 의자 등받이에 몸을 기댔다.

"대한민국에서 사람 찾는 거만 잘해도 먹고산다."

보스가 인생의 큰 교훈이라도 알려주듯이 말했다.

회전의자에 앉아 천천히 좌우로 몸을 돌리던 보스는 내 교복 가슴에 붙어 있는 삼베로 매듭진 상장喪章을 쳐다봤다.

"복수하러 왔다면 칼을 들고 왔어야지."

나는 버려진 공구 통에서 꺼내 온 철공용 줄을 손에 꽉 쥐고 있었다. 그것은 쇠를 가는 도구로 기능도 모양도 단순했다. 평평하고, 까칠까칠하고, 무거웠다. 몸 전체엔 온통 녹이 슬어 있었다.

녹슨 칼처럼 생긴 철공용 줄을 보자 땅콩이 소파에서 튀어 올랐다. 보스는 그를 제지시켰다.

"여긴 어떻게 알고 찾아왔어?"

나는 주머니에서 색색의 명함들을 꺼내 바닥에 뿌렸다. 신용 대출, 급전, 일수, 월변, 돈 빌려드립니다……. 나는 먼저 땅콩이 우리 집을 왔던 날, 그가 사라졌다 다시 돌아온 시간을 계산했다. 지도를 펼친 다음, 이십 분 안에 바이크로 올 수 있는 지역을 확인하고, 컴퍼스로 동그라미를 쳤다. 그러고선 길거리 여기저기 널려 있는 불법 대출 안내 명함들을 구해서 한 군데씩 전화를 걸며 찾아다녔다. 그러다 주차장에 세워진 야마하 바이크를 발견한 것이다. 어쨌든 중요한 건 그런 게 아니었다. 엄마가 죽었다.

"우리도 소식은 들었어. 그런데 너 번지수를 잘못 찾았잖아."

보스는 침착하게 장부를 꺼내서 책상 위에 펼쳤다.

"이걸 보면 알겠지만 우리가 너희 집에서 받을 돈은 육백만 원이 채 안 돼. 영업 비밀이지만 솔직하게 말해주지. 사실 우린 이 채권을 십만 원에 샀어. 은행에서 어차피 회수 불가능한 돈 이렇게라도 부채 탕감해주면 다들 빚을 갚을 테지만 대한민국은 서민들한테 호락호락하지가 않잖아? 차라리 우리한테 원금의 2퍼센트도 안 되게 팔아버리지. 하여튼 우리가 얻을 최대 이익이 육백만 원이라고 치자고. 물론 어떤 나라에서는 이 정도로도 사람 목숨이 왔다 갔다 하긴 해. 하지만 대한민국에서는 아냐. 왜냐하면 경비가 훨씬 더 많이 들어가. 상식적으로 너라면 고작 이 정도 금액 때문에 사람을 죽이겠어?"

"당신 입으로 엄마를 죽이고 싶다고 했잖아!"

내가 소리치자 땅콩이 칼날을 뽑았다. 내가 돌려준 접이식 칼이었다. 때마침 공터에서 봤던 비계가 열린 문으로 들어와 상황을 파악하려 애썼다. 나는 벽면에 등을 붙였다. 창가와 문 양쪽을 주시하며 나는 녹슨 철공용 줄을 치켜세웠다. 둘은 겪어봐서 알지만 보스의 실력은 어떨지 감이 잘 안 잡혔다.

"별일 아냐. 너희는 나가봐."

보스는 땅콩과 비계에게 나가라는 손짓을 보냈다. 둘은 나를 보고, 보스를 보고, 서로의 얼굴을 쳐다본 다음 천천히 사무실을 빠져나갔다. 나는 곧장 사무실 문을 잠갔다.

나는 창가로 향해 걸어갔다. 보스는 나른하게 한숨을 쉬었다.

"경찰이 다 설명을 해줬을 텐데."

사고 정황은 들었다. 엄마는 흑산도로 가는 여객선에서 바다로 떨어졌다. 시각은 오후 2시 17분. 날씨가 맑아서 갑판에 목격자가 많았다고 한다. 엄마는 스스로 여객선 선수로 걸어가 떨어졌다. 분명히 누가 떠민 것은 아니었다. 하지만…….

"그건…… 당신들이 겁을 줬으니까. 엄마를 협박했으니까."

"우린 네 어머니 얼굴도 본 적 없어."

"거짓말! 그게 아니라면 엄마가! 왜 바다에……. 나를 남겨두고……."

보스는 미간을 찌푸렸다.

"네 엄마는 마약중독자잖아."

보스는 책상 위에 팔을 올리고 깍지를 꼈다. 그 자세로 가만히 내 대답을 기다렸다. 초침 소리가 냉혹하게 들렸다. 나는 아무 말도 하지 못했다.

"그 경찰들, 아니 어른들 말이야. 참 웃겨. 눈앞에 애가 있으면 무시부터 한다니까. 청소년을 배려한다, 보호한다, 착한 거짓말이다, 말은 좋지. 제 앞가림도 못 하는 주제에."

보스는 친절한 경찰들이 해주지 않은 이야기를 들려주었다.

사고 당일 엄마는 그렇고 그런 어떤 놈팡이와 배를 탔다. 탑승했을 때부터 만취한 상태였다. 둘은 배 안에서 맥주를 엄청나게 마시고 함께 화장실로 갔다. 엄마는 거기서 그 놈팡이와 섹스를 했다. 하도 소리를 질러대서 수십 명이 그 소리를 들었다고 한다. 엄마는 칠칠치 못하게 화장실 여기저기 필로폰 가루를 뿌려놓았다. 혼자 갑판으로 올라온 엄마는 선수에서 사진을 찍던 대학생 커플을 내쫓고 영화 〈타이타닉〉의 한 장면을 흉내 냈다. 그러고는 바다를 향해 환하게 웃으면서 십 분 동안 욕을 해댔다.

"약을 하면 기분이 좋아져. 뭐든 잘될 거 같고. 환상이 보여."

바다에서 엄마가 뭘 봤는지는 아무도 모른다. 그저 선수에서 내내 웃고 있었다고 한다. 엄마는 떨어진 귀걸이를 줍는 듯 허공에 몇 번 손을 휘적거렸다. 그게 승객들이 본 마지막 모습이었다.

"지금 담당 형사한테 가서 확인해봐. 내 말이 하나라도 틀리면, 그땐 칼을 들고 와."

최면에 걸린 것처럼 멍하기만 했다. 끝없이 떨어지는 것 같기도 하고, 무거운 것에 눌리는 것 같기도 하고, 물속에 잠긴 것 같기도 했다.

"왜 모르는 척하지?"

앞에서 나를 깨우는 주문이 들렸다.

"네 엄마가 중독자란 사실을 몰랐다고 하지 마. 그러면 나도 화를 낼 거니까. 넌 뭘 했지? 네 엄마가 뭘 하면서 밥벌이를 했을 거 같아, 응? 넌 다 알고 있었어. 네 엄마가 밤에 나가 무슨 일을 하는지, 또 마약을 하는지도 알았지. 그렇지만 넌 그냥 모른 척했어. 전화 한 통만 걸면 무료로 마약중독 치료를 받을 수도 있었지만 넌 그렇게 하지 않았어. 실종 신고도 하지 않았어. 그냥 어떻게 잘되겠지, 하며 네가 보고 싶은 것만 봤지. 멍청한 대다수 어른들처럼. 대체 넌 엄마를 위해 뭘 했어? 아직도 엄마를 누가 죽였는지 모르는 거야?"

보스는 내 두 눈을 무섭게 쳐다보며 말했다.

"누가 죽였냐고? 사랑하는 사람을 지켜주지 못한 사람이지!"

텅. 손에 들었던 녹슨 쇳덩이가 떨어졌다. 내 몸도 함께 주저앉았다. 사전에서 '죽음'을 찾은 적은 없다. 하지만 죽음이란 단어만은 이렇게 씌어 있으리라 확신할 수 있었다. 죽음. 사랑하는 사람을 두 번 다시 보지 못하는 것. 그것이 바로 죽음이었다.

이제야 엄마의 죽음이 실감 났다. 한쪽 눈꺼풀이 파르르 제멋대로 떨렸다. 한 가지 생각밖에 나지 않았다. 이제 엄마를 볼 수 없다. 엄마를 볼 수 없다……. 엄마를. 다시는…….

"꺼어억—."

목구멍에서 갑자기 짐승 소리가 새어 나왔다. 누군가 내 심장을 쥐어짜내듯 아프고, 숨이 막히고, 끓어오르는 숨이 입으로, 코로 새어 나왔다. 너무 뜨거웠다. 꺼어어억— 어어어어어억— 꺼어어억— 기이한 소리가 계속 몸에서 터져 나왔다. 슬픔을 멈출 수 없었다. 엄마가 사라져버렸으니까. 볼을 타고 내려온 눈물이 하나둘 바닥에 떨어져 번져갔다. 이내 눈물이 걷잡을 수 없이 터져 나왔다. 장례식에선 한 번도 울지 않았는데. 아무도 위로해주지 않는 이 딱딱한 사무실에서 쉴 새 없이 눈물이 흘러내렸다.

보스는 무심히 나를 지나쳤다. 그가 문을 열자 대여섯 명의 남자들이 엎드려 울고 있는 나를 둘러쌌다.

"고아다. 괴롭히지 마."

자꾸 목이 메었다. 눈물이 흘러넘쳤다. 텅 빈 사무실에서 나는 지칠 때까지 울고 또 울었다.

사흘 뒤에 나는 다시 그곳을 찾아갔다. 보스는 날 보자마자 고등학생의 생각쯤은 다 읽어내버렸는지 아무것도 묻지 않았다. 그는 빈 책상을 가리키며 쓰고 싶으면 쓰라고 말했다. 나는 가방을 내려놓고 책상 위에 짐을 풀기 시작했다. 마지막에 녹슨 철공용 줄을 책상 위에 꺼내놓자 보스가 다가와 집어 들었다. 나는 그에게 말했다.

"사람은 죽이지 않을 거예요."

"인간의 결심은 중요하지 않아. 차라리 그런 상황이 벌어지지 않게 운명한테 빌어."

"저는 절대 사람 안 죽여요."

대답이 없었다. 보스는 골동품 감정가처럼 녹슨 쇳덩이를 천천히 돌리며 감상했다.

"계속 쓸 생각이면 손잡이를 만들어."

내 손바닥에 죠스를 올려놓으며 형이 말했다.

언젠가 형에게 우리는 어떤 사람이냐고 물었다. 형은 그런 생각 따위는 아무런 의미가 없다고, 지금 내가 하는 행동이 지금의 나를 규정한다고 말했다. 알쏭달쏭해서 땅콩에게 똑같이 물으니 우리는 건달이라고 했다. 아놀드 형님에게 물으니 우리는 협객이라고 했다.

올해 초 우리가 관리를 하게 됐을 때, 형은 식구들을 모아놓고 비즈니스맨처럼 행동하라고 지시했다. 그리고 명함도 파줬다. 내 이름 뒤엔 팀장이라고 적혀 있었다. 누군가 내게 팀장이라고 부를 때마다 그건 우리끼리의 진지한 연극이란 걸 나도 잘 안다. 형은 생각 따윈 아무것도 아니라고 했지만, 팀장 연극을 하다 보면 문득 생각을 하고야 만다. 나는 지금 뭘 하고 있는 걸까.

—생퀴, 너 그러다 진짜 깡패 되겠다.

아직까지는 대충 엄마 말이 맞는 것 같다. 역시 점은 여자한테 봐야 한다.

2부

노을 뒤의 세계

도시는 밤에도 쉬지 않는다. 아직 뉴욕도, 런던도, 베이징도 가보지 못했지만 이 도시는 확실히 그렇다. 무정한 마천루의 빼곡한 창마다 노을빛이 어리고, 그 커다란 주황색 커튼들이 사르륵 눈 깜짝할 새 사라지면, 도시의 제2막이 펼쳐진다. 밤의 남자와 밤의 여자의 시간. 우리는 2막의 노동자다.

매일 오후 끝자락에 바이크를 타고 테헤란로를 달린다. 폭주는 하지 않는다. 요란한 소리도 안 낸다. 헬멧도 잘 쓰고 차선을 옮길 때마다 잊지 않고 깜빡이를 켠다. 빨간불이 켜지면 퇴근 차량들 뒤에 얌전히 검은 아프릴리아 바이크를 멈추고 파란불을 기다린다.

이 거리는 자꾸 자신을 보게 만든다. 맞은편에서 고급 외제 차들이 줄줄이 지나간다. 그 반짝이는 표면들의 행렬 속에 검은 바이크를 탄 미성년이 나타났다 사라진다.

아마 고등학교 동창들이 내 모습을 봤다면 놀랄지도 모른다. 핸드폰도 없던 녀석이 지금은 1000cc가 넘는 이태리제 바이크를 타고, 레자가 아닌 진짜 소가죽 재킷을 입고, 고급 오피스텔에서 강남으로 출퇴근을 한다. 핸드폰은? 무려 아이폰이다.

형의 표현을 빌리자면 내 상황은 이렇다. 동갑내기들이 사회에서 써먹지도 못할 공부를 하느라 마구간 같은 독서실 칸막이에 머리를 집어넣고 있을 때, 나는 안장에 앉아 바이크를 몬다. 형은 내가 세금도 내지 않으니 생활이 대기업 과장보다 낫다며, 또래보다 십오 년은 앞서간다고 치켜세웠다. 나는 잘 모르겠다. 커다란 룰렛판 위를 구르는 눈 없는 쇠구슬처럼, 그저 하루하루 열심히 구르고 있을 뿐이다. 행운이 내 편이기를 바라면서.

아직까지는 운이 좋았다. 아니, 평균치와 비교하면 그냥 좋은 정도가 아니라 복권 당첨 수준이다. 이 세계에도 내 또래들이 꽤 있다. 학교에서 두목 침팬지 같은 권력을 누리다 더 큰 물로 흘러 들어온 입문자들. 학교에서 '일진'이니 '짱'이라고 불렸던 애들. 그런 터프한 남자아이들이 밤 세계에 들어와 가장 먼저 하는 일은 담배 심부름이다. 그들은 또 매일 보스의 검은색 세단을 세차해야 하고, 구두 수십 켤레를 닦아야 한다. 몇몇은 겨울에 리어카를 끌며 군고구마를 팔아야 한다. 군고구마 이야기는 농담이 아니다. 터프한 남자애는 무서운 아저씨들의 노예일 뿐이다. 밤 세계엔 아직도 '배신'이라는, 맘 놓고 누군가를 찌를 수 있는 못된 명분이 남아 있어서 조직에서 빠져나오고 싶어도 나올 수 없다. 의리가 없으면 배신도 없는 건데……. 지옥을 빠져나오려면 무능한 인간이 되는 길밖에 없다.

중졸인 주제에 동갑내기들에게 충고를 해도 될지 모르겠지만, 만약 이 거리에 입성하려는 친구가 있다면 이렇게 말해주고 싶다. 신을 믿지 않아도 가끔은 기도를 하라고. 어지러운 룰렛판에서 이기려면 아주아주 운이 좋아야 하니까.

신호가 켜졌다. 나는 좌회전 화살표를 따라 바이크를 몰았다. 매연 때문에 목이 칼칼했다. 공기나 나쁠수록 노을은 진해진다고 한다. 내셔널지오그래픽 채널에서 봤다.

노을은 이제 절정이었다. 새털구름들은 허공에 층층이 쌓였고, 노을은 핑크색 같기도 하고 맑은 피 같은 빛으로 구름을 감쌌다. 구름의 형태가 꼭 하늘로 향하는 신성한 계단 같았다. 도로 양쪽에서 가로등이 켜지기 시작했다. 속도를 내어 앞으로 나아갔다. 헬멧 속으로 파고든 바람이 귀를 간지럽혔다. 아주 잠깐, 남들이 가보지 못하는 특별한 시간대에 혼자 와 있는 기분이 들었다. 하늘이 아플수록 노을은 화려하다.

바이크를 몰고 강남의 이면도로로 들어왔다. 행인들로 북적이는 거리는 벌써 가지각색의 네온사인 불빛들로 현란했다. 나는 'YY'와 '더블린'의 갈림길에서 잠시 바이크를 세웠다. 우리는 이 길을 '반성의 길'이라고 부른다.

반성의 길에서 찬송가가 들렸다. 유흥가의 팸플릿과 명함으로 덮인 길 위에서 강남의 유일한 거지가, 부르는 이도 듣는 이도 목이 메는 목소리로 찬송가를 불렀다. 나는 바이크에서 내려 강남 거지의 플라스틱 바구니에 오만 원을 내려놓았다. 행인에게 100원짜리 동전을 받아도 깍듯하게 인사하는 강남 거지는 언제나 나를 투명 인간처럼 대했다. 먼지와 땀으로 얼룩진 얼굴을 꼿꼿이 들고 그는 자존심 게임을 하듯 매번 나를 무시한다. 하지만 이상하게도 나 역시 아무리 용기를 내도 그의 눈을 마주칠 수가 없다.

처량한 찬송가를 들으며 나는 바이크에 앉았다. 주머니에서 핸드폰을 꺼내 날짜를 확인했다. 구월 말이었고, 홀수 날이었다.

짝수 날은 YY를 관리하고, 홀수 날은 더블린을 관리한다.

두 클럽은 고작 이백 미터 떨어져 있을 뿐이지만 성격은 많이 다르다.

YY는 국내 최대 규모의 클럽이다. 룸이 무려 130개로 나도 아직 모든 룸을 들여다보지 못했다. 근무하는 여자들은 600명이 넘는다. 역시 다 만나보지 못했지만 모두 젊고 늘씬한 미인들이다.

처음 YY를 방문했을 때 식구들은 들떠버렸다. 거미줄처럼 엮인 좁고 긴 복도를 걷는 중에 쉴 새 없이 미인들이 지나갔다. 다들 짧은 치마에 다리가 가지런했고, 우리를 볼 때마다 상냥하게 웃어주었다. 형을 뒤따르는 우리는 롯데월드에 처음 간 아이들처럼 두리번거리고, 괜히 입꼬리가 올라가고, 그냥, 정말로 그냥 기분이 좋아졌다. 그렇게 2층에서 5층까지 가볍게 둘러보는 데만 해도 한 시간 가까이 걸렸다. 우리는 대기실에서 여자들과 인사를 나눴다. 모든 여자들과 인사하려면 학교 강당 같은 데서나 가능했기에 그들을 대표라고 생각하기로 했다. 우리는 앞으로 잘 부탁드린다고, 어려운 일이 있으면 언제든지 말해달라고 신사처럼 인사를 했다. 여자들은 화장을 멈추고 크게 박수를 쳐줬다. 신입 사원 환영회 같은 분위기였다. 우리는 여자들과 명함도 교환하고 즐겁게 담소를 나눴다. 물론 여자들의 시선은 대부분 형에게 향했지만, 그렇다고 우리를 무시하지도 않았다. 이전 관리자들이 중년 남성들이었기 때문에 젊은 미혼남인 우리는 환대를 받았다. 나는 초콜릿 선물도 받았다. 대기실의 여자들은 엘리베이터까지 마중을 나왔다. 그녀들은 다음엔 젊은 사람들끼리 한번 재밌게 놀자고, 단체로 손가락까지 걸고 약속했다. 새끼손톱들이 모두 길었다.

그날 YY의 빌딩을 빠져나온 식구들은 얼굴에 홍조가 만발했다. 하지만 형만은 달랐다. 내내 무표정했던 형은 고개를 돌려 YY를 올려다보았다.

"대한민국에서는……."

형은 약간 화가 난 말투로 혼잣말을 했다.

"가난한 것들은 딸을 낳아선 안 돼."

그 말에 흥분이 식어버려서일까. YY를 나와 두 번째 관리 클럽인 더블린을 방문했을 때 나는 완전 얼어버렸다.

더블린을 보고 깨달은 나만의 개똥철학 비슷한 게 하나 있다. 이 세상이 피라미드라면, 꼭대기는 피라미드 아래와 이어져 있지 않다. 우리가 아래서 올려다보면 분명 이어져 있는 것처럼 보이지만, 사실은 아주아주 작은 사각뿔이 피라미드와 떨어져 우주선처럼 붕 떠 있는 것이다. 그곳이 진정한 꼭대기층이다. 첨단. 전혀 다른 세계. 더블린은 그 세계의 젊은 VIP들이 지상으로 내려와 노는 놀이터였다. 당연히 그들과 놀 수 있는 여자들도 미인 중의 미인이다.

YY에서는 연예인 누구를 닮았다고 말하면 칭찬이지만, 더블린에서는 큰 실례다. 더블린의 여자들이 바로 밤의 연예인이다. 오늘은 그들을 지키는 날이다.

피아노

홀수 날에 늘 그렇듯, 바이크를 타고 더블린이 입주한 빌딩을 한 바퀴 돌았다. 빌딩은 말끔한 신축 건물이었다. 지상 이십 층 높이였고, 그리스 신전 기둥 모양의 철제 조형물은 빌딩을 호위하듯 동서남북에 세워져 있었다. 1층은 새로 입점할 은행의 인테리어 공사중이었다.

지하 주차장에 바이크를 세우고 헬멧을 벗었다. 새 건물 특유의 화학약품 냄새가 코끝을 간지럽혔다. 나는 더블린의 창고 앞으로 걸어가 스마트키로 문을 열었다. 창고 안에는 고급 양주와 각종 자재들이 선반에 정렬되어 있었다. 왼쪽 구석에는 6인용 사물함이 놓여 있었다. 나는 사물함 앞에서 옷을 벗었다. 몸에 딱 맞는 검정색 팬츠와 새하얀 와이셔츠를 꺼내 갈아입고, 옷을 벗을 때 문손잡이에 걸어둔 가죽띠를 어깨에 맸다. 왼쪽 겨드랑이 밑에 죠스의 익숙한 무게가 느껴졌다.

"장 형사님, 저 잡으러 온 건 아니죠? 전 선량한 시민이에요."

플라스틱 궤짝에 걸터앉아 스마트폰 게임에 빠져 있던 땅콩이 내게 장난을 쳤다. 땅콩은 늘 내 가죽띠가 형사들의 권총띠 같다며 놀려댄다. 나는 검정색 슈트 재킷을 꺼내 입고 가죽띠를 감췄다.

우리는 엘리베이터로 향했다. 벽면 입점 안내 표시판들의 절반은 하얗게 비어 있었다. 입점한 회사들은 무슨 파이낸셜, 뱅크, 캐피탈 같은 금융회사들이었다. 대부분 이름이 영어로 적혀 있었다. 엘리베이터 안에서 나는 멍하니 "Dublin"이란 영문자를 올려다보았다.

엘리베이터 문이 열리자 홀이 보였다. 별 여섯 개짜리 호텔 로비를 축소한 것처럼 전체적으로 아담하면서 고급스러운 분위기였다. 조명은 환하기보다는 은은한 편이었다. 이탈리아에서 사 온 대리석 바닥재를 수많은 작은 불빛들이 비추고 있었다. 비 온 날에는 밟기가 미안할 정도로 반질반질했다. 정면은 최고급 술로 빼곡한 바가 있었고, 오른쪽 벽면에는 첨탑 시계만 한 사자 머리 조각상이 걸려 있었다. 커다랗게 벌린 사자 입에서 물이 지치지 않고 흘러내렸다.

땅콩은 주머니에서 동전을 꺼내 사자상을 향해 던졌다. 넓적한 사자 코 위에 올려놓으려고 했지만 실패였다. 빗맞은 동전은 홀에서 흘러나오는 피아노 소리에 묻혀 퐁당 소리도 내지 못하고, 돌을 삼키고 죽은 개구리처럼 물속에 가라앉았다.

"매일 그렇게 던지다간 사자 코가 남아나지 않겠어. 스핑크스를 만들 셈이야?"

마담이 다가왔다. 그는 여자도 아니고 게이도 아니었다. 하지만 여기서는 저 사십 대의 호리호리한 남자를 마담이라고 불렀다. 처음 그가 스스로 마담이라 소개했을 때 하마터면 웃음을 터뜨릴 뻔했다. 그런데 자주 보면 뭐든 익숙해지는 모양인지, 호칭도 마담이고 콧수염까지 길렀는데도 지금은 하나도 웃기지가 않다. 우리는 서로 목례를 했다.

"마담, 코가 떨어지면 하나 더 사면 되잖아."

땅콩이 진심으로 그렇게 말했다.

"저 사자상 말이야. 동유럽이 어수선했을 때 어느 성인가 성당에서 떼어 왔거든. 누가 뗐는지 어떻게 한국에 왔는지 아무도 몰라. 세금계산서에 비용 처리도 안 되지. 하여튼 우리가 얼마에 산 줄 알면 동전 던질 생각 따윈 싹 사라질걸."

동전이란 단어를 듣자 땅콩은 다시 동전을 던지고 싶어졌고, 그래서 또 사자 코에 동전을 던졌다.

"재는 뭐예요?"

동전 올리기에 실패한 땅콩이 홀 입구에 놓인 피아노를 가리켰다. 남색 드레스를 입은 가녀린 여자가 피아노 앞에 앉아서 느리고 우울한 곡을 치고 있었다. 마담과 땅콩의 대화가 이어졌다.

"그랜드피아노를 한 번도 쳐본 적이 없다고 해서. 가끔 치라고 했지."

"아따, 더블린 언니들은 다 잘 먹고 잘사는 집안 딸내미인 줄 알았더니 그것도 아닌가 보네."

"대부분은 집안이 괜찮지. 손님하고 격이 맞아야 하니까. 우리 애들이 웬만한 대기업 애들보다 스펙이 좋아. 집안이든 미모든 학벌이든. 뭐, 몇몇은 서민 출신이지만."

마담이 피아노 쪽을 가리켰다.

"그래도 재는 빈티가 안 나서 괜찮아."

여자는 반듯하고, 슬퍼 보였다.

"저 피아노도 당연히 물 건너 왔겠죠?"

"여기선 사람만 국산이야."

마담은 흡족한 얼굴로 유럽 수입품으로 치장된 홀의 내부를 둘러보았다. 그러다 엄지로 콧수염을 살살 긁으며 방금 한 말을 정정했다.

"아, 고객분들은 빼놓고. VIP들은 이중 국적을 가지고 계시니까."

"쳇, 군대서 뺑이 칠 일은 없겠네."

"하하, 원래 나라는 가난한 것들이 지키는 거야. 고매하신 분들은 여차하면 언제든 이 나라를 뜰 준비가 되셨지."

내내 둘의 이야기를 듣고 있던 나는 휴대폰으로 시간을 확인했다.

"그럼, 둘러보고 오겠습니다."

고객이 오기 전에 15, 16층의 룸과 주방, 보안실, 옥외 수영장을 검사해야 했다. 땅콩과 나는 복도로 들어가 왼쪽과 오른쪽으로 나눠 룸을 들여다보았다. 사실 형식적인 일이었다. 우리는 인테리어나 청결에 대해서 중세 철학만큼이나 아는 게 없었다. 내 눈에는 그저 다 근사해 보이기만 했다.

첫 번째 룸의 문을 열었다. 안은 밝고 넓었다. YY에서라면 칸막이를 세워 룸을 네 개로 쪼갰을 너른 공간이었다. 벽 쪽에는 이탈리아제 가죽 소파가 디귿 자로 붙어 있었고, 가운데엔 탭댄스도 출 수 있는 커다란 상아색 탁자가 매끄러운 네 다리로 위풍당당하게 서 있었다. 벽면엔 가라오케라고 부르면 서운해할 고가의 음향 기기 시스템이 설치되어 있었고, 그 옆엔 어른 키만 한 콘트라베이스가 세워져 있었다. 천장에는 얼마

전 프랑스에서 들여온 뒤엉킨 뱀 모양의 조명이 깨알 같은 빛을 쏟아냈다. 꼭 나를 지켜보는 수천 개의 눈 같았다.

홀에서 흘러나오던 피아노 연주는 밝고 산뜻한 왈츠풍으로 바뀌었다. 나는 거울 앞에서 머리카락을 매만지고 룸을 나왔다.

"야."

하늘색 시스루 옷을 입은 엄청난 미인이 복도에서 나를 불렀다. 그녀는 이쪽으로 오라고 손가락으로 두 번 까닥까닥했다. 역시 난 뭘 입어도 안 되는 모양이다. 형은 면티만 입어도 멋있고, 무섭고, 눈이 부신데. 나는 백만 원짜리 슈트를 입고 있어도 웨이터로밖에 안 봐준다.

"7시쯤에 택배 기사 오니까 전해줘. 내용물 깨지면 한 달 치 월급 날아갈 거라고 말해."

여자는 작은 택배 상자와 만 원을 내밀었다. 집안에서 가사 도우미를 쓰나. 남에게 일을 시키는 데 주저함이 없었다.

"지금 뭐 하자는 거니?"

내가 멀뚱히 쳐다보기만 하자, 여자는 작은 손지갑에서 만 원을 한 장 더 꺼냈다.

"내가 너 같은 루저들 많이 알거든. 인생 쉽게 살려고 하지 마."

눈앞에서 만 원권 지폐가 이틀 만에 주인을 본 개의 꼬리처럼 흔들렸다.

"어떻게 하면 제대로 살 수 있나요?"

"가르쳐줘?"

"네."

"거지 근성부터 버려."

듣고 보니 생각해볼 주제였다. 여자는 내 손에 지폐와 택배 상자를 쥐여주려고 애를 썼다. 고무줄처럼 늘어지는 가느다란 손으로 여자의 신경질이 그대로 전달됐다. 내가 '나의 거지 근성은 무엇인가?'라는 생각에 빠지려는 순간, 땅콩이 나타나 박스를 낚아챘다.

"이게 미쳤나."

땅콩이 박스를 바닥에 던져버렸다. 박스는 툭, 뼈 부러지는 소리를 낸 다음, 컬링 스톤처럼 시원하게 대리석 바닥 위로 미끄러져갔다. 내용물이 깨졌는지 그 길 위로 화장품 냄새가 올라왔다. 여자는 동그랗게 입을 벌린 채 땅콩에게 고개를 돌렸다. 하지만 둘은 눈을 마주칠 새도 없었다. 땅콩의 억센 손이 여자의 머리채를 움켜잡더니 좌우로 세차게 흔들었다. 여자는 흔들리는 내내 비명을 질렀다.

"이년아, 이분이 어떤 분인 줄 알아? 감히 누구한테!"

피아노 소리가 멈췄다.

"그만하세요." 내가 말했다.

"장 팀장님, 이런 버릇없는 것한테는……."

"그만!"

"네, 형님."

땅콩은 여자를 놔주고, 손가락 사이에 낀 머리카락을 떼어 냈다. 그리고 잘 보란 듯이 양팔을 벌리고 나를 향해 푹 고개를 숙였다. 땅콩은 쉬운 충성만 잘한다.

여자는 헝클어진 머리를 두 손으로 감싸고 비틀거렸다. 비명 소리를 듣고 복도로 들어온 마담은 작은 소동의 내용을 쉽게 알아차렸다.

"진정해. 얘가 인턴이라서 여기 사정을 잘 몰라."

마담이 땅콩을 진정시켰다.

"마담, 좀 눈치 있는 애를 데려와야지. 이 떨빵이는 대표한테 술 따르면서 대리님이라고 할 년이야. 술맛 떨어지게."

"그래도 이런 식은 곤란해. 더블린에서 폭력은 없어."

"뭐야? 우리 형님을 쫄로 보는데 나보고 가만히 있으라고? 차라리 7시에 저녁 회 뜨고, 8시에 빵에 가서, 9시에 회개한다."

시간을 끌면 상황이 애매하게 흘러갈 모양새였다. 땅콩에게도 마담에게도, 또 사람을 못 알아봤다는 이유로 머리채를 잡힌 여자에게도 체면이 있었다. 형은 상황이 애매할수록 더

더욱 나의 이득에만 집중해야 된다고 말했다. "선택이란 간단해. 이득이 되는 걸 해. 손해 보는 짓은 하지 마." 지금 나의 이득이 뭘까. 나는 피아노 연주를 다시 듣고 싶었다.

나는 여자에게 사과를 하고 화장품값을 변상해주겠다고 말했다. 마담도 내 행동이 마음에 드는지 평온한 얼굴로 돌아와 여자에게 사과하라고 다독였다. 하지만 여자는 헝클어진 머리카락 속에 얼굴을 감춘 채 묵묵부답이었다. 쓸데없는 신경전에서 해방된 마담은 이번엔 여자에게 화를 냈다.

"장 팀장님한테 사과해, 티파니."

"……."

"부당하다고 생각되면 옷을 갈아입고 나가면 돼."

"……죄송합니다……."

들릴 듯 말 듯 작은 목소리였다. 억울함에 익숙한 YY의 여자들과는 달리, 더블린의 그녀는 어쩌면 이런 경험이 처음이었을지 모른다. 여자가 우는 게 확실히 느껴졌다. 달걀처럼 모아진 주먹이 부들부들 떨리고 있었다.

"질질 짜기는. 종이도 너보단 멘탈이 강하겠다, 이년아."

땅콩은 기어코 한마디를 더 내뱉고 다음 룸을 확인하러 들어갔다. 원래 땅콩은 여자에게 비굴할 정도로 상냥하다. 짝수 날에는 YY의 여자들에게 들려줄 인터넷 유머를 외우고, 유흥업계의 산타클로스처럼 이것저것 선물도 많이 들고 간다. 부활절엔 YY의 여자들에게 달걀도 나눠줬다. 하지만 홀수 날에는 이상할 정도로 적개심을 품는다. 지난달인가, 소독약 냄새가 바람을 따라 흘러오던 더블린의 옥외 수영장 한편에서 땅콩은 "저것들이 재벌 아들하고 노니까 지들이 재벌 딸인 줄 알아. 처녀도 아닌 것들이" 하고 욕을 해댔다. 어쩌면 그 감정은 백화점 점원의 절망과 비슷할지도 모른다. 명품에 둘러싸여 있지만 자신은 가질 수 없다. 나는 백화점 점원으로 일한 적은 없지만, 불판은 좀 닦아봤다. 고기 불판을 닦던 신문지만 한 시멘트 바닥에서도 이런 기분을 느낀 적이 없었다. 여기는 매 순간 콤플렉스를 자극한다.

우리는 평소보다 빨리 15층의 남은 룸들을 둘러보고, 동전에 맞아 코가 떨어져 나갈지도 모를 사자상 앞으로 돌아왔다. 땅콩은 동전을 던지지 않았다.

"장 팀장, 위스키 한잔 줄까?"

카운터에 기대 서 있던 마담이 얼음 든 잔을 흔들며 물었다. 요즘 들어 어른들이 자꾸 나한테 술을 주려고 한다. 일곱 살 때 엄마가 내게 진로 소주를 먹이고 무척 재밌어한 적이 있었는데 그런 비슷한 심리일지도 모르겠다. 고개를 저은 후, 나는 아무도 몰래 허공에 피아노를 치듯 손가락을 까딱이며 엘리베이터를 탔다. 뒤따라 들어온 땅콩은 16층 버튼을 누르고 더블린이 지긋지긋한지 닫힘 버튼을 연신 눌러댔다. 문이 닫힐 때까지 나는 홀을 바라보았다.

누나는 아직도 피아노를 치고 있었다.

더블린의 여인

좋아하는 아이와 짝꿍이 되어본 적이 있는가? 아쉽게도 나는 학교생활 내내 좋아하는 아이와 짝꿍이 된 적이 없다. 그나마 다행이라면 결과에 크게 낙담하지는 않았던 것 같다. 지금 생각해보면 어려서부터 무언가를 직감했던 것 같다. 나는 절대로 원하는 것을 가질 수 없으리라. 포기가 빠르면 어린이도 꽤 담담하게 살 수가 있다. 그런데 참 이상한 일이다. 연정을 품었지만 포기했던 상대가 보낸, 뒤늦게 도착한 사랑 고백 편지처럼, 학교를 나오고 나서야 나는 원하는 사람과 짝꿍을 해봤다.

누나를 처음 만난 건 중국어 학원에서였다. 그 사월의 첫째

주 월요일은 비 웅덩이에 파란 하늘이 비쳤다. 나는 마담이 건넨 삼 개월 무료 수강 쿠폰을 들고 대학로로 갔다. 형도 흔쾌히 허락해줘서 마음이 한결 가벼웠다.

스마트폰으로 지도를 봤는데도 길을 잘못 들어서 나는 마로니에 공원을 한 바퀴 돌다가 기타 소리에 바이크를 멈춰 세웠다. 나보다 서너 살 많아 보이는 남자 두 명이 돌계단에 앉아 기타를 치고 있었다. 매일 열심히 TV를 봐서 아는데 그 느린 노래는 분명 유명한 노래가 아니었다. 옆 파트너보다 더 말라깽이인 청년이 고개를 흔들더니 역시나 그 자리에서 연필로 악보를 고쳤다. 자작곡이라니. 역시 대학로구나 싶었다. 아직 시간이 남아서 나는 그들의 노래를 몇 곡 더 들었다. 노래에 또렷한 하이라이트 부분은 없었지만 전체적으로 분위기가 따듯했다. 따듯한 코코아가 마시고 싶어지는 노래들이었다. 그들이 벌려놓은 기타 케이스에는 지폐 대여섯 장이 놓여 있었다. 나는 기타 케이스 안에 오만 원을 넣었다.

"남쪽으로 떠난 너의 그림자는 길고 길어 아직도…… 고맙습니다."

노래 중간에 갑자기 나를 향해 샤우트가 터져 나왔다.

"오만 년 동안 복 받으세요!"

나는 구세군 자선냄비에 돈을 넣고 쑥스러워 도망치는 아이처럼 바이크로 뛰어갔다.

오후의 대학로는 나른하고 여유로운 분위기였고, 친절한 사람이 많았다. 다시 길을 찾다가 맞은편에서 데이트를 즐기던 뿔테 안경 커플에게 길을 물었다. 남자는 학원 건물의 명칭이 두 개라며, 들고 있던 갤럭시 노트로 방향을 그려주었다.

남자가 물었다. "이런 오토바이는 얼마나 해요?"

"선물로 받은 거라 저도 가격은 잘 몰라요."

"선물이면, 여, 여자 친구가?"

그가 바이크와 나를 위아래로 쳐다봤다. 옆의 여자 친구가 살짝 긴장하는 기색이 엿보였다.

"남자한테 받았는데……."

나는 정직하고 소심하게 대답했다. 남자에게 인사를 하고 시동을 거니 확실히 주위의 젊은 남자들이 내 검고 빛나는 바이크를 쳐다보는 게 느껴졌다. 좀 으쓱해지는 오후였다.

학원은 빨간 벽돌로 빽빽하게 쌓은 오 층짜리 낡은 건물에 위치해 있었다. 붉은 벽 위엔 연녹색 담쟁이가 옥상까지 기어올라가 있었다. 수많은 잎들이 선선한 바람에 흔들렸다. 잎 하나에 무당벌레가 붙어 있었다. 녀석은 껍질만큼이나 단단하게 보여서 굳어버린 박제 같기도 했다. 혹시 죽었나 싶어 입을 동그랗게 모아 후 불자, 무당벌레는 가볍게 위로 날았다.

중국어 강의실은 무당벌레가 날아간 2층 오른쪽 끝이었다. 강의실의 문을 열자 주윤발을 닮은 여자 선생님이 "니하오" 하고 인사를 했다. 곧 열대여섯 명의 수강생들도 문을 향해 "니하오"를 따라 했다. 왠지 그래야 할 것 같아서 나도 영문도 모른 채 손을 흔들며 "니하오" 하고 말았다.

강의실엔 세 줄로 2인용 책상이 이어져 있었다. 나는 창가 쪽의 빈 책상에 앉았다. 인사가 끝난 강의실엔 책장을 넘기는 소리와 필통을 꺼내는 소리만 들렸다. 귀에 익숙하지 않은 교양인의 소리였다. 강단 쪽의 열린 창으로 햇살이 들어왔다. 그 햇살 속에서 하얀 먼지가 작은 생명체처럼 우아하게 춤을 췄다.

"니하오."

4시가 됐을 때, 마지막 수강생이 문을 열고 들어왔다. 베이지색 면 치마에 하얀 카디건을 입은 여자였다. 화려한 인상이 아니어서 사람들의 시선을 확 끌지는 않았다. 다만, 나는 알아봤을 뿐이다. 굽이 낮은 에나멜 구두를 신었는데도 그녀는 신체 비율이 완벽했다. 고작 몇 미터 떨어져 있을 뿐이었지만 그녀의 키가 150센티미터 후반인지 170센티미터 초반인지 가늠하기 어려웠다. 바라볼수록 원근감이 무뎌져서 그녀만 배경에서 오려낸 듯 보였다. 여자의 얼굴은 몸처럼 가녀렸다. 풍성한 갈색 웨이브 머리카락에 반쯤 가려진 이마는 황금색 관악기처럼 윤기 있고 단단해 보였고, 그와 대조적으로 이마에서 코와 입술을 거쳐 턱으로 내려가는 곡선은 섬세한 아름다움이 느껴져, 만지면 삽시간에 녹아버릴 것만 같았다. 여자의 눈매는 길고 차분했다. 검은 눈동자엔 흔들림이 없었다.

현기증이 났다. 점점 공기가 여자에게 모이는 것 같았다. 내 기운이 그녀에게 흘러 들어가는 것 같았고, 순간, 키를 가늠할 수 없는 그녀가 신비한 문처럼 보여서, 나는 다른 차원으로 빨려 들어가는 착각에 빠졌다.

"오늘은 짝이 맞아야 하니까 저기 귀여운 남동생 옆에 앉으세요."

중국어 선생님의 손가락이 내 쪽을 가리켰다. 그럴 리가 없을 텐데, 누나는 천천히 내게 다가오고 있었다. 도무지 어떤 표정을 지어야 할지 몰라서 나는 한자가 잔뜩 쓰인 교재를 내려다보았다. 곧 책상 아래에 귀여운 에나멜 구두코가 보였다. 드디어 누나가 옆에 앉을 때, 나는 소인국에서 제일 키 작은 시민이 된 기분이 들었다.

누나는 내게 묵례를 했지만, 나는 은은한 샴푸 향에 취해 예의도 없이 아무 인사도 하지 못했다.

강의실은 분주해졌다. 중국어 선생님은 결혼 정보 회사의 매니저처럼 자리를 지정하며 수강생들을 2인 1조로 만들었다. 남자와 여자를 짝지어주려는 의도가 역력했다. 자리가 정리되자 선생님은 주성치의 위대함에 대해서 설파한 다음, 우리에게 자기소개를 시켰다. 내 차례가 됐을 때, 아무것도 떠오르지 않아서 그냥 고교 중퇴생이라고 털어놓고 자리에 앉았다. 선생님은 마오쩌둥도 대학을 안 나왔지만 중국의 아홉 번째 통일 황제가 됐다면서 패기를 가지라고 응원해줬다.

"하지만 마오는 수석으로 고등학교를 입학했어요. 열아홉 살 때 베이징 대학 교수들과 동등하게 토론을 할 정도로 천재였다고요."

빵모자를 쓴 눈치 없는 오십 대 아저씨가 손을 들고 말했다. 선생님이 일격을 당한 듯 얼버무렸다.

"아, 그…… 스탈린은 진짜 공부 못했어요. 그렇지만 그 무식한 사람이 러시아의……."

"선생님, 스탈린은 신학교 수석 장학생이었어요."

"네, 다음 학생."

선생님은 서둘러 누나를 가리켰다. 누나의 자기소개 차례가 됐을 때 내심 기대를 많이 했다. 어떤 사람일까, 무얼 좋아할까, 엄마처럼 메그 라이언을 좋아했으면. 하지만 누나는 취업 준비생이라고 간단하게 소개를 마치고 자리에 앉았다. 내

내 아쉬웠다.

중국어 선생님이 미는 아이템은 '옥동자 회화법'이었다. 뭐지? 마오쩌둥하고 스탈린은 누구고, 또 옥동자는 누구지? 옥동자는 아이스크림 이름인데.

"베이징의 머저리도, 상하이의 아이큐 80짜리도, 광저우의 여섯 살 꼬마도 중국어를 잘해요. 절대 걔네들이 똑똑해서가 아니에요. 회화는 학문이 아녜요. 오히려 머리는 방해만 되니까 여기에 오면 뇌를 텅텅 비우세요. 옥동자가 막 헬리콥터 소리 따라 하고, 게임기 소리를 따라 하잖아요? 두두두투. 뿅뿅뿅. 그렇게 그냥 따라만 하세요. 오케이? 즈다오마•?"

짝을 맞춘 이유가 드러났다. 선생님은 자신이 먼저 중국어를 말해주면, 옆 사람과 진짜 중국인들처럼 회화를 하라고 시켰다. 나와 누나는 서로를 마주 보았다. 화장을 하지 않은 누나의 턱 언저리에 피부 전체와는 좀 색이 다른, 벚꽃잎만 한 희미한 반점이 보였다. 그 부분이 콤플렉스인지 중간에 누나는 손끝으로 머리를 내려 가렸다. 용기만 있다면 말해주고 싶었다. 가까이에서만 볼 수 있는 그 반점 때문에 당신의 얼굴이 완벽해지는 거라고.

• "알겠습니까?"라는 뜻의 중국어.

우리는 얌전히 마주 보고 앉아 선생님이 불러주는 중국어를 따라 했다. 니하오, 환잉광린, 셰셰, 부셰•…….

"니츠판러마••?"

누가 들어도 욕처럼 들렸다. 강의실에 웃음이 터졌다. 선생님은 이 말은 욕이 아니라 많이 하면 할수록 좋은 말이라며 뇌를 비우고 "니시팔노마"를 따라 하라고 계속 압박했다.

"누나가 먼저 하세요."

뜸을 들이던 누나는 선생님이 지적하자 작게 입을 열었다.

"니시……."

풋.

퍼런 수염 자국이 난 내 턱에 침이 튀었다. 난 아무렇지도 않았는데 누나가 더 깜짝 놀라 가방에서 손수건을 꺼냈다. 누나는 내 얼굴을 조심스럽게 닦아주며 웃음을 힘겹게 참아냈다. 뭐가 그렇게 우스운지 수업 내내 누나는 나와 눈이 마주칠 때마다 웃음을 터뜨렸다. 참 웃음이 많은 사람이구나. 웃음이 너무 맑고 상쾌해서, 내 마음도 슥슥 지우개질을 한 것처럼 깨끗해지는 기분이 들었다.

● 순서대로 "안녕하세요", "환영합니다", "감사합니다", "천만에요"라는 뜻의 중국어.

●● "식사하셨어요?"라는 뜻의 중국어.

하지만 그렇게 보기만 해도 행복해지는 웃음은 다시는 보지 못했다. 누나는 다음 날도, 다다음 날도 중국어 학원에 나오지 않았다. 완전히 학원에 발길을 끊어버렸다. 그 이유가 나 때문이라는 사실은 나중에야 알았다.

학원을 다니기 시작하고 얼마 뒤에 더블린에서 작은 사고가 벌어졌다. 우리가 감히 쳐다볼 수 없는 더블린의 VIP들은 영어도 잘하고, 악기도 잘 다루고, 작은 제스처에도 품위가 있다. 다만 술은 사람을 공평하게 만들어서 때때로 VIP들도 뒷골목의 주정뱅이가 된다. 그날 VIP 한 명이 고주망태가 됐다. 결국 내가 룸으로 들어갔다. 룸 안은 엉망이었고 VIP도 엉망이 된 상태였다. VIP는 나를 보자 더 술기운이 올라 주먹질을 하기 시작했다. 미친개를 다루는 법은 어쩌면 쉬울지도 모른다. 미친개를 도자기처럼 다루는 법에 비하면. 나는 한동안 그의 주먹에 얼굴을 내줬다.

"저희가 집까지 모셔다 드리겠습니다."

"깝죽대지 마. 좆만 한 새끼야."

그때 두 번 놀랐다. VIP는 욕을 할 줄 알았다. 게다가 흉기도 쓸 줄 알았다. 쨍! VIP가 기다란 물컵을 탁자 모서리에 깨고 휘둘렀을 때, 상상도 못 한 일이라 나는 손으로 깨진 유리를 가까스로 막아냈다. 피가 났다. 겨울에 동파를 막기 위해

수돗물을 작게 틀어놓을 때처럼, 손에서 피가 흘러 바닥을 적셨다. VIP는 피를 보고 나서야 정신이 좀 들었는지, 지갑에서 돈을 꺼내 허공에 뿌리고 나갔다. 안타까웠다. 술만 아니면 분명 반듯한 사람이었을 텐데.

"여기 잠시만 앉아 계세요."

룸에서 힘겹게 VIP를 접대하던 여자가 말했다. 나는 영문도 모른 채, 문밖으로 사라지는 여자의 와인색 드레스 자락을 쳐다봤다. 잠시 뒤에 여자가 다시 들어왔다. 여자는 나를 소파에 앉히고 홀에서 가지고 온 구급함을 열었다. 치료하는 폼이 꽤 야무졌다. 여자는 핀셋으로 정확하게 유리 조각들을 빼내고, 소독약을 묻힌 거즈로 손등의 상처를 꼼꼼하게 닦아주었다. 여자는 붕대를 감기 위해 내 손을 위로 올렸다. 손을 따라 움직이던 내 눈에 와인색 드레스와 줄다리기중인 여자의 가슴이 보였다. 얼굴로 시선을 옮겼다. 고개를 숙인 여자의 얼굴은 다 보이지 않았지만, 또 화장으로 가렸는지 작은 반점도 보이지 않았지만, 분명히 누나였다.

처음엔 뛸 듯이 기뻤다. 가슴이 벅차올랐다. 그다음에는 순진하게도 반가운 마음이 들었다. 그리고 마지막엔 먹먹한 슬픔이 찾아왔다.

"혹시 제가 여기서 일하는 거 알고 계셨나요?"

내가 물었다. 누나는 붕대를 돌리며 고개를 끄덕였다. 나중에 알게 된 사실을 말하면, 사실 우리의 만남이 아주 우연은 아니었다. 수영장이나 피트니스 센터, 어학원 등의 영업자들은 젊은 미인들에게 무료 티켓을 뿌리곤 한다. 미인이 많은 곳에는 사람들이 모이니까. 일종의 '물 관리'라 할 수 있다. 중국어 학원의 영업자는 마담에게 무료 티켓을 건넸고, 그 티켓 중 하나가 나와 누나에게 흘러 들어왔던 것뿐이다.

"저 때문에 불편하시면 제가 학원을 옮길게요."

나는 가지런한 누나의 인조 속눈썹을 보며 말했다.

"학원은 그냥 한번 가본 거예요."

"그냥, 왜요?"

"그냥 학생 기분 내보고 싶어서."

"대학 안 다니세요?"

더블린의 여자들은 거의 대학생이나 대학원생이었다. 새끼 마담들은 비밀스러운 대학 커뮤니티를 통해 학교의 퀸들을 알음알음 섭외하고 있었다. 누나는 취업 준비생도 아니고 대학생도 아니었다. 누나는 더블린에서 일하고 있다. 겨우 이것이 내가 누나에 대해 아는 전부였다. 나는 더이상 묻기가 곤란했다.

누나가 붕대 매듭을 단단하게 묶고 손을 뗄 때 내가 말했다.

"셰셰."

그러자 누나는 조용히 웃더니 "부셰"라고 했다.

자정이 지났다. 두 시간째 담배를 피우지 못한 땅콩이 안절부절못해서 함께 빌딩 앞으로 내려갔다. 조경 공사중인 빌딩 앞은 황량했다. 땅콩은 기회다 싶었는지 담배를 연달아 피워 댔다. 평온한 땅콩의 얼굴에 나도 밤으로 흩어지는 연기처럼 편안해졌다. 하지만 오늘은 일진이 나쁜 날인 것 같다.

땅콩이 보도블록 사이에 담배꽁초를 비벼 껐을 때였다. 멀리 밤 사나이들이 다가왔다. 세 명이었다. 가로등 불빛에 드러나는 얼굴 셋을 보자 기분이 안 좋아졌다. 그들은 우리와 홀짝을 맞바꿔 일하는 사내들이었다. 그들은 지금 YY를 관리해야 한다.

"무슨 일이십니까?"

앞장서 다가오는 은갈치 양복에게 내가 물었다.

"아, 별거 아닙니다. 어제 더블린에 핸드폰을 놓고 와서요."

"제가 위에 연락해서 찾아드리지요."

"하하, 그게 아니라 저 위에 참한 냄비가 하나 있거든요. 하, 이거 참, 장 팀장님도 어른이 되시면 아시겠지만……."

"이 새끼들이 지금 한판 뜨자는 거야?"

땅콩이 나섰다. 비록 흥분은 했지만 땅콩 말이 맞다. 은갈치는 보상금을 노리는 삼류 건달처럼 내 가슴팍에 머리를 들이밀었다.

"고기를 잡으러 바다로 갈까나— 엉덩이 흔들러 더블린 갈까나—."

어디서 이런 녀석을 구했을까? 요즘 이 세계에서도 보기 드문 저질이었다. 은갈치가 노래를 부르며 지나치려는 순간, 난 녀석의 얼굴을 잡고 투포환을 던지듯 계단 밖으로 힘껏 내던졌다. 은갈치가 나자빠졌다.

나는 재킷을 벗어 땅콩에게 맡겼다. 내가 앞으로 걸어가자 둘이 뒤로 물러섰다. 은갈치는 옷을 털며 일어나 이빨을 다 드러내 보이며 웃었다.

"기쁘다. 드디어 나의 적수를 만나게 되…… 앗!"

만화 같은 소리를 해대서 은갈치의 코를 힘껏 잡으니 커푸어엉, 녀석의 입에서 만화 같은 신음이 터져 나왔다. 나는 도어 잠금장치를 돌리듯이 녀석의 코를 비틀었다. 순간 병뚜껑 따는 소리가 났다. 은갈치는 동작만큼이나 감각이 느렸다. 일 초, 이 초, 삼 초 뒤에야 뾰족한 덫에 걸린 늑대의 울부짖음이 시작됐다. 시간이 지날수록 소리는 바위에 깔려 죽는 곰의 서러운 절규 같기도 하고, 불에 타 죽는 쥐의 비명 같기도 했다.

마침 하늘은 보름달이라 그의 절규가 더 처절하게 들렸다. 코는 고치면 된다. 강남엔 세계 최고 수준의 성형외과 의사들 천지다. 하지만 은퇴하기 전까지는 수술을 미루는 게 좋을 것이다. 부상으로 코가 휘어진 운동선수들도 다 그런 식으로 관리한다.

"아악, 코가 없어졌어. 아아악, 내 코가……."

하도 엄살을 부려서 은갈치를 껴안고 무릎을 그의 명치에 박았다. 그러자 달빛 소리도 들릴 만큼 조용해졌다.

뒷걸음치던 두 명의 밤 사나이는 가로등 불빛 가운데서 멈춰 섰다. 그들이 칼을 꺼내지 않아서 나도 죠스를 빼지 않았다.

첫 번째 남자가 달려들었다. 날아오는 그의 팔뚝을 가볍게 주먹으로 쳐냈다. 몸이 한쪽으로 기울어진 남자가 왼쪽 주먹을 올렸다. 속도가 오른쪽 주먹보다 확실히 느렸다. 나는 두 손으로 그의 팔을 잡고 돌았다. 남자가 꽈배기처럼 꼬였다. 그러자 두 번째 남자가 꽈배기를 풀어주려고 달려왔다. 나는 첫 번째 남자를 방패 삼아 빙빙 돌며, 박치기로 면상을 쉬지 않고 들이박았다. 마지막 박치기 때 꽈배기가 크게 회전하며 쓰러졌다. 나는 꽈배기의 옆구리에 발길질했다.

그 꼴을 본 두 번째 남자가 당황했다. 나는 고개를 숙여 돌진해 머리와 팔꿈치와 무릎을 모아 그를 공격했다. 이렇게 공격하면 머리, 팔꿈치, 무릎 중 하나는 표적을 때린다. 그는 얼굴에 정타를 맞았다. 두 번째 남자가 비틀거리며 가라앉았다. 내 시야에 무방비 상태의 무릎이 들어왔다. 그 오묘한 아치를 발로 내리찍으면 그는 평생 일어설 때마다 벽을 짚어야 한다.

본능적으로 발이 올라가 있었다. 나는 발을 내리고 그의 멱살을 잡아 끌어 올렸다. 한 번의 공격일 뿐이었는데 그의 얼굴은 벌써 피투성이였다.

—저는 절대 사람 안 죽여요.

밤 세계로 들어왔을 때 한 나와의 약속을 지키기 위해서는 늘 아슬아슬한 줄타기를 해야 한다. 온 힘을 다하는 것보다 힘을 적당히 주는 쪽이 훨씬 어렵다. 나는 손을 부챗살 모양으로 펼쳐, 피로 얼룩진 그의 뺨따귀를 갈겼다. 열 번 정도 뺨을 때리자 그의 눈동자가 파친코의 마지막 숫자판처럼 천천히 위로 올라갔다.

뒤를 돌아보니 보안실과 지하 창고에서 대기하고 있던 식구들이 나와 있었다. 나까지 포함해 총 아홉 명이었다.

"이놈들 어떻게 할까요?"

나보다 세 살 많은 빡빡머리 막내가 조심스레 다가와 물었다.

"YY 빌딩 앞에요."

"네, 팀장님."

"버리고 오세요."

순간 아놀드 형님이 눈을 찡그렸다. 과묵한 아놀드 형님이 총총걸음으로 내게 왔다. 야구 경기에서 정신을 못 차리는 투수에게 향하는 포수의 걸음걸이였다. 포수가 글러브로 입을 가리고 투수에게 말하듯 형님이 내게 귓속말했다.

"바람아, 괜히 혁철이네 자극하지 말자, 오늘은."

나는 일부러 화가 많이 난 척 대답하지 않았다. 아놀드 형님이 한숨을 내쉬고 내 어깨를 두드렸다.

"똥개들아, 장 팀장님 말씀 못 들었어?"

이내 식구들이 부산하게 움직였다. 아놀드 형님이 '오늘'에 방점을 찍은 이유가 있었다. 형은 해외 출장중이었고, 나머지 식구들은 '신 성장 동력'을 찾기 위해 부산에 내려가 있었다. 오늘은 확실히 인원이 부족했다. 하지만 부족할 때야말로 배짱을 부려야 한다, 라고 형한테 배웠다.

주차장에서 올라온 구형 에쿠스가 트렁크에 세 명의 밤 사나이를 싣고 떠났다. 나는 아놀드 형님의 표정을 확인하지 않았다.

"전화기 좀 주실래요."

땅콩이 내 슈트 재킷에서 핸드폰을 꺼내 주었다. 곧바로 형에게 전화를 걸었다. 형은 보고에 굉장히 민감해서 땅콩이 코

딱지만 파도 바로 보고하라고 했다. 방금 내가 잘한 것인지 나도 잘 모르겠다. 그저 형이라면 이렇게 할 것 같아서 이렇게 했을 뿐이다.

"식구들을 소집해야 하나요?"

수화기 너머로 잠깐 침묵이 흘렀다.

"아냐, 방법이 너무 어설퍼. 그 정도 명분으로는 전쟁을 일으킬 수 없어."

고개를 끄덕였다. 만약 혁철이 우리를 치려고 했다면 이렇게 너저분하고 요란한 수를 쓰지는 않았을 것이다. 당연히 기습이 정석이다. 우리도 그렇게 빼앗아왔다.

"조금 뒤에 혁철이가 거기로 갈 거다. 감당 안 되면 나한테 전화 연결해."

과연 형 말대로였다. 이십 분쯤 뒤에 은색 제네시스가 부드럽게 다가와 내 앞에 섰다. 차는 장난을 치듯 나를 향해 상향등을 켰다 껐다 깜박였다. 눈이 찡그려졌다. 제네시스는 평소에 동경하던 차였는데 순식간에 오만정이 떨어졌다.

뒷좌석 문이 열렸다. 나한테 얻어맞았던 두 사내가 차에서 내렸다. 은갈치는 보이지 않는 걸 보니 아마 병원에 실려 갔나 보다. 혁철은 극적인 효과를 원했는지 상향등을 켠 채 운전석에서 내렸다. 단추가 여섯 개 달린 혁철의 더블 버튼 재킷 테두리에 외곽선이 없는 것처럼 역광이 퍼졌다.

혁철이 바지 주머니에 손을 넣고 다가왔다. 늘 살짝 감겨 있는 눈. 무심한 예술가 같기도 하고, 뱃속에 능구렁이를 품고 다니는 책사 같기도 한 남자. 형은 그를 '유식하게 무식한' 사나이로 평가했다.

"꿇어."

혁철은 애매한 메시지를 던졌다. 내가 무릎을 꿇으면 더할 나위 없이 좋고, 아니어도 그로서는 잃을 게 없다. 내가 버티자 혁철은 느긋하게 뒤를 돌아보며 말했다.

"뭐 하냐? 숟가락으로 귓구멍 좀 파줄까."

후다닥 둘이 뛰어와 내 앞에 무릎을 꿇었다. 둘의 얼굴은 15라운드 내내 얻어터진 복서와 흡사했다.

"이거 장 팀장한테 면목이 없어. 내 철없는 동생 하나가 여기 여자애한테 꽂혔단 말이지. 그래도 그렇지, 홀수 날은 엄연히 남의 영업장이잖아? 참나, 하루를 못 참아서. 남자들이 그래요. 여자한테 눈이 돌아가면 경주마처럼 시야가 좁아져. 딴 게 안 보여. 개념 없이 나대다가 골로 가는 수가 있다는 걸 깜빡한단 말이야. 이놈들아, 사죄 않고 뭐 하냐."

"용서해주십시오. 장 팀장님."

무릎을 꿇은 두 남자가 합창했다. 나는 피떡이 된 두 남자와,

냇물 속의 반지르르한 돌 같은 혁철의 얼굴을 번갈아 보았다.

"용서합니다."

쇼가 끝나자 둘은 뒤도 돌아보지 않고 제네시스 쪽으로 돌아갔다. 혁철은 혼자 남아서도 당당했다.

"장 팀장은 경마 좋아하나."

"그쪽은 잘 모릅니다."

"하, 웬일이야. 내가 동생 한번 데리고 가야겠네. 경마장을 가보면 다크호스란 게 있어. 뜬금없는 신예가 챔피언을 먹고 그 세계를 바꿔. 나는 장 팀장을 볼 때마다 다크호스 같다는 생각이 들어. 이렇게 바라만 봐도 뿌듯해. 장 팀장, 나하고도 한번 일해봐야지."

확실히 나는 어떻게 돌고 돌아도 결국 이 세계로 들어올 수밖에 없었을 것 같다. 여기가 나를 칭찬해주는 유일한 세계다. 그렇지만 칭찬해주는 사람을 모두 믿어야 할 이유는 없다.

"언젠가는 우리가 한 가족이 돼서 말이야."

혁철이 기웃거리며 내 어깨 너머에 있는 식구들을 찬찬히 쳐다봤다.

"이 세계의 주인이 되자고. 나하고 백기하고 힘을 합하고, 장 팀장이 도와주면 못 할 일이 뭐가 있겠어. 상상을 해봐. 와꾸가 딱 나오잖아."

혁철이 손가락을 튕기며 말했다.

"이 나라에 희망이 없는 이유를 알아? 영감탱이들이 돈이든 부동산이든 채권이든 다 차지하고 있어. 이 나라의 자산 팔할을 깔고 앉아서 내놓을 생각을 안 해. 염치없는 것들이 잘 뒈지지도 않아요. 매일 뭘 처먹는지 칠십 먹은 노인네가 필드에서 공을 250야드 날려. 참나. 우리가 혼내줘야지. 우리 이삼십 대가, 아니, 장 팀장 같은 십 대까지 모두 힘을 모아서 적폐들을 몰아내야지 않겠어."

등 뒤로 식구들의 시선이 따갑게 느껴졌다. 아마 한 가지 생각들을 할 것이다. 지금이 혁철을 처리할 수 있는 절호의 기회라고. 나도 힘으로는 그를 누를 자신이 있다. 하지만 사람을 죽이지 않겠다는 내 맹세와 상관없이 나는 그냥 안다. 그는 내가 감당할 수 있는 인물이 아니다.

"근데 지금 우리가 뭐 하는 거야. 무슨 동전 놀이도 아니고. 홀, 짝, 홀, 짝. 뭔 너저분한 짓이야. 안 그래?"

애매한 어투였으나 굳이 대답을 기다리는 것 같지는 않았다. 툭, 그가 내 어깨를 쳤다. 짧은 침묵 속에서 우리는 서로의 눈을 마주했다. 그는 내 눈에서 뭘 봤을까? 나는 그에게서 암흑 말고는 아무것도 보지 못한다. 나는 그에 대한 작은 힌트라도 얻으려고 그를 계속 관찰했다. 순간, 얼굴에 붓이 슥 지나간 듯 혁철의 입꼬리가 올라갔다.

"백기한테 한잔하자고 전해줘."

"네. 살펴 가십시오."

혁철은 손을 흔들며 빛 속으로 멀어졌다. 제네시스가 그들을 태우고 빌딩 앞에서 사라지자 나는 형에게 전화로 보고했다. 뜻밖의 말을 들었다.

"누군가가 널 지켜보고 있었을 거야."

군데군데 어둠으로 물든 자리들을 살펴봤다. 혁철의 눈처럼 아무 흔적도 기척도 느낄 수 없었다. 홀린 듯 통화를 마치고 무겁게 핸드폰을 내렸다. 그때 밤하늘에 클랙슨이 길게 두 번 울렸다. 나는 대로변으로 뛰었다. 중앙선 건너, 유턴을 하고 돌아가는 은색 제네시스가 보였다. 손수 운전대를 잡은 혁철은 나를 향해 장난스레 엄지를 치켜올렸다. 그 뒤로 열 대가 넘는 검은 세단들이 줄줄이 제네시스를 따라 지나갔다.

나를 따라온 식구들의 어지러운 발소리가 일순간 멈췄다. 우리는 마지막 세단이 신호를 무시하고 무리에 붙어 코너로 사라지는 광경을 지켜봤다. 피에 젖은 와이셔츠에서 비린내가 훅 올라왔다.

고양이 눈에 비친 시간

믿기지 않겠지만 우리를 가장 힘들게 하는 건 잠이다. 이 세계에 막 들어왔을 땐 만성 수면 부족에 시달릴 줄은 꿈에도 몰랐다. 학교를 다닐 때만 해도 피곤이란 단어를 이해조차 못 했는데. 네 시간도 채우지 못하고 무거운 잠에서 깨어났다. 이불을 뒤집어쓰고 알람이 울리는 핸드폰을 확인했다. 오전 9시였고, 짝수 날이었다. 오늘은 누나를 볼 수 없구나.

이불에서 기어 나와 침대 머리에 상체를 기댔다. 오피스텔은 전형적인 풀 옵션 원룸이었다. 조리대, 접이식 식탁, 세탁기, LCD TV 등등 필요한 물건은 다 갖춰져 있었다. 이 집엔 생활과 행복만 없다.

습관적으로 TV를 켰다. 채널을 돌리다가 연예인들이 잔뜩 나오는 예능 프로그램에서 리모컨을 멈췄다. 집에서는 시끌벅적한 분위기가 나는 게 좋다. 별로 웃긴 장면은 아니었지만 일부러 TV를 보며 웃었다. 등 뒤에서,

"하하하, 저 병진 생퀴들. 졸라 웃겨."

하는 엄마의 목소리가 들리는 것 같았다.

볼륨을 몇 칸 더 올리고 문을 열었다. 문 앞에 도시락이 놓여 있었다. 도시락 배달 서비스로 일요일만 빼고 매일 아침 배달된다. 밥도 따뜻하고 야채도 신선하고, 무엇보다 식단을 대신 짜줘서 편하다.

내가 원래부터 게으름뱅이는 아니었다. 엄마와 함께 살 때는 매일 엄마의 밥을 지었다. 그때는 요리가 재밌었다. 아마 예술적 재능이 없어서 그럴지도 모른다. 뭘 만들고 싶기는 한데 그림도 못 그리고, 시도 못 쓰고, 작곡도 못 하니까. 그래도 요리라면? 어느 정도 할 수 있을 것 같았다. 막상 요리를 만들어보니 맛도 제법 괜찮았다. 까다로운 엄마가 내 요리에 대해선 흠을 잡은 적이 별로 없었다.

이 집에 들어와서 비로소 제대로 된 주방을 가지게 되었다. 입주하자마자 키친아트 주방용품 세트를 샀다. 대형 카빙 포크까지 갖춘 풀 세트였다. 한동안 이것저것 실컷 만들어 먹었다. 잠을 쪼개서 TV에서 봤던 요리들을 흉내 냈다.

하지만 지금은 뭐, 이런 꼴이다. 시끄러운 TV 앞에서 배달 도시락을 먹는다. TV가 나 대신 놀아주고 웃어주지 않는다면 무척 쓸쓸한 아침일 것이다. 가끔씩 다시 요리를 시작해볼까도 생각하지만 역시나, 나를 위한 요리는 흥이 나지 않는다.

아침 식사를 마치고 같은 건물 3층에 위치한 피트니스 센터에 들렀다. 애매한 오전 시간이라 기구를 차지한 사람이 많지 않았다. 나는 빈자리를 놔두고 벤치 프레스에 앉아 운동중인 아저씨 옆으로 갔다. 별 볼 거 없는 몸매를 자랑하려는 게 아니라 누군가와 함께 땀을 흘리고 싶어서였다. 하지만 아저씨는 정체불명의 미성년자가 찜찜한지 곧 자리에서 일어났다. 나는 오늘도 자신의 숨소리를 들으며 운동을 했다.

샤워를 마치고 바로 바이크를 몰았다.

첫 코스는 분당이었다. 어딘가 가짜 같은 작은 도시로, 낙엽이 어울리는 평온한 거리 뒤로 밤 산업이 그림자처럼 숨어 있다. 우리의 사업장은 작은 간판들로 번잡한 팔 층 청색 빌딩 안의 아크로 예식장, 바로 그 아래층이다. 삼미 전기. 여기서는 정말로 해외에서 운동기구를 수입한다. 이래 봬도 '메이드 인 재팬'이다. 수입된 운동기구는 우리가 30퍼센트 지분을 가지고 있는 방문판매업체로 납품한다. 당연히 정부에 세금도 낸다.

나는 삼미 전기의 차가운 문고리를 당겼다. 세 개의 책상과 운동기구 박스들로 가득 찬 작은 사무실이 보였다.

"장 팀장님 오셨습니까."

회색 작업 점퍼를 맞춰 입은 두 남자와 경리 직원인 젊은 여자가 일어섰다. 내 옆에 형이 없어서인지 표정들이 가벼워 보였다. 나는 말없이 인사를 하고 책장 앞에 섰다. 책 대신 운동기구 상자들이 꽂혀 있는 책장이었다. 경리 직원이 내게 다가왔다. 고등학교를 막 졸업해서인지 뭔가 좀 어설펐다. 검정색 투피스는 확실히 헐렁했고, 화장을 어떻게 했는지 얼굴만 붕 떠 있었다. 쇠락한 밤 사나이의 둘째 딸로 우리와 일하는 여자 중에 몸으로 돈을 벌지 않는 거의 유일한 사람이다.

"차 한잔 드릴까요?"

"괜찮습니다."

"어저께 커피콩 똘똘한 놈으로 사 왔어요. 이 언니 믿고 한번 드셔보세요."

그녀는 활짝 웃으며 말했다. 붙임성 있는 밝은 성격이었다. 하지만 형은 그 부분을 탐탁지 않게 여겼다. 형은 돈을 만지는 사람은 웃음이 헤퍼선 안 된다며 "돈에는 농담이 없어"라고 말했다. 나는 그녀를 향해 무뚝뚝하게 고개를 저었다. 조금 미안했지만 자꾸 웃으면 형이 아웃시킬지도 모른다.

내가 대답이 없자, 직원은 또 싱긋 웃으며 책장을 옆으로 밀었다.

담배 냄새가 코를 찔렀다. 비밀 문 너머, 분당의 두 번째 사업장은 담배 연기와 슬롯머신의 전자음으로 어지러웠다. 창이 없는 공간이라 빛은 전적으로 조명에 의지하고 있었고, 몽롱한 조명은 시간을 가둬놓은 듯했다. 늘 밤 10시 같은 곳이다.

머신 앞에서는 중년 남자들이 담배 연기를 날려댔다. 도박장 한쪽 테이블에서는 포커판이 벌어졌다.

"별일 없었나요?"

형을 대신해서 매니저에게 물었다. 매니저는 어제와 똑같은 인사를 하고, 똑같은 하소연을 하고, 똑같은 농담을 건넸다. 별일 없었나 보다. 나는 비밀 도박장에서 이십 분 정도 의미 없이 앉아 있다가 다시 비밀 문을 열었다. 여기서는 TV조차 집중해서 보기가 어렵다. 밖에서 기다렸다는 듯이 경리 직원이 현금이 든 종이 가방을 내게 건네주었다. 그녀의 웃음에 어색한 표정으로 답하고 삼미 전기를 나왔다.

그후로 하루 종일 서울 시내를 돌았다. 성인 오락실, 바카라방, 사설 화상 경마장, 키스방, 대부업 사무실을 순서대로 들러 형 대신 수금을 했다. 가는 곳마다 어른들이 내게 굽실거렸다. 물론 그런 거에 우쭐할 만큼 내가 바보는 아니다. 나도 내 주제를 안다. 매출을 올리려면 영업력이나, 기획력이나, 아니면 협상력 같은 수완이 있어야 하는데 나는 아무것도 없다. 돌발 상황이 생기면 우왕좌왕하는 머릿속을 침묵으로 감추는 꼬맹이일 뿐이다. 물론 밤 세계에선 전통적으로 주먹을 우대하긴 하지만 내 나이를 생각하면 역시 파격적인 대우를 받고 있는 것이다. 사실 특별한 비결은 없다. 그저 형과 일하는 사람 중에서 내가 형의 말을 제일 잘 듣는 것뿐이다. 늘 형처럼 생각하려고 노력한다. 당연히 형처럼 똑똑해질 수는 없겠지만. 빨리 형을 보고 싶었다.

누군가에게는 밤이고 또 다른 이에게는 새벽인 묘한 시간대였다. 나는 강남 거리의 포장마차에서 우동을 먹었다. 귀에 이어폰을 꽂고 혼자 중국어 회화를 중얼거렸다. 면이 절반 정도 남았을 때 땅콩이 들어와 플라스틱 의자를 들고 내 앞에 왔다. 땅콩은 우동과 소주를 시켰다. 나는 젓가락을 내려놓고 말했다.

"아직 근무시간이에요."

"오늘만요. 딱 반병만 마시겠습니다."

땅콩이 평소보다 목소리를 두 톤 낮춰 말했다. 그러고 보니 무슨 고민이 있는지 온종일 얼굴이 거무튀튀했다.

주문한 음식이 나오자 땅콩은 뜨거운 그릇에 굵은소금만 한 고춧가루를 습관처럼 뿌리기만 할 뿐, 우동엔 손도 대지 않고 혼자 소주잔만 비워댔다.

"형님."

"일반인 있는 데선 형님이라고 하지 마세요. 사람들이 욕해요."

"제 목숨 두 번이나 건져주셨는데 형님을 형님이라고도 못 부르면 땅콩 웁니다."

강남에 입성하기 전까지 몇 번의 전쟁이 있었다. 당시 내 사수였던 땅콩은 노래보다 예능만 잘하는 음치 가수처럼 밤 세계와 어울리지 않는 몸치였고, 나는 몇 번 그를 위기에서 구해줬다. 그 때문인지 사수와 부사수의 위치가 바뀌었을 때, 땅콩은 담배 두 대만 피우고선 서열의 뒤바뀜을 받아들였다.

"형님, 명령만 내리시면 혁철이 새끼 담가버리겠습니다."

원래 예측이 잘 안 되는 성격이고 그게 나름 매력이긴 하지만 방금 한 말은 너무 뜬금없었다.

"왜요?"

"놈들이 우리 빤스까지 벗기려고 하는데 다들 가랑이 벌리고 있으니까요."

"다리 벌리고 있으면 팬티 못 벗겨요."

잠시 땅콩이 날 멀뚱히 쳐다봤다. 대꾸 없이 한숨을 내쉰 땅콩은 소주잔을 비웠다.

"우리를 호구로 보면 말이죠, 보여줘야 해요. 호구가 아니라는 걸. 지금 이건 아니에요. 누군가는 나서야 해요."

땅콩뿐만이 아니었다. 다른 식구들도 은근히 누가 나서기를 바랐고, 그 누군가가 당연히 나여야 한다고 생각하는 분위기였다.

"그래서 누군가 대신 나서시게요?"

"네. 저라도요."

"피넛 씨는 사람 죽여본 적 없잖아요."

땅콩이 눈을 껌벅거렸다.

"누군가는 해야죠. 제가 혁철이 모가지 따 오겠습니다."

"그럼 따 오세요."

비장했던 땅콩의 표정이 불어터진 우동 면발처럼 질서 없이 풀어졌다. 땅콩은 허공에 빈 젓가락질을 몇 번 하고, 나를 보고 또 보고 나서, 소주잔을 수없이 빙빙거리더니 크흐으으 하고 정말 쓰게 술을 마셨다.

"아…… 알겠습니다. 대신 홍천에 사는 제 여동생하고 막둥이 챙겨……."

"안 챙겨줄 거예요."

나는 절반 남은 소주병의 뚜껑을 닫았다.

"멍청한 짓엔 아무런 상도 돌아오지 않아요. 벌만 기다릴 뿐이에요."

먼저 일어나 계산을 하니 멍하니 있던 땅콩이 엉거주춤 따라왔다. 포장마차를 나서는데 뒤에서 주인아주머니가 "저놈은 맨날 동생한테 얻어먹어" 하는 소리가 들렸다.

황혼부터 시작된 밤거리의 불빛들은 여전히 기지개를 켜고 있었다. 땅콩은 담배를 피우며 옥외 주차장까지 졸졸 따라왔다.

"어디 가시게요?"

나는 바이크에 앉아 시동을 걸었다.

"장 형사는 순찰 갑니다."

다소 난폭하게 바이크를 출발시켰다. 엔진은 힘찼고 깊은 밤의 대로는 뻥 뚫려 있었다. 길을 따라 지칠 때까지 바이크를 몰고 싶었다. 하지만 드라이브는 고작 오 분뿐이었다.

숨기 좋은 어둑한 골목에 조용히 바이크를 세웠다. 나는 헬멧 실드를 올리고 더블린을 바라보았다. 빌딩 입구는 적막했다. 지난밤 사건 이후로 내내 개운하지가 않았다. 확실히 기분 나쁜 도발이었다. 무슨 꿍꿍이속인지 몰라도 분명 의도된 행동들이었다. 누가 날 지켜봤다는 걸까? 그날 나를 지켜본 사람은 혁철 패거리가 아니라고 형이 말했다.

—그럼 도대체 누구죠?

—혁철이가 고용한 남자. 한국에 돌아가면 알려줄게. 그동안 몸조심해.

여기쯤이었을까. 누가 나를 지켜본 곳이? 혼란스러웠다. 형 덕분에 우리는 큰물로 들어왔지만 큰물 속에 무엇이 숨어 있는지 알 수가 없었다. 나는 약간이기도 하고 사실은 조금 많이이기도 하고…… 두려웠다. 그게 부끄럽지는 않았다. "사람이 공부를 해야 하는 이유"란 글자를 중학교 때인가, 역사 선생님이 칠판에 쓴 적이 있다. 선생님은 학생들에게 공부하는 이유에 대해 발표를 시키더니 "공부는 두려움을 없애기 위해서 하는 것"이라 말씀하셨다. 당시에 참 생뚱맞다고 생각해서 아직도 기억에 남아 있다. 만약 그 말이 맞다면 지금 내가 두려운 건 당연한 것이고 해답도 간단하다. 공포를 떨치려면 공부를 하면 된다.

하지만 아무리 찾아봐도 혁철에 대해서는 공부할 책이 없었다. 혁철과 우리의 관계는 말하자면, 지금 쓰이고 있는 책이나 다름없다.

나는 빈 원고지 같은 빌딩을 하염없이 바라보았다. 그것 말고는 달리 할 일이 생각나지 않았다. 보이지 않는 곳에서 귀뚜라미가 울어댔다. 술꾼의 콧노래 같기도 하고 미물이 살아남기 위해 꽥꽥대는 소리 같기도 했다. 그림자로 뒤덮인 도시 뒷골목엔 우는 벌레와 나, 그리고 엔진이 식어버린 바이크뿐이었다.

하늘은 눈 밝은 사람도 별을 못 찾을 만큼 꽉 막혀 있었다. 곧 귀뚜라미 우는 소리도 사그라들어 서늘한 고요가 찾아왔다. 골목에는 시큼한 냄새가 풍겼다. 버려진 냄새였다. 건물의 옥외 배수관 끝에는 검은 물방울이 끈적하게 매달려 있었다.

대롱거리는 물방울을 멍하니 보며 떨어지는 순간을 기다리는 중이었다. 갑자기 가슴팍에 찬물을 끼얹은 듯, 보름달처럼 노란 고양이가 어둠에서 뛰어내렸다. 한 걸음도 안 되는 거리였다. 고양이는 앙칼진 흰 이빨을 드러내 보이며 슬슬 먼 벽 쪽으로 몸을 붙였다.

"나비야."

내가 다 부르기도 전에 고양이는 나보다 더 깊은 골목으로 모습을 감췄다. 주인 없는 짐승의 큰 눈이 상처처럼 희미한 잔광을 남겼다.

그사이에 빌딩에는 작은 변화가 있었다. 빌딩 앞에 더블린의 여자와 남자가 보였다. 둘은 예의 바르게 실랑이중이었다.

VIP로 보이는 남자가 '한잔 더 하자', '집까지 바래다주겠다' 하며 데이트를 요구하는 것 같았고, 여자는 치마를 덮은 갈색 코트를 감싸며 '몸살에 걸렸다', '집에서 부모님이 기다리신다' 등등의 완곡한 핑계를 대며 거절하는 모양새였다. 남자는 적극적이었다. 남자는 눈치가 없다기보다는, 눈치를 보지 않고 살아도 되는 자신의 위치를 너무나 잘 알고 있는 것 같았다. 태어나서 거절당해본 적도 몇 번 없을 것이다. 하지만 꼭대기 층 사람이 아니라면 누가 봐도 분명했다. 누나는 난감해하고 있었다.

지체 없이 헬멧 실드를 내리고 로비로 돌진했다. CCTV로 혁철 패거리들이 내 바이크를 본다면 무슨 꼬투리를 잡을지 모르지만, 본능처럼 핸들 그립을 힘껏 당긴 후였다.

빌딩 입구에 바이크를 세우자 어리둥절해하는 누나의 얼굴이 헬멧의 시야 속으로 들어왔다.

"퀵 부르셨습니까?"

나는 헬멧 실드를 올리며 말했다. 누나는 내 눈을 확인하고 나서 놀란 듯 작게 입을 벌렸다.

"대인 운송이라고 들었는데요. 누가 타실 건지……."

그럴듯하게 보이려고 남자도 한 번 쳐다봐줬다. 감히 내가 넘볼 수 없는 세계의 아들. 나이는 서른쯤일까. 머리는 포마드로 윤기 나게 세우고 날렵한 은테 안경을 쓰고 있었다.

"아, 제가 불렀어요."

누나는 손을 들고 바이크 쪽으로 한 걸음 떼었다. 그러고는 뒤로 돌아 남자를 향해 말했다.

"갑자기 지방에서 사촌 동생이 올라와서요. 오늘 감사했습니다."

다행히 누나는 핑계를 댈 줄 알았다. 힘센 자가 자기 멋대로 하려고 들면 약자는 거짓말이라도 해야 작은 평화를 얻는다. 그래서 힘센 자는 늘 거짓말쟁이들에게 둘러싸이고 믿을 놈 하나도 없다고 투덜댄다. 누나는 잘못 없다.

나는 뒷자리를 넓히려고 몸을 앞으로 뺐다. 누나가 뒤에 올라타기 위해 내 어깨에 손을 얹으려는데, 남자가 다가와 숙녀를 말에 태워주듯 사뿐히 누나를 올려주었다.

"잠깐 기다려."

남자가 내 앞으로 왔다. 눈 주위가 벌겠다. 그는 지갑에서 오만 원권을 대여섯 장 꺼내 움켜쥐었다. 그러더니 내 헬멧 실드를 올리고, 돈을 쑤셔 넣고, 다시 실드를 내렸다. 앞이 보이지 않았다. 꼭 까맣고 동그란 휴지통이 된 기분이 들었다.

나는 천천히 손을 헬멧 속에 집어넣어 돈뭉치를 꺼냈다.

"더럽게 소중한 돈을 참 더럽게 주시네요."

"뭐라고?"

그때 옆구리를 살짝 꼬집는 누나의 손길이 느껴졌다. 그 작은 압력이 백 마디 말보다 명징했다. 나는 누나 말을 따랐다.

"죄송합니다."

그러자 이번에는 취한 얼굴을 헬멧 속에 집어넣기라도 하려는 듯, 남자가 헬멧에 바싹 얼굴을 붙였다. 내 눈에 안경을 쓴 그의 두 눈이 크게 들어왔다. 그 눈은 살짝 짝짝이였고, 화가 난 눈이었다.

"털 끝 하나 상하지 않게 모셔드려. 미친놈처럼 날뛰지 말고."

그에게서 누나와 같은 술 냄새가 났다.

"네, 사장님."

"언제 봤다고 사장은……."

쿵, 쿵. 그가 주먹으로 헬멧을 두 번 내리쳤다. 맨머리를 맞을 때보다 기분이 두 배 더 나빴다. 그래도 이 불쾌함이 누나를 뒤에 태우는 대가라면 공짜나 다름없었다.

엔진 소리를 높이자 남자가 뒤로 물러섰다. 나는 부드럽게 커브를 돈 다음, 쭉 뻗은 채찍처럼 곧바로 대로로 빠져나왔다.

텅 빈 도로는 바람들의 차지였다. 나는 느린 바람의 속도로 바람들과 맞서 달렸다. 바퀴가 붕 뜬 것처럼 아무런 마찰도 느껴지지 않았다.

거리의 명품숍에는 옅은 불이 켜져 있었고, 그 쇼윈도를 지날 때마다 내 바이크를 타고 있는 누나가 비쳤다. 그래도 누나와 함께 있다는 사실이 믿기지 않았다. 그리고 또 한편으로는, 원래 우리가 이렇게 이어지는 것이 당연한 운명 아닐까, 하는 미신에 가까운 생각이 들기도 했다. 무언가에 퍽 기분 좋게 맞은 것 같기도 하고, 아무 이유 없이 거리의 모든 사람들에게 고맙고, 가로수도 고맙고, 밤도 고맙고, 그냥, 가슴이 벅차올랐다.

"고마워요. 이쯤에서 세워주세요."

"이 시간에 택시 안 잡혀요."

"저기 많네요."

하필이면 앞 도로변이 택시 기사들의 아지트인지, 열 대도 넘는 택시들이 은행나무 아래서 승객을 기다리고 있었다.

"여기서 서면……."

나는 택시를 차례로 지나치며 무례하게 앞으로 나아갔다.

"집까지 바래다 드릴게요."

긴 침묵이 이어졌다. 머릿속에선 유턴을 하는 게 맞는지 아닌지 O와 X가 수백 번 왔다 갔다 했다. 누나는 지금 어떤 표정일까? 나 역시 제멋대로 행동하는 빌딩 앞의 VIP와 다를 바 없는 인간이 아닐까? 앞과 뒤에 앉은 우리는 서로의 얼굴을 확인할 수가 없었다.

천천히 속도를 줄였다. 헤드라이트에 비친 도로가 황량하게 보였다. 아스팔트가 점점 사막처럼 노랗게 짙어질 때쯤 누나가 말했다.

"필동 쪽으로 가주세요."

사막의 방

바이크는 남산으로 이어지는 오래된 길을 올랐다. 아파트 단지가 아니라서 언덕에는 재밌는 골목길들이 많았다. 군데군데 단층으로 남아 있는 낡은 집들도 여럿 보였다. 소박한 담장 너머로 불 밝힌 창문을 볼 때마다 저 안에는 어떤 사람들이 살까, 궁금해지는 그런 동네였다. 엔진 소리를 내지 않으려고 기어가듯 언덕을 올라갔다. 과속방지턱 네 개를 지났다. 길 끄트머리쯤에 오래된 연립주택이 나왔다. 엘리베이터가 없는 오층짜리 벽돌 건물이었다.

바이크에서 내린 누나는 코트 자락을 골고루 편 다음 인사말을 했다.

"고마워요."

"이 차비는 어떻게 할까요?"

"아, 아까는 죄송했어요. 원래 그런 분이 아닌데."

"하버드 같은 데선 주도酒道 안 가르쳐주나 봐요."

웃으라고 한 얘기였지만 누나는 웃지 않았다. 여자의 집 앞에서 다른 남자들이 어떤 말을 하는지 모른다. 하긴, 데이트 한번 못해본 남자가 뭘 알겠는가.

"냉수 한잔 주실래요?"

나는 데이트 한번 못해본 남자 티를 내며 맹한 말을 해버렸다. 우리 둘 사이에 침묵의 소리가 들렸다. 어떻게 침묵에 소리가 나느냐며 따질 사람도 있겠지만 내 귀엔 분명히 들렸다. 그걸 설명하자면 입술이 타 들어가는 소리와 비슷하다. 나는 바짝 마른 입술을 혀로 핥았다.

누나는 코트 주머니에 두 손을 집어넣었다. 그 얼굴을 보기가 무서워 나는 주위를 두리번거렸다. 텅 빈 경비실은 가로등 아래서 몇십 년째 잠을 자고 있는 것 같았다. 바이크의 헤드라이트가 비추는 모래 놀이터엔 빈 나무 의자만 덩그러니 서 있었다.

"들어오세요."

믿기지 않을 정도로 긴 숨소리가 내 입에서 새어 나왔다. 그걸 누나가 모른 척해주길 바라며, 누나의 하이힐을 따라 계단을 올랐다.

5층 구석 집 앞에서 건물의 마지막 센서등이 켜졌다. 문 앞에서 누나가 잠금장치의 비밀번호를 누르자 철컥 소리와 함께 여자의 방이 열렸다.

누나가 먼저 집으로 들어가 불을 켰다. 신혼부부에게 어울릴 아담한 투룸이었다. 처음에는 방이 두 개여서 나는 혼자 상심했다가, 슬리퍼가 하나뿐이라 또 괜히 마음이 놓였다.

안으로 들어오자 기분 좋은 냄새라고밖에 설명할 수 없는 향긋한 향이 반겼다. 내부는 전체적으로 부드러운 파스텔 톤이었다. 거실에는 소파와 TV가 없는 대신, 가운데에 방석과 좌식 나무 책상이 놓여 있었다. 창가에는 연한 베이지색 커튼이 단정히 묶여 있었다.

바닥에 너부러진 옷가지가 하나도 보이지 않아서 나는 약간 충격을 받았다. 엄마는 집으로 들어오면 가죽 재킷도 미니스커트도 방바닥에 훌렁훌렁 벗어 내던졌다. 옷걸이를 집구석 어딘가에 굴러다니는 삼각자쯤으로 여기는 사람이었다. 프랑스 귀족으로 태어났으면 어울렸을 텐데. 현실은 하인 대신 아들뿐이라 나는 매일 엄마의 옷을 정리했다.

누나는 코트를 벗어 식탁 의자에 반듯하게 걸쳐놓고 커피포트에 물을 올렸다. 검정 원피스에 살색 스타킹을 신은 누나의 뒷모습이 보였다.

"커피 드릴까요. 아니면……."

"정말 냉수만 주시면 감사합니다."

나는 거실의 좌식 상 앞에 앉아서 누나를 기다렸다. 커피포트의 콧구멍에서 증기가 빠져나가는 소리가 들렸다. 그리고 뜨거운 물과 차가운 물을 잔에 따르는 소리가 들렸다.

"고양이 키우시나 보네요?"

거실 창 앞에 핑크색 고양이 텐트가 보였다. 텐트 윗부분에 'Ali'라는 이름표가 붙어 있었다.

"예전에요. 지금은 친구 집에 있어요."

"왜 친구 집에……."

"제가 잘 챙겨주질 못해서요."

"아."

누나는 쟁반을 들고 와 상 앞에 앉았다. 상 위에 컵과 팝콘이 놓였다.

"고양이가 혼자 쓸쓸했을 거예요. 아닌 척해도."

혼자 누나를 기다리고 있는 고양이의 모습을 상상했다. 고양이 텐트 군데군데 검은색 털이 붙어 있었다. TV가 없어서 고양이도 하루 종일 심심했을 거란 생각이 들었다.

"고양이 이름이 알리였나 봐요. 이름 예뻐요."

"네."

"제 이름은 민준이에요."

맞은편에서 물잔을 건네던 누나가 날 빤히 쳐다봤다.

"장민준…… 장동건 아들이랑 이름이 똑같아요."

젊은 엄마가 없으니 유일한 자랑거리가 고작 유명인 아들과 똑같은 이름뿐이다. 물론 자랑 삼아 꺼낸 말은 아니다. 그렇게라도 말하면 TV에서 장동건을 볼 때마다 내 이름을 기억해주길 바랐다.

"알아요. 장 팀장님 이름."

십 초 동안 심장이 멎었다.

"이름 잘 기억하시나 봐요. 저 원래 존재감 없는데."

"아녜요. 장 팀장님은 뭐랄까, 이런 일 하는 사람들하고는 좀 다르잖아요. 술도 안 마시고, 담배도 안 피우고, 욕도 안 하고, 문신도 없는 것 같고……."

"그런 거 안 해도 일하는 데 지장 없는걸요."

"그래도요. 문화라고 해야 할까, 보통 사람은 자기와 일하는 사람들하고 닮아가잖아요. 하지만 팀장님은 그 사람들하고 확실히 달라요."

"사실은 저도 은근히 많이 타락했어요."

"아녜요. 팀장님은 물들지가 않는 사람이에요."

이런 식의 대화는 난생처음이어서 몸 둘 바를 몰랐다. 무슨 말을 해야 하지? 대학생이나 예술가 들은 밤마다 친구들끼리 모여 이런 신비로운 이야기를 나눌까. 나는 누나의 시선을 피해 맹하게 창밖을 보았다.

"집에 TV 없으세요? 제가 65인치로 하나 구해드릴까요."

내 입에서 나온 말은 고작 TV였다.

"저 의외로 돈 많아요. 그것도 현금으로만. 롤렉스도 있고……."

순간 누나는 고개를 뒤로 젖히며 미간에 주름을 잡았다. 누나는 단순히 싫다, 이런 느낌이 아니라 경멸에 가까운 눈빛을 보냈다. 나는 마치 골목에서 장애인 꼬마를 놀리며 깔깔대는 멍청한 짓거리를 저지르다가 등 뒤에 선 친구의 섬뜩한 표정을 확인하고, '설마 아니지? 네 동생일 줄은 몰랐어'라는 변명도 감히 못 하는, 그런 자괴감에 빠졌다. 순간 부끄러워서 죽고 싶어졌다. 나는 물을 마셨다.

"그…… 그래도요. TV 있으면 좋아요. 저는 TV 때문에 살아 있거든요."

누나가 살짝 궁금해하는 눈치였다.

"엄마가 초등학생 때 〈M〉이라는 드라마를 좋아했대요. 내용이 낙태를 당한 아기 영혼이 예쁜 딸한테 씐다는 뭐, 그렇다는데, 고등학교 때 엄마가 날 가지고 나서 같은 학교를 다녔던 아빠랑 산부인과를 갔대요. 그런데 병원 복도에서 갑자기 〈M〉 생각이 나고 으스스해서 결국, 날 지우지 못했대요. 술에 취할 때마다 엄마가 말했어요. 항상 심은하한테 감사하라고……. 심은하 아세요?"

누나는 진지하게 내 말을 경청하고 있었다. 순간 아차, 했다. 생각해보니 기분 좋은 이야기가 아니었다. 혼전 임신, 낙태, 유령의 복수라니. 나는 또 질금질금 냉수만 마셨다.

"원래 제가 이러지 않는데…… 어, 죄송합니다만……."

나는 횡설수설하다가 또 이상한 소리를 해버렸다.

"제가 여기에 편지 써도 될까요?"

"우리 집에요?"

"아, 답장은 안 써주셔도 돼요. 그게, 군대에 가면 편지를 쓸 곳이 없거든요. 저는 가족도 없고, 친구도 없어서요."

누나는 무언가를 곰곰이 생각하는 표정이었다.

"왜 친구가 없어요?"

"아이들이 저를 무서워했던 거 같아요."

"왜 무서워했을까요?"

"저를 잘 모르니까."

누나는 조그맣게 입을 벌렸다.

"그러고 보니 저도 친구가 없네요."

"아까 고양이 친구 집에 맡기셨다고……."

"같이 일하는 동생이에요."

"아, 동료요."

그러고 나서 나는 인류 역사에 가장 멍청한 말로 남을 만한 말을 해버렸다.

"왜 이 일을 하세요?"

갑자기 누나의 눈빛이 도전적으로 변했다. 골목에서 봤던 고양이 눈과 닮은 눈이었다. 어떻게 수습을 해야 할지 막막했다. 또다시 입술이 타 들어가는 소리가 들렸다.

"별 뜻이 아니라요. 붕대도 잘 감고, 피아노도 잘 치시잖아요."

"팀장님은 왜 그 일을 하시는데요?"

"군인이 되고 싶은데 아직 어려서 안 받아줘서……."

"다른 일을 할 수도 있었잖아요."

"그건 어쩌다 보니까."

누나는 고개를 딱 한 번 끄덕였다. 자신도 나와 비슷하다는 뜻 같았다. 생각해보니 지극히 당연한 일이었다. 장래 희망이 텐프로인 여자아이는 없다. 어쩌다 보니까 여자도 남자도 생각지 못한 일을 하게 되는 것이리라.

거실 창 너머로 앞 건물에 허리가 잘린 검은 산이 보였다. 역시 집에는 TV가 있어야 한다. 그랬다면 고양이도 외로운 침묵을 견뎌냈을 텐데. 나도 날마다 엄마를 그렇게 기다렸다.

“정말로 군인이 되고 싶으세요?”

다행히 누나가 말을 꺼내줬다.

“보통은 군대 가기 싫어하잖아요.”

누나는 내 빈 잔을 보고 물을 따르러 주방으로 갔다. 나는 약간 소리를 높여 말했다.

“군대는 단순 명료하잖아요. 그 점이 좋아요. 훈련이 있고 질서가 있고. 게다가 저는 단순해서 명령받는 거 좋아하거든요.”

“그럼 입대하면 계속 군대에서…….”

“네. 말뚝 박으려고요. 될 수만 있다면.”

아직 아무한테도 말하지 않은 계획이었다. 일 년이 지나면 입대를 할 자격이 주어진다. 그때까지 후회가 남지 않게 형을 도와주고 싶었다.

“군인도 잘 어울릴 거 같아요.”

“감사합니다.”

쉬지 않고 물을 들이켰다. 그다음에는 뭘 해야 할지 몰랐다. 나는 말없이 팝콘을 먹고 또 먹었다. 새가 된 기분이었다.

누나가 벽시계를 올려다봤다. 누나의 커피잔에도 하얀 바닥이 보였다.

"이만 가보겠습니다."

누나는 붙잡지 않았다. 내가 일어서 나가자 누나는 현관까지 마중을 나왔다.

"삼오칠공샵."

문틈으로 누나의 놀란 얼굴이 보였다.

"아까 문 여실 때 봤어요. 일부러 본 게 아니라, 그냥 뭐랄까, 저는 그런 게 보여요. 보지 말아야 할 것들을 봐버려요. 번호 자주 바꾸세요. 저도 봤으니까 딴 사람도 봤을지 모르잖아요."

"혹시 아까 이것도 봤나요?"

누나가 초인종 위에 쓰인 호수를 가리켰다.

"네. 죄송합니다."

"어쩔 수 없네요. 군대 가면 편지 쓰세요. 답장할게요."

노래를 빠르게 재생한 것처럼 누나의 말이 정신없이 지나갔다.

"홀수 날 봐요. 장민준 씨."

문이 닫혔다. 문 위로 웃고 있는 누나의 얼굴이 또렷한 잔상으로 남아 있었다.

나는 계단을 내려갔다. 발소리를 내지 않으려고 노력했지만 기분 좋은 사람의 발걸음엔 소리가 남나 보다. 바이크에 오를 때까지 내 발은 숨차게 키득거렸다.

점, 선, 면

형이 돌아왔다. 그동안 외국에서 무얼 했는지 알려주진 않았지만 마중 나간 공항에서,

"돈이 돈을 번다는 거 말이야. 정말 심오하지 않아?"

라고 말한 걸 보면 역시 뭔가 대단한 사업을 준비했을 것이다.

귀국하고 한동안 형은 여기저기 사람들을 만나고 다녔다. 형 대신 수금을 맡아서 나는 나대로 바이크 엔진이 식을 새도 없이 서울과 경기도를 오갔다.

며칠이 지나서야 형의 호출을 받고 오전에 단둘이 드라이브를 하게 됐다. 이번엔 바이크가 아니라 벤츠였다. 내가 자동차 운전면허가 없는 까닭에 형이 운전대를 잡았다.

"중국어 잘 배우고 있지?"

외곽순환도로를 빠져나왔을 때 형이 물었다.

"네."

"잘 배워둬. 분명 써먹을 날이 있을 테니까."

나는 고개를 끄덕였다.

"혁철이가 대륙에서 용병들을 데리고 왔다는 소문이 돌아. 그중 한 명이 살인 병기 수준이라더군."

형은 그날 밤 날 지켜봤다는 누군가에게 대해 말하고 있었다.

"그 용병이 정말 살인 병기라면, 그때 왜 저를 처리하지 않았을까요?"

"일종의 예습이지. 혁철이가 똘마니들을 시켜서 너를 자극했고, 네가 싸우는 모습을 용병이 지켜봤어. 그날 일은 모두 널 파악하기 위한 판이었지. 중국에서 온 용병이 네 동작을 하나하나 관찰했고. 당분간 조심해."

정오의 태양이 머리 꼭대기에서 빛을 쏘아 내렸다. 왁스칠을 한 보닛 위에 스티커처럼 붙어 따라다니는 작은 태양과 삼각별 마크가 반짝거렸다. 나는 무거운 화제를 돌릴 겸 벤츠 마크를 보며 말했다.

"우리 법인 차 바꿨나요?"

"우리도 이 정도는 타줘야지."

"굉장해요."

"뭘, 더블린의 걸레들도 BMW 5시리즈를 끌고 다니는데."

형한테 고개를 돌렸다. 상스러운 말을 입에 올렸는데도 그 긴 속눈썹 아래, 신비한 물고기 같은 형의 눈은 고혹적이기만 했다.

"더블린에선 2차 금지예요. 마담이 분명 그랬어요. 2차 나가면 아웃이라고. 모르셨어요?"

형은 눈썹을 쓱 추켜올리고 날 쳐다봤다.

"혹시 여자라도 생겼어?"

"아, 아닙니다."

형은 한참 동안 나를 곁눈질했다.

"앞으로 혹시 모르니까 충고를 하자면, 화류계 여자는 믿지 마. 그것들이 네 앞에서 순진한 토끼 눈을 하며 눈꺼풀을 깜박거려도 속으면 안 돼. 늑대들이니까. 여기는 스무 살 여자애가 산전수전 다 겪은 사업가들을 발라먹는 일이 비일비재하게 일어나는 바닥이야. 화류계 생활 일 년이 일반인 사회생활 십 년이란 말이 있어. 성숙의 의미가 아냐. 정신이 그만큼 빨리 썩어 문드러진다는 뜻이지."

그렇다면 밤 세계 이 년은 사회생활로 따지면 얼마의 시간인가요, 하고 물을 뻔했다. 깡패 생활 이 년이면 일반인 사회생활 이십 년 차쯤일까. 그런 식이면 현재 내 마인드는 대충 마흔? 아, 싫다.

"지겹게 반복되는 뻔하디뻔한 영화들이 있어. 멍청한 건달이 술집 여자를 사랑하는 이야기. 결국 주인공이 어떻게 되는지 알아?"

나는 케이블 TV에서 봤던 영화들을 하나씩 떠올렸다.

"뒈져."

듣고 보니 갱들이 나오는 영화들에선 그런 결말이 많았다.

"그런데 그 뻔한 이야기들이 지치지도 않고 왜 계속 나올까? 지금 이 순간에도."

"글쎄요."

"백 년 전이나 백 년 후나, 남자들은 똑같은 실수를 반복하니까. 세상은 바뀌는데 수컷들은 진화를 안 해. 이야기가 발전을 못 해. 그냥 등신 새끼들이야."

왠지 나를 지적하는 말 같아 뜨끔했다.

"물론 너는 달라. 나와 함께 새로운 이야기를 쓸 주인공이니까. 하지만 남자들의 실수를 반복하는 순간 따분한 이야기가 씌어져. 여자 조심해. 특히 더블린 말종들의 겉모습에 속지 마. 마음속 아련한 부분을 교묘하게 이용해먹는 기술자들이니까. 숨 쉴 때마다 거짓이야."

반박을 하진 못했지만 그 말만은 동의할 수 없었다. 만약 누나를 알게 된다면 형도 생각을 바꿀 텐데.

"근데 더블린요, 왜 하필이면 이름을 더블린으로 지었을까요?"

"네이밍이 어때서?"

"거기는 귀한 분들만 오시는 곳이잖아요. 그런데 뭔가 이름하고 분위기가 안 맞는 거 같아서요. 더블린은 원래 가난한 예술가들하고 굶어 죽은 사람이 많아서 유명한 도시였대요."

"그건 누구한테 들었어?"

"네이버 지식인요."

피식, 차 안에 웃음소리가 울렸다.

"더블린은 좋은 이름이야. 왜냐하면 매출이 좋으니까."

"아."

"의미 따윈 중요하지 않아. 아싸리판에서는 말이야, 인과관계가 없어. 대한민국에서는 결과만 좋으면 돼. 성공만 하면 개자식도 영웅이 되는 곳이니까."

"그래도요. 우리가 모르는 훌륭한 사람도 많지 않을까요?"

"하아, 훌륭한 도둑놈들이야 차고 넘치지."

형은 도로변에 세워진 보험사의 입간판을 가리켰다.

"자본주의 국가에서는 기업이 은행을 가질 수가 없어. 자기 은행 돈으로 자기 기업에 대출해주다가 빵 터지면 금융 시스템이 망가지거든. 하지만 이 나라에선 재벌한테 돈놀이할 구멍을 만들어줬지. 그게 보험사야. 현금 회수율이 끝내줘. 매월 엄청나게 많은 미련한 것들이 재벌한테 자진 납세를 하고 있다고. 책임질 사람도 없는 사회 초년생 애들이 보험 중에 제일 비싼 종신보험을 든다니까. 멍청한 인간들이 방카슈랑스가 보험 상품인지도 모르고, 종신보험이 보험 중에 세일즈 수수료가 가장 높은 사망보험이란 것도 모른 채 영업 사원한테 기가 눌려서 그냥 사인을 해버려. 뭐 그 호구들이야 거기가 아니라도 어차피 딴 데서 털릴 테고, 내 알 바도 아니지만, 하여튼 하고 싶은 말은 이거야. 보험회사들이 고객한테 돌려주는 지급률이 30퍼센트대야. 또 정부가 신나게 팔아치우는 로또복권 환급률은 50퍼센트고. 그런데 우리가 관리하는 게임장 환급률이 얼마인 줄 알아? 91퍼센트에 세팅돼 있어. 산술적으로 우리는 10000원을 받으면 고객에게 9100원을 돌려준다고. 재벌하고 정부는 5000원도 안 돌려주는데 말이야. 사람들은 우리를 손가락질하지. 자, 누가 진짜 도둑놈이지?"

형은 이를 드러내며 화를 냈다가 곧 씁쓸한 표정을 지었다.

"대한민국에서 사는 법은 간단해. 나약한 녀석들 잡아먹고 배부르면 장땡이야. 양심이니 철학이니 따지면 여기서는 정신병자밖에 안 돼. 마음으로는 믿고 싶지 않겠지만 곧 알게 된다. 너는 좀 천박해질 필요가 있어."

차는 한가한 작은 시내를 지나 비포장도로로 들어섰다. 양쪽에 길쭉한 느릅나무가 들어선 오솔길이었다. 그늘진 길 가운데 낮은 풀들이 자라나 있었고, 타이어가 오고 간 자리에는 갈색 흙이 레일처럼 이어져 있었다. 차는 천천히 미끄러지다 그늘진 오솔길 한가운데서 멈춰 섰다. 형은 차에서 내려 트렁크 쪽으로 걸어갔다. 나도 차 문을 열고 나왔다. 짙은 풀 내음이 바람을 타고 몸을 훅 덮쳤다.

형은 트렁크 앞에서 입고 있던 셔츠를 벗기 시작했다. 곧 희고 아름다운 상체가 야생에 드러났다. 나뭇잎 사이로 새어 나온 빛 조각들이 형의 다부진 등 위에서 시시각각 부서졌다. 형은 트렁크 속 쇼핑백에서 하얀 폴로 셔츠와 챙이 짧은 헌팅캡 모자를 꺼냈다. 형은 태그를 떼어내고 옷을 갈아입었다. 폴로 셔츠와 모자. 평소와는 사뭇 다른 옷차림이었다. 누가 봐도 폭력 조직의 보스가 아니라 휴가중인 미남 테니스 스타 같은 모습이었다.

"너는 왜 싸울 때 한 대도 안 맞아?"

형이 비스듬히 헌팅캡 모자를 고쳐 쓰며 물었다.

"저도 알게 모르게 많이 맞는걸요, 뭐."

"내가 이 나라에서는 겸손하지 말라고 했다."

아무래도 형이 원하는 대답이 아닌 것 같아서, 나는 내가 잘 안 맞는 이유를 곰곰이 생각했다.

“가끔 이해가 안 될 때가 있어요. 왜 저렇게 느린 주먹을 피하지 못할까? 몸만 살짝 돌리면 충분히 피할 수 있는데 왜 안 피하는지…….”

“그 쉬운 걸 못 하는 인간들을 이해 못 하겠지? 네 눈엔 보이는데 남들은 모르는 거. 그걸 재능이라고 하는 거야.”

형은 나보고 타고난 파이터라고 칭찬했다.

“하지만 시대를 잘못 타고났어.”

형은 말보로 담배에 불을 붙이고 트렁크에서 넓고 납작한 박스를 풀었다.

“사천만 원짜리 그림 실제로 본 적 있어?”

당연히 본 적이 없었고, 형도 예상했다는 듯 내 대답을 기다리지 않고 그림을 꺼내 들었다. 캔버스엔 내 교양 수준으로는 이상하다고밖에 표현할 수 없는 회색 그림이 그려져 있었다.

“물론 내가 이 그림을 사천에 사진 않았지만, 조금 뒤에 사천에 팔 거야. 소감이 어때?”

형이 내뿜은 담배 연기가 그림 위에 낮게 내려앉았다.

“별거 아닌 거 같기도 하고 또 대단한 거 같기도 하고, 잘 모르겠어요.”

"난들 알겠어? 중요한 사실은 이 시대가 이런 그림을 좋아한다는 거야. 풍경화 잘 그리는 재능은 이 시대엔 별 볼 일이 없어. 뭐든 시대가 원하는 걸 해야 돈 냄새라도 맡는다고."

형이 담배를 쥔 손을 자꾸 흔들어서 행여 캔버스에 구멍이 뚫릴까 봐 조마조마했다.

"이 동네도 왕년에는 주먹이 최고였지만 지금은 재미가 없어. 주먹이 모자라면 아웃소싱하면 돼. 네가 아무리 천재 파이터라 해도, 덩치 열 명을 이길 순 없잖아."

아웃소싱이란 말을 처음 들어서 네이버 지식인에 물어봐야겠다고 생각했다.

"지금 이 땅은 비열한 재능을 가진 인간에게만 성공을 줘. 이 땅의 요구를 따르는 건 잘못이 아냐. 그러니 우리도……."

"형님은 좋은 사람이에요. 저는 알아요."

잠깐 동안, 스냅사진을 보는 느낌이었다. 형은 포즈를 교정하다가 중단된 마네킹처럼 어정쩡하게 멈춰 서버렸다. 표정은 순진하달까, 생전 처음 듣는 이상한 단어를 곱씹는 아이의 얼굴과 비슷했다.

말보로가 연기를 날리며 소리 없이 시간을 태웠다.

어딘가에서 새 한 마리가 날아와 지상에 앉았다. 곧 뭔가 들썩이는 기운이 느껴지더니, 새떼가 같은 곳으로 우수수 떨어져 내려앉았다. 형은 그제야 담배를 발로 비벼 끄고 신경질을 냈다.

"여태 내 얘기를 어디로 들은 거야?"

"제가 말귀 못 알아들어서 공부 못했잖아요."

내가 웃으며 대답했다. 형은 한 경기에서 세 번 슛을 하고 세 번 다 골대를 맞힌 스트라이커처럼 허망하게 하늘을 올려다보다가, 나를 따라 웃고 말았다.

"형님은 벤츠하고 바이크 중에 뭐가 더 좋아요?"

"제정신이야? 이게 얼마짜리인 줄 알아?"

형이 운전석 쪽으로 걸어가자 트렁크가 자동으로 내려가 닫혔다. 역시 벤츠겠구나 했는데, 운전석의 차창 밖으로 형의 손이 빠져나왔다. 손이 허공에서 부릉부릉, 바이크 시동을 거는 손짓을 해 보였다. 나는 몰래 웃으며 차에 올라탔다.

오 분 뒤에 목적지가 나왔다. 정원이 넓은 이국적인 저택이었다. 야외 주차장에 차를 세우는 중에 현관에서 짧은 파마 머리를 한 여자가 나와 우리 쪽으로 다가왔다. 형보다 연상으로 보였지만, 귀족적인 느낌의 늘씬한 미인이어서 오히려 이십 대에게 부러움을 살 외모였다. 여자는 차 앞에서 팔짱을 끼고 형이 트렁크에서 그림을 꺼내는 모습을, 그림을 감상하듯 지켜봤다.

“거봐. 자기는 화이트가 어울리잖아.”

여유롭게 미소를 짓던 여자는 조수석에 앉아 있는 나를 쳐다봤다. 형은 나를 뉴욕에서 온 사촌 동생이라고 소개했다. 아하, 하는 여자의 뉘앙스로 보니 영어로 뭐라 말을 건넬 분위기라 먼저 인사했다.

“반갑습니다. 민준이라고 합니다.”

“같이 들어가서 차 한잔해요.”

파마 머리 여자가 우아하게 말했다.

“저는 여기 있겠습니다. 전화할 곳이 있어서요.”

나는 형을 쳐다봤다. 형은 고개를 끄덕였다.

“그럼 다음에 봐요.”

형이 그림을 옆구리에 끼우자, 여자는 반대쪽으로 다가가 형의 팔짱을 꼈다. 저택으로 들어가는 두 남녀의 뒷모습이 다정해 보였다. 어떻게 하면 저렇게 자연스럽게 이성을 대할 수 있을까? 형이 부럽기도 하고 동시에 조금 얄밉기도 했다. 형은 늘 내게 살아가는 법을 가르쳐주지만 연애는 가르쳐준 적이 없다.

잠시 뒤 도우미 아주머니가 탄산수를 가져다주었다. 차 안에서 음료수를 마시며 핸드폰으로 방송사들의 홈페이지를 들락거렸다. 누구보다 TV를 사랑한다고 자부하며 살았는데, 오늘따라 TV가 다 가짜 같고 허무하기만 했다. 액정 위로 의미 없는 손가락질을 하던 나는, 결국 누나에게 전화를 걸고 말았다.

여덟 번 넘게 통화 대기음이 이어졌다. 트럭 보닛에 귀를 대고 엔진 음을 듣는 것처럼 몸이 떨리고 얼얼했다.

"여보세요?"

수화기 너머 누나의 음성이 들렸다. 심장이 쪼그라들었다.

"저……."

"아."

다행히 누나는 내 목소리를 기억하고 있었다.

"그날 잘 들어갔나요?"

"네, 덕분에요."

한동안 전화가 잠잠해졌다. 내가 말할 차례를 기다려주는 것인지, 아니면 나를 경계하는 것인지 헷갈렸다.

"혹시 오토바이 낮에도 타보신 적 있나요?"

내 입에서 또 이상한 말이 나와버렸다. 여자랑 극장 한번 못 가본 남자가 뭘 알겠는가.

"혹시 그 말에 내가 모르는 무슨 의미가 있나요?"

"아뇨, 다른 거 없어요. 그냥 오토바이 같이 타고 싶어서요. 바퀴 주변으로 낙엽들이 사르륵 퍼지는 기분, 타보지 않으면 모르거든요."

데이트 신청을 받아줄까? 나는 초심자의 행운에 기댔다. 하늘은 초보자에게 운을 많이 몰아준다고 한다. 나 역시 연애 초보자니까 운이 좋지 않을까. 신림동 도박장의 바지사장님도 처음 도박하는 사람이 제일 무섭다고 말씀하셨다.

"글쎄요, 너무 갑작스러워서……."

"오토바이를 타면 눈물이 빨리 말라요."

아, 또 바보 같은 말이 나와버렸다. 멍청한 녀석. 우울한 남자는 인기가 없다고 땅콩이 그렇게나 충고했는데. 목소리만으로는 누나가 날 귀찮게 여기는지 아닌지 도통 알 수 없었다. 상대의 마음을 확인하는 기계가 있어서 하트 표시가 나오지 않으면 깨끗하게 포기할 수 있을 텐데. 대답을 기다리는 동안 이런저런 망상이 오갔다.

"27일, 오후 3시요. 그때밖에 시간이 안 날 것 같아요. 시간 괜찮으세요?"

"네, 괜찮고말고요. 감사합니다."

통화를 마치자 숨이 탁 트였다. 나는 조수석 등받이에 기대 화창한 하늘을 올려다보았다. 새들의 지저귐이 간지러워 배시시 웃음이 나왔다.

나는 게임장의 피폐한 도박꾼들을 떠올렸다. 아무리 존경

하지 못할 사람이라도 그들의 깨달음까지 무시해선 안 된다는 생각이 들었다. 어떤 처음은 아껴두는 편이 좋다. 나는 처음 데이트를 신청한 날 승낙을 받아냈다.

불의 날

저녁 7시의 더블린은 평화로웠다. 청소를 마친 대리석 바닥에는 샹들리에 불빛이 포도송이의 이슬처럼 싱그럽게 맺혀 있었다. 마담의 콧수염은 색종이를 오려 붙인 것마냥 단정했다. 누나의 피아노 선율은 차분하게 귀를 씻어주었다.

나는 피아노와 가까운 푸른색 벨벳 의자에 앉았다. 값비싸고 아름다운 2인용 의자라서 인테리어용이라고만 생각했는데, 막상 앉아보니 일어서기가 싫을 정도로 편했다. 게다가 어떤 좋은 물건을 처음 만졌을 때를 떠올리게 했다. 나이키 운동화를 처음 신었을 때의, 검은 바이크 안장에 처음 앉았을 때의 감격스러운 기분이 되살아났다. 의자를 감싼 푸른 벨벳을 손바닥으로 쓸어내렸다. 간지럽고 부드럽고, 엄마 생각이 났다.

나도 아직 순수하고 엄마도 아직 살아 있을 때, 우리 모자는 이런 의자에 앉아 가족사진을 찍었어야 했다.

누나는 무슨 곡을 치고 있는 걸까. 모차르트? 베토벤? 음악에 문외한이라 다른 음악가 이름이 더는 생각나지 않았다. 어쨌든 좋은 곡임은 틀림없었다. 갑자기 감미로운 이 음악을 영원히 간직하고 싶어졌다. 나는 핸드폰 녹음 버튼을 몰래 눌렀다.

녹음중인 핸드폰을 은근슬쩍 슈트 재킷 주머니에 집어넣고, 재킷을 벗어 의자 손잡이에 걸쳐놓았다. 아차, 내 옆구리에 붙어 있는 죠스가 그대로 드러났다. 혹시라도 누나가 보면 놀랄지도 모른다. 나는 죠스를 바지 뒷주머니에 찔러 넣었다. 다행인지 불행인지 누나는 내게 눈길도 주지 않았다.

2인용 의자에 앉아 오늘 하루를 복기했다. 약속한 대로 오늘 낮 3시에 누나를 만났다. 주머니에 영화표를 집어넣고서. 영화 상영까지 시간이 남아 있어서 나는 누나를 바이크에 태우고 근처에 있던 명동성당으로 향했다. 결론을 말하자면 최악의 데이트였다. "여기에 온 의도가 뭐죠?" 성당에 들어서자 누나가 차갑게 말했다. 무슨 이유에서인지 완전히 싸늘해진 누나는 영화도 보지 않고 택시를 타고 더블린에 출근했다. 내 최초의 데이트는 그렇게 끝났다. 나는 명동성당에 혼자 남아 성모마리아상을 멍하니 쳐다보았다. 분명 내가 잘못을 한 것 같긴 한데, 아무리 머리를 싸매고 고민해도 무슨 잘못을 했는지 알 수가 없었다. 먹구름 아래서 성모님은 입을 굳게 다물고 있었다.

건반을 치는 누나는 눈부셨다. 정숙한 검은 원피스를 입고 있어서인지 진짜 피아니스트 같았다. 나는 끝없이 어딘가로 이어지는 누나의 하얀 목선을 바라보다가 스르르 눈을 감았다. 아직 초저녁이었지만 낮잠 같은 잠이 쏟아졌다. 그냥 이대로 한 시간만 푹 잤으면. 오늘 골치 아픈 일은 데이트 건만이 아니었다.

안타깝게도 우리 식구들은 한가한 상황이 아니었다. 오늘 형이 짓는 담판의 결과에 따라 식구들의 운명이 뒤바뀐다.

형은 영감님을 만나러 갔다. 영감님은 더블린과 YY의 주인이자 또 다른 어마어마한 여러 가지의 주인이다. 그가 무얼 얼마나 가졌는지는 아무도 모른다. 다만 더블린 같은 최고급 클럽에 자만하지 않고, 노래방과 곱창집과 포장마차까지 손대면서 강남 바닥에 떨어진 동전까지 싹싹 긁어모으는, 돈에 부지런한 인물로만 알려져 있다. 영감님은 나이트클럽의 삐끼부터 시작해서 지금 위치에 이르렀다고 들었다. 고생도 참 많이 하고 사기도 많이 쳤을 거다. 나는 먼발치에서 몇 번 봤을 뿐이다.

영감님 덕에 우리는 강남으로 입성할 수 있었고, 그때 우리는 세상에서 가장 행복한 사람들이었다. 돈을 얻었고 화려한 미인들과 가까워졌고 은도금을 입힌 명함도 삼백 장씩이나 받았다. 형은 식구들을 수제 양복점으로 우르르 끌고 가 옷을 맞춰주며, 하와이안 셔츠와 90도 인사를 금했다. 팀장급들에겐 법인 카드도 나왔다. 그 덕에 나도 배기량 1000cc 바이크를 기름값 걱정 없이 마음 놓고 탔다. 하나같이 불우한 유년 시절을 보냈던 우리는 인생 처음으로 자부심을 경험했고, 그것을 만끽했다. 달력의 홀수와 짝수가 중요해지기 전까지는.

모든 사달은 영감님의 말하기 껄끄러운 과거사로 인해 시작됐다. 태생이 주먹들과는 한참이나 멀었던 영감님은 사업이 커지자, 경멸해마지않던 '무식한 깡패'들과 손을 잡았다. 작은 클럽을 시작했을 때부터 동네 건달들에게 크고 작은 시달림을 당해왔던 영감님의 입장에서는 무식한 깡패들을 이용해먹는 것이야말로 진정한 복수였을지도 모른다. 결론적으로 복수야 어쨌든 둘은 찰떡궁합이었다. 포르노 필름의 남녀가 머뭇거림 없이 섹스라는 하나의 목적에 충실하듯, 영감님과 무식한 깡패들도 자기 이익을 위해 서로를 핥고 빨았다. 떳떳하지 못한 인간들이 이익을 위해 뭉치면 어떤지 아는가? 정말 무섭다. 철학도 취향도 염치도 상관하지 않고 똘똘 뭉친 욕망 덩어리. 그걸 착한 사람들이 어떻게 이기겠는가. 형은 "악마들끼리의 계산이 서로 달라서 이익의 균형이 깨질 때만" 착한 사람의 승리가 가능하다고 말했다.

그런데 악마들끼리의 계산이 틀어지는 일은 또 심심찮게 일어나나 보다. 영감님의 떳떳하지 못한 사업장을 관리하던 월드파는 시간이 지날수록 손해 보는 장사를 하는 기분이 들었다. 돈이 돌아가는 꼴을 보니 자신들이 빨대를 꽂았다고 여겼던 영감님이 자신들에게서 훨씬 더 빨아가고 있었다. 월드파는 스스로를 피해자로 여기기 시작했고, 내부에서는 '손을 잡은 놈에게 배신을 당한 것이니 복수해야 한다'는 레퍼토리가 자연스럽게 흘러나왔다. 훌륭한 대의명분까지 생기자 그들에겐 거칠 게 없었다. 한주먹감도 안 되는 영감님을 요리하는 건 일도 아닌 것처럼 보였다. 겁주면서 '삥'을 뜯어도 좋고, 여차할 땐 '담그면' 그만이었다. 비리비리한 놈 가지고 노는 거야 학창 시절 때부터 늘상 해오던 짓이었다.

하지만 무식한 깡패들은 세상 변한 줄 몰랐다. 요즘은 학교에서도 돈이 짱 먹는다. 아이들도 아무리 노력해봤자 신분 상승이 불가능하다는 걸 은연중에 알아서, 전교 1등도 싸움 일진도 부잣집 자식 앞에서는 귀여운 푸들일 뿐이다.

영감님은 돈으로 더 큰 폭력을 샀다. 인천에서 오랫동안 터를 잡아온 신기동파는 나름의 질서와 연륜을 가진 집단이었다. 이들에 비하면 화려했던 학창 시절의 연장선으로 세상을 생각하던 월드파는 고등학교 동창 모임이나 다름없었다. 대놓고 시비를 붙이는 통에, 영감님이 월드파의 넘버2를 돈으로 매수한 일조차 허무하게 느껴질 지경이었다. '월드'라는 이름만큼이나 허황된 녀석들이었다. 영감님의 두 번째 폭력 파트너는 월드파를 무자비하게 해체시켰다. 그 과정에서 월드파 보스의 육체도 진정한 의미에서 해체됐다.

두 번째 파트너십은 영감님에게 여러모로 큰 의미가 있었다. 무식한 깡패들을 굴복시켰고, 복수를 했고, 무엇보다 영감님은 폭력의 맛을 알게 되었다. 영감님은 이전과 달리 사업에 신기동파를 공격적으로 이용했다. 성과는 놀라울 정도였다. 몇 년씩 공을 들여야 하는 사업이 폭력으로 하루 만에 정리가 되었다. 물론 영감님이 신기동파를 이용해 미친개처럼 여기저기 칼로 들쑤시고 다니진 않았다. 비즈니스 방식의 99퍼센트는 변함이 없었다. 본질적으로 낮의 세계와 비슷하다. 다만 여기에 상대방에게 보내는 메시지가 하나 추가됐을 뿐이다.

당신을 죽일 수 있다.

이것은 엄청난 후광이었다. 아무리 '요즘 죽을 지경이야'라는 말을 입에 달고 사는 사업가라도 죽음이란 스트레스를 직접 받는 경우는 드물 것이다. 웬만한 배짱이 아니고선 진짜 죽음 앞에서 겸손해지기 마련이다.

신기동파 덕분에 영감님의 밤 사업은 더욱 번창했다. 하지만 그 두 번째 파트너십도 오래가지 못했다. 첫 번째 파트너의 해체가 어쩔 수 없는 고육지책이었다면, 두 번째 해체는 전략적 구조 조정이었다. 신기동파는 영감님의 자리를 넘보지는 않았다. 다만 뒷골목의 못된 버릇을 버리지 못했을 뿐이다. 영감님의 사업체들을 관리하던 신기동파는 너무 많이 삥땅을 쳤다. 또 영감님의 돈줄인 클럽 여자들에게 집적거렸고, 나중에는 어디서 배워먹었는지 성 상납까지 요구했다.

분수도 모르는 인간들에게 지쳐버린 영감님은 일을 일처럼 실행하는 스마트한 파트너가 필요했다. 그들이 바로 우리다.

영감님이 손을 내밀었을 때, 형은 클럽 관리에는 관심이 없었다. 형은 늘 금융업을 꿈꿨다. 영감님이 거느린 밤 세계의 노동자들은 늘 급전이 필요했다. 형은 이들에게 일종의 '금융서비스'를 지원해주며 합법적인 금융업체를 차릴 발판을 마련하고자 했다.

우리는 신기동파와의 전쟁에서 승리했다. 내 입장에서도 형

말처럼 나의 진가를 발휘한 기회였고, 팀장이란 훈장을 달 수 있었던 계기였다. 하지만 반쪽짜리 승리였다. 기쁨은 일주일도 가지 못했다.

알고 보니 영감님의 사업체들은 완벽한 내부 거래로 돌아가는 하나의 왕국이었다. 마치 재벌이 문구 회사를 만들어 자회사들에 볼펜을 납품하는 것과 비슷했다. 상가의 월세도, 클럽과 술집 들의 영업 이익도, 미니 호텔과 모텔을 아우르는 숙박비도, 이들에게 납품되는 술과 안주와 콘돔까지 영감님의 사업체들이 서로 주고받는 경제였다. 영감님은 이미 연리 49퍼센트를 받는 왕국의 은행도 운영하고 있던 중이었다. 돈이 될 만한 건수는 다 영감님 차지였다. 우리가 돈놀이를 할 틈새가 없었다. 물론 전보다는 우리의 금전 사정이 나아진 건 사실이지만, 이래서는 폼만 좋은 경비 용역이나 다름없었다.

더 큰 문제는 혁철이었다. 신기동파의 해체 작전에는 우리만 동원된 것이 아니었다. 이 부분에 있어서는 혁철도 우리와 마찬가지로 당황했다고 한다. 영감님은 무식한 깡패들이 다시는 자신을 넘보지 못하게 마름의 힘을 쪼갰던 것이다. 명분은 좋았다. 건전한 경쟁을 유도하여 양 팀의 발전을 꾀한다. 대기업에서도 안 되는 걸 왜 우리한테 요구하는지. 참 말은 뻰지르르하다. 결국 영감님은 형과 혁철을 가지고 놀려는 심산이었다.

태생의 한계 때문인지 영감님은 칼날이 부딪치는 세계를 이해하지 못한다. 마당에 투견 두 마리를 풀어놓으면 결과는 뻔하다. 둘 중 하나는 해체될 수밖에 없다. 상징적인 의미에서도, 진정한 의미에서도.

눈을 뜨자 장중하고 슬픈 멜로디가 홀을 메웠다. 피아노를 치는 누나 얼굴도 음악을 따라가는지 조금 슬퍼 보였다.

더블린의 엘리베이터 문이 열렸다. 승강기 스피커에서 나오는 경음악이 누나의 피아노 연주와 잠시 뒤섞였다. 엘리베이터에서 형이 나왔다. 나는 눈을 크게 뜨고 형에게 뛰어가 인사했다. 형은 카운터 앞에 앉아 마담에게 위스키를 온더록스로 주문했다.

"오늘 영감님하고 어떻게 됐나요?"

나는 형 옆에 조심스럽게 앉아 물었다. 형은 위스키를 연달아 마셨다.

"말이 안 통하더군."

하아, 나도 모르게 긴 한숨이 새어 나왔다.

"양아치처럼 돈을 벌어와서 양아치를 좋아해. 아니, 좋아한다기보다는 혁철이 같은 놈들이 익숙한 거야. 동류니까. 무슨 생각을 하는지 파악할 수가 있거든."

형은 마담에게 빈 잔을 내밀었다.

"하긴, 대부분이 그렇지. 윗대가리들은 뛰어난 놈을 선택하지 않아. 무섭지 않은 놈을 선택하지. 마약 돼지 새끼!"

술을 따라주던 마담의 눈썹이 크게 올라갔다가 푹 꺼졌다. 이유는 모르겠지만 영감님을 좀더 아는 사람끼리는 그를 마약 돼지라고 부른다.

"바람아."

갑자기 형은 무서울 정도로 표독스러운 표정을 지었다.

"우리 처음 만난 날 기억해?"

"숨소리도 기억해요."

"이 년밖에 안 됐는데 십 년 같구나."

형이 카운터로 잔을 내밀었다. 마담은 무표정하게 다시 위스키를 따랐다.

"그때 내가 자기 밥그릇은 자기가 챙겨야 한다고 말했지. 그건 자기 똥도 자기가 치워야 한다는 소리야. 하지만 병신들은 돈에 취하면 자기 밑 닦는 법도 까먹어. 자기 밥그릇은 기가 막히게 챙기지만 자기 똥은 안 치우려고 해. 누군가가 정신 좀 번쩍 들게 가르쳐줘야 하지 않겠어. 교육은 선善이잖아."

무슨 의도로 하는 말인지 알 수 없었다. 형은 독주보다 뜨거운 눈빛으로 날 바라봤다.

"이 거지 같은 곳에서 너 하나만은 나를 이해해야 해."

"제 주제에 감히 어떻게……."

"바람아."

피아노 소리가 형과 나 사이에 흘렀다. 있는 힘껏 건반을 때리는 강한 터치가 계속됐다.

내가 입을 열려고 하자 형은 부드럽게 내 뺨을 어루만졌다. 아주 오랫동안. 손길이 뜨거웠다. 불타오르는 눈동자의 온도가 느껴지는 것 같았다. 마주 볼수록 우리들 사이에서 어떤 기운이 뭉쳐져갔다. 분명 형은 눈으로 말하고 있었다. 거기까지는 알 수 있었다. 하지만 나는 어리석어서 귀로 들리지 않는 말은 들을 수 없었다. 결국 나는 시선을 피했다. 거기서 뭔가 끝이 났다.

순간 스스로에게 화가 나서 견딜 수 없었다.

형은 마지막 한 잔을 입에 털어 넣고 엄숙하게 일어났다. 형은 엘리베이터로 걸어갔다. 그러다 뭔가 놓고 온 물건이 있다는 듯이 피아노를 치는 누나에게 갔다. 누나가 고개를 들자, 형은 지갑에서 돈을 꺼내 피아노 위에 올려놓았다. 갑자기 피아노 멜로디가 빙판에 엉덩방아를 찧은 피겨스케이팅 선수처럼 흐트러졌다.

때마침 엘리베이터 문이 열렸다. 안에서 땅콩이 튀어나왔다. 땅콩은 허겁지겁 고개를 수그렸다. 형은 인사를 받지 않았다. 형은 나를 마지막으로 힐끔 보고, 유난히 또렷하게 울리는 발소리를 내며 엘리베이터로 사라졌다.

누나의 음은 슬픈 질서를 되찾았다. 고개를 갸웃거리던 땅콩은 카운터에 앉아 형의 빈 잔에 술을 따라 먹었다.

"피아졸라네."

그러자 마담이 똥을 밟은 것처럼 인상을 찌푸렸다.

"그건 또 어느 나라 욕이야?"

"참나, 졸라가 다 같은 졸라인 줄 알아. 졸라 무식하긴. 이 음악."

땅콩은 마담과 나를 번갈아 보고 한숨을 푹 내쉬었다.

"아스트로 피아졸라가 만든 곡이에요."

순간 입이 딱 벌어졌다. 마담 역시 감탄하며 입을 벌렸다.

"나참, 뭘 그렇게 놀라요?"

땅콩이 어이가 없다는 듯이 나를 쳐다봤다.

"피넛 씨가 그런 교양인인 줄 몰랐어요."

"교양요? 대단한 음악 좋아한다고 사람이 저절로 고귀해지진 않아요. 그깟 취향. 음악은 그냥 음악이지, 쳇."

그래도 피아졸라를 맞힌 땅콩이 대단해 보이기만 했다. 동시에 땅콩이 낯설어지기 시작했다. 또 오랫동안 땅콩에게 속은 느낌이 들었다. 나는 땅콩을 제대로 알고 있던 걸까. 자신이 없었다. 그리고 나는 형을 진짜로 알고 있는 걸까.

지진이 일어난 것처럼 속이 울렁거렸다. 이상했다. "피아졸라"라는 말을 듣는 순간, 그 일 초 만에 세상이 달라진 것만 같았다.

"그 새끼가 술 처먹을 때마다 징하게 들었는데……."

'그 새끼'에 대해서는 몇 번 들은 적이 있다. 땅콩의 아버지였다.

마담은 여느 때처럼 술을 권했다. 나는 사양했다. 머리가 어지럽고 혼란스러웠다. 오늘만은 내 규칙을 깨고 혀가 얼얼한 쓴 술을 좀 마시고 싶었다.

"피아졸라."

자정이 지난 더블린의 빌딩 로비 앞에서, 나는 조심스레 피아졸라를 주문처럼 말해봤다. 나는 빌딩 화단에 앉아 이어폰으로 누나의 연주를 감상했다. 자신의 연주를 몰래 녹음했다는 사실을 알면 아마도 누나는 기분 나빠 할지도 모른다. 하지만 내 사정도 꽤 딱하다. 음악 애호가들은 한번 들었던 음악을 언제라도 기억 속에서 불러내겠지만, 내 귀는 '미'와 '라'도 구별 못 한다. 녹음 기술이 발명되지 않았더라면 나처럼 둔한 귀를 가진 사람은 평생 음악의 기쁨을 느끼지 못하리라.

눈을 감고 음악에 귀를 기울였다. 애잔하게 이어나가던 음악이 후반부에서 갑자기 삐끗거렸다. 아까 형이 피아노에 돈을 올려놓았을 때였던 것 같다. 다시 몰래 녹음을 해야 하나 걱정하는데, 형의 음성이 들렸다.

"……다…… 거…… 미……."

음성이 너무 흐릿했다. 그 부분을 반복해서 들었지만 형이 누나에게 무슨 말을 했는지 알아들을 수 없었다. 볼륨을 최대로 높였다. "한…… 며…… 여어……" 꿈이 띄엄띄엄 기억날 때처럼 여전히 답답하기 그지없었다. 고막이 찢어질 듯 아팠다. 결국 이어폰을 뺐다. 뜨거워진 귀를 바람에 식히고 싶었다. 그런데 음악에서 나오자마자 기분 나쁜 웅성거림이 들렸다. 저벅. 저벅. 저벅.

앞을 보니 악몽이었다. 무수한 그림자들이 점점 빛으로 나왔다. 혁철을 선두로 오십 명이 넘는 남자들이 빌딩 입구로 다가오고 있었다.

본능적으로 옆구리에서 죠스를 빼 들고 계단에 섰다. 한 손으로는 형에게 문자메시지로 "11"이라고 보냈다. 위급 상황을 알리는 우리끼리의 암호다.

빌딩 앞에 다다른 혁철은 손을 들어 남자들을 멈춰 세웠다.

"장 팀장, 볼썽사나운 그 쇳덩이 좀 치우자."

"무슨 일이십니까?"

"뭐야, 백기한테 못 들었어? 우리 이제 한 가족이라고."

혁철은 여유롭게 웃으며 포옹하듯 양팔을 벌렸다. 영문을 알 수 없었다. 이게 다 무슨 일이지?

나는 전방을 주시한 채 형에게 전화를 걸었다. 수화기에서 불통을 알리는 안내원의 기계적인 목소리가 불길하게 반복되었다. 나는 다리가 떨리는 걸 감추기 위해 엄지발가락에 힘을 꽉 줬다.

"백기 이사님과 몇 시에 만나기로 하셨습니까?"

"새벽 1시."

"아직 칠 분 남았습니다."

나는 침을 삼켰다.

"이 새끼가 지금 장난해!"

순간 무리 속의 성난 남자가 모욕을 당했다는 듯 성큼성큼 다가왔다. 나는 몸을 낮춰 공격 자세를 취했다.

"됐다. 아직 이르다지 않냐. 기다리지 뭐. 가족끼리 싸우는 거 아니다."

혁철은 남자를 뒤로 물러서게 한 다음, 담배에 불을 붙이고 머리 위로 휘저었다. 빨간 담뱃불이 공중에 원을 그리자 오십 명이 넘는 밤 사나이들이 담배를 피우기 시작했다. 숨이 막히는 광경이었다. 거대한 푸른색 연기 속에 야비한 얼굴들이 드러났다. 나는 죠스를 더 세게 움켜쥐었다.

"나 오늘 장 팀장한테 반했어. 21세기에 혼자 성을 지키고 있다니. 하하, 긴장 풀어. 나는 백기하고 도원결의를 맺으러 왔으니까."

그때 내 주머니에서 핸드폰이 울렸다. 혁철은 담배를 쥔 손을 흔들며 어서 전화를 받아보라고 손짓을 보냈다. 정면을 주시한 채 나는 핸드폰을 들었다. 통화 버튼을 누르자마자 땅콩 목소리가 다급하게 들렸다.

"바람 형님, 지금 어디세요?"

"무슨 일입니까."

"이상한 일이 벌어졌어요. 젠장, 백기 형님이……. 바람이 형님, 빨리 더블린에……."

"네? 백기 형님이……."

그 순간 혁철과 눈이 마주쳤다. 최대한 침착한 표정을 지으려했지만 그의 눈은 내 얼굴을 읽어내고 있었다. 이래서 내가 포커를 안 친다.

나는 말없이 회전문 속으로 들어갔다. 혁철이 갸우뚱 고개를 기울였다. 나는 재킷을 벗으며 점프했다. 회전문 끝을 잡고 회전축에 재킷을 끼워 넣었다. 틈새에 낀 재킷이 조금이라도 시간을 벌어주길 빌었다.

"올라가!"

혁철이 외쳤다. 수십 개비의 담뱃불 불똥들이 바닥에서 터졌다. 밤 사나이들은 빌딩으로 달려들었다. 밤이라 입구의 커다란 이중문은 모두 잠겨 있었지만, 유리가 깨지기까지는 오래 걸리지 않을 것이다.

남자들이 힘을 합쳐 회전문을 밀어냈지만 그럴수록 옷은 더 단단하게 회전축을 감았다. 몇몇은 입구 중앙에 잠겨 있는 이중문을 열기 위해 안간힘을 쓰며, 로비 안에 있는 경비원에게 문을 열라고 고함을 질렀다. 경비원은 안내 테이블 앞에 서서 이러지도 저러지도 못하며 안절부절 서 있었다. 나는 헐떡이며 경비원에게 비상구를 가리키며 말했다.

"지하 4층에 누가 쓰레기 버렸어요."

경비원은 말을 알아듣지 못했다.

"비정규직은 업무에 목숨 안 걸어도 돼요."

그제야 경비원은 뒷걸음질을 치다가 비상구로 뛰어 내려갔다.

나는 엘리베이터 입구로 달려갔다. 자정 이후 엘리베이터는 더블린과 바로 연결된 1호기와 2호기 두 대만 운행한다. 나는

1층에 대기하고 있던 2호기의 문을 열고 2층부터 꼭대기 층까지의 단추를 다 누른 후 빈 엘리베이터를 올려 보냈다. 내가 1호기를 부르는 단추를 눌렀을 때, 로비에서 유리가 깨졌다.

14…… 13…… 12…… 고속 엘리베이터였지만 내려오는 속도가 너무 답답하게 느껴졌다. 구둣발소리가 점점 커지고 이윽고 "죽어!" 하는 소리가 들렸다. 눈앞에 네 명의 남자가 나타났다. 번쩍이는 칼도 네 개였다. 이제는 몸으로 생각할 시간이었다. 나는 재빨리 두 놈의 명치에 죠스를 꽂았다. 로비에서 수많은 발들이 합쳐져 우르르르 파도 소리를 냈다. 등 뒤에서 땡! 엘리베이터 도착음이 들리자마자 나는 엘리베이터 안으로 뛰어들었다. 15층 버튼을 눌렀을 때 손목이 나갈 뻔했다. 두 칼이 허공에서 춤을 추며 안으로 들어왔다. 죠스가 두 놈의 칼날을 맞받아칠 때마다 작은 불꽃이 튀었다. 나는 녀석들을 엘리베이터 벽면으로 몰아 문을 지켰다. 밖에서 "거기 서!" 소리가 들렸을 때 문이 닫혔다.

더블린으로 오르는 엘리베이터는 좁은 링이었다. 쉴 새 없이 손과 팔이, 쇠와 쇠가 부딪쳤다. 이마에서 흘러내리는 짠 땀을 닦을 새도 없었다. 야바위 컵 속에서 흔들리는 주사위처럼 우리는 정신없이 움직였다. 두 놈 중 누구의 것인지 알 수가 없었지만 넓은 허벅지 하나가 무방비 상태였다. 나는 그 허벅지에 재봉틀 바늘처럼 빠르게 죠스를 찍어댔다. 한 놈이 비명을 지르고 그대로 주저앉았다. 나는 눈짐작으로 무릎을 꿇은 녀석의 목에 발을 날리고, 손톱으로 다른 녀석의 얼굴을 할퀴었다. "쌰!" 녀석이 왼손으로 눈을 가린 채 될 대로 되라는 식으로 칼을 휘둘렀다. 공격보단 방어의 의미였다. 이럴 땐 빨리 끝내주는 것이 예의다. 죠스로 녀석의 오른손을 후려쳤다. 칼이 통, 벽에 튕기고 바닥에 떨어졌다. 이어 죠스가 녀석의 말랑한 배를 깊숙이 먹었다.

문이 열렸다. 나는 칼 두 자루를 밖으로 내던졌다.

나는 엘리베이터가 내려가지 못하게, 두 녀석들의 몸통을 엘리베이터 문 사이에 걸쳐놓았다.

"움직이면 또 때리러 올 거예요."

녀석들이 맞기 싫어서 기절한 척을 하고 있는지도 몰라서 그들을 내려다보고 말했다. 엘리베이터의 양 문이 녀석들의 몸통에 걸려 무심하게 왔다 갔다 했다.

나는 비상구로 뛰어가 문을 잠갔다. 소방법상 잠금장치를 사용한 비상구 폐쇄는 불법이었지만 지금 내 입장에선 좋은 불법이었다. 마지막으로 피아노 옆에 있는 아름다운 2인용 의자를 세워 2호기 문에 기대어놓았다. 문이 열리면 의자가 쓰러져 엘리베이터 운행을 막을 수 있다.

"형님, 백기 형님."

형을 불렀지만 답은 돌아오지 않았다. 더블린 벽에 붙어 있는 사자상만이 외롭게 물을 쏟아낼 뿐이었다.

나는 경찰에 전화를 걸었다.

"강남 이너스 빌딩인데요. 지금 난리 났어요. 15층에요. 사람이 죽어가요. 빨리 와주세요. 제발……."

비굴하게 울먹거린 다음 전화를 끊었다. 살인 사건 신고면 더 빨리 올 것이다. 우리도 위급할 땐 경찰에게 도움을 받는다. 형한테 듣기로는 은행가들도 평소에는 정부의 간섭을 싫어하지만, 금융 위기가 오면 제발 간섭을 해달라고 로비를 한다고 한다. 나는 나의 비겁함이 은행가와 비슷하니, 아주 비겁하지는 않을 거라고, 그렇게 스스로를 기만했다.

사자상 입에서 쏟아지는 물을 두 손으로 받아 세수를 했다. 생각보다 물이 미지근했다. 손등으로 눈을 닦고 주위를 둘러보았다. 적막 속에 카운터 위로 가느다란 연기가 피어올랐다. 연기를 따라갔다. 마담이 카운터 바닥에 주저앉아 담배 종이에 만 마리화나를 피우고 있었다. 나는 마리화나를 낚아채 바닥에 비벼 끈 다음, 반쯤 키핑해둔 양주병 속에 집어넣고 진열장 뒤로 감췄다.

"영업정지당하면 나는……."

"백기 형님은 어디 계세요?"

마담은 망연자실한 표정으로 마시고 있던 위스키잔을 집었다. 나는 마담의 어깨를 세차게 흔들었다.

"형님은요?"

"……두 번 다시 보지 못할 거야."

마담은 나를 밀치고 위스키를 들이켰다.

전화벨이 울렸다. 발신 번호 시작이 02였다. 경찰의 신고 확인 전화 같았다. 나는 전화를 내버려뒀다. 벨 소리를 들으며 복도로 들어갔다. 5번 룸의 문이 열려 있었다. 기분 탓인가. 그 문은 내가 본 열린 문 중에 가장 기분 나쁜 각도로 벌어져 있었다.

시끄러운 핸드폰을 복도 중간에 내려놓고 나는 죠스를 움켜잡았다. 등이 서늘했다. 빌딩 앞에서와는 또 다른 긴장감이 찾아왔다.

발소리를 죽이고 5번 룸을 향해 걸었다. 문 앞에 섰을 때 신발 밑창에 처억, 액체가 밟혔다. 내려다보니 다행히 피는 아니었다. 룸에서 새어 나온 술 같았다. 작게 한숨을 내쉬고 문고리로 손을 뻗었다. 문을 마저 열어젖혔다.

해파리를 본 적이 있다. 엄마를 기다리며 보던 TV에서 해파리들이 바다를 유영하고 있었다. 검은 바다 속에서 해파리들은 신비로운 빛을 내뿜었다. 마치 느리게 우주를 비행하는 우주선 같았다. 바다를 품은 투명한 몸체는 혼자 영롱했고, 긴 촉수는 푸른 레이저로 그린 듯해서 생물체가 아니라 바다를 지키는 고귀한 영혼 같았다. 나는 TV에서 눈을 떼지 못한 채 "아름답다"는 말을 입 밖으로 처음 내뱉었다. 오랫동안 내 의식 속에서 해파리는 신비로운 꿈의 풍경으로 자리 잡았다.

그것이 깨진 건 훗날 형과 해변을 걸었을 때였다. 모래 위에 상한 젤리 같기도 하고, 때에 찌든 걸레 같기도 한 물체가 보였다. 형은 그걸 해파리라고 말했다. 나는 믿을 수가 없어서 덕지덕지 모래가 묻은 흉측한 그 사체를 한참 내려다보았다.

"해파리는 원래 아름다워요. 엄청 멋진 빛을 내면서……."

"뭐든 죽으면 다 이렇게 돼."

형은 비위가 상한 듯 모래에 침을 뱉고 해파리를 걷어찼다.

5번 룸은 난장판이었다. 바닥 여기저기에 술병이 나뒹굴고, 깨질 수 있는 접시는 다 깨져 있었다. 누가 테이블에 세팅된 술과 안주를 다 바닥에 밀어버린 모양새였다. 테이블에 있던 모든 액체가 쏟아지는 바람에 바닥은 물바다였다. 그 어지러운 흔적 속에 스타킹이 뱀 허물처럼 생기 없이 젖어 있었다.

술 냄새가 진동하는 룸 구석에는, 세상에서 가장 슬픈 여자의 속옷이 버려져 있었다.

커다란 테이블 위에는 한 여자가 신전에 바쳐진 제물처럼 누워 있었다. 목이 테이블 끝에 걸쳐져 얼굴은 나를 향해 완벽하게 90도로 젖혀졌고, 긴 머리카락은 바닥에 닿을 듯 말 듯 늘어져 있었다. 눈동자가 없는, 달걀 흰자 같은 여자의 하얀 눈이 나를 거꾸로 바라봤다. 영원 같은 시간이 흘렀다.

누나는 가슴을 드러낸 채 굳어 있었다.

3부

실종

형이 누나를 죽였다는 소문을 믿지 않는 사람은 나 혼자였다. 남들과 생각이 다르다는 건 무척 외로운 일이었다.

사건이 벌어진 날 경찰 특공대가 더블린 빌딩에 모여든 혁철 패거리를 잡아들였다. 경찰도 그들과 누나의 죽음이 무관하다는 걸 알았지만 그냥 지나치기엔 아까운 건수였다. 경찰은 사흘 밤낮으로 그들을 취조하며 밤 세계의 정보를 쥐어짜냈다. 재수가 없는 몇 녀석들은 예전에 엮였던 사건에 발목이 잡혀서 사건 관할서로 넘겨졌다.

가장 재수가 없는 사람은 혁철이었다. 경찰한테 제대로 찍혔고, 형한테 돈을 털렸다. 그날 밤 형은 혁철에게 전화를 걸어 사업체 인수를 제안했다고 한다. 계약금으로 형은 현금 십억 원을 요구했다. 급작스러운 제안에 혁철은 부랴부랴 현금 육억을 먼저 만들어 보냈다. 혁철도 형의 상황이 뭔가 꼬였다는 것을 눈치챘고, 그래서 환상적인 가격에 매물을 인수할 수 있다는 걸 알았다. 형이야 어떻게 되든 혁철로서는 원하는 걸 얻으면 그만이었다. 게다가 상대가 말 못 할 사정이 많을수록 가격을 더 후려칠 수 있었다. 다만 결정이 늦으면 제삼자에게 기회가 넘어갈 수 있었다.

계약서 작성은 강남에서 사무실을 운영하는 양쪽의 회계사들을 통해 이루어졌다. 혁철이 보낸 돈 가방도 그때 넘겨졌다. 회계사에게 계약 확인 문자를 받은 혁철의 유일한 걱정거리는 육억 원을 어떤 비용으로 처리해서 세금을 줄일 수 있을까 하는 문제였다.

형이 돈 가방을 챙기고 행방불명되리라곤 누구도 상상하지 못했다. 그건 목숨을 거는 행위였다.

5번 룸에서는 형의 지문이 나왔다. 마담의 증언에 따르면, 그날 형은 마담에게 5번 룸의 문을 열지 말라고 지시했다고 한다. 그날 형은 오랫동안 보안실에 머물렀고, 경찰이 CCTV 녹화 파일을 확인하기 위해 보안실에 들어갔을 때는 이미 하드디스크가 사라진 후였다. 경찰이 더블린에서 유일하게 확보

한 영상은 주차장을 빠져나가는 검은색 벤츠뿐이었다. 형은 그길로 회계사를 찾아가 돈 가방을 받았다. 그후 형의 행적을 아는 사람은 아무도 없었다.

모든 정황이 형에게 불리했다. 그렇다고 그것들 중 무엇도 확실한 증거라고 할 수는 없었다.

엄마가 죽었을 때와 기분이 똑같았다. 누나가 이 세상에서 사라졌다니. 형이 살인자라고? 아무런 실감도 나지 않았다. 그저 누나도 형도 먼 곳으로 여행을 떠난 것 같은 약간의 허전함만 느껴질 뿐이었다. 하지만 나는 알고 있었다. 조만간 내 속의 슬픔이 차올라 폭발하리라는 것을.

살인 사건의 전담반이 꾸려졌다는 소식을 듣고 오후에 경찰서를 찾아갔다. 강력팀이 모인 3층에는 웃음이 없었다. 그렇다고 험악한 분위기도 아니었다. 사건을 저지른 이도, 그들을 조사하는 이들도 모두 피곤해 보였을 뿐이다. 창마다 블라인드가 내려가 있었고 책상에 빈자리가 많았다. 첫인상은 망해가는 회사 사무실 같았다.

강력팀 사무실 입구 쪽에 하늘색 블라우스를 입은 여직원이 보였다. 단발머리를 한 그녀는 삼십 대로 보였다. 키는 작은 편이었고, 두상도 이목구비도 앙증맞을 정도로 동글동글했다.

직원이 책상 앞에서 서류 작업을 하고 있지 않았다면 불량한 제자의 선처를 빌러 온 순진한 담임선생님으로 오해했을지도 모른다. 나는 그녀의 올망졸망한 얼굴을 내려다보며 물었다.

"'5번 룸 살인 사건' 담당자 지금 계신가요?"

그녀가 나를 올려다보더니 불쾌한 표정을 지으며 의자에 등을 기댔다. 여자는 습관인 듯 연필꽂이에서 분홍색 털이 달린 볼펜을 꺼내 털을 쓰다듬었다.

"배짱 좋네. 여길 제 발로 찾아오고."

"저를 아시나요?"

나는 내 목에 걸린 방문증을 내려다보고, 다시 그녀를 쳐다보았다.

"미래파 행동 대장 장민준. 너를 아냐고? 우릴 뭘로 보는 거야?"

처음 알았다. 우리가 경찰의 관리 대상인 것도, 우리의 명칭이 미래파라는 것도. 게다가 나는 행동 대장으로 분류되고 있었다. 자기들 멋대로 우리한테 미래파라니. 하여튼 의외였다. 형이 식구들에게 깍두기 머리와 90도 인사를 금지하면서까지 경찰의 관리 대상이 되는 걸 극도로 피해왔는데.

"우선우 형사님은 어디 계신가요?"

나는 사무적인 말투로 말했다. 아무리 깨물어주고 싶을 정도로 귀여운 얼굴이라도 나를 경멸하는 상대와는 대화하고 싶지 않았다. 여자는 검지 손톱으로 다다닥 책상 유리를 두드렸다. 여자는 지갑에서 명함을 꺼내 책상 모서리로 던졌다.

강남 경찰서 형사과 강력팀. 우선우 경장.

그녀 얼굴에는 보는 사람까지 짜증 날 정도로 짜증이 묻어나 있었다. 아마 내가 우선우 형사를 남자로 착각한 백 번째 사람인가 보다.

"무슨 일로 왔어?"

우 형사가 나를 벌레 보듯이 쳐다보며 말했다.

"5번 룸 살인 사건 수사가 어떻게 진행되고 있는지 알고 싶습니다."

"이젠 하다 하다 조폭 새끼도 보고를 올리라고 하네."

유도신문인가? 우리나라에선 폭력 조직을 만들거나 가입하는 자체만으로도 죄가 성립되기 때문에 절대로 조폭이라고 인정해서는 안 된다. 형은 만약의 사태를 대비해 식구들에게 이 말을 철저히 외우라고 준비시켰다.

"우리 회사는 정식 법인체로 항상 법을 준수하고 구성원 모두가 성실하게 근로하는……."

"꺼져, 씹새끼야."

순간 다 까먹었다. 마치 헬로키티를 좋아하는 귀여운 모범생에게 따귀를 맞은 기분이었다. 이럴 때는 아무 생각도 나지 않는 법이다. 나는 멍하니 우 형사의 책상을 내려다봤다. 책상은 시간이 날 때마다 정리를 한 듯 넓고 시원해 보였다. 아마 이 건물에서 가장 깨끗한 책상일 것이다. 우 형사는 모니터를 응시한 채 자판을 두드렸다.

"백기 이사님이 살해했다는 확실한 증거가 있나요?"

"이사님 같은 소리 하고 앉았네."

부지런히 문서를 작성하며 우 형사가 투덜거렸다. 탁탁탁탁탁. 자판을 치는 소리마저 짜증이 묻어 있었다.

"백기 이사님은 이영선 씨를 살해할 이유가 없습니다."

"남자가 미녀와 섹스를 하는 데 이유가 필요해? 게다가 평범한 섹스도 아니었어. 여자 목까지 조르면서 하고 싶은 변태 짓을 다 했지. 그때는 황홀했을걸. 목을 누르는 두 손에 힘을 조절하는 것도 잊었으니까. 파트너의 눈동자가 위로 올라가는 걸 즐기면서 더 목을 졸랐겠지."

우 형사가 모니터를 노려보며 말했다.

"물론 백기 이사님도 어딘가에서 자신만의 방법으로 즐거움을 찾겠지만, 직장에서는 절대 사적인 행동을 하지 않습니다. 지문은 아무 의미가 없어요. 모든 방에 우리들의 지문이 묻어 있으니까요."

탁탁탁탁탁.

"누군가 죽고, 누군가 사라졌다고 해서 사라진 사람이 범인이라는 증거가 되는 건가요?"

탁탁. 탁!

"그럼 네가 죽였구나."

무슨 소리인지 이해하지 못했다. 내가 누나를 죽였다고? 나는 영혼이 빠져나간 사람처럼 서 있었다.

"너는 살인해도 감방에 몇 년 안 살잖아. 빌어먹을 청소년이니까."

우 형사가 다시 키보드를 두드렸다.

"일 년만 기다려. 내년에 백기 녀석이랑 같은 방에 넣어줄 테니."

"저 내년에 군대 가요."

"넌 못 가. 내년에 내가 잡아넣을 거니까."

"이영선 씨 시신은 지금 어디에 있나요?"

"그걸 왜 너한테 가르쳐줘야 하지?"

"혹시 모르잖아요, 제가 백기 이사님을 찾아낼지. 저 사람 잘 찾아요."

탁!

우 형사는 키보드에서 손을 떼고 열 손가락을 쭉 폈다가 오므렸다. 우 형사는 책상에 던졌던 명함을 천천히 들어 올렸다. 나는 공손하게 명함 끝을 잡았다. 하지만 그것은 결국 내 손으로 들어오지 못했다. 우 형사는 자신의 명함을 휴지처럼 구겨 쓰레기통에 내던졌다.

"왜 널 첫날 풀어줬는지 알아? 너는 백기에게 아무것도 아니니까. 그래서 너한테 알아낼 것도 없지. 양복 좀 입는다고 우쭐거리는 거니? 너는 그냥 두목이 쓰다가 버리는 쓰레기야, 쓰레기."

뒤이어 "쓰레기들!"이라고 내뱉은 우 형사의 얼굴에서 어떤 분노가 느껴졌다.

"너희들이 외제 차를 타고 그 지겨운 듀퐁 라이터 똑딱거리면서 온갖 똥폼은 다 잡지만, 너희들을 움직이는 연료는 하나야. 오직 돈이지. 너희가 검은 옷 입고 돌아다닐 때마다 세상이 더럽혀져. 하지만 네놈들이 더럽힌 이 세상이 어떻게 그나마 멀쩡하게 돌아가는지 알아? 이 세상엔 어떤 종류의 사람들이 있으니까. 인간이 마지막까지 지켜야 하는 걸 지키는 사람들. 너는 죽을 때나 이해할까. 아니, 이해하지 마. 기분 나쁘니까. 그들이 다치기 전에 내가 먼저 너 같은 쓰레기들을 남김없이 태워버릴 거야. 기대해."

이 사람, 진심으로 우리를 미워하는구나. 하필 제일 까다로운 상대를 만나다니. 우리를 미워해서 어려운 상대가 아니었다. 그녀는 우리가 파악할 수 없는 부류였다. 이익에 따라 움직이지 않는 사람. 정의나 도덕, 혹은 신념이라고 부르는 것을 위해 자신을 버릴 수 있는 사람. 우리에게 이들은 돌연변이였다. 이해조차 할 수 없다. 밤 세계에서 상대를 파악할 때의 전제는 인간은 철저하게 이익을 위해 움직인다는 것이다. 만약 이 전제가 깨지면? 상대가 어떤 행동을 할지 티끌만큼도 예측할 수가 없다. 우린 그런 인간들을 본 적이 없으니까. 존재할 수 없는 걸 대비할 수는 없으니까.

나는 허리를 숙여 쓰레기통에서 구겨진 명함을 꺼냈다.

"조만간 연락드리겠습니다."

나는 우 형사의 명함을 정성스럽게 폈다. 명함을 지갑에 넣었다. 나는 우 형사에게 인사를 하고, 출입문을 향해 걸었다. 등 뒤에서 우 형사의 뾰족한 목소리가 들렸다.

"양아치가 창녀를 죽였어. 세상에서 제일 흔한 살인이야."

그날 밤, 넓은 정원이 딸려 있던 저택을 찾아갔다. 거실에는 생활의 흔적이 보이지 않았다. 고풍스러운 외관과 달리 1층

내부는 콘크리트 재질이 그대로 드러나 있었다. 벽엔 조명들이 틈틈이 박혀 있었고, 여섯 점의 그림들이 걸려 있었다. 그림이 걸려 있는 집에 산 적이 없어서인지 생경한 풍경이었다. 벽 중앙에 형이 파마 머리 여자에게 팔았던 그림이 보였다. 주인을 기다리면서 그림을 감상했다. 삐뚤어진 회색 육면체와 머리카락 같은 빨간 선들, 기름얼룩 같은 점들. 아직도 좋은 그림인지 장난 같은 그림인지 분간이 가지 않았지만, 어느 순간에 옛 풍경들이 파편처럼 떠오르기 시작했다. 기억인지 꿈인지 모를 막연하게 그리운 장면들이었다.

목욕을 막 마친 파마 머리 여자가 샤워 가운 차림으로 거실로 내려왔다. 젖은 몸에서 진한 장미향이 풍겼다.

"밤늦게 찾아와서 죄송합니다. 물어볼 게 있어 왔습니다."

"우리 와인 한잔해요."

여자가 부드럽게 웃으며 와인 셀러에서 와인병과 잔을 꺼냈다. 그녀는 한 손에는 병 주둥이를, 한 손에는 긴 와인잔 두 개를 엑스 자로 쥐고 다가왔다. 우리는 마주 앉아 와인잔을 들었다. 마시지 않으면 예의가 아닌 것 같아 나도 살짝 입술을 축였다.

"요 근래 형님한테 연락이 왔나요?"

"아뇨. 혹시 백기 씨한테 무슨 일이 생겼나요?"

"사실은 세상하고 조금 오해가 생겼어요."

여자는 와인 한 모금 더 마시고 다리를 꼬았다. 엄마만큼 하얗고 예쁜 다리였다.

"놀라지 말고 들어주세요. 그냥 뜬소문 같은 이야기니까요."

"재밌겠네요. 재밌지가 않으면 소문이 퍼질 리 없잖아요. 백기 씨랑 관련된 소문이라니 더 궁금해지네요."

"그럼."

나는 차근차근 형이 처한 상황을 설명했다. 고개를 끄덕이며 내 말을 경청하던 여자는 '살인'이란 단어를 듣고부터는 얼굴에서 핏기가 사라졌다.

"혹시 연락이 오면 이 말 꼭 전해주세요. 제가 형님의 누명을 풀겠다고요."

여자는 와인잔을 퉁 튕기고 엄지로 입술을 눌렀다. 얼굴이 기분 나쁠 정도로 무표정했다.

"백기 씨에 대해 잘 아나요?"

나는 고개를 끄덕이지도 가로젓지도 않았다. 형의 결백을 믿지만 형의 모든 걸 알지는 못했다.

"내가 가르쳐주죠. 그 남자는 말이에요, 아주아주……."

와인잔 위에서 여자의 두 눈이 나를 노려봤다.

"소름 끼치도록 잘생긴 개자식이에요."

저택을 나와 엔진 소리를 높이며 어두운 오솔길을 달렸다. 첫 번째 빗방울이 헬멧 실드에 투명한 사선을 그었다. 부서진 작은 알갱이들이 실드 표면 위에서 흔들거리더니, 빗방울들이 무섭게 실드에 달라붙기 시작했다. 비가 시끄럽게 헬멧을 때렸다. 나는 헬멧 실드를 올리고 비바람을 맞았다. 바늘 같은 빗방울들이 쉼 없이 내게 달려들었다. 빗물은 얼굴과 목을 적시며 몸 아래로 흘러내렸다. 헤드라이트 불빛이 바닥에 둥근 원을 그렸다. 그 빛에 정신을 집중하려고 노력했지만 아무리 애써도 소용이 없었다. 슬프고, 이상했다.

세상이 작심하고 나와 형을 속이는 것만 같았다.

개편

교육은 선善이다.

그 말대로 형이 교육을 잘 시켰는지는 모르겠지만 영감님에게 한 방은 확실히 먹였다. 더블린은 육 개월 영업정지를 당했다. 사실상 더블린의 사형선고였다. 영업정지가 풀린다 한들 VIP들이 경찰이 드나들었던 클럽에 올 리 만무했다. 더불어 혁철도 사흘 동안 경찰에 시달려야만 했다.

경찰서를 나온 혁철 패거리는 형의 사업체들을 접수하기 시작했다. 인적자원도 인수 합병 대상의 일부였다.

결론적으로 우리가 차갑지 못했다. 우리에겐 사흘이란 귀중한 시간이 주어졌으나, 형이 떠났다는 상실감에 휩싸여서, 한마디로 정신을 못 차렸다. 몸은 긴장감으로 바짝 조여져 무슨 일이든 할 만반의 준비가 되어 있었다. 다만 혁철 패거리를 접수하겠다는 야망은커녕 도망갈 궁리조차 하지 못한 정신적 나태함이 결정적인 패착이었다. 생각의 게으름뱅이들을 기다리는 건 굴욕이었다.

도시락을 챙기기 위해 오피스텔의 문을 열었을 때, 복도는 검은 양복의 사내들로 숨이 막혔다. 나는 회색 아디다스 트레이닝복 차림 그대로 그들에게 끌려 나갔다. 곧바로 지하로 내려가 승합차에 태워졌다. 손이 뒤로 묶이고 안대가 채워진 채 하루 종일 어딘가로 왔다 갔다 했다.

마지막으로 끌려간 곳은 병든 벌레들조차 울지 않는 황량한 도시 외곽지였다. 안대가 풀어지자 어둠에 뜯겨 나간 그믐달이 조밀한 이빨을 내보였다. 땅은 온통 파헤쳐져 있었다. 수평이 맞지 않는 적토를 디딜 때마다 결박당한 몸이 뒤뚱거렸다. 한쪽에서 큰 엔진 음이 들렸다. 곁눈질을 하니 희미하게 부서지는 달빛 아래서 포크레인 한 대가 열심히 구덩이를 파댔다. 누가 봐도 토목을 위한 용도는 아니었다. 만약 정식 포크레인 기사가 봤다면 운전석의 양복쟁이를 밀치고 대신 들어가고 싶을 정도로 어설픈 삽질이었다. 그래도 서너 명을 매장하기에는 충분한 깊이였다.

오른쪽에 모닥불이 활활 타올랐다. 양복을 입지 않은 남자 셋이 모닥불에 고기를 구워 먹었다. 세 남자는 쉴 새 없이 중국어로 뭐라고 떠들어댔다. 용병들인가. 떠들썩한 세 중국인들 주위에 한 남자가 떨어져 앉아 있었다. 군용 야상을 입고 있는 그 남자는 혼자서 고량주를 따라 마셨다. 어디 가나 섞이지 못하는 사람이 있기 마련인가 보다. 야상을 입은 남자는 진한 콧수염을 기르고 있었다. 종이컵에 고량주를 가득 따라 마신 그는 손등으로 콧수염을 닦았다. 마담이 생각났다. 마담 말대로 나는 잠수를 타야 했었는지도 모르겠다.

공사장 끄트머리 군데군데에서 횃불이 타올랐다. 혁철 패거리는 크게 원을 그리고 서 있었다. 다들 옷들이 비슷해서 종교단체의 비밀 모임 같기도 하고 보험사의 레크리에이션 행사 같기도 했다. 모닥불이 있어야 할 가운데 자리에는 우리 식구들이 포위되어 있었다. 80명 대 15명. 답이 안 나오는 상황이었다. 바람이 불자 수많은 그림자들이 일렁거렸다.

횃불의 열기가 뺨에 느껴졌다. 누군가 등 뒤에서 고양이를 잡듯 내 뒷덜미를 들어 올렸다. 그 우악스러운 손길이 나를 원 안으로 집어 던졌다. 나는 비틀거리며 식구들과 합쳐졌다.

"아이고, 바람 형님."

땅콩이 포로들처럼 서 있는 식구들 틈을 헤치고 나와 나를 부축했다. 땅콩은 내 옷을 털어주고, 침을 발라가며 내 머리를 넘겨주었다.

"아따, 이놈들이 우리 형님 모양 빠지게……."

땅콩은 내 뒤에 와 허리를 수그리고 내 손에 감긴 테이프를 풀어주느라 애를 썼다. 식구들 몇 명과 눈이 마주쳤다. 얼굴에 온종일 고생한 흔적이 역력했다.

"거봐요. 다들 내 말을 들었어야지, 에구."

귓속말을 하는 땅콩의 음성에서 나를 향한 질책이 느껴졌다. 할 말이 없었다. 며칠 동안 나는 형을 찾아다니느라 식구들에게 아무런 신경을 쓰지 못했다.

앞에 혁철이 보였다. 흰색 더블 버튼 슈트가 유난스레 하얐다. 혁철은 이글거리는 불길 옆에 서서 우리를 향해 계약서를 흔들어 보였다.

"이게 뭘 의미하는지 알아? 내가 너희를 인수하는 게 합법이란 뜻이야. 여기 백기 녀석의 친필 사인 보이지? 계약금도 십억이야."

실제로 건네준 돈은 육억이라는 걸 모두 알고 있었지만 아무도 토를 달지 않았다.

"그 녀석 사업가처럼 개폼은 다 잡더니 말이야. 알고 보니 그 사업들이란 게 소리만 요란한 빈 깡통이야. 지저분하게 여기저기 지분만 몇 프로씩 투자했던 거라고. 완전 나를 물 먹였어. 누가 이 사태를 책임질 거야?"

혁철은 목청을 높이고 식구들을 내려다보았다.

"난 정말 화가 난다. 내가 손해를 봐서가 아니야. 너희들이 큰형님이라 부르던 백기 그 양아치 새끼가 너희를 싸구려 취급했기 때문이야. 뭔 말인지 알아? 너희들 다 합쳐도 여기에 지을 아파트 한두 채 값밖에 안 된다는 뜻이야. 그놈이 너희를 그렇게 팔아먹었다고."

밤 세계는 모든 가치를 물질로 환산한다. 평범한 사람들이 자신의 목숨값을 잴 리 없겠지만, 밤 세계로 들어온다면 양팔 저울에 돈과 목숨이 오르락내리락하는 식은땀 나는 경험을 하게 될 것이다. 하나만 알아두길 바란다. 여기는 낮 세계에 비해 목숨값이 훨씬 싸다.

혁철은 양손을 허리에 대고 허공에 한숨을 내쉬었다.

"하지만 나는 달라. 내 사람을 아주 소중하게 생각하지. 저녁이 되면 다음 날 내 식구들이 출근을 안 하고 사라져버릴까 봐 조마조마하다고."

흥분을 가라앉힌 혁철이 말을 이었다.

"계약서대로라면 너희는 머리카락 한 올까지 다 내 거야. 하지만 그게 무슨 의미가 있겠어? 내가 필요한 건 가족이지

가축이 아냐. 일 분 안에 결정해. 나와 가족이 되기 싫다면 지금 이 밖으로 나가. 강요는 안 해."

정적이 흐르는 가운데 포크레인만이 묵묵히 구덩이를 파냈다. 아무도 혁철 패거리가 둘러싼 원 밖으로 나가지 않았다. 시계를 들여다보던 혁철은 시간이 지나자 온화한 얼굴로 변했다.

"좋아. 너희들의 선택에 책임을 지기 바란다. 다음 주에 정식으로 합단식을 열 테니, 마음에 쌓아둔 일은 남자답게 잊어버려. 우린 이제 한 가족이니까. 다들 고맙다."

혁철이 손짓을 하자 부두목이 A4용지를 들고 앞으로 나왔다.

"이제 각 팀으로 나눌 테니까 호명하면 앞으로 나오도록."

호명된 식구들이 나가자 혁철이 한 명씩 악수를 했다. 곧 혁철 패거리의 한 팀이 나오더니 인수할 식구들을 끌고 사라졌다. 그렇게 로마의 노예시장에서처럼 식구들이 한 명씩 호출을 받았고, 혁철 패거리의 각 분파로 흡수되었다. 아놀드 형님의 이름이 불렸을 때, 나는 그에게 다가가 말했다.

"저한테 방법이 있어요. 조금만 기다리세요."

아놀드 형님은 나를 바라보더니 고개를 끄덕였다. 나는 멀어져가는 그의 넓은 어깨를 걱정스레 바라보았다. 솔직히 뾰족한 방법은 없었다. 혁철은 합단식 전에 우리 식구들 중 몇몇을 '시범 케이스'로 삼아 처참하게 망가뜨려 반항의 싹을 잘라낼 게 분명했다. 강직하고 고분고분하지 않은 아놀드 형님의 성격으로 봤을 때 시범 케이스의 1번 타자가 될 확률이 농후했다. 누군가 희망을 줘야 받아들이기 힘든 고난을 이겨낼지 모른다. 거짓 희망이 넘쳐나는 세상에서 나도 한번 시류에 편승해보기로 했다.

"신길종."

"네, 갑니다." 이름이 호명되자 땅콩이 손을 들었다. 순간 나와 눈이 마주친 땅콩은 어색하게 눈웃음쳤다. 그는 천천히 팔을 내리더니 주먹을 불끈 쥐고 소리 없이 입술로 '파이팅' 했다. 쪼르르 앞으로 달려 나간 땅콩은 혁철에게 두 손으로 악수를 하며 넙죽 머리를 조아렸다.

그렇게 모두가 떠나갔다.

황량한 공간엔 나무 타는 냄새만 가득했다.

"왕코."

혁철이 부르자 별명을 왕코라고 지을 수밖에 없는 한 남자가 걸어 나왔다. 나이는 마흔쯤으로 혁철보다 대여섯 살 많아 보였지만, 혁철에게 깍듯하게 대했다. 왕코 뒤로 두 명의 똘마니가 따라왔다. 한 명은 키가 극단적으로 작은 이십 대였고, 다른 한 명은 코에 큰 반창고를 붙인 은갈치였다. 뭔가 삼인조

개그팀처럼 보이는 무리였다.

"아참, 이번 주 안에 바람이 등짝에 그림 좀 새겨줘라."

혁철이 나를 가리키며 말했다.

"그림…… 아, 문신요. 알겠습니다. 대문짝만 하게 문신 새겨놓겠습니다."

순간 도축장으로 끌려가 등에 도장이 찍히는 소떼가 떠올랐다. 내 몸에도 곧 원치 않을 도장이 새겨지리라. 혁철이 다가왔다.

"바람이 너는 말이야. 항상 떠날 준비를 하고 있어. 너는 숨긴다고 숨겼겠지만 내 눈엔 그게 다 보여. 투체投體라는 말 알아? 위너가 되려면 자신의 온 몸뚱이를 내던져야 한다는 뜻이야. 넌 젊잖아, 응? 청춘이 이것저것 경우의 수 생각하고 뭐 꼬불쳐두면 재미가 없어. 쭉정이밖에 안 돼. 나한테 다 던져. 그게 너의 길이야."

혁철은 내 볼을 꼬집어 흔든 다음, 왕코에게 나를 넘겼다.

나는 삼인조를 따라 벌판을 걸었다. 얼마 뒤 키 작은 남자가 펜더에 잔뜩 녹이 슨 검은색 트라제 XG의 문을 열었다. 주차되어 있던 차 중 가장 초라한 차량이었다.

"내가 운전할게."

내 눈길을 피하던 은갈치가 운전석에 앉았다. 키 작은 남자는 잠시 머뭇대다 뒷좌석 안쪽으로 들어갔다. 왕코는 나를 중앙석에 밀치고 들어와 세게 문을 닫았다.

"바람아."

차가 출발하자 왕코가 담뱃불을 붙이고 말했다.

"네."

"내 밑에서 일하려면 세 가지를 명심해."

"네."

"첫째도 겸손, 둘째도 겸손, 셋째도 겸손이야."

나는 고개를 끄덕였다. 차는 덜컹이며 적토를 벗어나 도로로 나갔다. 차창 밖의 불빛들을 바라보면서 형의 조언을 떠올렸다.

—대한민국에서 절대로 겸손하다는 말을 듣지 마. 그렇게 말하는 놈은 십중팔구 네 골수까지 빼먹으려 할 테니까. 너에게 겸손을 강요하는 놈이 네 적이야.

한 시간 뒤에 트라제 XG는 신림동의 주택가에 멈춰 섰다. 나는 삼인조를 따라 오밀조밀한 골목을 지나 빨간 벽돌집의 반지하 방으로 들어갔다. 지하의 두 세대를 하나로 연결한 구조라 공간은 생각보다 넓고 창문도 큼직했다. 방이 세 개였다. 아마 나는 키 작은 남자와 한 방을 쓸 모양이다.

"고기 좀 있냐?"

신발도 벗기 전에 왕코가 고기부터 찾았다.

"냉동실에 삼겹살 남았을 겁니다."

키 작은 남자는 재빨리 거실에 신문지를 깔았다. 은갈치는 냉장고에서 고기와 소주병을 꺼냈다. 우리는 불판 주위로 둘러앉았다. 고기가 지글거리자 왕코는 소주 한 잔에 고기를 두 점씩 집어 먹으며 초등학생도 감동시키지 못할 무용담을 늘어놓았다. 나머지는 경청하는 척했다. 반지하 방이 온통 기름 냄새로 비릿해질 때쯤, 왕코가 술을 들이켜고 말했다.

"쇼코야키 가져와라."

키 작은 남자가 싱크대 찬장에서 바가지를 꺼내 들고 왔다. 바가지 안에는 각양각색의 술잔들이 가득 담겨 있었다. 왕코는 쇼코야키라 불렀지만 주둥이가 넓은 일본식 술잔은 보이지 않았다. 종류가 여러 가지인 걸 보니 술집에 갈 때마다 하나씩 훔쳐 온 모양이다.

"잔이 많지? 조만간 이놈들이 다 주인을 찾아갈 게다. 하나 골라라."

나는 바가지에 손을 넣고 수많은 술잔들을 뒤집었다. 돌을 씻는 듯한 소리가 났다. 나는 적당한 잔을 하나 골라서 두 손으로 잔을 내밀었다. 왕코가 소주를 가득 따랐다. 후회가 밀려왔다. 형은 내가 함께 술을 마시지 않는 걸 늘 아쉬워했다. 이렇게 될 줄 알았으면 형과 건배를 하며 즐겁게 술을 마실걸. 나는 단숨에 술을 들이켰다.

"일본에서는 이 예식을 사카즈키라고 불러. 그 잔을 받았으니 이제부터 너는 내 사람이야. 그 잔은 충성의 증표니까 평생 소중하게 간직하거라."

왕년에 야쿠자 영화 좀 봤나 보다. 나는 잔에 남은 물기를 털어내고 트레이닝복 주머니에 잔을 집어넣었다. 왕코가 혼자 좋아 껄껄 웃었다.

"짐 정리는 차차 하고, 너 오토바이 있지? 우리는 모든 걸 공유해. 그거 말이다……."

"저기, 오토바이는 내일 가져오라는데요." 은갈치가 끼어들었다.

"누가?"

"혁철 형님이요."

"아니, 이놈 문신은 우리 돈으로 새기라면서 오토바이는 자기가 챙기겠다고?"

갑자기 왕코의 얼굴이 빨개졌다. 키 작은 남자는 왕코의 눈치를 살피더니 중얼거렸다.

"정말 혁철 형님은 우리한테 너무하십니다. 차도 오십만 넘게 뛰었는데…….”

“혁철이 그 새끼, 일 도와달라고 나한테 애걸복걸할 땐 언제고……. 씨발, 확 다 목을 따버려야지.”

화를 주체하지 못한 왕코가 엉덩이를 들썩이자 깔고 앉았던 신문지가 부스럭거렸다. 은갈치와 키 작은 남자는 마냥 고개를 수그렸다. 한동안 삼인조는 말없이 고기를 집어 먹었다. 왕코가 담배를 물자 키 작은 남자가 얼른 불을 붙여줬다. 왕코는 자기 담배 연기에 눈을 찌푸리며 말했다.

“막내야, 고기 탄다.”

뜨거워진 고기 위로 기름이 섞인 벌건 물이 올라왔다. 나는 집게를 들고 고기를 뒤집었다.

왕코는 코도 크고 코 고는 소리도 우렁찼다. 나는 모두가 잠든 걸 확인하고 조용히 출입문을 열었다. 밖으로 나와 골목 가로등에 기댔다. 핸드폰을 보니 배터리가 한 칸 남아 있었다. 마담에게 전화를 걸었다. 통화를 다섯 번 시도하고 난 뒤에야 겨우 연결이 됐다.

“잘 지내세요?”

“후…….”

마담이 한숨으로 답했다.

"살 사람만 있다면 몸이라도 팔고 싶을 지경이지. 그나저나 날 걱정할 때가 아니잖아. 왜 도망치지 않았어?"

"백기 형님을 기다려야 하니까요."

수화기 너머로 마담의 헛웃음이 들렸다. 어이없어하는 그의 표정이 눈앞에 그려졌다.

"사건 있던 날 이야기 좀 해주세요."

"무슨 사건?"

"아시잖아요."

"뭔 뚱딴지같은 소리야? 쓸데없는 생각 말고 지금 장 팀장이 살 궁리를 해야지. 살인 사건은 경찰이 알아서 잘 해결할 거야. 요즘 경찰 배지 달기가 얼마나 힘든 줄 알아? 진짜 다 똑똑해. 순경들도 예전 같으면 경찰대 나와서 간부 할 놈들이라고."

"백기 형님은 살인을 하지 않았어요."

"정 그렇게 믿고 싶으면 마음대로 해. 실망이네, 장 팀장이 믿고 싶은 것만 믿는 바보였다니."

"네, 바보가 내일 찾아갈게요."

마담이 내 말을 해석하는 듯 뭔가를 한참 생각했다.

"무슨 소리야, 우리 당분간은 만나지 말아야지. 나 잠수 탄 거 알잖아."

"제가 모자란 놈이지만 두 가지는 잘해요. 사람 찾는 거랑, 사람 때리는 거."

불편한 침묵이 흘렀다.

"기분이 좀 그러네. 협박처럼 들린다."

"그렇게 느끼셨다면 죄송해요. 그래도 그날 제가 마약은 잘 치웠어요."

"마약이라니!"

갑자기 소리를 지른 탓에 마담의 목소리가 갈라졌다.

"원래 마리화나는 대마 관리법에 들어가는 귀여운, 그런 경범죄야. 코카인은 향정신성의약품 관리법이고, 본드는 독극물 관리법이고. 요즘은 아마 셋 다 마약류 관리법에 포함되는 것 같은데 하여튼 얼마 전까진 별거 아니었다고."

"비슷해서 제가 헷갈렸어요."

"하나도 안 비슷해. 대마초가 담배보다 중독성이 덜한 거 알아? 빌 클린턴하고 버락 오바마도 피웠단 말이야. 물론 나는 안 피우지만."

"네, 알아요. 백기 형님도 사람 안 죽여요."

나는 진심을 담아 말했다.

"간절히 부탁할게요. 우주는 못 도와줘도 마담은 도와줄 수 있잖아요."

"자기, 똘아이구나."

자주 듣던 말이었다. 땅콩도 내 사수였을 때 나를 똘아이라고 불렀다.

사위가 조용했다. 가로등 불빛 속으로 절름발이 개가 유령처럼 들어왔다가, 축구장 광고판의 십 초짜리 광고 문구처럼 사라졌다. 마담의 낮은 목소리가 들렸다.

"설마 녹음 같은 거 하진 않겠지."

"아이폰은 통화중 녹음 안 돼요."

수화기 너머로 콧수염을 쓰다듬는 소리가 들렸다. 이어 몇 번의 한숨이 이어졌다.

"하나만 말해줄게. 더이상은 말 못 해. 다시 말하지만 나는 아무것도 몰라. 지금은 그냥 소설 이야기 하는 거야."

"네, 저 이야기 좋아해요."

"옛날 옛날에……."

수화기 너머에서 뭔가 손이 바쁜 잡소리가 들렸다. 병을 여는 소리가 들렸고, 주르르르, 잔에 술이 부어졌고, 탁, 라이터가 켜지며 미국 전前 대통령도 좋아했던 귀여운 구름 과자에 불이 붙었다. 나는 아슬아슬한 핸드폰 배터리를 걱정하며 마담이 감상에 젖을 때까지 기다렸다. 연거푸 연기를 내뱉는 소리가 들렸다.

"옛날 옛날에 더블린 5번 룸에서 여자가 죽었어. 경찰들은 5번 룸에 남자와 여자, 그렇게 두 명이 있었다고 알고 있지."

마담은 묵직한 남자 역을 전문으로 맡는 성우 같은 목소리로 말했다.

"하지만 5번 룸에는 여자가 한 명 더 있었어."

목격자

아침에 콩나물국을 끓였다. 합숙 생활 경험이 없어서 평생 요리를 2인분 넘게 한 적이 없었다. 오피스텔로 옮기기 전까지 언제 사라질지 모르는 철거촌에서 혼자 소박한 1인분의 음식을 만들어 먹었다.

냉장고에 멸치가 없어서 화학조미료로 맛을 냈다. 허연 김이 올라오는 콩나물국에 고춧가루를 뿌리고 상을 차렸다. 왕코는 맛있다며 국을 세 그릇이나 먹어치웠다.

"크아, 속이 확 풀리네. 울 엄니가 해줬던 그 맛이야."

왕코는 콩나물을 안주 삼아 해장술을 마시며 풀린 속을 도로 꼬이게 했다.

"저녁엔 돼지고기랑 두부 팍팍 넣고 김치찌개 해 먹자. 난

국물 졸인 거 좋아해."

"네."

"아, 행복해. 오늘 일정 뭐야?"

왕코가 콩나물국에 밥을 말아 먹고 있는 은갈치에게 물었다.

"딱히 없으십니다."

짧은 침묵. 왕코는 덤덤하게 콩나물을 집어 먹고 새끼손톱으로 이를 쑤셨다. 이 아저씨, 클럽 관리에서도 밀려났구나. 아마 클럽 여자들에게 추태를 부렸거나, 아니면 어지간히 능력이 없는 모양이다.

"알았어. 지금 너는 바람이랑 같이 짐 챙겨 와."

"네? 제가요?"

화들짝 놀란 은갈치의 표정을 확인한 왕코는, 숟가락으로 은갈치의 이마를 때렸다.

"이 새끼가 족보 꼬이게 만들래? 바람이가 이제 네 동생이야. 이놈이 제대로 학교 다니고 있으면 지금 고3이라고. 고삐리한테 한 대 맞고 쫄았어?"

"아, 아닙니다."

설거지를 마치자마자 트라제 XG를 타고 은갈치와 함께 강남 오피스텔로 향했다. 가는 동안 은갈치는 말 한마디 꺼내지 않았다.

오피스텔로 들어온 나는 옷가지와 소지품을 종이 박스에 넣었다. 빌트인이라고 설명했는데도 은갈치는 50인치짜리 벽걸이 TV가 탐나는지 벽과 TV 틈새를 요리조리 살펴봤다. 마지막 짐 상자를 채우고 나서, 나는 은갈치에게 황금색 롤렉스 손목시계를 내밀었다.

"약소한 선물입니다."

나는 멍하니 서 있는 은갈치의 왼쪽 손목을 잡고, 롤렉스를 채워줬다. 그러자 더블린 앞에서의 기억 때문인지 줄곧 긴장하고 있던 그의 얼굴에 해가 떴다.

"이 시계 진퉁이야?"

"보증서 드릴까요?"

"그럼 더 고맙고."

승진 기념으로 땅콩이 내게 준 선물이니 짝퉁이 틀림없다. 그래도 땅콩이 보기보다 주도면밀한 성격이라 이미테이션 중에서는 최상급일 것이다. 나는 탁상 서랍에서 시계 케이스를 꺼내 은갈치에게 줬다. 은갈치는 싱글벙글 웃으며 케이스 안의 보증서를 꼼꼼히 읽어 내려갔다. 왠지 그가 우리와 한편이었다면 땅콩과 궁합이 잘 맞았을 거란 생각이 들었다.

나는 트레이닝복을 벗고 옷을 갈아입었다. 청바지에 민무늬 티셔츠를 입고, 지갑을 챙기고, 은갈치가 한눈파는 사이에 서랍장에서 대포폰을 꺼내 주머니에 넣었다. 나는 스탠드 옷걸이에 걸려 있는 가죽집을 어깨에 멨다. 죠스를 보자 은갈치는 약간 얼어붙었다.

"내, 내가 칼 한 자루 줄까?"

"이게 익숙해져서 편해요."

가죽 재킷을 입고 죠스를 감추자 은갈치는 다시 즐거워졌다. 나는 창문의 블라인드를 모두 걷어 올렸다. 잠시 밖을 내다보았다. 전망 좋은 집과도 이제 안녕이다.

우리는 박스로 들고 오피스텔 복도를 걸었다. 은갈치는 내 짐을 두 개나 들어줬다.

"바람아, 조금만 참아. 완전 비밀인데 왕코 형님은 오래 못가. 위에 찍혔어. 옛날 사람이라 하는 짓도 궁상맞고. 조만간 내가 팀을 맡을 예정이야. 윗선하고 이야기가 다 돼 있어."

또 땅콩이 떠올랐다. 앞서가는 성격도 땅콩과 찰떡궁합이다.

우리는 지하 주차장으로 내려와 트라제 XG 3열에 박스를 쌓았다. 차 문을 닫은 후에 아프릴리아 바이크가 세워진 코너 기둥으로 향했다. 바이크를 본 은갈치는 흥분해서 내게 키를 받아 들고 달려들었다. 안장에 앉은 은갈치는 온천에 막 들어간 신경통 환자처럼 으허허 감탄사를 내뱉고 키를 꽂았다.

"엥? 이거 열쇠가 안 돌려지잖아."

"제가 해보겠습니다."

나는 은갈치에게 키를 받고 바이크 안장에 앉았다. 은갈치에게 줬던 키는 예전에 탔던 대림 오토바이 키였다. 나는 은갈치 몰래 키를 바꿔치기 하고 시동을 걸었다.

"이야, 소리 죽이네."

두근대는 엔진 소리를 몇 번 더 들려주고 나서, 왼발로 사이드 스탠드를 올렸다.

"본부에 오토바이 인도하고 신림동으로 갈게요."

"어, 뭐라고?"

더 뭐라 말할 새도 주지 않고 스로틀을 돌려 전진했다. 사이드미러로 어리둥절해하며 서 있는 은갈치의 얼굴이 보였다. 왕코에게 이 사태를 어떻게 보고를 해야 할지 난감해하는 표정이었다. 팀을 이끌려면 어떤 돌발 상황에도 살아남기 위한 스토리를 만드는 재주가 필요하다. 그게 이 세계에서 주먹보다 더 값진 능력이다.

화창한 테헤란로로 나와 서울 구도심 쪽으로 핸들을 틀었다. 북쪽으로 갈수록 차로가 점점 줄어들었다. 다행히 출근 시간이 지난 뒤라 정체 구간은 많지 않았다. 기분이 상쾌했다.

해도 깨끗하고 한산한 거리의 행인들도 기분이 좋아 보였다. 동대문을 지나 상도동 쪽의 대학가로 들어갔다. 가난하게 살아와서인지 어수선한 옛 거리가 묘한 향수를 불러일으켰다. 이런 동네에서 엄마는 대학생인 척하고 미팅을 참 많이 했다고 했다. 아기자기한 작은 카페를 지날 때마다 기가 센 여학생이 어설픈 화장 아래 설렘을 감추고 남학생을 노려보는, 그런 풍경이 떠올랐다.

상가들을 지나 밑동 굵은 나무들이 이파리를 흔들어주는 캠퍼스로 들어왔다. 난생처음 대학교란 곳에 발을 들였다. 처음엔 나처럼 공부와 담 쌓은 사람도 받아줄까 내심 걱정했지만, 비싼 주차비만 감수하면 누구에게나 열린 곳이었다.

주차장에 바이크를 세우고 산책하듯 초가을의 캠퍼스를 거닐었다. 첫 강의 시간이라 학생들이 별로 보이지 않았다.

이왕 대학생 흉내를 내보는 김에 표시판을 따라 별관으로 들어갔다. 매점이 보였다. 엄마는 좋은 학교의 기준은 매점 라면 맛이라는 확고한 지론을 가지고 있었다. 아무래도 대학 방문은 평생 마지막일 것 같아 기념으로 매점에서 라면을 시켰다.

창틀 그림자가 내려앉은 창가 옆 6인용 식탁에 라면을 내려놓고 혼자 앉았다. 젓가락을 들고 허연 김이 올라오는 라면을 먹었다. 면발이 살아 있었다. 라면 국물까지 다 마시고 이마에

송글송글 맺힌 땀방울을 닦았다. 여기는 훌륭한 학교다.

매점을 나와 대강당으로 걸어갔다. 마담에게 겨우 알아낸 정보는, 그날 누나와 5번 룸에 함께 있었던 여자의 학교와 학과뿐이었다. 다행히 인터넷 덕분에 수학과 신입생들의 강의 시간표를 알아낼 수 있었다.

나는 천장이 높은 대강당으로 들어왔다. 바닥에는 대리석이 깔려 있었고 벽면엔 학교 역사를 담은 흑백사진들이 걸려 있었다. 로비 오른쪽에 극장 문같이 생긴 커다란 문이 보였다. 그 무거운 문을 열었다.

무대에선 교수가 스크린에 서양화 그림을 띄워놓고 나로서는 알아듣지 못하는 말을 쉼 없이 해댔다. 객석을 내려다보았다. 멜론 같은 수백 명의 단단한 뒤통수들이 보였다. 아무래도 여러 학과 학생들이 모인 강의 같았다. 안에서 그 여자를 찾기란 무리였다. 나는 다시 로비로 나와 강의가 끝나기를 기다렸다.

얼마 뒤에 문이 열리고 대학생들이 쏟아져 나왔다. 예정 시간보다 이십 분이나 빨리 강의가 끝나는 바람에 나는 지나가는 학생들의 얼굴을 허둥지둥 살폈다. 사람의 파도라는 말 그대로, 인파 속에서 부지런히 고개를 움직였다.

그 속에서 하늘색 슬림 진을 입고 헐렁하고 포근한 빨간색 니트를 입은 여자의 모습이 보였다. 원더우먼처럼 자세가 당당하고 키가 컸다. 마주하기만 해도 남자의 기를 죽이는, 확실히 다른 차원의 미녀였다. 헐렁한 빨간 니트 속에서도 이국적인 몸매가 드러났다. 눈이 크고 입술이 도톰한 화려한 이목구비였다. 분명 더블린에서 섭외를 할 법한 미인이었다. 하지만 화장이 달라서 그런가 더블린에서 봤는지 확신할 수가 없었다.

나는 백팩을 멘 근처 남학생에게 그녀의 뒷모습을 가리키며 물었다.

"혹시 저 여학생 수학과 1학년 맞나요?"

남학생은 고개를 끄덕였다. 그러고는 딱하다는 듯 나를 위아래로 쳐다봤다.

"재 쉽지 않아요."

남학생이 턱으로 그녀를 가리킨 다음 제 갈 길을 갔다. 나는 여자의 빨간 니트를 표적처럼 노려보며 걷기 시작했다. 저 여자가 5번 룸 살인 사건의 진실을 알려줄 유일한 증인이다.

빨간 니트가 출입구를 지나 햇살 속으로 나가자 주위로 여학생들이 모여들었다. 그들 사이로 꾸밈없는 밝은 인사가 오갔다. 여학생들은 진심으로 그녀를 좋아하는 것 같았다. 나도 형을 좋아해서 안다. 초월적인 외모는 질투의 대상 밖이다.

당당한 모습으로 친구들과 함께 걸어가던 여자는 갑자기 놓고 온 물건이 생각났는지, 아니면 여자라서 그냥 감이 좋은지 휙 뒤돌아섰다. 그 바람에 눈이 마주치고 말았다.

"민준아!"

그녀가 활짝 웃으며 소리쳤다. 나는 머뭇거렸다. 놀라지 말자. 아마 나와 동명이인인 친구를 부른 거겠지. 민준이란 이름은 흔한 편이니까. 나는 고개를 숙이고 학생들 무리에 섞여 걸어나갔다.

"야, 장민준!"

너무 밝고 큰 목소리여서 이번엔 완전히 얼어붙었다. 그녀가 나를 향해 성큼성큼 걸어왔다. 빨간 니트가 눈앞에서 펼쳐진 낙하산처럼 시야를 꽉 채웠다. 그녀는 다가와 두 손으로 내 뺨을 어루만진 다음, 나를 와락 끌어안았다. 학생들이 힐끔힐끔 우리를 쳐다봤다. 백팩을 맨 남학생은 노골적으로 불쾌하다는 표정을 지었다.

"흣, 이제야 찾아왔네."

여자가 귓속말을 하고 내 볼에 키스를 했다. 바람을 타고 살랑이는 그녀의 긴 머리카락이 코끝을 간지럽혔다. 이 상황을 도저히 이해할 수가 없었다. 순식간에 미행하는 쪽과 미행당하는 쪽이 반대가 되어버렸다. 나는 손등으로 볼에 묻은 립스틱 자국을 지웠다. 정말로 세상은 나를 속이려고 작정한 모양이다.

나무들이 울창한 캠퍼스를 걷는 내내 빨간 니트는 혼자 웃기만 했다.

"저를 본 적 있어요?"

내가 묻자, 그녀는 심술궂은 미소를 지으며 대답했다.

"더블린에서도 보고, 학교에서도 봤지."

"네?"

우리는 벤치에 앉았다. 앞에는 넓은 잔디밭이 펼쳐져 있었다. 바람이 불 때마다 새끼손가락만 한 여치들이 초록의 물결 위에서 팔딱거렸다. 빨간 니트는 내 옆에 다리를 꼬고 앉은 채 에비앙을 삼 초 간격으로 마셨다.

"정말 나 누군지 모르겠어?" 그녀가 말했다.

"더블린에서 몇 번 마주친 적이……."

"정말 섭섭하네, 친구야."

빨간 니트가 에비앙 병을 허공에 빙글빙글 돌리더니 쿵, 벤치에 병 밑동을 도장처럼 찍었다.

"종암 고등학교 1학년 3반."

"아."

"동창도 몰라보고 너무한다."

옥외 스피커에서 K-POP이 흘러나왔다. 나는 고개를 돌려 빨간 니트의 얼굴을 쳐다봤다. 누구지? 전혀 기억이 나지 않았다.

"우리가 동창이면 지금 고3일 텐데 어떻게 대학을……."

"똑똑한 애들은 뭐든 남보다 빨라."

너무 말끔한 대답이어서 더이상의 질문이 무가치해 보였다.

"더블린에서 처음 보고 엄청 반가웠는데. 너 그냥 지나가더라. 하긴, 우리 둘 다 칙칙한 교복을 입다가 너는 슈트를 입고, 나는 프라다를 입게 됐으니 긴가민가할 수도 있겠지. 그래도 언젠가는 기억해내겠지 하고 기다리고 있었거든. 근데 너, 아직도 내가 누군지 모르는구나."

"미안해."

진심으로 미안했다. 학교생활에 흥미가 없었던 건 사실이지만 자퇴를 한 지 겨우 이 년밖에 지나지 않았다. 나는 교실의 풍경을 그리며 아이들을 기억해내려 애썼다.

빨간 니트는 엄지손톱을 살짝 깨물고 짓궂게 웃었다.

"좋아, 기억 테스트. 반장 기억나? 네모난 안경 쓰고 매일 기진맥진한 표정 짓던 애."

나는 고개를 저었다.

"그럼 미코는? 전교에서 남녀 통틀어 제일 예쁘장하게 생겼던 남자애. 몸매도 호리호리해서 아이들이 대한민국 최초의 남자 미스코리아가 될 거라고 놀렸잖아. 불쌍한 놈. 개 매일 남자 화장실에서 성추행당했지. 아참, 나만 아는 비밀인데…….” 빨간 니트가 귓속말을 했다. “개가 너 짝사랑했어.”

은밀한 입김이 귀를 간지럽혀 소름이 돋았다. 알고 싶지도, 기억나지도 않는 이야기였다. 나는 더 힘껏 고개를 저었다.

“그러면 수빈이는 알아? 우리 반에 유명한 뚱돼지 있었잖아. 슈렉.”

수빈, 뚱돼지, 슈렉…… 서서히 기억이 되살아났다. 1학년 3반에 슈렉이라고 불리던 여자애가 있었다. 그냥 뚱뚱한 정도가 아니라 질병을 앓는 환자처럼 보이는, 고도비만인 아이였다. 볼은 입속에 바람을 불어넣고 있는 것처럼 늘 퉁퉁했고, 피부는 지나치게 민감해서 억울한 일을 당할 때마다 누르면 쏙 들어가는 물렁한 감처럼 빨개졌다. 지독하게 말이 없는 여자애였다. 수빈과 나는 둘 다 말이 없고, 친구가 없었던 탓에 조별 수업 때 종종 같은 조에 묶이곤 했다. 선택받지 못하는 자들의 조였다. 서로 대화를 해본 적은 없다. 다만 조별 수업 옆자리에서 수빈이 길게 내쉬던 숨소리는 또렷하게 기억이 난다. 나는 수빈의 목 안에 살이 많아서 호흡곤란이 오는 건가, 하는 말도 안 되는 걱정을 했었다. 그때는 제법 진지한 문제여서 그 긴 숨소리를 들을 때마다 체육 시간에 배웠던 인공호흡법을 상기했다.

서로 말이 없는 사이였지만 우리들 사이엔 작은 사건이 하나 있었다. 학기 초가 지나고 남자아이들의 서열이 안착될 무렵이었다. 소위 잘나가는 아이들은 쉬는 시간마다 이 반 저 반을 돌아다니며 세를 과시했다. 그들이 우리 반으로 들어왔을 때, 가장 먼저 눈에 띄는 존재는 수빈이었다. 그 남자아이들은 신기한 생명체를 발견한 듯 수빈을 둘러쌌다. 그 녀석들 개개인의 인격은 어떤지 모르지만, 뭉쳐 다닐 때는 다들 붕 떠 있는 게 제정신이 아니었다. "우와, 진짜 크네." "얘 고등학생 맞아?" "너 걸을 때 무릎 안 아프냐?" 남학생들에게 둘러싸인 수빈은 입을 꾹 다문 채 아무런 반응도 보이지 않았다. 그것이 그녀가 체득한 생존 방식이었을지 모른다. 일반적으로 놀리는 입장에서도 상대가 반응이 없으면 흥미가 식기 마련이다. 하지만 뭔가를 하기 위해서 온 아이들한테 무반응은 모욕으로 다가왔다. "멧돼지 같은 년아! 사람이 물으면 대답을 하라고." 한 녀석이 수빈의 뒤통수를 후려쳤다. 특이한 일이었다. 원래 남자애들은 아무리 싸움을 잘해도 웬만해서는 여학생을 때리지 않는다. 여자를 때리면 스스로 삼류가 된 기분이 들고, 또 그런 소문이 나면 섹스할 기회도 줄어든다. 그럼에도 그 녀석들은 수빈을 본격적으로 때리기 시작했다. 어쩌면 그 큰 몸 때문에 수빈이 여자처럼 보이지 않아서일지도 모른다. 그날 교복을 입은 여학생이 얻어맞는 광경을 처음 목격했다. 나는 녀석들에게 달려갔다. 곧바로 한 놈을 교실 뒤로 밀쳐 넘어뜨리고, 남은 두 놈의 머리채를 양손에 잡고 흔든 다음 바닥에 내던졌다. 우당탕. 녀석들이 교실 뒤편에 뭉뚱그려졌다. 떠들썩한 쉬는 시간이 삽시간에 멈췄다. 아이들이 모두 나를 쳐다봤다.

"하하하. 너 그때 완전 허세 쩔더라. '앞으로 수빈이 건드리는 씹새끼들 다 죽을 줄 알아!' 하하, 멋진 척하긴."

빨간 니트가 박수를 치며 깔깔댔다. 확실히 그때 아이들을 향해서 뭐라 소리쳤지만 내가 욕을 할 리가 없다. 어쨌든 확실하게 수빈은 기억이 났다.

"기억나, 수빈이는."

그러자 빨간 니트는 갑자기 웃음을 멈췄다.

"걔 죽었어."

옥외 스피커에서 두 번째 K-POP이 흘러나왔다. 동창의 부고 소식과 어울리지 않는 발랄한 댄스곡이었다.

"어디가…… 아픈 거였어? 아니면……."

"글쎄, 알려줘야 할까 모르겠네. 너 진실을 감당할 자신 있어?"

'진실을 감당한다'. 그게 무슨 뜻이지? 빨간 니트는 심드렁하게 에비앙을 마시고 다리를 반대로 꼬았다.

"네가 교실에서 정의의 사도 코스프레 한 것까지는 좋았어. 솔직히 꽤 멋졌어. 그때까지는. 하지만 한 달 뒤에 너는 학교를 떠났지. 그 뒤에 어떤 일이 벌어졌을까? 네 인생에서 학교생활은 끝났겠지만 수빈이의 학교생활은 아직도 많이 남아 있었거든. 한 번이라도 생각해본 적 있어? 너한테 굴욕을 당했던 녀석들이 어떤 행동을 할지? 그놈들이 수빈이한테 어떤 짓을 한 줄 알아? 왕따, 폭행, 갈취, 추행……. 아냐, 아냐. 그건 테러였어. 넌 몰라. 수빈이가 왜 그런 선택을 했어야 했는지."

"나는 단지……."

"차라리 그때 나서지나 말지."

속이 울렁거렸다. 좁은 곳에 갇힌 것처럼 가슴이 갑갑했다. 당연하게도 내가 떠난 세계에서도 계속 일이 진행되고 있었다. 나만 몰랐을 뿐이다. 수빈의 죽음은 내 탓인가. 혼란스러웠다. 그것은 너무 거대한 질문이어서, 나는 답을 찾기를 포기했다.

"삼가 고인의 명복을 빕니다."

이 년 전, 엄마의 빈소에 찾아온 수빈이 작게 말했다. 신발에서 나온 발이 놀라울 정도로 작고 귀여웠다. 그때 와줘서 고맙다고 인사했다. 그것이 우리의 첫 대화였다. 늦은 밤이었다. 지하 장례식장엔 수많은 조문객들로 북적였지만, 엄마의 3번 빈소는 텅 비어 있었다.

"여기 앉아 있어. 식사 준비할게."

"……괜찮아. 저…… 저녁 먹고 왔어. 그리고 이거."

"아냐. 부조금 필요 없어. 선생님들하고 복지사님들이 많이 도와주셨어."

"그래도……."

"기다려. 음료수 가져올게."

"많이…… 슬프지?"

"모르겠어. 그냥, 이상한 꿈을 꾸는 기분이야."

나는 냉장고에서 사이다 캔을 꺼내 수빈의 테이블에 올려놓았다. 수빈이 고개를 끄덕였다. 나는 상주 자리로 돌아왔다. 장례식장에 수빈은 한 시간 정도 홀로 앉아 있다가, 아무런 기척 없이 사라졌다. 테이블 위에는 따지 않은 사이다 캔과 부조금 봉투가 놓여 있었다. 그날 수빈의 뒷모습을 보지 못했다. 마지막 모습을.

"몰랐어……. 수빈이가 그렇게 될 줄 알았더라면……."

"친구야."

갑자기 빨간 니트가 어깨동무했다.

"그렇다고 죄책감까지 가질 필요는 없어."

나를 힐난하던 그녀의 표정이 다시 기이할 정도로 밝아졌다.

"부부가 '이 결혼은 아닌 것 같아'라는 생각이 들면 한 살이라도 젊을 때 이혼하는 게 낫고, 이번 인생은 고통스럽기만 하고 '진짜 아닌 것 같아' 생각이 들면, 차라리 일찍 죽는 게 나아. 매일 고통을 겪느니 나 같으면 진즉에 혀 깨물고 죽었다."

뭐지, 이 여자는?

"우울한 얘기는 잊고, 나 말이야. 정말 기억 안 나?"

가을날의 여치는 여전히 풀밭을 뛰었다. 빨간 니트는 음악에 맞춰 발끝에 걸친 힐을 대롱대롱 흔들었다. 순간 얽혀 있던 기억의 선이 풀리며 팽팽해졌다.

"설마?"

빨간 니트는 윙크를 하며 답했다.

"언제나 설마가 사람 잡는 법이지."

구름의 그림자가 풀밭 위로 지나갔다. 풍경은 잠시 회색으로 칠해졌다가 선명해졌다. 뭉게구름이 멀어졌다. 옆에서 웃음을 참는 소리가 들렸다. 나는 무언가에 홀린 듯 그녀에게 고개를 돌렸다. 그러고는 좀 모자란 녀석처럼 연신 눈을 깜박거리며, 무례할 정도로 수빈의 얼굴을 빤히 쳐다보았다.

변신

"……지방 세포의 부피가 커지면 비만이 돼. 일반적인 다이어트란 세포의 크기를 줄이는 일이지. 반면에 소아비만은 말이야, 단지 부피만 큰 게 아냐. 지방 세포 수 자체가 많아. 소아비만이었던 사람이 살을 빼려면 일반인에 비해 네 배의 고통을 참아야 한다고. 그건 마치 크림빵에게 오이 스틱이 되라고 요구하는 것과 같아."

수빈은 자수성가한 경영자가 나약한 젊은 직원들에게 쓴소리를 하듯 눈을 치켜떴다.

"어때, 나 대단하지 않아?"

"대단해."

수빈은 늘씬한 허리와 이어지는, 손 받침대처럼 넓은 골반에 왼손을 얹고 만족스러운 미소를 지었다.

"그나저나 나를 왜 수빈이라고 생각했어? 몸을 바꾸는 김에 개명도 하고, 스타일도 확 바꿨는데."

"코와 입술 사이에 수빈이하고 똑같이 점이 있어서."

"겨우 그 이유야? 피부과에서 점을 빼는 사람도 많지만, 일부러 매릴린 먼로 점 새기는 여자도 많거든."

"사실은 그냥 감으로 알았어. 물론 여자만큼 감이 좋지는 못하지만."

수빈이 피식 웃었다.

"남자 주제에 감을 믿다간 언젠가 큰코다칠 일이 생길 거다."

"그럴지도. 마담도 내가 보고 싶은 것만 보는 바보랬어."

수빈은 엄지손톱을 입가에 대려고 하다가 주먹을 쥐었다.

"네가 보고 싶은 게 뭔데?"

"범인은 백기 이사님이 아니야."

선선한 바람이 불었다. 수빈은 벤치에 등을 기대고 한동안 머리를 식혔다.

"아하, 알겠어. 마담이 말해줬구나. 내가 그날 영선 언니랑 5번 룸에 같이 있었다고. 참나, 마담은 어른인 주제에 복잡한 일을 나한테 토스하네. 참 비겁해."

"그날 어떤 일이 있었는지 알려줘."

드디어 그녀를 찾아온 용건을 말했다.

"그게 왜 궁금해?"

"진실을 알아야 하니까."

"너, 영선 언니 좋아했니?"

나는 대답하지 않았다.

"사랑했구나."

"그날 일을 알려줘."

수빈은 두 팔로 크게 원을 그린 다음, 손깍지를 끼고 목 베개를 했다. 그러고는 고개를 크게 뒤로 젖혔다. 빨간 니트에 감싸인 상체가 하늘을 향해 한껏 부풀었다.

"가끔 나 괴롭혔던 일진들한테 찾아가서 한턱 쏘고 싶을 때가 있어. 걔네들이 세상을 알게 해줬거든. 인간은 밑바닥까지 떨어져야 정신을 차리더라니까. 고통 없이는 변신도 없지."

수빈은 "no pain, no gain"이라고 덧붙였다.

"네가 학교를 떠나고 나서 한 가지를 깨달았어. 아무도 날 책임져주지 않는다는 사실을."

수빈은 내 멍청한 눈과 마주치자 고개를 절레절레 흔들었다.

"친구야, 우리가 어떤 부류를 상대하는지 너도 잘 알잖아? 맞아. 그날 5번 룸에서 영선 언니와 내가 VIP를 접대했어. 그 VIP가 누군지 알고 싶겠지. 그런데 너는 날 찾아오기 전에 먼저 이렇게 자문했어야 해. 왜 마담이 그 누군가에 대해 너에게 직접 알려주지 않을까? 이름 석 자만 말하면 끝나는 그 쉬운 일을 왜 나한테 떠넘겼을까?"

바라보니 그녀는 교실의 수빈이는 절대 지을 수 없는 야릇한 미소를 지었다.

"왜? 말 안 하면 나 납치라도 할 거야? 막 고문하고, 옷 벗기고, 동영상 찍을 거야? 근데 어쩌지, 나는 깡패보다 재벌이 훨씬 더 무서운걸."

그 말 속에서 두 가지를 깨달았다. 첫째는 5번 룸 살인 사건에 VIP가 어떤 식으로든 연관되어 있다는 것이었고, 둘째는 VIP의 정체를 알아내기가 쉽지 않다는 것이었다. 수빈은 이제 강의 시간이라며 가방을 메고 벤치에서 일어섰다. 나는 이 년 사이에 두께가 절반으로 줄어든 그녀의 손목을 잡았다.

"진실을 알려줘. 시키는 대로 다 할게."

위에서 오만한 눈과, 오만한 가슴이 나를 내려다봤다.

"아이, 참 싫은 말. 실은 지금도 말이야. 만나만 주면 시키는 대로 다 하겠다는 녀석들이 한둘이 아냐. 여자들이 그 말 들을 때마다 얼마나 짜증 나는지 알아? 남자가 찌질해 보여서 짜증 나고, 그런 찌질이를 상대하는 내 처지도 짜증 나고, 내가 못된 년이 된 기분이 들어서 완전 짜증 난단 말이지. 너까지 그런 말 하면 나 슬퍼."

수빈은 "이제 너 어떡하니?" 하며 반항할 수 없는 자를 약올리는 말투로 나를 위로했다. 기억을 되새기니 그 기분 나쁜 표정과 말투는 교실에서 수빈을 비아냥대고 협박하던, 내성적인 아이의 얼굴을 달아오르게 만들던 못된 동급생들의 그것이었다. 적에게서 상대를 제압하는 기술을 배운 걸 보면 수빈은 정말로 똑똑하고 독한, 변태 소녀임이 틀림없다.

나는 그녀의 손목을 잡은 채 일어섰다.

"이번 기회에 찌질이를 제대로 이용해봐. 노하우를 익히면 사는 데 도움될 거야."

"널 이용하라고? 에이, 이용이란 말 좀 그렇다."

"개똥도 약에 쓰는 지혜를 보여줘."

수빈은 내 시선을 외면한 채 춤을 추듯 제자리에서 긴 두 다리를 흔들었다. 그녀는 머리카락을 두어 차례 귀 뒤로 넘겼다. 암산을 하는 소리가 들려오는 것 같았다. 두리번두리번, 내 눈을 피해 도망치던 그녀의 시선이 하늘을 향했다.

"으음 뭐, 땡땡이치기 좋은 날이기는 하다."

오 분 전 실연당한 남자에게 내리쬐는, 터무니없이 눈부신 태양 같은 수빈의 야비한 웃음에 나는 안도했다.

바이크에 수빈을 태우고 홍대 쪽으로 향했다. 속도를 내자 수빈은 내 허리를 바싹 껴안으며 "달려, 달려!" 소리를 질러댔다. 다이어트 부작용인가. 살짝 맛이 간 것 같았다. "우회전!" 방향을 바꿀 때마다 뒤에서 손바닥이 텅, 헬멧을 때렸다.

도착한 곳은 홍대 부근의 한적한 주택가였다. 열린 대문 앞에 바이크를 세운 우리는 외벽을 하얗게 페인트칠한 집으로 들어갔다. 마당에는 인조 잔디가 깔려 있었고, 잔디 사이사이마다 담배꽁초가 껴 있었다. 현관 앞엔 수북이 쌓인 빈 스타우트 맥주병들이 위태롭게 곡예중이었다.

우리는 "BJ 스튜디오"라는 나무 현판이 걸려 있는 1층 문 앞에 섰다. 수빈은 게임기 버튼을 누르듯 쉴 새 없이 초인종을 눌렀다. 안에서 신경질적인 발소리가 들렸다.

"친구, 깡패의 진가를 보여줘."

현관문이 열렸다. 이십 대 중반의 남자가 숱이 많은 머리를 빠르게 긁으며 인상을 찌푸렸다. 추위를 많이 타는지 수면 바지를 입은 채였다.

"뭐야, 불법 침입으로 고소미 먹고 싶…… 어어?"

남자가 말을 다 끝내기도 전에 수빈은 그를 밀치고 안으로 들어갔다. 남자는 어리둥절한 얼굴로 그녀와 나를 번갈아 봤다. 나는 그에게 인사를 하고 안으로 들어갔다. 등 뒤에서

"쌍!" 하는 소리가 들렸다.

거실 벽면은 크고 작은 스피커들이 공간을 차지하고 있었다. 그 주위에는 컴퓨터와 전자 키보드, 앰프, 전기기타가 바닥에 복잡한 전기선을 늘어뜨리며 어수선하게 배치되어 있었다. 입구 쪽엔 영화 〈보헤미안 랩소디〉와 〈로켓맨〉 포스터를 축소한 작은 액자 두 개가 못에 매달려 허전한 벽을 장식했다. 그 아래 강낭콩 색깔의 작은 소파가 놓여 있었다. 수빈은 소파 위에 너부러진 옷가지를 손바닥으로 쓸어 바닥으로 떨어뜨렸다.

"어쩔 거야. 내 차 보상해줄래, 환불해줄래?"

소파에 수빈이 다리를 꼬고 앉았다. 남자는 수면 바지를 바닥에 질질 끌고 작업대 앞에 와 앉아 귤을 까먹었다.

"차 가져갔으면 낙장불입이지 왜 남의 집 와서 행패야?"

"와우, 행패 부릴지 어떻게 알았어?"

"이왕 온 김에 귤이나 먹고 조용히 가."

남자가 던진 귤을 두 손으로 받은 수빈은 감별사처럼 귤을 이리저리 돌려가며 바라보았다.

"귤 하나에 육십 칼로리고, 과당은 십 분 만에 지방으로 변해. 예술 한다는 놈이 벌써부터 배가 튀어나와가지고. 너 팔리겠어?"

"인생 참 피곤하게 사네. 그러다 암 걸려."

잠자코 둘의 이야기를 계속 들으니 사태가 파악됐다. 남자는 자신이 타던 BMW를 수빈에게 팔았는데, 남자의 설명과 달리 차는 수리할 곳이 한두 군데가 아니었다. '눈탱이' 맞은 수빈은 보상을 받기 위해 나를 여기로 데려온 것이다.

"수리비 내놔."

"돈 맡겨놨어? 정 받고 싶으면 한번 주든가."

"어머, 왜 나한테 달래? 한국관 나이트 죽순이는 얻다 쓰려고?"

"울 엄마 얘기하면 죽는다!"

약이 오른 남자가 바퀴 달린 의자를 세게 밀치고 일어섰다.

"자기야, 뭐 해?"

수빈이 내 옆에 붙어 여자 친구처럼 팔짱을 꼈다. 남자는 위아래로 나를 쳐다보고 이를 갈았다.

"이것들이 악에 받친 음악가를 쫄로 보네."

남자는 무기를 찾아 거실을 두리번거리다 음악가답게 통기타의 대가리를 잡고 다가왔다. 등 뒤에 숨은 수빈은 나를 방패 삼아 앞으로 밀쳤다. 어쩔 수 없이 유치한 짓을 해야만 했다. 나는 최대한 발을 높고 크게 돌려 뒤돌려차기를 했다. 내가 찬 기타는 거꾸로 가는 시곗바늘처럼 그의 손에서 12시에서 6시 방향으로 빙그르르 미끄러진 다음, 3시 방향으로 날아가 벽에 부딪쳤다.

나는 기타를 들고 남자 앞에 섰다. 손에 현 다섯 줄을 움켜쥐고 힘껏 잡아당기자 빠삭, 지상에서의 마지막 소리를 내며 기타 목이 부러졌다. 기타 몸통 위에 부서진 대가리를 올려놓고, 그의 손에 얹어줬다. 남자는 머뭇머뭇 혀로 윗입술을 핥았다.

"차…… 차량 수리 내역서 가져왔어?"

수빈은 지갑에서 영수증을 꺼내 그의 얼굴에 던졌다. 이후의 일은 일사천리로 진행됐다. 협상은 자동차 수리비용에서 구십만 원 깎는 선에서 성사됐다.

남자가 핸드폰으로 스마트 뱅킹을 하는 동안, 나는 작업대 위에 나란히 붙어 있는 세 대의 모니터를 바라보았다. 오른쪽 모니터에서 음파를 나타내는 그래프가 위아래로 그어져 있었다. 나는 호주머니에서 아이폰을 꺼내 전원을 켰다. 부재중 전화가 일곱 통 와 있었다. 은갈치로부터의 전화였다.

핸드폰으로 입금 내역을 확인한 수빈은 귤을 까서 다정하게 내 입에 넣어주었다. 나는 귤을 삼키고 남자에게 다가갔다.

"혹시 이 컴퓨터로 녹음 파일에서 음성 살릴 수 있나요?"

아이폰을 내밀자 남자는 공격을 받는 줄 알고 움찔했다. 나는 아이폰의 볼륨을 키우고 녹음 파일을 재생시켰다. "다…… 이…… 하미……." 사건이 있던 날, 피아노를 치는 누나에게 형이 한 말이었다. 남자와 호기심 많은 수빈이 아이폰 주위로 귀를 나란히 대고 재생되는 소리를 들었다. 수빈은 "뭔 소리인지 하나도 모르겠네" 하며 고개를 저었고, 남자는 꽤 진지하게 대화 부분을 반복해서 들었다.

"피아노 음하고 노이즈 지우면 남자 목소리는 확인할 수 있을 것 같기도 하고."

"그래주시면 사례는 하겠습니다."

남자는 조심스레 나를 올려다보더니 엄청나게 빠른 속도로 머리를 긁적거렸다.

"사례 대신에…… 제 돈 좀 받아주시면 안 될까요?"

남자가 우물쭈물 말하자 수빈은 또 계산할 건수가 생겼다는 듯 내 대리인을 자처하며 나섰다.

"어머, 우리 자기가 불법 추심업자인 줄 알아? 너, 우리 자기 핵주먹에 한 대 맞고 싶어?"

"물론 그런 분이라 생각하지는 않지만."

"당근이지. 귀공자처럼 자란 분이란 말이다. 맞기 싫으면 빨랑 말해. 받을 돈 얼마야?"

남자가 낮은 한숨을 내쉬었다.

"미수금이 억 단위야. 열정 노동자란 말 들어봤어? 양아치 새끼들이 일만 죽어라 시키고 돈을 안 줘. 돈 얘기 하면 예술가가 돈 밝힌다면서 영혼이 썩은 놈이라고 욕하고 이 바닥에서 매장시킨다고 협박하고, 씨발. 내가 좋아서 하는 일이니까 공짜로 곡을 만들어달라고 하지 않나. 나중에 애 낳으면 자식한테 절대 음악 시키지 마."

"내가 미쳤어? 지옥에서 애를 낳게."

수빈은 팔꿈치로 옆구리를 치며 내 선택을 종용했다.

"일단 상대편 의견도 들어봐야겠지만 합당하다고 여겨지면 제가 돈을 받아드리겠습니다."

순간 희망에 취한 남자는 검지를 흔들며 "법대로만 하면 되신다"며, 서랍에서 여러 장의 계약서들을 꺼내 내밀었다. 대충 읽어보니 그로서도 억울할 만했다. 나는 계약서의 사본을 만들어달라고 요청했다. 남자는 복합기로 계약서를 복사한 다음, 내 아이폰을 PC에 연결해 녹음 파일을 다운로드했다. 남자는 빠른 시일 내에 녹음 파일의 목소리를 되살리겠다고 약속했다.

나는 남자와 악수를 하고 문 밖으로 나왔다.

"친구, 잠깐 기다려."

수빈은 다시 안으로 들어가 남자와 한참 이야기를 나눴다. 아마도 나의 수고에 대한 수수료를 따로 챙기려는 것 같았다. 그녀를 말리지는 않았다. 사람들은 우리가 채무자에게 채무를 온전히 다 받아낼 수 있다고 착각한다. 그랬다면 나도 재벌 됐겠다. 어쨌든 '악에 받친' 음악가를 위해 최선을 다하자고 다짐했다.

스튜디오를 떠나고 나서도 헬멧을 치는 손바닥 깜박이는 여전했다. 팔 차선 도로의 1차로를 달리던 바이크를 우회전시키는 걸 보면 수빈은 초보 운전이 확실했다.

우리는 신촌 일대의 백화점을 돌아다녔다. 수빈은 매장 곳곳을 들르며 쉴 새 없이 옷을 벗고 입었다. 가격표에 눈길도 주지 않고 맹렬하게 신상을 탐하는 수빈의 욕망이 슬슬 무서워지기 시작했다. 불행인지 다행인지 내 법인 카드가 정지된 덕에 그녀의 쇼핑 공격을 방어할 수 있었다.

백화점 순례가 끝나자 수빈은 멀티플렉스 극장으로 들어갔다. 광고가 나올 때마다 수빈은 까르르 웃음을 터뜨렸다.

스크린에서는 미국의 액션 히어로들이 바쁘게 뛰고 날았다. 수빈도 그녀 나름대로의 전쟁중이었다. 점심시간이 훌쩍 지났지만 수빈은 콜라 한 모금과 팝콘 열 알을 끝으로, 에비앙으로만 배를 채웠다. 영사기 불빛에 희미하게 드러난 그녀의 가느다란 손목이 보였다. 조금 숙연해졌다. '요즘 애들은 참을성이 없어' 하고 말하는 어른들에게 수빈을 소개해주고 싶었다.

"뭘 봐?"

수빈이 스크린에 시선을 고정한 채 말했다.

"미안. 여자랑 극장에 온 적이 없어서."

수빈은 내 쪽으로 완전히 고개를 돌리고 흥미롭다는 눈길을 보냈다. 눈이 마주치자 수빈은 우리 사이를 가르는 극장 의자 손잡이를 위로 젖혔다. 그녀가 내 어깨에 기댔다.

"사실 나도 남자랑 처음이야."

나를 올려다보며 수빈이 속삭였다.

"영화 관람은."

밖으로 나오자 해가 저물기 시작했다. "달려!" 그녀의 신호를 따라 바이크를 몰았다. 하늘엔 노을이 퍼져나가기 시작했다. 우리는 동쪽으로 향했다. 명동을 지나 충정로에 이르렀을 때, 수빈이 헬멧 오른쪽을 때렸다.

코끝을 찡하게 만드는 주택가의 길이 보였다. 나는 숨을 크게 들이마시며 핸들을 꽉 쥐었다. 두 팔이 떨렸다. 바이크는 그리운 네 개의 요철을 넘어 언덕을 올랐다.

누나의 집이 보였다.

빈집

해 질 녘의 풍경은 밤과 달랐다. 누나를 바래다주었던 그날 밤에는 골목길에 떨어진 이쑤시개만큼도 보이지 않던 남산타워가 전봇대 굵기로 하늘 높이 솟아 있었다.

연립주택 놀이터 모래 위에 온통 노을빛이 내려앉았다. 아이들은 없었다. 모래는 오래된 발자국들로 어수선했다. 놀이터엔 낡은 나무 의자만 혼자 선 채 긴 그림자를 노을 진 바닥에 드리웠다. 바이크에서 내린 우리는 연립주택의 5층으로 올라갔다. 계단을 오를수록 옷이 흠뻑 젖은 것처럼 몸이 무거워졌다. 문 앞에 서자 금방이라도 누나가 나올 것 같은 착각이 들었다.

"여기는 왜?"

누나의 집 앞에서 수빈에게 물었다.

"우리 야옹이가 통 잠을 못 자서. 비싼 집을 사줬는데도 옛날 집을 그리워하네."

"혹시 검은 고양이야?"

"오, 이번엔 제법 눈치가 있네."

냉수를 마신 그날, 'Ali'라고 써진 고양이 텐트에 검은 털들이 붙어 있었다. 키우던 고양이를 부탁했을 정도면 누나는 수빈과 무척 가까운 사이였던 것 같았다. 똑똑. 수빈이 손등으로 철문을 두드렸다.

"깡패면 이런 문 딸 수 있지? 머리핀 빌려줄까?"

수빈은 문에 등을 기댄 채 천진난만한 표정으로 고개를 갸웃거렸다.

"어머, 깡패라고 할 때마다 너 얼굴 구긴다. 너희 깡패 맞잖아. 약한 사람 등쳐먹고 불법으로 돈 버는 악당들. 왜? 기분 나빠? 또 깡패라고 부르면 나 납치하고, 고문하고, 동영상……."

수다스러운 그녀를 밀치고 번호 키 버튼을 눌렀다. 삼오칠공샵.

안에서 자물쇠가 돌아갔다. 그 움직임에 나도 놀랐다. 내가 비밀번호를 외웠다는 걸 누나도 알고 있었지만, 누나는 번호를 바꾸지 않았다. 혹시 내가 방문하기를 기다렸을까, 아니면 단지 번호를 바꾸기가 귀찮았던 걸까.

"오호, 둘이 그런 사이였어?"

옆에서 수빈이 탄성을 질렀다. 나는 대꾸하지 않고 문을 열었다. 현관 앞 슬리퍼는 십일 자로 차렷한 채 영원히 오지 않을 주인을 기다리고 있었다. 슬리퍼 발등 부분의 검은 아치 속이 동굴처럼 스산했다. 멍하니 슬리퍼를 내려다보았다. 세상에서 가장 무거운 신발처럼 보였다.

"안 들어가고 뭐 해?"

습격을 하듯 수빈이의 두 발이 거리낌 없이 슬리퍼 속으로 들어갔다. 그 순간, 영화 〈오즈의 마법사〉에서 흑백 화면이 갑작스레 컬러로 전환됐을 때처럼, 세계가 깨지고 다시 만들어지는 광경을 본 것 같은 기분이 들었다. 그것은 설명할 수 없는 충격이었고, 자신이 받은 충격의 정체를 이해하지 못하는 사람들이 으레 그렇듯, 나는 얼떨떨하기만 했다.

수빈은 발소리를 내며 거실로 들어갔다.

"아싸, 찾았다."

수빈은 넙치를 잡은 낚시꾼처럼 뿌듯하게 웃으며 핑크색 고양이 텐트를 들어 올렸다.

"친구, 미인이 끓여주는 커피 마신 적 없지?"

수빈은 누나의 슬리퍼를 신은 채 누나의 찬장에서 본차이나를 꺼냈다. 가스레인지 위에 주전자가 올려졌다. 나는 앉은뱅이 나무 상 앞에 앉았다.

"호호, 이러니까 우리 신혼부부 같네."

수빈이 쟁반에 차를 들고 와 마주 앉았다. 카페에 들어온 느낌이 들 정도로 커피 향이 진했다.

"이영선 씨는 어떤 분이셨어?"

내가 묻자 수빈은 찻잔 위로 몽글몽글 오르는 김을 입으로 길게 불었다.

"좋은 언니였지. 여자들한테는 착하고 친절했어."

"남자들한테는?"

수빈은 긴 손톱을 튕기며 커피잔을 때렸다.

"확실히 남자들을 미치게 하는 매력이 있었어. 망가뜨리고 싶은 욕망을 불러일으키는 여자라고나 할까."

알 듯 모를 듯한 소리였다. 나는 망가뜨리고 싶은 욕망이 무엇인지 물었다. 그러자 수빈은 동급생보다 한 차원 높은 곳에 도달했다고 생각하는 중학생이, 친구에게 첫 인생 상담 요청을 받았을 때 짓는, 인생을 통달한 표정을 지었다.

"빅토리아시대에 넬 킴볼이라는 여자가 있었어."

근사한 서두였다. 처음엔 영국 왕실 이야기를 하려나 보다 했다.

"창녀였어."

수빈은 검지를 허공에 세웠다.

"그 시대에도 길거리의 똥만큼이나 변태들이 잔뜩 있었지. 그런데 고급 육체 노동자였던 킴볼을 가장 지치게 했던 것이 뭔지 알아? 사내놈들이 관계가 끝나면 항상 똑같은 걸 물어봤대. 당신은 어떻게 몸을 팔게 되었느냐? 약속처럼 반복되는 질문에 진저리를 치던 킴볼은 나중에야 깨달음을 얻었지. 사내놈들한테는 사악한 본능이 있다는 걸. 여자가 어떻게 이용당하고 끔찍한 길로 빠졌는지 알고 싶어 하고, 그런 타락을 지켜보길 즐긴다는 걸."

"무슨 뜻으로 하는 얘기야?"

"너도 결국 사내놈이란 뜻이야. 영선 언니가 어떤 분이었냐고? 너 언니가 왜 더블린에서 일하게 됐는지 알고 싶은 거 아냐? 솔직히 말해. 젊고 아름다운 여자가 엉망진창이 되는 이야기를 듣고 싶지?"

어지러운 질문에 속이 메슥거렸다. 하지만 아니라고 대답하기에는 마음 깊숙한 곳에 찔리는 부분이 있었다. 분명 나는 누나에게 클럽에서 일하는 이유를 물었다. 그때 무슨 대답을 기대했던 걸까? 수빈의 말대로 여자의 아픈 과거를 즐기고 싶었나. 아니면 눈앞에 선 찬란한 존재가 너무 눈이 부셔서, 그의 그림자만 집요하게 파고들었던 것은 아닐까. 그를 마주하고 싶지만 마주하면 내가 너무 초라해서, 그도 나와 같은 속물이기를 바라면서, 올라갈 수 없다면 끌어내리려고?

나는 일어서서 커튼을 젖혔다. 집집마다 불이 켜져 있었다. 창문을 활짝 열었다. 바람 없는 밤이었다.

"나는 멍청한데다가, 맞아, 저질이야. 그래도 하루 종일 더러운 것만 생각하지는 않아. 이영선 씨가 피아노를 칠 때면 내 마음이 깨끗해지는 기분이었어. 그 사람에 대해 알고 싶었어. 이영선 씨는 단색 옷을 좋아했어. 더블린에선 킬힐을 신었지만 사실은 굽이 낮은 구두를 좋아했지. 복숭아뼈가 조금 뾰족했어. 얼굴에는 희미한 반점이 있었고, 따뜻한 사람이었어. 겉으로 무뚝뚝한 표정을 짓는 이유는 아마도 상처를 많이 받아서일 거야. 착한 사람은 곧잘 이용을 당하니까. 그래도 천성은 어쩔 수 없는지 행동 하나하나에 배려와 상냥함이 배어 있었어. 고양이한테도 미안함을 느끼는 사람이었지. 그리고 또, 굉장히 고독했던 것 같아. 여기를 봐도 그래. 아무도 유품을 정리하러 오지 않았어."

거실을 둘러보며 나는 주인 잃은 물건들을 하나하나 확인했다. 수빈도 나를 따라 주위를 두리번거리기 시작했다. 우리의 시선은 책장에 세워진 작은 액자에 고정되었다. 사진 속에서 포니테일 머리를 한 누나가 수줍게 웃고 있었다. 배경은 온통 푸른 잔디였다. 몇 년도에 찍은 사진인지 확인할 수 없었다. 다만 풋풋한 표정을 보면 더블린에서 일하기 전이라는 건 분명했다.

수빈은 일어서서 액자를 낚아챘다. 그러고는 액자 속의 누나를 오랫동안 들여다봤다.

"우리 장례식 하자."

어떤 생각으로 하는 제안인지 알 수가 없었다. 수빈은 내 대답을 기다리지 않고 부산스럽게 냉장고와 싱크대 서랍을 뒤졌다. 그녀는 포도주와 와인잔을 가져왔다. 창가 쪽으로 옮겨진 상 위에는 누나의 사진 액자와 와인잔이 올려졌다. 수빈은 핸드폰을 만지작거리더니 촛불 어플을 실행시켰다. "완벽해." 수빈은 와인잔에 술을 가득 붓고 만족스러운 미소를 지었다.

탁상을 내려다봤다. 액자와 와인과 디지털 촛불. 제단이 아니라 소꿉장난 같았다.

"뭐 해? 하기 싫으면 빠져."

잠시 이런 행동이 고인을 욕보이는 것이 아닐까 고민했지만, 어차피 정식 장례식을 올려도 나는 참석하지 못할 것 같았다. 나는 가죽 재킷의 지퍼를 올리고 상 앞에서 두 번 큰절을 했다.

"친구, 술도 올려야지."

"술은 제사 때 올리는 거 아냐?"

"그런가? 뭐, 어때."

내가 물러나자 수빈이 상 앞에서 묵념을 한 후 무릎을 꿇었다. 그녀는 허리를 꼿꼿하게 세우고 액자를 마주 봤다.

"언니, 알리는 내가 잘 키울게."

수빈은 액자를 향해 건배하고 와인을 마셨다.

"다음엔 예쁘게 태어나지 마. 아, 그렇다고 나처럼 태어나도 곤란해. 여긴 이상하게 태어난 여자한테는 선거권 말고 아무 권리도 없으니까. 그리고 절대로 착하지 마. 민준이 같은 멍청이한테 공사도 치고 눈탱이도 막 치면서 언니 잇속만 챙기면서 살라고. 언니야, 공포 영화 법칙 알아? 공포 영화에서 여자가 섹스하면 무조건 죽거든. 인생에도 비슷한 절대 법칙이 있어. 착한 인간이 먼저 죽어. 악마들이 지배하는 세상에서 몸에 악惡이 없으면 면역력 결핍으로 죽는 거야. 거지 같은 놈들한테 모욕만 당하다 저승으로 버려진다고."

수빈이 누나에게 말하고 있었다. 마치 카페에서 친구와 담소를 나누는 듯한 자연스러운 대화였다. 그녀가 진심으로 부러웠다. 나는 누나에게 아무런 말도 할 수 없었다. 여자만이 죽은 자와 얘기할 수 있다.

와인잔을 다 비운 수빈이 가방에서 담배를 꺼냈다. 수빈이 우아하게 담배에 불을 붙였다. 하지만 연기를 다 빨아들이기도 전에 방정맞게 기침을 해댔다. 그녀에게도 능숙하지 못한 부분이 있다니 의외였다. 기침을 연신 내뱉고 나서 수빈은 담배를 상 끝에 올려놓았다. 담배 필터에 립스틱이 진하게 묻어 있었다. 담배가 향처럼 연기를 길게 늘어뜨렸다. 수빈은 고개를 숙이고 죽은 자에게 속삭였다.

"언니, 미안해."

집을 나온 뒤 이십 분 정도 바이크를 타고 강북의 이름 모를 산에 올랐다. 산 중턱의 임시 정차 구역에 바이크를 세웠다. 우리는 무심하게 반짝이는 서울의 야경을 바라보았다. 수빈은 은색 난간에 한 손을 짚고 저칼로리 맥주를 마셨다. 약간 삐딱한 그녀의 포즈는 가로등이 만드는 진한 빛과 진한 그림자와 어울려 묘한 균형을 이뤘다. 등 뒤도 드문드문 차들이 지나갔다. 운전자들이 수빈의 뒷모습을 쳐다보는 시선이 느껴졌다.

"친구, 오스카 와일드가 누군지 알아?"

"몰라. 그 사람도 유명한 창녀야?"

"바보야. 딱 들어도 이름이 남자잖아. 오스카."

자신의 무지를 인정하며 나는 고개를 끄덕였다.

"뭐, 그래도 모르는 걸 모른다고 말하는 너의 진솔함에 1점 주겠어. 하여튼 오스카 와일드가 이렇게 말했어. '인생엔 두 가지 비극이 있다. 하나는 원하는 것을 얻지 못하는 것이고, 다른 하나는 원하는 걸 얻는 것이다'. 어때?"

"원하는 걸 가지는 게 왜 비극이야?"

수빈이 손바닥으로 철제 난간을 탕 쳤다.

"그치? 이해 안 가지? 처음 들었을 때 나도 이게 무슨 명언 놀이인가 했어. 그땐 아름다운 존재가 될 수만 있다면 영혼까지 팔고 싶었거든."

"너 지금 예뻐."

"예쁘기만 해? 완전 섹시 다이너마이트지. 모세의 기적이고 현대 의학의 승리지."

이어 수빈은 꿈을 이뤄본 적이 있느냐고 물었다. 나는 고개를 저었다.

"꿈을 이루면 어떤 기분인 줄 알아? 그냥 믿기지가 않아. 사람이 구름 위를 둥둥 떠다닌다고. 한마디로 공기가 달라. 사내 놈들이 하하, 요즘은 이거 한번 만져보려고……." 수빈은 유방암을 자가 진단하는 사람처럼 자신의 왼쪽 가슴을 주물렀다. "얼마나 머리를 써대는데. 아주 가소로워죽겠다니까."

"축하해."

"아냐. 오스카 와일드가 맞았어."

무표정한 얼굴로 그녀가 말했다.

"한동안은 정말로 행복했어. 집을 나설 때마다 손가락질당하던 괴물이 하루아침에 공주가 된 기분이었지. 떨어지는 은행잎도 입을 헤벌리고 내게 감탄하는 것 같더라. 거리를 지날 때마다 남자도 여자도 날 힐끔거렸어. 화살표가 쉴 새 없이 내 몸에 꽂히는 게 느껴졌지. 나조차도 날 쳐다보며 반했어. 나르시스처럼. 깡패도 나르시스는 알지?"

거울, 쇼윈도, 검게 선팅한 차창……. 세상을 비추는 온갖 표면을 지날 때마다 그녀는 자신의 변신한 몸을 쳐다보며 희열을 느꼈다고 말했다. 하지만 기쁨은 레스토랑의 여자 화장실 세면대에서 멈췄다고 한다. 연못가에서 고꾸라졌던 나르시스처럼. 세면대의 물을 틀고 거울을 보는 순간 행복의 국면이 뒤집어졌다고.

"세면대 거울을 보는데 갑자기 이런 생각이 들었어."

얼굴이란 뭐지? 미녀와 추녀는 결국 이목구비 몇 밀리미터의 차이로 결정되는 것이 아닐까. 몸매는 또 뭐지? 그냥 몇 덩이 지방의 많고 적음이 아닌가. 남자들이 내게 휘파람을 불고, 경배를 올리는 이유가 고작 이런 거였나. 또 고작 이런 조건이 없어지면 사랑받지 못하겠구나. 주름이 지면, 청바지 위로 살이 삐져나오면, 또렷한 눈매가 뭉개지면……. 화장실을 나오자 구름 위의 공기는 더이상 느껴지지 않았다고 한다. 테이블로 돌아온 그녀 앞에는 파트너가 기다리고 있었다. 수많은 구애자 중에 고르고 고른, 이상형에 가까운 핸섬한 남자였다. 하지만 그의 부드러운 미소는 더이상 달지 않았다. 오히려 혐오스러웠다. 그녀의 눈엔 파트너 얼굴 뒤에 숨겨진 빨간 실뭉치 같은 근육들과, 탁구공만 한 안구와, 식탁보 밑에서 교양 없이 꼼지락거리는 페니스가 보였다. 고개를 돌리자 레스토랑 안의 모든 얼굴들도 똑같이 보였다. 붉은 실뭉치에 박힌 탁구공 두 개. "드세요" 하고 파트너가 말했을 때, 수빈은 접시 위에 놓인 스테이크와 자신의 손가락 중에 무얼 잘라야 할지 몰라서 한참을 고민했다고 한다. 겨우 스테이크 한 조각을 먹을 수 있었는데, 시시하고 싱거운 인생의 맛이었다고 수빈은 말했다.

"결국 난 남자를 믿지 못하는 여자가 되어버렸어. 상대를 신뢰할 수 없다면 어떻게 사랑할 수 있겠어? 끝을 본 인간한테 낭만은 없어."

도로 아래에서 시끌벅적한 바이크에 함께 탄 두 남자가 언덕을 올라오며 수빈을 향해 음탕한 말을 쏟아냈다. 수빈은 여유롭게 웃으면서 녀석들에게 가운뎃손가락을 치켜올렸다.

"꿈을 이루면 꿈을 유지하는 비용도 커져. 꿈한테 대가를 내야 해. 어쩌면 잡지 말고 먼 곳에 남겨놔야 하는 거야, 꿈이라는 거."

수빈의 눈동자가 야경으로 향했다. 보는 사람이 아플 정도로 쓸쓸한 표정. 그것은 섹시 다이너마이트와 외로운 아이가 공존하는 얼굴이었다. "친구." 눈 깜짝할 사이에 두 눈동자가 내게 돌아왔다. 이번엔 눈이 활활 타올랐다.

"다시는 꿈을 꾸지 않겠다고 결심했는데, 빌어먹을 꿈이 하나 생겼어. 지금 내 꿈은 영선 언니를 파괴한 놈을 발기발기 찢어 죽이는 거야. 너, 복수한다고 약속할 수 있어?"

머리를 맞대고 뜨거운 콧김을 내뿜는 두 마리 황소처럼, 우리는 오랫동안 서로를 바라보았다.

나는 고개를 끄덕였다.

"범인이 백기 이사라도?"

그녀의 눈은 완전히 내게 고정됐다. 장마철 모기가 빗줄기를 뚫고 날아와 기어이 살을 찌르고야 마는 것처럼, 집요한 눈빛이었다.

"범인이 누구든 끝까지 진실을 파헤치고 복수할게."

이 밤 최초의 바람이 불었다. 맥주 캔을 빙글빙글 돌리던 수빈은 목젖을 리드미컬하게 움직이며 맥주를 마셨다. 바람에 나부끼는 머리카락이 그녀의 눈 주변을 쓸었다.

"김, 태, 영."

맥주 캔에서 입을 떼고 그녀가 말했다.

"김태영이 그날 5번 룸에서 언니와 있던 VIP야. 석인 그룹 김홍기 회장 아들. 나이는 서른. 직책은 뭐, 실질적인 직업은 '재벌 아들'이지만 공식 직함은 해외개발팀 담당 이사야. 김태영 밑으로 인형 같은 여동생하고 위로 형이 하나 있는데, 형하고는 사이가 살벌하대. 하긴 왜 안 그러겠어. 보통 형제자매도 유산 몇천만 원 더 가지려다 의절하는 경우가 부지기수잖아. 그런데 거대 그룹의 경영권 상속이 걸려 있으니 오죽하겠어. 거기다 아버지 김홍기 회장이 두 아들을 어릴 때부터 철저하게 경쟁시켜왔대. 센 놈한테 물려주겠다는 뜻이지. 지금도 두 아들이 아버지만 보면 무서워서 오줌을 질질 싼다던데. 이게 김태영이야."

수빈은 핸드폰을 내밀었다. 포털 인물 검색란에 김태영 이사의 이력과 사진이 떠 있었다. 사진을 자세히 관찰했다. 아는 얼굴이었다. 그는 은테 안경을 썼고, 왼쪽 눈이 다른 쪽보다 작았다. 빌딩 앞에서 내 헬멧에 돈을 집어넣은 남자였다.

"이상한 날이었어. VIP가 혼자 오는 경우는 드물어. 혼자 온다고 해도 대개 룸을 잡지는 않아. 간단하게 바에서 칵테일을 마시지. 그런데 김태영은 오자마자 룸을 잡고 언니를 콜했어. 언니는 집에 가던 중이었지. 그날은 언니한테도 이상한 날이었어. 더블린에서 처음으로 연차를 썼으니까. 마담한테는 컨디션이 안 좋다고 말했나 봐. 더블린에서 김태영은 언니를 당장 데려오라고 진상은 부렸고, 마담은 좀 달래보라고 5번 룸에 날 밀어 넣었지. 보니까 처음부터 화가 잔뜩 나 있었어. 아빠한테 한 대 얻어맞았는지 어쨌는지 말없이 술만 퍼마시더라고. 참 재미없는 인간이었어. 나는 대충 시간을 때워줬지."

5번 룸에서 수빈은 마이크를 잡고 아델의 노래를 세 곡이나 부르는 바람에 목이 다 쉬었다고 한다.

"삼십 분쯤 뒤에 언니가 더블린으로 돌아왔어. 언니가 나타나자 김태영 그놈이 언니한테 이상한 짓을 시켰어."

수빈은 질끈 눈을 감았다.

"더이상은 내 입이 더러워져서 말하기 싫어. 하여튼 미친개가 따로 없었어. 나한테 그러더라고. 그 이상한 짓을 할 테니 지켜보라고. 그런 일은 처음이라 나도 당황했지. 원래 김태영 그놈이 변태인지 모르겠지만 그날은 뭐랄까, 언니한테 굴욕을 주기 위해 작정하고 온 사람 같았어. 그리고 언니는……."

수빈의 목소리가 떨렸다. 5번 룸에서 누나는 그에게 부탁했다. 입이 더러워지는 이상한 짓에서 수빈을 빼달라고. 말이 끝나기 무섭게 김태영은 누나의 뺨을 때리기 시작했다. 룸 안에

빰을 때리는 소리가 요란하게 울렸다. 연약한 볼살 위로 붉은 혈관이 올라왔다. “저 아이는 보내주세요.” 김태영은 누나의 머리를 움켜쥐고 그대로 테이블에 찍었다. 지켜보던 수빈은 마담을 부르기 위해 일어섰다. 그때 누나의 눈이 말했다. ‘그러지 마.’ 김태영은 누나를 일으켜 세우고 수빈에게 말했다. “넌 꺼져.” 수빈이 밖으로 나가 문을 닫을 때, 누나는 드레스를 벗기 시작했다. 수빈은 곧장 마담에게 달려가 5번 룸의 상황을 보고했다. “알았어.” 마담이 차갑게 대답했다. 찜찜한 대답이었지만 수빈은 마담이 더블린의 매뉴얼대로 조치를 취하리라 생각했다. 그리고 알리를 원래 주인에게 돌려보내야겠다고 마음먹었다.

“한 시간 뒤에 마담은 스케줄을 전부 취소하고 우리를 귀가시켰어. 다음 날 5번 룸에서 언니가 죽었다는 소식을 들었지. 여기까지가 내가 아는 전부야.”

우리는 각자 야경을 바라보았다. 어디에도 달은 보이지 않았다.

“경찰한테 진술했어?”

그 말을 듣자 수빈은 손톱으로 맥주 캔을 탁탁 튕기다가 엄지손톱을 깨물었다.

“글쎄, 귀찮게 경찰서로 찾아갈 필요…… 있을까? 네가 복수해주기로 했잖아."

수빈은 시선을 피한 채 맥주 캔에 입을 댔다. 깡패보다 재벌이 더 무섭다는 그녀의 말이 이해가 됐다. 그리고 "언니, 미안해"라고 말한 이유도. 그녀는 부끄러워하고 있었다.

멀리서 언덕을 내려오는 자동차 소리가 들렸다. 우리가 침묵한 사이에 헤드라이트 불빛이 쏟아졌다. 그녀의 그림자가 가위처럼 갈라졌다.

"지독하게 쓸쓸한 밤이네. 친구, 5점 줄게. 위스키 한 병 사와라."

명랑한 그녀의 목소리가 애처롭게 들렸다.

"미성년자는 주류 구입 금지야. 적발되면 나야 훈방 조치지만 판매한 업주는 이 개월 영업정지당해."

"뭐야, 온갖 깡패 짓은 다 하고 다니는 주제에. 나는 비밀엄수란 직업윤리도 버리고, 목숨까지 걸면서 진실을 말해줬는데 술 한 병 못 사겠다고?"

수빈은 나를 재촉해 바이크로 이끌었다. 나는 이슬이 묻은 안장에 앉았다. 시동을 켜고 바이크 머리를 언덕 아래로 돌렸다.

"엄마 장례식 때 와줘서 고마워."

"꼭 마지막 인사 같네. 쓸데없는 소리 말고 출발해. 나 같은 섹시 다이너마이트는 남자들이 십 분도 가만히 두질 않으니까

십 분 안에 와. 늦으면 마이너스 15점이야."

대답 없이 경사로 아래로 바이크를 몰았다. 쓸쓸할 것 같아서 뒤를 보지 않았다.

바람을 맞으며 형을 생각했다. 지금 어디에 있을까. 만약 범인이 김태영이 아니라면? 나는 세차게 고개를 흔들었다.

번화가로 내려와 양주를 사고 다시 산길로 돌아왔다. 예상대로 그녀는 사라진 뒤였다.

낮에 그녀가 알려준 번호로 전화를 걸까 하다가, 그만두었다. 죠스를 들고 우리가 섰던 자리에 왔다. 바이크 헤드라이트를 비추고 죠스로 축축한 땅을 팠다. 위스키를 묻으며 십 년 뒤를 상상했다. 어른이 된 우리가 땅에 묻힌 위스키를 마시는 장면이 지나갔다. 만약 그녀가 이 위스키를 마시게 된다면, 알코올과 잊었던 낭만으로 몸이 잠시 따뜻해질지도 모른다.

이탈자

강남의 혁철 똘마니들에게 바이크를 내주고, 막차를 타고 신림동으로 돌아왔다. 반지하 숙소의 불투명 유리창이 아직도 환했다. 문을 열자 거실에 앉아 술을 마시는 왕코와 마주쳤다. 앉은뱅이 상 앞에 혼자 앉아 소주잔을 입으로 올리던 왕코는 나를 보자 동작을 멈췄다. 마치 오랫동안 가출한 아들이 막 돌아오기라도 한 것처럼, 느닷없지만 어쨌든 기쁘다는 표정을 지으면서. 왕코가 안도의 한숨을 내쉬었다.

"누구 좆 되는 꼴 보고 싶어?"

그는 내 아버지가 아니었으므로 내 안위는 관심엔 없었다. 안도한 이유는 부하 관리 실패에 따른 문책에서 벗어날 수 있기 때문이었다. 만약 내가 증발한다면 조직은 왕코를 가만 놔두지 않을 것이다.

왕코는 나를 현관에 세워둔 채 천천히 소주를 마시기 시작했다. 가만 보니 술을 참 맛있게 먹는 사람이었다. 한 잔, 한 잔 술을 따를 때마다 표정이 다채로웠다. 각각의 잔에 각각의 의미를 담는 듯했다. 물론 그 의미들을 알 수는 없었다. 술꾼에게 벌어지는 모든 일은 술을 마시기 위해 벌어지는 일들이니까.

"이게 뭔 줄 알아? 네놈 제삿술이다."

마지막 잔의 의미는 그가 직접 알려주었다. 왕코는 술을 가득 채운 잔을 들어 보이고는 술상에 내리쳤다. 역시 제사 때 술을 올리는 게 맞나 보다.

왕코는 나를 밖으로 끌고 나갔다. 그가 이끄는 길은 점점 우범지대라 할 수 있는 곳으로 이어졌다. 중간중간에 취객들과 비행 청소년들이 보였고, 얼마 못 가 골목에 경찰들이 보였다. 불법으로 체류하는 외국인들이 많은 동네라 그런지 경찰들은 여섯 명이나 팀을 이뤄 순찰을 도는 중이었다. 그들이 가까이 다가오자 왕코는 내게 "생태찌개 맛있었지?" 하고 뜬금없는 소리를 하며 친한 척했다. 그래서 나도 "네, 형님!" 하고 씩씩하게 대답했다. '형님' 소리에 경찰들은 걸음을 멈추고 우리를 돌아봤다.

"허허, 이놈. 입맛이 살아 있네."

애써 웃으며 왕코가 내 머리를 쓰다듬었다. 경찰들은 특별한 조치 없이 지나갔지만 분명 우리의 얼굴을 몇 차례 확인했다. 그걸로 족했다. 왕코도 바보가 아닌 이상 최소한 오늘은 내 옆구리에 칼날을 쑤셔 넣지 못할 것이다.

골목을 올라가 도착한 곳은 신축 빌라를 짓는 공사 현장이었다. 슬쩍 주변 눈치를 살핀 왕코는 먼지 가림막을 능숙하게 들어 올리더니 안으로 날 데리고 들어갔다. 십 분 뒤에 키 작은 남자와 은갈치도 공사장 안으로 합류했다.

"왜 전화를 안 받아? 한참 찾았잖아."

은갈치가 내게 투덜댔다. 왕코의 연락을 받고 곧바로 온 걸 보면 나를 찾겠다고 동네를 어슬렁거린 모양이다. 그렇게 해서는 길 잃은 강아지도 못 찾겠다.

"어휴, 이놈 때문에 하루 종일 밥도 못 먹었네."

"수색 작업하느라 밑창이 다 닳았습니다, 형님."

"이놈들아. 오늘 내가 바람이 못 잡았으면 어쩔 뻔했어."

이야기 속에서 그들은 기민한 수색대였고, 왕코는 나를 잡은 지략가였다. 다들 숟가락 하나는 기가 막히게 잘 올리는 삼인조였다. 이 작은 조직에서 크고 싶으면 일을 잘하기보다는, 일하는 흉내를 잘 내는 쪽이 훨씬 유리한 전략 같았다.

"역시 저희는 형님 따라가려면 아직 멀었습니다."

"항상 말하잖아. 성공하려면 사람을 잘 만나야 한다고. 누굴 만나느냐에 따라 인생이 확 갈린다니까. 여태껏 너희 인생이 꼬였던 건 그 뭐냐, 다 날 만나기 위해서 운을 쌓아둔 과정이었어."

"잘 알고 있습니다, 형님."

"알기는 개뿔. 오늘 오전에 누워서 〈골목식당〉 재방송 보면서 내가 어떤 생각을 한 줄 알아? 김치찌개 돈가스 술안주 하면 맛있겠다? 백종원은 돈 많아서 좋겠다? 아니야, 난 백종원한테 이렇게 말했어. 오 년 뒤에 너를 내 전속 요리사로 만들겠다……. 내가 이런 사람이야."

"내일 김치찌개 돈가스 먹을까요?"

"좋지."

점점 이 사람들의 정체가 궁금해졌다. 조폭계의 개그 삼총사 비슷한 건가. 안전한 객석에서 이런 만담을 들었다면 유쾌했을 텐데. 막상 개그 캐릭터들에게 지배당하는 입장이 되니 웃음이 나오지 않았다.

"양말 벗어라."

왕코가 키 작은 남자에게 말했다.

"벌려."

이번엔 내게 한 말이었다. 양말을 받은 왕코는 두 손으로 양말 공을 만들어 내 입속에 쑤셔 넣었다. 나는 양말을 마우스피스처럼 꽉 물었다. 곧바로 주먹이 날아왔다.

"이 새끼야, 어딜 맘대로 쏘다녀? 여기가 하숙집이야? 전쟁 중에 탈영하면 사형이야. 알아? 사형!"

연속으로 잽이 얼굴에 박혔다. 흥분하면서 소리를 지르던 왕코는 느닷없이 털 뭉치를 내뱉는 고양이처럼 헛구역질을 했다. 꾸웩. 왕코가 주먹질을 잠시 멈추고 티셔츠를 팔뚝까지 걷어 올렸다. 그의 통통한 팔목을 황금색 시계가 꽉 조이고 있었다. 다시 잽이 날아왔다. 나는 주먹이 올 때마다 그의 시계를 확인했다. 12시 45분이었고, 역시나 내가 은갈치에게 줬던 롤렉스가 맞았다. 왕코는 내 얼굴에 주먹세례를 퍼붓다가 또 헛구역질을 했다.

"형님, 고정하세요. 이러다가 송장 치우겠어요."

은갈치가 말리고 나섰다. 왕코는 두 손을 무릎에 짚은 채 숨을 몰아쉬었다. 두 명의 부하가 익숙한 듯 보스의 등을 두드려 주었다. 도대체 누가 누구 송장을 치우겠다는 건지. 왕코의 표정을 보니, 체력도 떨어지고 슬슬 술 생각도 나는 듯했다.

"오늘은 죽이지 않으마. 하지만 두 번의 기회는 없어."

예상보다 푸닥거리가 빨리 끝났다. 왕코는 공사장의 가림막을 힘차게 펄럭이고 나갔다. 가난한 골목에 소주를 마시러 가는 알코올의존증 환자의 활기찬 발걸음 소리가 울렸다.

입에서 양말을 빼냈다. 피와 침에 흠뻑 젖어서 테니스공처럼 무거웠다. 나는 양말의 물기를 짠 후 키 작은 남자에게 내밀었다. 그는 버리라고 손짓한 다음 밖으로 나갔다.

"내가 안 말렸으면 너 큰일 날 뻔했어."

은갈치가 다가와 말했다.

"감사합니다."

"뭐, 은혜는 차차 갚으면 되고……."

은혜라니. 그냥 인사치레한 것뿐이다. 숨 돌릴 기회도 주지 않고 후다닥 빚이 만들어졌다. 평소에 무슨 생각들을 하고 사는 걸까. 험한 세상, 한 치 앞을 모르니 일단 유리한 포인트를 자꾸자꾸 쌓아두자는 마인드인가.

"아침에 형님 구두 닦을 때 내 것도 부탁해. 신발장 꼭대기에 255 사이즈 있어. 그나저나 너도 참 딱하게 됐다. 한때는 잘나갔는데."

머리가 얼얼한 탓에 방금 그가 날 약 올렸는지, 아니면 위로를 했는지 분간이 되지 않았다. 은갈치는 내 어깨를 두드렸다. 툭툭. 꽤 기분 좋은 소리여서 나는 위로를 받은 것이라 생각하기로 했다. 은갈치는 내게 엄지를 치켜들고 걸어 나갔다. 그의 뒷모습을 봤다. 오늘은 그에게도 썩 좋은 날은 아니었다. 나는 보스의 성격도 파악하지 못하고 허망하게 롤렉스를 빼앗긴 은갈치를 위로했다.

당신은 팀장 되기 글렀다.

아침부터 부산스러웠다. 나는 나대로 구두 세 켤레를 닦고, 밥알이 눌어붙은 그릇들을 뜨거운 물로 설거지하고, 밥통에 보리밥을 안쳤다. 왕코 역시 해장술을 건너뛰고 새로 태어나기로 작심한 사람처럼 두 똘마니를 닦달하며 대청소를 진행했다. 심지어 작은 시멘트 마당에서 역기를 들어 올리며 올바른 조직폭력배의 모범을 보여줬다. 활기찬 아침이었다.

다만 김치볶음과 북엇국을 상에 올렸을 때 분위기가 험악했다.

"바람이 네가 먼저 먹어. 비소 탔을지 모르니까."

미원만 탔다. 사극을 너무 많이 봐서 자신을 왕처럼 중요한 인물과 동일시하는 걸까. 어쨌든 내가 밥숟가락을 뜨자 왕코는 게걸스럽게 보리밥을 먹어치우고는 왕처럼 시원하게 방귀까지 뀌었다. 추잡스럽다는 생각은 들지 않았다. 남자들만 득실거리는 세계에서 방귀와 트림이야말로 서열을 확인시키는 원초적인 수단이다. 내시는 왕 앞에서 방귀 못 뀐다.

식사를 마치고 환기를 시켰다. 상을 닦고, 설거지를 하고, 뜨거운 물로 수저를 소독하고, 락스로 싱크대의 찌든 때를 벗겨냈다. 햇볕이 내리쬐는 마당 모퉁이에 나무 도마와 삶은 행주를 말렸을 때 삼인조는 약간 문화 충격을 받은 듯했다.

"그거 버리는 거 아니지?"

숙소 정리가 어느 정도 마무리되자 우리는 트라제 XG를 타고 이태원으로 출발했다. 가는 동안 왕코는 롤렉스 시계를 열 번도 넘게 들여다봤다. 그때마다 은갈치 코에 붙은 반창고가 킁킁 들썩거렸다. 꽤 딱하게 보여서 땅콩에게 시계를 하나 더 부탁하고 싶을 정도였다.

자동차는 이태원 골목을 구석구석 돌아다녔다. 이면도로는 오래되었지만 최근 부동산 가격이 폭등한 지역이었다. 이런 곳에 사업장을 가지고 있다면 왕코에게도 나름대로의 사업 능력이 있을지도 모른다.

차는 영업 개시 전인 미용실 앞에 멈춰 섰다. 의외의 장소였다. 가위를 강매하려고 자리를 깔아놓을 심산인가. 미용 가위가 꽤 비싸다던데. 아니면 주부들을 상대로 한 도박 하우스인가. 곧 궁금증이 풀렸다. 운전석에서 내린 키 작은 남자는 미용실 문에 걸린 영업시간표를 확인하고는 "여긴 딱지 안 끊겠네" 하고 혼잣말했다. 여태껏 불법 주차할 곳을 찾아 빙빙 돌았던 것뿐이다.

차에서 내려 삼인조를 따라 이태원 골목을 걸었다. 작은 상가에도 외국어 간판들이 걸려 있는 곳이 많았다. 아랍어 간판도 보였다. 하지만 아직 '핫' 한 시간이 아니어서인지 동네는 이국적이라기보단 뭔가 정리가 덜 된 느낌이었다.

얼마 뒤에 회색으로 뒤덮인 허름한 상가 건물 앞에 도착했다. 1층은 러시아 수프와 양꼬치를 파는 아담한 식당이었다. 러시아어가 쓰인 차양 아래에서는 푸틴을 닮은 대머리 외국인이 태양을 피해 담배를 피우고 있었다. 2층은 유리창을 시커멓게 선팅한 타투숍이었다. 나는 삼인조를 따라 좁은 계단을 올라갔다.

2층 출입문 앞에는 "이레즈미 전문"이란 문구가 붙어 있었다. 이레즈미가 뭔가 싶어 함께 붙어 있는 사진들을 관찰했다. 9시 뉴스에서 굴비처럼 엮여 단체로 사진을 찍히는 조직폭력배들의 전형적인 문신이었다.

안으로 들어가자 남자들의 땀과 살, 그리고 잉크 증류가 뒤섞인 묘한 냄새가 풍겼다. 폐업한 목욕탕에 온 기분이었다. 입구 쪽에는 쿠션이 꺼진 거대한 소파가 대낮부터 벽에 기대 곯아떨어져 있었다. 그 주위로는 군데군데 접이식 철제 의자들이 너부러졌다. 벽면 선반마다 형형색색의 장식품들이 가득했다. 세계 각지의 가난한 외국인들이 이태원 길바닥에 펼쳐놓고 파는, 만 원 주고 사서 집에 들고 가면 엄마한테 혼나기 딱 좋은 물건들이었다. 밖이 보이지 않는 창가 쪽에는 각도를 조절할 수 있는, 가죽 허물이 벗겨진 1인용 침대가 놓여 있었다. 전체적으로 타투숍보다는 불법 안마방 같은 분위기였다.

"어이, 고 박사."

왕코가 소리치자 성조기 문양의 두건을 쓴 오십 대 초반의 남자가 커튼이 쳐진 세면대에서 나왔다.

"어, 왕…… 왕 사장 왔어?"

고 박사는 왕코를 차마 왕코라고 부르지 못했다.

"예약 좀 하고 오지. 십 분 뒤에 짱구가 애들 데리고 올 건데."

"안 돼. 우리가 먼저야. 이 녀석 등짝에 대충 선만 그려줘."

"등짝 한 판이면 당연히 라인밖에 못 따지. 몇 달 걸리는 작업을 하루에 다 하려고 했어?"

"거참 말 많네. 오늘 바쁘니까 이놈 등짝에 잉크 자국만 남기라고."

고 박사는 떨떠름한 표정을 짓고, 15대 국회의원 아무개의 이름이 새겨진 벽시계를 올려다봤다.

"도안 가져왔어?"

"내가 그딴 게 어디 있어. 그냥 백만 원짜리 같은 오만 원짜리 호랑이로 해줘."

"발톱 다섯 개만 그리고 가려고?"

"발톱이든 코털이든 큼직하게만 그려."

"열다섯 장 밑으로 절대 안 돼."

왕코는 구시렁거리며 타투 비용을 열두 장으로 '쇼부'쳤다. 고 박사는 나를 창가 쪽 1인용 침대로 이끌었다. 나는 가죽 재킷과 죠스가 매달린 가죽끈을 옷걸이에 걸었다. 죠스를 보고도 고 박사는 놀라지 않았다. 티셔츠를 벗고 차가운 침대에 엎드리자 남자의 축축한 손이 돼지를 검수하듯 무방비 상태인 맨등을 군데군데 주물렀다.

"사내놈이 피부가 처녀보다 연하네. 아저씨가 아프지 않게 마취 크림 발라줄게요."

"어이, 어디서 약을 팔아."

"왕 사장 얼굴 봐서 삼만 원만 추가할게."

"뒈진다!"

고 박사는 입맛을 쩝 다시고 병원 진찰실처럼 천장에 연결된 커튼을 쳤다. 시야에서 삼인조가 사라지자 마음이 한결 차분해졌다.

"혹시 따로 돈 좀 가지고 있니?"

귓속말이 들렸다. 고개를 돌리자 고 박사의 얼굴이 부담스러울 정도로 가까이 다가와 있었다.

"요즘 문신으로 군 면제받기 거의 불가능하지만, 그렇다고 방법이 아예 없지는 않거든."

"저 군대 꼭 갈 거예요."

고 박사는 이해할 수 없다는 듯 고개를 흔들었다. 나 역시 어른들은 왜 모든 남자애들이 군대를 가기 싫어한다고 생각하는지 이해할 수가 없었다.

쩝쩝 입맛 다시는 소리를 내며 고 박사가 커튼 밖으로 나가더니, 종이 몇 장을 들고 왔다. 그가 테이프로 종이를 이어 붙이자, 등을 꽉 채울 만한 웅장한 호랑이 그림이 펼쳐졌다.

"큼직하게 해달라니까 오늘은 일단 큼직하게 외곽선만 따줄게."

그는 가위로 여백을 자르고, 종이를 내 등에 고정시킨 다음, 사인펜으로 뭔가를 표시하고 다시 종이를 떼어냈다.

"전사하고 올 테니까 기다려."

무얼 한다는지 몰랐지만 그냥 고개를 끄덕였다. 오 분 뒤에 고 박사가 종이를 들고 들어왔다. 그는 내 등에 끈적한 액체를 바르고, 그 위에 종이를 댄 다음 손으로 꾹꾹 눌러댔다. 그리고 종이를 떼어냈다. 전체적으로 판박이를 붙이는 과정과 비슷했다. 고 박사는 바퀴 달린 전신 거울을 끌어당겼다.

"그림 위치 확인해봐."

뒤로 고개를 돌리자, 거울 속에 타투 작업을 위한 밑그림이 드러났다. 내 등엔 포효하는 호랑이의 부릅뜬 두 눈도, 밤을 찢을 듯한 날카로운 이빨도, 두꺼운 혀도, 뾰족한 귀도, 얼룩무늬도 보이지 않았다. 그의 말대로 순수한 외곽선뿐이어서, 피부 이식을 준비하는 환자의 등에 그어진 수술 부위 표시 같았다.

"앞으로 만 원이든 이만 원이든 돈 생길 때마다 찾아와. 안에 하나씩 그림 채워줄 테니까. 아저씨가 이 바닥에서 동물 털 묘사 일인자야."

장사 수완이 좋았다. 아무리 강심장이라도 이런 부끄러운 등을 가지고선 사우나도 갈 수 없다. 이대로라면 타투가 완성될 때까지 몇 개월이고 몇 년이고 그에게 주머니를 털릴 수밖에 없었다.

고 박사는 작업대를 달그락거리며 내 등에 타투를 새길 준비를 시작했다. 커튼 밖에서도 시끌벅적한 목소리가 들려왔다.

"어이, 짱구 왔어?"

"아, 네. 형님도 계셨네요. 근데 고 박사는요?"

"저 뒤에서 딸딸이 치고 있어, 캬캬."

왕코가 딱 제 수준에 맞는 농담을 하며 소란스럽게 웃었다.

은갈치와 키 작은 남자도 순서대로 따라 웃었다. 하지만 그다음 웃음소리는 들리지 않았다. 고 박사는 손님에게 인사를 하러 커튼 밖으로 나갔다. 펄럭이는 커튼 사이로 짱구라 불리는 남자의 얼굴이 얼핏 보였다. 이마가 조금 넓은 것 빼고는 만화 속 짱구와 닮은 점이 하나도 없었다. 신짱구가 백 번 타락해도 저런 야비한 눈은 가질 수 없다.

커튼 밖에서 남자들은 담배를 피우며 노인정에 마실 나온 할머니들처럼 서로의 근황을 물었다. 대화를 듣다 보니 짱구는 한때 왕코 밑에서 일했고, 한때 형님으로 모셨던 업계의 못난 선배를 예우해주려고 나름대로 노력하는 것 같았다. 하지만 왕코가 한때 부하의 부끄러운 과거지사를 끄집어내며 "짱구야" 하고 불렀을 때, 짱구의 짜증이 폭발했다. 갑자기 실내에 짜악짜악 뺨을 때리는 소리가 울렸다.

"이 새끼들아, 왕코 형님 제대로 모시지 못해? 아무리 네 형님이 무능해도 할 도리는 해야지. 왕코 형님이 거지야? 이게 셔츠야 넝마야. 카라가 꼬질꼬질하잖아."

아마도 분위기 파악을 못 하는 보스 때문에 애꿎은 은갈치와 키 작은 남자만 얻어맞은 듯했다. 밖은 조용했다. 이러지도 저러지도 못하는 왕코의 표정이 눈앞에 그려졌다.

"내가 잘 타이를게, 김…… 부장."

결국 왕코가 꼬리를 내렸다. 커튼 위로 흘러 들어오는 담배 연기보다 서먹한 공기가 더 짙게 느껴졌다. 작업대로 돌아온 고 박사는 "에휴, 멍청한 놈" 하고 혼잣말을 내뱉고, 두 손에 라텍스 장갑을 끼고는 탁탁 잡아당겼다.

"너 요즘 잘나간다고 말 함부로 하는 거 아니다."

커튼 뒤에서 다시 왕코의 목소리가 들려왔다.

"뭐가요?"

"내가 무능하다고?"

"성과를 내셔야 밀어드리죠. 혁철 형님한테 좋게 말씀드리려고 해도 건수가 없잖아요. 언제까지 하청만 하실래요?"

"누가 다리 놔달라고 했어? 걱정 마셔. 오늘 혁철이하고 직접 통화했으니까."

"네? 무슨 일로요?"

나도 궁금해서 귀를 기울였다.

"어제 일어난 일을 알면 놀라 자빠질걸. 내가 조직의 배신자를 잡았다고, 이 두 주먹으로."

"배신자요?"

"바람이 말이야. 그 녀석이 어제 오전에 토꼈거든. 부엌칼 들고 혁철이 목 따러."

잉크 바늘이 꽂히기 전인데도 등판에 소름이 쫙 돋았다.

"바람이가 칼을 챙겨서 나갔다고요?"

"내가 함정 파놓고 바람이 잡아서 망정이지, 까딱했으면 혁철이 지금 영안실에서 냉동 인간 될 뻔했다니까. 바람이가 백기네 중에서 에이스였다며? 참나, 어제 나한테 한 대 맞고 살려달라고 질질 짜던데. 응, 어때? 누가 조직을 살렸을까. 이래도 내가 무능해?"

이제야 게을러터진 왕코가 아침부터 부산을 떤 이유를 알았다. 그는 정말로 자신이 나를 잡았다고 믿고 있었다. 그는 나의 '탈영' 소식을 혁철에게 보고했고, 자신의 성과를 치장하기 위해 보스 암살 미수라는 죄명까지 덧씌웠다. 그리고 강남으로 나를 이송하기 전에, 이전에 혁철에게 하달받았던 명령을 이행하려고 타투숍에 들른 것이다.

왕코가 저렇게까지 미련한 줄은 몰랐다. 자신이 관리하는 부하의 일탈이 자신에게 플러스가 된다고 생각하다니. 그 덕분에 내 계획도 완전히 틀어졌다. 김태영과 접촉할 때까지는 삼인조 밑에서 얌전히 지내려고 했는데, 하루도 못 가서 생각지도 못한 변수가 왕코의 코처럼 불룩 튀어나오고 말았다. 역사엔 문외한이지만, 어쩌면 역사를 바꿀 수 있었던 수많은 위대한 계획들이 중간에 끼어 있는 바보 하나 때문에 깨져버렸을 것 같단 생각이 들었다.

"그놈 이제 완전히 죽은 목숨이지, 하하!"

틀린 말은 아니었다. 경쟁 관계에 있던 조직을 흡수한 혁철은 이제 내부 단속에 집중해야 할 때였다. 하루빨리 조직의 어수선한 분위기를 다잡고, 반항의 싹을 자르고, 막강한 힘을 보여줘야 했다. 조직원들 입장에선 몸을 사려야 하는 시기였다. 기업도 합병을 할 때마다 구조 조정을 하고, 국가도 왕이 바뀔 때마다 숙청을 하는데, 폭력 조직의 보스가 바뀔 때 무슨 일이 벌어질지는 말할 필요도 없었다. 게다가 밤 세계에서 폭력은 목공소의 톱밥만큼이나 흔했다. 조만간 혁철은 우리 식구들 중 적당한 인물을 골라 재기불능으로 린치를 가할 게 분명했다. 이제 그 '시범 케이스'는 내가 될 운명이었다.

"아파도 참아."

뒤에서 고 박사의 음성이 들렸다. 그는 왼손으로 내 등을 지그시 누르고, 매미 소리가 나는 타투 머신을 작동시켰다. 매애앰—. 잉크 바늘이 부지런히 움직이며 내 등을 갉아 먹기 시작했다.

"잠깐만요."

나는 나지막이 말했다.

"아파? 아프지? 마취 크림 발라줄까?"

나는 대답 없이 손끝으로 커튼을 살짝 젖혔다. 소파엔 왕코와 짱구가 거리를 두고 앉아 있었고, 은갈치는 왕코 근처 벽면에, 키 작은 남자는 입구에 서 있었다. 그들의 위치를 확인하고 천천히 몸을 일으켰다. 나는 검지를 입술에 대고 고 박사에게 조용히 해달라고 신호했다. 나는 부스럭거리는 소리도 새나가지 않게 조심조심 윗옷을 챙겨 입었다. 영문을 몰라 하던 고 박사는 내가 죠스를 집어 들자, 이번엔 긴장을 했다.

"본부에 들렀다 오시는 길이에요?"

커튼 뒤에서 짱구의 목소리가 들렸다.

"아니, 아직 안 갔어."

"그럼 바람이는 지금 어디 있어요?"

"저 뒤에서 고박사랑 딸딸이 치고 있는데."

"뭐라고요?"

왕코와 얘기를 나누던 짱구가 비명 같은 소리를 내질렀다. 나는 커튼 아래로 발이 보이지 않게 침대에 엉덩이를 걸치고 재빨리 발을 들어 올렸다. 커튼을 뚫어지게 쳐다보고 있을 짱구의 시선이 따끔할 정도로 느껴졌다. 나는 마른침을 삼켰다.

"……묶어놨죠?"

짱구는 목소리를 낮추고 왕코에게 물었다.

"묶여 있음 딸딸이 못 치잖아, 캬캬."

"왕코 이 멍청한 새끼야!"

쩌렁쩌렁한 목소리에서 짱구의 깊은 분노가 느껴졌다. 나는 커튼을 뚫고 달려 나갔다. 아직 사태 파악을 못한 삼인조는 극장에서 공포 영화를 나란히 보는 커플 관객처럼, 나의 갑작스러운 출현에 동시에 몸을 움찔했다. 반면 짱구는 벌써 칼을 뽑아 들고 있었다.

단 한 번의 일격으로 짱구를 해결하고 빠져나갈 계획이었다. 그의 이마에 가상의 표적을 그리고 죠스를 휘둘렀다. 쿠앙! 그가 칼로 맞받아쳤다. 손이 얼얼했다. 그도 충격이 컸을 테지만 칼을 놓치지 않았다. 짱구는 재빨리 자세를 잡았다. 이어 그의 칼이 허공에 수많은 선을 그으며 다가왔다. 습한 공기를 가르는 차가운 소리가 이어졌다. 빠른 칼놀림 속에서도 그는 자신의 몸을 보호하고 있었다. 노련했다. 칼잡이 출신인가. 이렇게 실력 있고 눈치 빠른 인재가 왕코 밑에 있었다니. 아마 그때 화병 좀 났을 거다. 나는 죠스로 칼을 받아치며 뒷걸음질 쳤다. 점점 구석으로 밀려났고, 이래선 내게 좋을 게 하나도 없었다. 어느새 춤을 추던 칼날은 리듬을 바꿔 크게 포물선을 그렸다. 긴 섬광이 내 두 눈을 잡아먹으려 달려들었다. 나는 가까스로 그의 오른 손목을 잡고, 죠스로 배를 가격했다. 그는 이를 악물고 충격을 견뎌내며 몸을 밀어붙였다. 결국 그도 내 오른 손목을 움켜쥐었다. 거울 앞에서 양손을 내민 것처럼 우리는 서로의 손을 결박한 채 힘겨루기를 하다가, 뒤엉켜 벽을 따라 두어 바퀴 돌았다. 머리 위에서 싸구려 장식품들이 우수수 떨어져 내렸다. 그 순간 틈이 생겼다. 나는 맨 처음 노렸던 그의 이마에 박치기를 했다. 그가 주저앉았다. 하지만 여전히 내 손목을 쥔 채였다. 나는 머리로 짱구의 이마를 연신 들이박았다. 망치질당하는 못처럼 그가 점점 가라앉았다.

오른손을 힘껏 당기자 결박이 풀렸다. 나는 넘어져 있는 접이식 철제 의자 다리에 칼을 쥔 그의 손을 끼웠다. 이어 작두질을 하듯, 벌어진 의자 다리에 온 체중을 실어 발을 내리꽂았다. "으아아아악!" 그의 손에서 칼이 툭 싱겁게 떨어졌다. 나도 예전에 학교 강당을 정리하다가 의자에 손이 끼인 적이 있어서 안다. 엄청 아프다. 짱구는 비명을 지르며 삼인조를 향해 소리쳤다.

"머저리들아! 구경났어?"

나는 칼을 타투숍 구석으로 밀어낸 다음, 짱구의 명치를 걷어찼다. 짱구의 입에서 침이 주르륵 흘러내렸다.

소란이 끝나자 커튼 사이로 성조기 두건이 튀어나왔다. 고 박사는 슬픈 눈으로 엉망이 된 샵을 둘러보았다. 죄송하다고 말하고 싶었지만, 내가 다가가자 성조기 두건은 바위에 숨는 문어처럼 쏙 들어갔다. 고개를 돌렸다. 왕코와 은갈치는 여전히 멍한 상태였다. 하지만 키 작은 남자는 각성을 했는지 갑자기 입구를 막아섰다.

"허어어어엇!"

키 작은 남자가 기합을 지르며 다리를 벌렸다. 기마 자세가 무척 안정적이었다. 그는 그 자세를 유지한 채 천천히 왼쪽 다리를 들어 올렸다. 다리가 머리 높이 가까이 올라가자 통이 넓은 바지가 무릎께로 흘러내렸다. 야무진 종아리엔 짧은 곤봉 두 개가 테이프에 고정되어 있었다. 그는 곤봉을 떼어냈다. 두 곤봉 사이엔 쇠사슬이 연결되어 있었다. 그는 무기를 들고 다시 기마 자세를 취했다. 곤봉이 아니라 쌍절곤이었다.

"헛, 헛, 헛, 헛, 헛."

허공에 쌍절곤이 현란하게 돌아가기 시작했다. 도저히 미워할 수가 없는 남자였다. 그는 쌍절곤을 돌리며 점점 다가왔다. 나는 잠시 넋을 놓고 그 사랑스러운 모습을 감상했다. 그러다 그의 첫 공격을 별생각 없이 팔목으로 막아냈는데 아찔한 순간이었다. 쌍절곤이 조금 더 무거웠거나 속도가 조금 더 빨랐다면 뼈가 부러질 뻔했다.

"헛, 헛, 헛, 헛, 헛."

그가 온 사방을 방방 뛰어다니며 쌍절곤을 휘둘러댔다. 기이한 기합은 쉼 없이 이어졌고, 점프와 착지가 반복되며 우당탕, 쿵 발소리가 요란했다. 쌍절곤이 벽을 스칠 때마다 장식품들이 부서져나갔다. 나는 죠스로 응수하며 쌍절곤을 피해 다녔다. 어디로 가든 "헛, 헛, 헛, 헛, 헛" 기합 소리가 귓가에 맴돌았다. 뭐랄까. 미쳐 날뛰는 원숭이에게 쫓기는 꿈을 꾸는 기분이었다.

정신 산란한 공격이었지만 그 속에도 의도가 있었다. 그는 내 몸이 아니라 죠스를 집요하게 노렸다. 아마도 쌍절곤의 쇠사슬로 죠스를 칭칭 감아 날려버리려는 속셈 같았다. 쿵푸 영화 속 장면을 흉내 내는 것 같았는데, 안 좋은 버릇이다. 나는 죠스를 뒤로 숨겼다. 잠시 당황해하던 키 작은 남자는 쌍절곤을 머리 위로 빙글빙글 돌리며 "허어엇!" 바닷가에 뛰어드는 개구쟁이처럼 나를 향해 높이 점프했다. 주저 없이 돌려차기로 그의 배를 가격했다. 타이밍이 딱 맞았다. 그는 터무니없을 정도로 멀리 날아가더니 벽에 부딪쳐 떨어졌다. 맞는 모습만큼은 쿵푸 영화 배우 못지않았다.

난장판이 된 타투숍 바닥 위에서 키 작은 남자가 배를 움켜쥐고 굴러다녔다. 고통에 찬 신음 소리가 짠했다. 그는 쌍절곤을 내던지고 항복을 선언했다. 나도 죠스를 가죽집에 집어넣었다.

벽시계가 위태롭게 기울어져 있었다. 나는 벽시계를 바로잡고 출입문으로 걸어갔다. 손잡이를 잡았다. 그런데 뭔가 개운하지가 않다.

나는 뒤돌아 소파를 향해 걸어갔다. 나와 눈이 마주치자 소파에 기대어 있던 왕코는 무기가 될 만한 것을 찾아 허둥지둥 주머니를 뒤적였다. 나는 그를 내려다보며 말했다.

"시계 푸세요."

왕코는 주머니에서 손을 빼고 애써 천천히 팔짱을 꼈다.

"마지막 기회를 주마. 목숨이 아깝거든……."

뺨을 후려쳤다. 왕코의 머리가 소파 팔걸이에 푹 파묻혔다가 휘청거리며 튀어나왔다. 그의 왼쪽 콧구멍에서 코피가 쏟아졌다. 나는 그 코를 움켜쥐었다. 코가 정말 두툼했다. 겁에 질린 왕코의 눈동자는 좌우로 바쁘게 돌아갔다. 코뼈를 부러뜨릴 생각은 없었다. 그냥 처음 봤을 때부터 한번 만져보고 싶었다.

나는 손바닥을 내밀었다. 왕코는 입을 '오' 하고 벌린 채 롤렉스를 풀어 내 손바닥에 올려놓았다. 코에서 손을 떼자 왕코가 훌쩍거렸다.

"눈 감아요, 어서."

왕코가 고개를 푹 숙였다. 내가 확인하려고 고개를 숙이니 그제야 왕코는 눈을 질끈 감았다.

아까부터 은갈치는 벽에 바짝 붙어서 말없이 떨고 있었다. 이번엔 그와 인사할 차례였다. 나는 벽 쪽으로 걸어갔다. 은갈치의 이목구비가 가운데로 모이며 일그러졌다. 은갈치는 반사적으로 반창고가 붙은 자신의 코를 손으로 가렸다.

나는 그의 양복 주머니에 롤렉스를 넣어주었다. 이제 은혜를 갚은 건가. 잘 모르겠다.

발을 떼는 순간 유리 장식품 하나가 신발 밑창에 깔려 와삭 으깨졌다. 나는 커튼을 향해 소리쳤다.

"박사님, 나중에 찾아뵙겠습니다."

문을 열었다. 낡고 오래된 건물이었지만 타투숍을 나오자 그나마 숨이 트였다. 깊게 숨을 몰아쉬고 계단을 내려갔다.

"아르테미아 피시방 가봤냐. 거기 새로운 알바 애가 아주……."

햇빛으로 가득 찼던 입구를 검은 양복의 사내들이 수다를 떨며 올라왔다. 하나같이 깍두기 머리였다. 아차, 짱구가 애들 데리고 온다고 했지? 나는 수박을 세듯 사내들의 숫자를 셌다. 머리통이 다섯 개나 됐다.

그들은 계단 중간에서 걸음을 멈추고 나를 올려다봤다.

"어, 어? 어!"

나는 위로 발길을 돌렸다. 하지만 3층으로 가는 계단 끝에는 셔터가 내려진 상태였다. 아래에선 녀석들이 단체로 계단을 뛰어 올라왔다. 나는 앞장선 사내를 발로 걷어차고 다시 타투숍 안으로 들어갔다.

재빨리 문을 닫으려 했지만 깍두기들이 문틈에 팔을 끼웠다. 나는 온 힘을 다해 등으로 문을 밀었다. 순간 타투숍에 남아 있던 남자들의 시선이 내게 쏠렸다. 특히나 고 박사의 눈은 원망을 넘어 거의 자포자기한 수준이었다.

말 그대로 진퇴양난이었다. 등 뒤로는 엄청난 압박이 밀려왔고, 앞에서는 짱구가 좀비처럼 일어서기 시작했다. 시간을 끌수록 불리한 게임이었다. 결국 나는 압력에 못 이겨 스프링처럼 앞으로 튕겨 나갔다. 이내 뒤에서 문을 밀던 남자들이 우르르 쓰러졌다. 나는 탈출구를 찾아 고개를 움직였다. 검은 창이 내게 이리 와, 이리 와, 손짓했다. 유리창을 향해 발돋움을 했다. 하지만 소파를 지날 때, 왕코가 와락 내 허리를 껴안았다.

"잡았어. 내가 잡았어!"

이래서 형이 적은 밟을 수 있을 때 확실히 밟아두라고 충고했었구나. 팔꿈치로 왕코의 면상을 좀 치듯 쳤다. "커억." 왕코가 배를 내밀고 자빠졌다. 그 배를 힘껏 밟았다. 술배라 그런지 눈 더미를 밟은 것처럼 신발이 뱃살 속으로 쏘옥 들어갔다.

나는 철제 의자를 들고 주위로 몰려든 사내들에게 마구 휘둘렀다. 휘두를 때마다 그들은 멀어졌다가 다가왔다. 이제 나도 숨이 가빴다. 시간은 내 편이 아니었다. 나는 검은 양복 무리에게 의자를 집어 던지고 유리창으로 돌진했다. 점점 검은 유리창이 커졌다. 이윽고 흑막이 다다랐을 때, 나는 팔을 엑스자로 만들어 얼굴을 가렸다.

몸을 날리자 쨍 하고 정말 해가 떴다. 도시가 이렇게 화창한 줄 몰랐다. 공기는 어느 때보다 시원했고, 잘게 부서진 유리조각들은 성모님의 후광처럼 반짝반짝 나를 따라왔다. 장님이 눈 뜬 것처럼 공중의 태양 빛이 짜릿하고, 기쁘고, 눈부셨다.

행복한 사람들 사이로

골목에 떨어지는 순간 몸을 웅크려 앞으로 굴렀다. 뒤에서 유리 조각들이 재잘재잘 깨졌다. 다행히 지나가는 사람은 없었다. 타투숍으로 고개를 올렸다. 똘마니 하나가 깨진 창으로 얼굴을 내밀고 소리쳤다.

"거기 서!"

나는 일어서서 옷에 붙은 유리 조각들을 털어냈다. 시험하듯 두 다리를 위아래로 움직였다. 무릎은 멀쩡했다. 네모난 건물 입구에서는 계단을 내려오는 발소리들이 쏟아졌다. 나는 골목길을 내달렸다. 이제 생각은 거추장스러웠다. 살기 위해선 뛰고 또 뛰는 수밖에 없었다.

골목을 빠져나와 일방통행 길을 역주행으로 달렸다. 양옆으로 이색적인 식당들이 즐비했지만 인테리어를 감상할 여유는 없었다. 맞은편에서 흰색 K5가 따발총 같은 사제 클랙슨을 따다다다다 울리며 언덕을 올라왔다. 나는 가까스로 K5를 피해 좁은 인도로 내달렸다. 십 초쯤 뒤에 언덕 위에서 클랙슨 소리가 따다다다 울렸다. 녀석들과의 거리가 대충 짐작됐다.

내달릴수록 행인들이 많아졌다. 나는 사람들을 피하고, 헤집으며 앞으로 나갔다. 오른쪽에 골목이 보였다. 나는 길목을 막아선 차의 보닛을 뛰어넘고 골목 안으로 들어갔다. 일단은 꼬리를 잘라서 녀석들을 흩어지게 만들어야 했다. 골목을 빠져나오자 또 다른 일방통행 길이 펼쳐졌다. 나는 내리막길을 뛰어 또 골목을 찾아 들어갔다. 그런 식으로 코너가 나올 때마다 돌고 또 돌며 이태원 뒷길을 뛰었다.

한참을 달린 끝에 번화가로 나왔다. 아무리 돌아봐도 녀석들의 모습은 보이지 않았다. 속도를 늦춰 행인들과 자연스럽게 걸음을 맞췄다. 심장은 여전히 바쁘게 피를 펌프질해댔다. 이 정도면 따돌렸을까. 여러모로 내가 유리한 점이 많았다. 나는 구두 대신 나이키 운동화를 신었고, 담배도 안 피우고, 그들보다 젊었다.

마음에 다소 여유가 생기자 거리의 풍경이 눈에 들어왔다. 이태원 번화가는 왠지 놀이공원 같은 곳이었다. 관광객들도 많았다. 어디선가 경쾌한 음악 소리가 들렸다. 건물들도 낯설어 프로방스풍의 빵집 옆에, 뉴욕 스타일의 스낵바가 붙어 있고, 그 옆에 인도식 카레 식당과 홍등을 매단 중화요리점이 이어졌다.

땀에 젖은 머리를 뒤로 넘기고 여대생들로 북적이는 구두 가게를 지났을 때였다.

"비켜! 비켜!"

뒤에서 기분 나쁜 목소리가 들렸다. 인파 속에서 검은 양복의 사내가 이리저리 고개를 돌리며 다가왔다. 지금쯤이면 다들 어디 그늘에 쭈그려 앉아 담배나 피우고 있을 거라 예상했는데, 의외로 성실한 녀석이 있었다.

나는 행인들 사이사이로 빠르게 걸음을 옮겼다. 고개를 푹 숙이고 배스킨라빈스와 커피 전문점과 푸드 트럭을 차례로 지났다. 뒤에서 바쁘게 뛰어오는 구둣발소리가 들렸다. 들켰구나.

다시 뛰기 시작했다. 뒤따라오던 남자도 노골적으로 추격의 발소리를 높였다. 거리에는 뭉쳐 다니는 사람이 많았다. 숨기 좋은 군중 속이었지만 정체가 탄로 나자 이점은 곧바로 약점으로 변했다. 어렵게 사람들 틈을 비집고 나아갔지만, 그럴수록 추격자에게 길을 만들어주는 꼴이었다.

구멍만 보면 머리를 들이미는 생쥐처럼 나는 골목을 발견하자마자 그쪽으로 달려갔다. 골목은 짙게 그늘이 졌다. 양옆으로 실외기가 요란하게 팬을 돌리고 있었다. 에어컨 호스에서 빠져나온 물이 웅덩이를 이루고 있었다. 첨벙첨벙 웅덩이를 밟으며 나아갔다.

앞에 쓰레기봉투가 어마어마하게 쌓여 있었다. 그 위로 하얀 벽돌담이 나를 내려다봤다. 어쩐지 골목이 너무 좁다 싶더라니.

막다른 골목에서 본능적으로 벽을 이리저리 쳐댔지만 소용없는 짓이었다. 나는 죠스를 꺼내 뒤돌아섰다. 눈이 마주치자 검은 양복의 남자가 움찔했다. 그는 허겁지겁 스위스 아미 나이프를 펴고, 연신 뒤를 돌아봤다. 지원군이 오기를 기다리는 모양새였다.

나는 고개를 갸웃거렸다. 생각해보니 추격자가 한 명이라면 도망칠 이유가 딱히 없었다. 남자 쪽으로 한 걸음 발을 뗐다. 남자가 뒷걸음질 쳤다. 나는 한 걸음 더 다가가 그를 관찰했다. 불그스름한 양 볼에 여드름이 잔뜩 나 있었다. 굉장히 앳된 얼굴이었다. 내 나이쯤 됐을까. 쉬는 시간 학교 매점에서 젤리뽀를 입에 물어야 할 남자애가 왜 지금 이태원 뒷골목에서 스위스 아미 나이프를 들고 떨고 있을까. 어쩌면 내 책임인지도 모른다.

소문을 들은 적이 있다. 이쪽 바닥에서는 나를 일종의 성공 사례로 선전했다고 한다. 어린 나이에 팀장이 돼서 어른들을 부려먹고, 날을 바꿔가며 미녀들 천국인 YY와 더블린을 관리하고, 검은색 바이크를 끌고 다니는 폼나게 사는 녀석. '너희도 바람이 알지? 조금만 고생하면 너희는 오토바이가 아니라 벤츠를 끌 거야.' 제대로 된 롤 모델이 없는 밤 세계에서 나는 본의 아니게 불량 청소년들에게 희망을 주는 '캡틴 강남구'로 포장되어 있었다.

나는 한 발 더 다가가 그 남자애에게 물었다.

"혹시 몇 년생이세요?"

"씨이, 어디서 호구 조사야. 오, 오지 마!"

그의 나이를 확인하려고 나아가는데, 갑자기 목 왼쪽에서 아릿한 통증이 느껴졌다. 목에 손을 댔다. 엄지손톱만 한 유리 조각이 만져졌다. 땀이 아니라 피였구나. 나는 작게 신음 소리를 내며 목에서 유리 조각을 빼냈다.

"이거 몇 센티미터만 더 옆에 박혔어도 저 죽었을지 몰라요."

나는 피 묻은 유리 조각을 앞으로 내밀며 말을 이었다.

"제가 오늘 정말 운이 좋은 날이거든요."

"씨이, 어쩌라고?"

"운 좋은 사람하고는 싸우는 거 아녜요."

"좆 까!"

스위스 아미 나이프를 치켜든 남자애가 소리쳤다. 하긴, 어른들의 잔소리가 듣기 싫어서 집에서 뛰쳐나왔을 텐데 같은 미성년자한테까지 훈계를 들으니 짜증이 날 만했다. 어쨌든 지원군이 오기 전에 그를 해치워야 했다.

달려가자 남자애가 칼을 휭 휘둘렀다. 고개를 숙이고 빈틈으로 파고들었다. 빈틈이 한강이었다. 이렇게 쉽게 배를 보이는 실력이라면 고양이로 태어난다 해도 병아리한테 배를 쪼여 죽을 거다. 나는 죠스를 거꾸로 돌려 잡았다. 오늘 나와의 만남이 그가 집으로 돌아가는 계기가 되길 바라며, 일부러 아픈 곳만 골라서 가격했다. 서른 대 정도 맞으면 뭔가 느끼려나. 정으로 얼음덩이를 초벌 쳐내기 하는 조각가처럼 빠르게 팔을 움직였다. 채 반도 때리기 전에 남자애가 온몸을 뒤틀었다.

나는 남자애를 바닥에 엎어뜨리고 등 위로 올라탔다. 스위스 아미 나이프는 진즉에 떨어져 나갔다. 남자애의 팔을 잡아 뒤로 꺾었다.

"흐으……. 잘못했어요. 한 번만 봐주세요……."

남자애는 항복을 선언하는 레슬러처럼 손바닥으로 바닥을 쳐댔다. 나는 그의 팔을 잡은 채 잠시 고민하다가 어깨를 탈구

시켰다.

외마디 비명이 포탄처럼 하늘로 솟았다.

남자애는 뜨거운 숨을 내뱉으며 꺼억꺼억 서럽게 울기 시작했다. 처음 보는 남자의 엉덩이에 깔려 퍼덕이는 신세가 된다면 누구라도 비참해지리라. 손을 놓았다. 탈구된 팔이 나무 가판대서 미끄러진 고등어처럼 철퍼덕 바닥에 떨어졌다.

이제 남자애는 한동안 '형님'들의 구두를 못 닦을 테고, 그를 대신해 다시 구두를 닦게 된 '작은 형님'의 구박이 시작되면, 따분한 학교생활이 얼마나 소중한 보물이었는지 깨닫게 될 것이다.

"으어어……. 엄마……."

남자애가 흐느꼈다. 역시 어머니가 있었구나.

나는 스위스 아미 나이프를 쓰레기봉투 더미에 던지고 돌아섰다. 일이 더 커졌다. 형은 "큰일은 언제나 예상하지 못한 방향으로" 흐른다고 말했다. 이제는 움직여야 할 시간이었다. 어쩌면 늦었는지도 모른다.

나는 아픈 인간을 내버려둔 채 도시의 뒷골목을 빠져나왔다.

하얀 연기

지하철을 타고 여의나루역에서 내렸다. 나는 종이 가방을 들고 장애인 전용 화장실로 들어갔다. 거울 앞에서 윗옷을 벗고 편의점에서 산 소독약을 목에 부었다. 약이 상처에 닿자 얼굴 반쪽이 빈 콜라 캔처럼 콱 찌그러졌다. 소독약으로 손을 헹구고, 상처가 난 부분을 벌렸다. 거울에 동백꽃잎 같은 생채기가 드러났다. 생각보다는 상처가 깊지 않아 다행이었다. 상처 부위에 거즈를 대고 붕대를 감아 고정시켰다. 나는 가죽 재킷 지퍼를 목 끝까지 올렸다. 상처가 대충 가려졌다.

넓고 깨끗한 거리는 한낮의 태양으로 뜨거웠다. 금융업을 목표로 삼던 형의 꿈이 이루어졌다면 우리도 매일 이 화창한 거리를 지났을 것이다. 형은 여의도를 좋아했다. 강남은 "양아치들이 많아서" 사업하기 적당한 곳이 아니라고 형은 자주 말했다. 아닌 게 아니라 클래식한 정장 차림의 단정한 행인들을 보니 확실히 이쪽이 샐러리맨의 메카처럼 보였다.

얼마 뒤에 오 층 높이의 거대한 철제 조형물이 나타났다. 노동자를 형상화한 철제 거인이 허공에 하염없이 망치질을 해댔다. 미술 교과서에도 나오는 작품이다.

핸드폰을 꺼냈다. 핸드폰은 두 대다. 하나는 아이폰, 다른 하나는 오피스텔에서 챙겨 온 대포폰. 나는 거인 조형물 그늘에 서서 대포폰으로 전화를 걸었다.

"장민준입니다."

"무슨 일이야?"

"우 형사님, 혹시 위문편지 써본 적 있으세요?"

"어디서 개수작이야, 양아치 새끼가!"

형사의 우렁찬 욕을 들으니 스트레스도 풀리고 기운이 났다.

"5번 룸 살인 사건 당일 밤에요. 5번 룸에 남자가 있었어요. 백기 이사님이 아니라 더블린의 고객이었죠."

순간 전원이 꺼져버렸나 싶을 정도로 전화가 잠잠해졌다.

"그 남자 누구야?"

"석인 그룹 해외개발팀 김태영 이사요."

이름을 말하자 다시 침묵이 흘렀다.

"석인 그룹 회장 아들이래요. 재벌 2세요."

"김태영이 누군지는 알아. 그리고 재벌 2세가 아니라 4세야."

"아, 대대로 복 받은 집안이네요. 조상이 나라라도 구했나 봐요."

"애국자 집안이라고 할 수 있지. 다만 애국을 하긴 했는데 조선총독부에 애국했어. 일본군에 프로펠러 비행기도 갖다 바치면서."

비아냥거리는 목소리였다.

"하여튼 우 형사님도 알고 계시다니까 조사가 더 쉽겠네요. 그날 밤 김태영이 이영선 씨를 폭행했어요."

"목격자는?"

"그건 알려드릴 수 없어요."

수빈은 결정적 증인이었지만 사건에 엮이게 할 수는 없었다. 수사와 재판이 이어진다면 수빈의 비밀들이 세상에 드러날 수밖에 없었다. '유흥업소 종사자'는 학칙에서 말하는 '학생의 본분에 어긋난 행위를 한 자'에 해당되기 때문에 퇴학 처분을 받을 수 있었다. 단지 학교만의 문제는 아니었다. 취직과 결혼으로 이어지는 인생의 과정에서 유흥업소 종사자라는 꼬리표가 그녀의 앞길을 어떻게 훼방 놓을지는 아무도 몰랐다. 그리고 무엇보다 그녀가 개명까지 하면서 그토록 감추고 싶어

하던 '슈렉'의 정체가 탄로 나게 될 터였다. 어떻게 해서든 사건에서 수빈의 존재를 삭제해야 했다.

"증거만 확실하면 증인은 필요 없죠?"

"증거라니?"

"시신 부검했죠? 형사님이 그때 말씀하셨잖아요. 범인은 여자한테 '하고 싶은 변태 짓을 다 하고' 목을 졸라서 죽였다고. 그럼 그날 5번 룸에서 성관계를 한 남자가 범인인 게 틀림없잖아요. 시신에서 나온 DNA와 김태영 DNA가 일치하면, 아무리 대대로 복 받은 재벌 4세라도 벌받을 수밖에 없겠죠?"

쇠로 만든 거인이 머리 위에서 일곱 번 망치질을 할 때까지 우 형사는 대답이 없었다.

"검시 보고서가 나왔어. 이영선의 시신에서…… 타인의 체액은 나오지 않았어."

핸드폰을 쥔 손에 힘이 꽉 들어갔다.

"그날 저도 봤어요! 이영선 씨의 옷이 벗겨져 있었어요. 다리 사이에서…… 피가 흘러나오고…… 정액 냄새도 났어요. 누가 봐도 그건 폭력과 섹스의 흔적이었어요. 다시 조사하면 분명히……."

"잠깐 기다려."

전화가 끊어졌다. 아마도 우 형사는 주위의 듣는 귀들 때문에 말하기가 곤란한지 장소를 옮기려는 것 같았다. 머리 위에서 쇠와 쇠 사이를 뚫고 지나는 바람이 날카롭게 소리 질렀다. 오 분 동안 버림받은 기분이 들었다.

"더이상의 조사는 불가능해."

전화를 걸어온 우 형사의 목소리가 바람 소리와 뒤섞였다.

"이영선의 시신은 유가족에게 인도됐어. 그리고 어제 벽제에서 화장됐어."

현기증이 났다. 누나는 이제 세상에 없다. 죽고, 불태워졌다. 하얀 연기가 어두운 산 너머로 사라지는 환상이 보였다. 그것은 누나의 하얀 몸이 타는 연기인지도 몰랐다. 아니면 누나가 지금 어딘가에 살아 있을지도 모른다는 내 착각이, 미련 같은 것이 사라지는 형상인지도 몰랐다. 이상했다. 머릿속의 중요한 문서가 타버린 것처럼, 갑자기 누나의 얼굴이 기억나지 않았다. 가슴이 먹먹해서 견딜 수가 없었다.

"장민준, 괜찮아?"

나는 거친 숨을 가까스로 진정시켰다.

"유가족은 누구였나요?"

"고모가 있었어. 모두 셋. 우리와 연락이 닿은 쪽은 첫째 고모였어. 이영선과 관계된 사람들을 몇 명 만났는데, 이야기를 들어보니까 꽤 복잡한 집안이더라. 어렵사리 연락이 된 이영선의 첫째 고모는 처음엔 시신 인도를 거부했어. 다른 친족들도 마찬가지고. 그런데 며칠 뒤에 첫째 고모가 연락을 해 왔어. 이영선의 시신을 인도받겠다고. 마음을 돌린 이유를 물어보니까 머뭇머뭇 이런저런 얘기를 둘러대는데, 아마도 더블린 측으로부터 일종의 위로금을 받은 것 같았어. 뭐, 거기까지는 충분히 이해할 수 있어. 더블린에서도 불미스러운 일이 빨리 지나가기를 바랐겠지. 하지만 이상한 점은 첫째 고모의 행동이야. 아무리 미운 조카라도 장례식은 치러줬을 거야. 더구나 위로금까지 받았다면 마지못해서라도 장례식을 치르는 게 정상이잖아. 첫째 고모는 그러지 않았어. 시간에 쫓기는 듯 시신을 처리했지."

"마치 범죄자가 흔적을 지우듯이."

우 형사는 대답하지 않았다. 하지만 그녀 역시 나와 같은 생각을 하고 있지 않을까. 더이상 시신을 조사하지 못하게 누나를 불태우는 것이 위로금에 붙은 조건이었음을.

"나는 화류계 여자는 딱 질색이지만, 이영선은 가여운 사람 같아. 장례식조차 없이 사라졌으니."

"장례식 했어요."

"무슨 소리니?"

나는 차오르는 숨을 힘겹게 내뱉으며 띄엄띄엄 말했다.

"원래 절차가 이렇게 빨리 진행되나요? 부검을 하고 조사 결과가 나오고, 유가족에게 시신이 인도되어 화장되기까지요."

"내 경험을 묻는다면, 이번이 처음이야."

나는 왼손으로 머리를 눌렀다.

"정말로 이상해요. 사건이 일어난 다음 뉴스를 빼놓지 않고 봤어요. 지금까지 언론사 단 한 곳도 5번 룸 살인 사건을 언급하지 않았어요. 서울 한복판에서 젊은 여자가 벌거벗은 시신으로 발견되었는데도요. 그날 경찰차 사이렌 소리가 얼마나 요란했는지 아세요? 강남에서 못 들은 사람이 없을 정도였어요. 말이 안 돼요. 김태영을 수사하실 거죠?"

"그게…… 먼저 담당 검사가 영장을 발부해야……."

"이제는 좀!" 나는 소리쳤다. "일 좀 하세요! 어떻게 경찰이 김태영 관련 사실을 모를 수가 있어요? 더블린에서 탐문 조사도 안 하셨어요? 지금 저는 목숨을 걸고 이야기하고 있다고요! 경찰과 내통한다는 소문 퍼지면 저는 그날부로 끝장이에요, 아세요? 저 같은 무식한 깡패도 범인을 찾으려고 뛰어다니는데…… 경찰들 중에…… 진짜…… 제 반만큼이라도 진실을 알려는 사람이 있긴 해요?"

행인들이 전화기를 붙잡고 소리를 질러대는 나를 피해 지나갔다. 입시 문제로 부모와 다투는 버릇없는 수험생을 보는 듯한 눈길들이었다. 진정이 되지 않았다. 수화기 너머로 숨소리가 길게 들렸다.

"네 말대로라면 백기와 김태영 둘 중 하나가 범인이겠지. 위에서는 백기가 해외 도피중이고, 잡기 힘들 거라고 생각하고 있어. 그리고 백기는 용의자일 뿐 그가 범죄를 저질렀다는 결정적인 증거는 없어. 네가 했던 말이 맞아. 사라진 사람이 범인이라 단정할 순 없지. 다만 사건 발생 초기에 백기를 범인이라 믿어마지않던 간부들이 약속이나 한 듯 무죄 추정 원칙의 신봉자가 됐어. 한마디로, 그래, 5번 룸 살인 사건을 묻으려는 분위기야. 공교롭게도 며칠 전부터 우리 팀에 일 폭탄이 떨어지고 있어. 누가 봐도 물리적으로 5번 룸 살인 사건 조사를 진행할 수 없어."

"석인 그룹이라면 충분히 그럴 힘이 있겠죠? 언론을 막고 수사를 멈추게 할 힘이."

"아무래도 괜한 말을 한 모양이다. 멋대로 단정 짓지 마. 그게 제일 위험하니까. 너도 아직 진실을 모르잖아."

"형사님 말씀이 맞아요. 그래서 지금 알아보려고요."

우 형사는 여자였고, 역시 내가 만나왔던 여자들과 마찬가지로 감이 좋았다. 잠시 말을 잃은 우 형사는 사고뭉치 남동생을 달래듯 조심스럽게 물었다.

"지금 어디니?"

"석인 그룹 본사 앞요."

나는 확인하듯 눈앞에 있는 석인 그룹 빌딩을 올려다보았다. 한눈에 올려다보기 힘들 정도로 까마득하게 높은 빌딩이었다.

"뭘 어쩌려고? 김태영한테 '당신이 이영선 씨를 죽였습니까?' 하고 물어보기라도 할 거야?"

"네."

"허튼짓 말고 당장 경찰서로 와."

"김태영 만나서 '당신이 이영선 씨를 죽였습니까?' 하고 물어볼게요. 다시 연락드릴게요. 아까 화내서 죄송해요."

나는 전화를 끊고 핸드폰 전원을 껐다. 고개를 들자 빌딩에 붙은 석인 그룹의 커다란 형광색 로고가 보였다. 형은 대한민국에서 재벌하고 싸우는 이는 패가망신하거나 정신병자가 된다고 말했다. 그럼에도 불구하고 만약 누군가가 재벌과 싸워야 한다면, 재벌의 상대는 앞날이 창창한 대학생이나 진심으로 악당들을 불태워버리고 싶어 하는 경찰보다는, '똘아이' 소리를 듣는 고아가 제격이었다.

머리 위에서는 여전히 석인 빌딩의 조형물인 거인이 망치를 든 팔을 규칙적으로 움직였다. 하루에 몇 번이나 망치질을 할까. 문득 거인은 벌을 받고 있다는 생각이 들었다. 나는 가죽 재킷 주머니에 양손을 집어넣고, 불량하게 상체를 흔들며 석인 빌딩을 향해 걸었다.

꼭대기 층

기이할 정도로 거대한 회전문이 보였다. 나는 사람의 힘으로는 도저히 돌릴 수 없을 것 같은 육중한 회전문 속에 들어와, 무정하게 돌아가는 문과 문틀 사이에 끼어 죽지 않고, 무사히 석인 빌딩 안으로 들어왔다.

코가 서늘했다. 밖과는 공기부터 달랐다. 그리고 무엇보다 냄새. 로비에선 정말로 아무런 냄새도 나지 않았다. 무균실로 순간 이동한 느낌이었다. 웅장한 로비 천장엔 금속 재질의 크고 작은 종이학들이 걸려 있었다. 벽면에는 다양한 금속조각상들이 전시되어 있었다. 박물관 같은 분위기가 났다. 위화감 때문일까. 이 화려한 로비는 어쩌면 사람들의 기를 죽이기 위한 거대한 장치일지 모른다는 생각이 들었다.

로비를 걷는 사람들의 구둣발소리가 유난히 귀를 때렸다. 또옥또옥. 마치 누군가 대리석 바닥에 규칙적으로 얼음을 떨어뜨리는 듯했다. 운동화를 신은 사람은 나 혼자였다. 로비 가운데 지하철 개찰구 같은 출입구가 길을 가로막았다. 나는 입구 오른쪽의 안내 데스크로 방향을 틀었다. 데스크엔 젊은 여자가 꽃병에 꽂은 꽃처럼 미동 없이 서 있었다.

"김태영 이사님을 만나러 왔습니다."

나는 안내 직원에게 명함을 내밀며 말했다. 그녀는 미심쩍은 듯 내 명함과 나를 번갈아 봤다. 등 뒤에선 로비로 들어왔을 때부터 나를 지켜보던 보안 요원의 발소리가 차갑게 울렸다.

"무슨 일입니까?"

보디빌더만큼 몸이 좋은 보안 요원이 안내 직원에게 말했다. 나는 두 남녀를 바라봤다. 그리스신화에 나올 법한 선남선녀들이 여기서 뭐 하나, 의문이 들었다. 하지만 그들에게 딱히 추천할 직업이 떠오르지 않는 것이 시대의 비극이라면 비극이었다. 나는 안내 직원을 향해 말했다.

"얼마 전에 강남의 더블린이란 고급 사교 클럽에서 살인 사건이 일어났어요. 경찰에선 '5번 룸 살인 사건'이라 부르죠. 그날 우리의 고객인 김태영 이사님께서 더블린에 방문하셨어요. 사실 김태영 이사님은 저한테 차비도 주신 고마운 분이시죠.

그런데 공교롭게도 그날 밤 김태영 이사님이 머문 곳이 5번 룸이었거든요. 살인 사건 피해자와 함께, 5번 룸에서요. 아직 검찰도 언론도 그 사실을 몰라요. 저만 알고 있죠."

"이봐, 학생."

보안 요원이 내 어깨를 짚었다. 나는 어깨에 붙은 낙엽을 떼어내듯 그의 손을 치웠다.

"그냥 김태영 이사님한테 더블린에서 사람이 왔다고만 전해주세요."

"선약을 하셔야……."

"지금 전달을 안 해주시면 저는 여기를 나간 후, SBS 사옥으로 가서 〈그것이 알고 싶다〉 담당 피디를 만날 거예요. 그다음엔 택시를 타고 강남 경찰서로 갈 거예요. '5번 룸 살인 사건'의 담당자인 우선우 형사님을 만나려고요. 그분하고도 제가 인연이 좀 있어요."

지갑에서 우 형사의 명함을 꺼내 안내 직원에게 보여줬다. 명함이 좀 구겨지긴 했지만 노란 참수리 경찰 로고는 선명했다. 안내원은 눈살을 찌푸렸다. 왜 하필 자신의 근무 시간에 똘아이가 찾아와 골치 아픈 일을 만드나, 하는 표정이었다. 하지만 골치 아픈 일을 감당해야 꽃이 아닌 진정한 인간으로 설 수 있다.

"김태영 이사님에게 연락을 안 하신다면 이제 나가겠습니다. 대신 이후에 벌어질 일은, 윤혜진 님이 책임지셔야 해요."

유니폼에 달린 명찰을 보며 내가 말했다. 형은 '상담'을 할 때 마지막에 꼭 상대방의 이름을 불렀다. 인간의 어떤 심리를 자극하는 건지 모르지만 이름 부르기는 늘 효과가 좋았다.

"잠시만 기다려주세요."

직원이 손으로 로비의 큼직한 소파를 가리켰다. 그러자 보안 요원이 아까보다 더 묵직한 힘을 실어 내 어깨를 잡고 소파 쪽으로 끌고 갔다. 소파에 앉아 안내 데스크를 지켜봤다. 유선 전화를 든 직원이 심각한 얼굴로 어딘가에 연락을 취하고 있었다. 잠시 뒤 그녀가 오라고 손짓했다. 소파에서 일어서자 보안 요원이 다시 내 어깨를 잡고 데스크로 끌고 갔다. 도망가지 못하게 잡는 모양새였다. 데스크에서 직원은 보안 요원에게 나지막하게 말했다.

"해외개발팀 오정수 상무님이 미팅 수락하셨어요."

직원은 한쪽 입술을 어정쩡하게 올리며 내게 10원짜리 미소를 날려주었다. 나는 보안 요원을 따라 출입구를 지나 엘리베이터에 올라탔다.

"저는 김태영 이사님을 만나러 왔는데요."

보안 요원은 내 말을 무시하고 어깨동무를 하듯 내 어깨를 완전히 감쌌다.

"우리가 언제부터 이렇게 다정한 사이였나요?"

"뭐?"

나는 그의 새끼손가락을 잡아 위로 꺾었다. "아악!" 하는 짧고 날카로운 비명이 울렸다. 보안 요원은 새끼손가락을 움켜쥐고 말했다.

"너 정체가 뭐야?"

그걸 나도 알았으면 좋겠다. 엘리베이터는 31층에서 열렸다. 보안 요원은 똥 씹은 표정을 짓고 앞장서 걸어갔다. 파티션이 다닥다닥 쳐진 넓은 사무실을 지나갔다. 다들 바쁜지 아무도 내게 관심을 보이지 않았다. 창가 쪽에 임원실이 보였다. 보안 요원은 노크를 하고 문을 열었다.

안에는 안경을 쓴 통통한 아저씨가 의자에 양반다리를 하고 앉아 마우스를 움직이고 있었다. 눈이 작고 코는 벌렁코였다. 농부처럼 시꺼먼 얼굴과 달리 머리숱이 없는 정수리는 아기 볼처럼 깨끗했다. 나이는 50세 정도일까. 십 수 년째 아버지 역할만 맡는 중년 배우처럼 십 년 전에도 50세쯤으로 보였을 외모였다. 책상 위엔 "오정수 상무"라고 쓰인 자개 명패가 놓여 있었다.

"밖에서 대기해."

오 상무가 말하자 보안 요원이 고개를 꾸벅 숙이고 밖으로 나갔다. 오 상무는 안경을 벗고 새끼손가락으로 물렁한 눈곱을 떼어냈다.

"참나, 기가 막혀서."

그는 안경알에 후후 바람을 불고 안경을 고쳐 썼다. 안경 너머 작은 두 눈이 나를 향해 추켜 올라갔다. 표정을 보니 앉으라고 권할 것 같지 않았다.

"별 거지 같은 놈들이 사람 일을 못 하게 한다니까."

오 상무는 책상 위에 있던 전자담배를 입에 물었다. 파이프 모양으로 된 은색 전자 담배였다. 그가 인상을 쓰며 '흐' 하자 입에서 엄청나게 많은 연기가 뿜어져 나왔다.

"너 같은 놈이 하루에 몇 명씩 여길 찾아오는지 알아?"

"그런가요?"

"그래. 얼굴도 모르는 놈이 다짜고짜 와서는 수상한 재단에 기부를 해달라고 하질 않나, 물건 좀 달라고 하지 않나. 거지 새끼들. 욕심은 많아서 집을 지어달라는 놈도 있어. 취직시켜달라고 떼를 쓰는 놈은 그나마 양반이라니까. 참내, 그런 쓰레기들은 싸그리 영업방해죄로 경찰서에 집어넣고 있거든. 근데 소용없어. 매일 새로운 쓰레기들이 끊임없이 몰려오니까. 바로 너 같은 놈들 말이야. 넌 아이템이 독특해서 어떤 싸가지

없는 놈인지 면상이나 한번 보려고 불렀지. 뭐? 살인 사건이 어쩌고저쩌고?"

"정확히 '5번 룸 살인 사건'이에요. 김태영 이사님이 피해자와 함께 있었죠. 사건 발생 추정 시각에. 더블린 5번 룸에서요."

딸깍딸깍. 오 상무는 듣는 둥 마는 둥 모니터를 보며 마우스를 클릭했다.

"더블린? 거기 술집이야?"

"비슷해요."

"넌 거기서 뭐 해. 웨이터? 삐끼?"

"관리 팀장요."

"이런 미친놈을 봤나."

신경질적으로 마우스를 앞으로 밀쳐낸 그가 말했다.

"팀장? 장난해? 아직 어려서 잘 모르는 모양인데, 김 이사는 네놈이 감히 볼 수 있는 그런 분이 아냐."

"아저씨 검정색 크라운 타시죠?"

안경 속의 두 눈이 극적으로 커졌다.

"더블린 주차장에서 봤어요. 핸드폰은 소니 엑스페리아 맞죠? 그날 일제 핸드폰 쓰는 사람 처음 봤어요. 근데 도요타 크라운은 일본 내수 전용 모델 아녜요? 제가 《모터트렌드》 구독자라 차는 좀 알아요. 크라운 어떻게 구하셨어요?"

두 달 전 새벽, 더블린 주차장에서 그와 마주친 기억이 있다. 검정색 크라운에서 내린 오 상무는 체크무늬 손가방을 옆구리에 끼고 기우뚱기우뚱 걸으며 어딘가로 전화를 걸었다. 토요타 크라운도, 소니 핸드폰도 실물로 본 적은 처음이라 눈길이 갔었다.

"그때 아저씨 현금 심부름 오셨죠? 가끔 포커 치는 고객들이 현금 필요하면 밑에 직원 부르거든요. 근데 여긴 참 희한한 회사네요."

"뭐가 어째?"

"상무가 이사 대우의 심부름을 하잖아요."

"어디서 꿈 같은 소리를 하고 있어. 더블린인지 뭔지는 들어본 적도 없어."

명백한 사실을 그는 모른 척했다. 아마 일하면서도 직원들한테 이렇게 자기 유리한 대로만 막 우길 것 같았다. 제 버릇 개 못 준댔다.

"헛소리 말고. 김 이사는 왜 찾아왔어?"

예상대로 오 상무가 화제를 돌렸다.

"할 말이 있어서요."

"그 말 나한테 해봐."

"싫어요."

"이놈이 정말."

"아저씨는 저한테 거지 새끼라고 하고, 쓰레기라고 하고, 미친놈이라고 했잖아요."

"할 말 있으면 나한테 하세요. 장, 팀, 장, 님."

"아저씨 핸드폰 엑스페리아죠?"

"갤럭시 노트거든."

"핸드폰 좀 보여주세요."

"작은 거에 집착하면 큰 인물 못 된다."

"김태영 이사님 어디 계신가요?"

"내가 용건 전해줄게. 하고 싶은 말 해."

이야기는 계속 원점으로 돌아왔다. 교활한 어른들은 때때로 말귀를 못 알아듣는 노인인 척하며 끝없이 맴도는 말만 한다. 당연히 이야기는 진행되지 않는다. 이야기의 물줄기엔 여기저기 도랑이 파여 샛길로 물이 흐른다. 그들은 했던 말을 하고 또 한다. 상대가 지쳐 포기할 때까지. 이런 테이블에선 머리보다 끈기가 중요하다. 오 상무는 사건의 전말을 내가 어디까지 알고 있는지를 파악하려고 했고, 나는 김태영의 소재를 알아내야 했다. 상대에게서 정보를 조금이라도 더 캐내려 우리가 옥신각신하는 사이에 내선 전화가 울렸다.

"아, 네. 별일 아닙니다. 네……."

심드렁하게 전화를 받은 오 상무의 표정은 통화가 이어질수록 일그러졌다.

"글쎄, 내가 알아서 처리한다고요. 상관 말라니까, 거참. 네? 뭐라고……."

저쪽에서 먼저 전화를 끊은 것 같았다. 오 상무는 전화를 쾅 내려놓고 분통을 터뜨렸다.

"망할 요물! 주리를 확 틀어버려야지."

오 상무는 씩씩거리며 파이프처럼 생긴 전자 담배를 피워 댔다. 용이 숨어 있는 굴처럼 사방에 연기가 자욱하게 찼다. 조금 뒤 오 상무는 시무룩한 얼굴로 넥타이를 고쳐 맨 다음, 스탠드 옷걸이에 걸려 있는 회색 슈트 재킷을 입고 단추를 잠갔다.

"따라와."

뭔가 일이 자기 뜻대로 되지 않는다는 말투였다. 문밖에는 보안 요원이 서 있었다. 오 상무는 그에게 따라오라 손짓하고 앞장서 걸었다. 나와 보안 요원은 나란히 그를 뒤따랐다. 사무실 직원들은 오 상무와 마주칠 때마다 깍듯하게 고개를 숙였다. 어쩌면 31층에서 그는 왕일지도 모른다. 김태영이 부재할 때는.

꼭대기 층에 올라오자 오 상무는 유리문 앞에서 호출 버튼을 눌렀다. 대기음이 꽤 길게 이어졌다. 옆을 보니 오 상무는 자신의 출입 카드로 들어가지 못하는 문에 대해 굴욕감을 느끼는 것 같았다.

유리문이 차가운 기계음을 내며 양옆으로 열렸다. 비서실이 나왔다. 안은 수입 가구숍처럼 고풍스럽고 인위적이었다. 인위적인 책상 뒤에서 젊은 남녀가 오 상무에게 인위적인 인사를 하고 다시 앉았다. 바닥은 붉은 카펫의 바다였다. 그 위로 검은 하이힐을 신은 투피스 정장 차림의 중년 여성이 걸어왔다. 나는 그녀를 바라봤다. 작고 네모난 안경과 고집 센 얇은 입술. 비서가 아니라 까다로운 교수님 같은 인상이었다.

"장민준 팀장님이시죠?"

그녀의 가깝고도 먼 우아한 목소리에 내 청각은 충격을 받았다. 성형으로 얼굴을 바꿀 수는 있어도 이런 목소리는 목을 십 년 동안 가다듬어도 감히 흉내 낼 수 없다. 목소리 탓인지 해골이 드러날 듯한 깡마른 그녀의 얼굴도 무척 우아하게 보였다. 아마도 이분이 아까 오 상무가 말한 '망할 요물'이신가 보다.

"회장님은 언제 오셨습니까?" 오 상무가 그녀에게 물었다.

"운동하시고 바로요."

"골프 회동 있었나 보네."

"필드 안 나가신 지 일 년이 넘었어요. 회장님께 관심 좀 가지세요. 요즘 많이 외로우세요. 네?"

우아한 목소리가 "네?" "네?" 하며 오 상무를 찔렀다. 오 상무가 꼬리를 내리는 걸 보니 예전에 이분과 전쟁을 치렀다가 인생 공부 제대로 했는지도 모르겠다.

"들어가보겠습니다."

오 상무가 나를 이끌고 커다란 문 앞에 섰다. 아무런 문패도 걸려 있지 않았지만 누가 봐도 주인의 방문이었다.

"잠깐, 너 팔하고 다리 좀 벌려."

시키는 대로 했다. 오 상무는 공항 검색대 직원처럼 내 몸을 수색했다.

"됐어, 얌전히 따라와."

하나도 안 됐다. 나는 점퍼 지퍼를 내리고 옆구리에 품었던 죠스를 꺼내 오 상무의 두툼한 손바닥 위에 올려놓았다.

멍하니 죠스를 내려다보던 오 상무는 보안 요원에게 힘없이 죠스를 건넸다. 마치 선두와 한 바퀴 차이로 뒤진 육상팀 선수가 마지막 주자에게 배턴을 전달할 때처럼 주고받는 서로가 참담한 표정이었다. 둘 중 하나는 오늘 저 무서운 아줌마한테 혼 좀 나겠다.

마지막 관문이 열리듯 눈앞에 커다란 문이 열렸다. 나는 오 상무와 함께 회장실 안으로 들어갔다. 서울이 한눈에 내려다 보이는 시원한 통유리를 배경으로, 창을 등진 육십 대 중반의 남자가 책상에서 서류 파일을 넘기고 있었다. 9시 뉴스에서 몇 번 봤던 얼굴이다. 실제로 대면하니 재벌 회장이 맞나 싶을 정도로 젊어 보였다.

"쏘리, 이거만 마저 읽고. 삼천칠백오……."

김 회장은 시험 직전에 수학 공식을 암기하는 학생처럼 무언가를 입으로 중얼거리며 일어섰다. 키는 비슷한 연배보다 한 뼘은 더 컸고, 청색 스트라이프 와이셔츠에 감싸인 배는 넓고 탄탄했다. 일어선 채 서류에 사인을 마친 김 회장은 책상 밖으로 나왔다. 바지가 펑퍼짐한 아저씨 스타일일 거라 예상했는데, 그는 통이 좁은 초록색 바지를 맵시 있게 입고 있었다. 멋쟁이 회장이었다.

"책상이 어지럽지?"

책상 양쪽에 쌓인 서류 더미를 가리키며 김 회장이 말했다.

"내가 옛날 사람이라 컴퓨터로 결재를 잘 못해."

"일을 많이 하시네요."

내가 말하자 김 회장은 조용히 웃으며 고개를 끄덕였다.

"이게 참 아이러니야. 대중은 우리가 매일 놀고먹으면서 지낸다고 생각하지. 물론 옛날엔 그랬어. 귀족들은 노동을 수치로 여겼거든. 다들 뭐 한량이었지. 하지만 지금은? 아무리 돈이 많아도 그런 호사는 어림도 없어. 일을 하지 않으면 이 세계에서 인정을 못 받아. 충분히 놀고먹을 수는 있지만 그럼 부지런한 부자들한테 뒤처져. 어느 계층에서든 일하지 않으면 계급 하락이야. 뉴스를 보니까 요즘 어린 친구들은 건물주 돼서 월세 받아먹으면서 여행이나 다니고 싶어 한다던데, 뭘 몰라도 한참 몰라. 선진국일수록 일반 노동자보다 상류층의 노동 시간이 더 길어. 『이상한 나라의 앨리스』에 이런 말이 나와. 제자리라도 지키려면 발에 땀나게 뛰어라. 앉지."

김 회장이 검은색 소파를 가리켰다. 나무 테이블을 사이에 두고 나는 그와 마주 앉았다. 옆에서는 오 상무가 성가실 정도로 안절부절못하고 서 있었다.

"음료수 두 잔. 요즘 젊은이들한테 인기 있는 신상으로."

김 회장은 인터폰으로 음료수를 시켰다.

"어떤 맛일지 궁금하네."

가까이서 보니 김 회장은 눈동자가 이십 대라 해도 믿을 만큼 초롱초롱했다. 눈이 맑으면 마음이 순수하다는 속설이 있다. 의외로 그가 순수한 인간인지, 아니면 돈에 대한 애정만 순수한 사람인지 가늠이 안 됐다. 어쨌든 방심은 금물이다. 그는 대한민국을 움직이는 거물이다. 담배 연기가 높은 천장으로 솟았다.

"아무리 봐도 학생 같은걸."

"술집…… 기도 하는 녀석입니다." 오 상무가 끼어들었다.

김 회장은 한쪽 눈을 치켜뜨고 흥미롭다는 듯이 나를 응시했다.

"저는 회장님이 아니라 아드님을 만나러 왔습니다."

"태영이는 지방 출장중이니 아비인 내가 대리인을 하지. 그래, 무슨 말을 하고 싶어서 왔어?"

김 회장이 깨끗한 크리스털 재떨이에 재를 털었다. 확실히 그는 대리인 자격이 충분했다. 나는 5번 룸 살인 사건에 대해 이야기했다.

김 회장의 표정에는 큰 변화가 없었다. 마치 사업 계획을 듣는 듯 중간중간 고개를 끄덕이며 내 말이 끝날 때까지 경청할 뿐이었다.

"그런 문제라면 경찰에 신고를 하면 될 텐데."

"경찰이 불편해하는 거 같아서요."

"불편해한다?"

"아드님은 재벌 4세니까요."

"음, 누구든 죄를 지었으면 벌을 받아야지."

"그래서 김태영 이사님을 만나면 자수를 권하려고요. 그럼 경찰도 편하고, 형량도 줄어들어요."

뭐가 우스운지 김 회장은 침을 튀기며 웃었다.

"회장님, 구름 같은 얘기는 더 들으실 필요 없습니다. 제가 알아서……."

오 상무가 말하자 김 회장은 손을 들어 그를 제지시켰다.

"태영이가 그 더블린인가 하는 곳에 간 적이 있나?"

오 상무는 오 초 동안 고민한 끝에 "네" 하고 작게 말했다.

"미리 얘기해주면 좋았잖아. 나도 아들하고 물 좋은 핫 플레이스 같이 구경 좀 하게."

김 회장의 호탕한 웃음이 커질수록, 어떤 질책도 커지는지 오 상무의 얼굴이 점점 더 일그러졌다.

"그나저나 자네는 내 아들이 살인자라고 확신을 하는군."

"직접 만나면 확실히 알 수 있을 것 같습니다."

"음, 그럴지도 모르지. 하지만 자네 나이 때는 말이야, 자신이 세상을 다 알고 있는 것 같은 기분이 들 때가 있거든. 훗날 떠올리면 너무 민망해서 대부분의 어른은 그런 기억을 지우지. 만약 자네가 뭔가를 잘못 알고 있는 거라면, 우리 입장에서는 명예훼손이나 허위사실유포로 자네를 고소할 수밖에 없어. 이해해주길 바라네."

"네. 제가 벌인 일은 제가 감당하겠습니다."

"배짱은 좋군."

김 회장은 마지막 연기를 내뿜고 크리스털 재떨이에 담배를 비벼 껐다.

"좋아, 이렇게 하지. 내가 태영이한테 말해서 스물네 시간 안에 자네 쪽으로 연락하도록 조치할게. 다음 일은 둘이 알아서 하고. 그럼 되겠나?"

"그것으로 충분합니다."

만족스러운 회의를 마친 것처럼 김 회장이 박력 있게 손뼉을 쳤다. 창밖의 빌딩들도 반짝반짝 박수를 쳤다.

단정한 복장의 젊은 비서가 쟁반을 들고 들어왔다. 테이블에 내려놓은 기다란 유리잔에는 음료수가 담겨 있었다.

"맛이 재밌네."

김 회장이 흥미롭다는 표정을 지으며 신상품 음료수를 마셨다. 나는 벌컥벌컥 단번에 다 마셔버렸다. 역시 많이 긴장하고 있었구나. 텅 빈 유리잔이 꼭 바닥나버린 나의 용기 같았다. 이제야 심장이 떨리기 시작했다. 하루를 되돌아보니 오늘은 무모한 짓의 연속이었다.

"목이 많이 탔나 보네. 또 먹고 싶은 거 있으면 말해."

처음부터 그랬지만 도저히 이해할 수 없는 친절함이었다. 지금 나는 당신의 아들이 살인자라고 말하러 왔음에도, 김 회장은 마음에 드는 후배의 입에 고기 한 점이라도 더 넣어주고 싶어 하는 선배처럼 나를 바라보았다. 이 사람은 청소년을 백 년 만에 보기라도 한 건가. 아니면 놀이터의 노는 아이가 이유 없이 사랑스럽게 보이는 그런 기분인 걸까.

"아까 고소 얘기는 잊어버려. 장난 좀 쳤어. 태영이하고 오해가 풀리면 비서실로 찾아와."

이제야 그의 친절함과 여유로움의 근원이 어디인지 알 것 같았다. 그는 아들이 살인자가 아니라고 믿고 있었다. 그것은 아들에 대한 믿음이라기보다는, 자신이 살인자를 키울 리 없다는 스스로에 대한 믿음이었다.

"우리 회사에 고졸자 취업 프로그램이 있어. 미리 말해놓을 테니 지원서 써보게."

"저 중졸인데요."

김 회장은 껄껄 웃으며 오 상무를 쳐다봤다.

"이 친구 점점 마음에 드네."

김 회장이 오 상무의 옆구리에 장난스럽게 주먹질을 하자, 오 상무는 불에 데인 듯 화들짝 놀랐다.

"그런 약점은 부끄러워하지 마. 성공을 하기 전엔 집안이나, 학력이나, 장애가 약점이 되지만, 일단 성공을 하면 약점은 자네를 돋보이게 하는 스토리가 돼."

"말씀 잘 새겨듣겠습니다."

김 회장은 눈을 지그시 감고 고개를 끄덕였다.

"나도 젊었을 때 자네처럼 무데뽀였어. 어리석었지만 신났지. 돈 버는 게 세상에서 제일 재밌더라고. 나랑 일해볼 생각 없나?"

어안이 벙벙했다. 설마 지금 스카우트 제의를 하는 건가.

"『사기史記』에 이런 말이 나와. '천여불취 반수기구天與不取反受其咎'. 하늘이 준 기회를 잡지 않으면, 하늘이 노해서 도리어 화를 당한다고 해. 사람들은 신이 있다면 자신에게 한 번쯤은 기회를 주겠지, 하고 희망을 품지만, 어떤 면에서 기회란 참 무서운 거야."

"감사하지만 뜻만 받겠습니다."

"신중하게 생각했나?"

"네, 저는 군인이 될 거예요."

김 회장의 검지가 건반을 치듯 검고 미끈한 팔걸이를 두드렸다.

"군인이라……. 좋지."

박력 있게 일어난 김 회장이 오른손을 내밀었다. 나는 일어서 그와 악수했다. 악력이 대단했다. 악수를 풀고 나서도 한참 동안 손마디가 찡했다.

무덤덤한 뒷모습을 보이며 김 회장은 서류가 쌓인 책상으로 돌아갔다. 오 상무는 김 회장의 등에 오랫동안 인사를 한 다음, 내 옷깃을 잡고 문으로 이끌었다. 이제 보니 문 위에는 석인 그룹 삼대의 초상화가 나란히 걸려 있었다. 이런 걸 '가문家門'이라고 하는구나. 아버지 없이 자란 탓인지 경외감이 들었고, 초상화 속의 세 사람이 내 어깨를 짓누르는 느낌이 들었다.

문 밖으로 나오자, 양복을 입은 경호원들이 또 다른 문처럼 앞을 막고 서 있었다. 행여 내가 회장실에서 행패라도 부릴까 봐 대기를 한 모양이다. 경호원 중 하나가 죠스를 자기 물건처럼 들고 있었다.

"제가 맡긴 소지품 돌려주세요."

"나가서 줄게. 전번 불러."

오 상무가 바지 주머니에서 핸드폰을 꺼내며 대답했다.

"그거 소니 엑스페리아잖아요."

"어쩌라고. 김태영 이사 만나고 싶다며? 만나기 싫어?"

"공일공. 팔육육사."

"뒷번호는."

"부끄러움을 모르는 건 어떤 기분인가요?"

내 연락처를 입력하던 오 상무가 고개를 들었다. 나는 엑스페리아 액정 위에 나머지 번호를 누르고 엘리베이터로 향했다.

경호원들에게 이끌려 나간 곳은 화물차가 오가는 주차장 입구였다. 벽면엔 커다란 쓰레기통들이 세워져 있었다. 트럭이 지나갈 때마다 어딘가에서 음식물 쓰레기 냄새가 났다. 회장의 제의를 거절한 손님은 이런 뒷문으로 쫓아내는 전통이 있는지도 모르겠다.

나는 손을 벌렸다. 누군가 죠스를 내 손바닥에 올려놓고, 빨리 꺼지라는 듯이 나를 밀었다. 나는 걸으며 죠스를 옆구리에 끼웠다. 가죽 재킷 지퍼를 올렸다. 데이트를 끝내고 애인에게 보일 뒷모습을 의식하는 남자애처럼 허리를 펴고 당당하게 나아갔다. 하지만 점점 다리에 힘이 풀렸다. 결국 얼마 가지 못하고 걸음을 멈췄다. 아니, 발이 떨어지지가 않았다. 하늘을 올려다보았다. 그제야 갈 곳 없는 신세라는 사실을 깨달았다.

형이라면 어떻게 할까.

접선지에서 상부의 명령을 기다리는 스파이처럼 나는 오랫동안 그 자리에 머물렀다.

함정

학교를 그만두고 책은 자동차 잡지 말고는 한 권도 읽지 않았다. 사실 원래부터 책과 친하지 않았다. 엄마와 살 땐 세상을 TV에서 배웠고, 형을 만난 이후엔 뒷골목에서 배웠다. 서울 시청 도서관에 온 이유는 단순했다. 여기라면 혁철 패거리가 절대 찾아올 리 없으니까.

책장에서 바이크 관련 책을 찾다가 『선禪과 모터사이클 관리술』이라는 책을 골랐다. 도서관의 나무 계단에 사람들이 옹기종기 앉아 책을 읽고 있었다. 슬그머니 그들 옆에 앉아 책을 펼쳤다. 글자들이 빽빽한 두꺼운 책이었지만 페이지가 술술 넘어갔다. 그 자리에서 서른 페이지나 넘게 읽었다. 내가 이해한 바가 맞는다면 이 책은 바이크 여행과 인생에 관한 이야기였다. 읽을수록 바이크 핸들을 잡고 싶어서 손이 근질근질했다. 우리도 근사한 계획이 있었다. 형은 나와 나란히 할리데이비슨을 타고 미국 일주를 하자고 여러 번 약속했었다. "서부 국도를 엔진이 퍼질 때까지 달려보자고. 진짜 사나이처럼. 비가 와도 말없이 직진으로. 끝까지. 도마뱀도 밟아 죽이고. 꼭 가자. 돈을 왕창 벌고 나서." 어느 정도가 형이 만족할 만한 '왕창'에 걸맞은 금액이었을까. 사실 일 년 전에도 보름 전에도 우리는 마음만 먹으면 그렇게 할 수 있었는데. 책을 덮자 솜사탕처럼 가볍고 달콤하게 커지던 마음이 물에 녹아내린 것처럼 휑했다. 원래 낭만과 후회는 한 세트인 모양이다.

나는 책을 반납대에 올려놓고 시청 화장실로 들어갔다. 칸막이 문을 닫고, 변기 뚜껑 위에 핸드폰 두 대를 내려놓았다. 먼저 아이폰의 전원을 켰다. 지금 혁철 패거리들은 나를 찾기 위해 내 아이폰의 위치를 추적하고 있을 것이다. 핸드폰의 마지막 위치를 알면 혁철 패거리들이 시청 곳곳을 뒤질 것이다. 헛수고일 가능성이 높다는 걸 녀석들도 잘 알지만 확인하지 않을 수 없다. 일의 순서가 그렇다. 액정을 보니 아이폰에 부재중 전화가 다섯 통이나 와 있었다. 모두 수빈의 전화였다.

나는 대포폰을 주머니에 넣고 아이폰을 손에 쥐었다. 변기 물을 내렸다. 물이 내려가는 요란한 소리에 맞춰 죠스로 아이폰을 찍었다. 아이폰이 브이 자 모양으로 휘어졌다. 나는 계속 물을 내리며 아이폰 화면이 으깨질 때까지 죠스로 내리찍었다. 손이 얼얼했다. 변기 물탱크 뚜껑을 올리고 아이폰의 잔해를 물속에 빠뜨렸다.

시청 앞 광장에서는 오십여 명쯤 되는 사람들이 확성기를 틀어놓고 시위중이었다. 피켓에 “무능한 서울시는 재개발을 추진하라”고 적혀 있었다. 육십 대 남자는 확성기를 들고 맹렬하게 서울시장을 욕했다. 재개발추진위원회장인가. 그렇다면 ‘더 죽을힘을 다해 소리를 지르세요’라고 충고해주고 싶었다. 원래 재개발추진위원회장은 목숨을 내놓고 하는 일이다. 건설사에서는 위원회장한테 사무실을 내주고, 룸살롱 접대를 하고, 추진비도 지원하며 그를 응원하지만, 만약 그가 주민 동의서를 다 채우지 못하면, 밤에 무서운 아저씨들이 구두를 신은 채 침실로 찾아간다. 세상엔 공짜가 없다는 말에 위로를 받던 시절이 있었다. 공평하고 정의로운 말 같았다. 하지만 형 밑에서 일한 경험에 의하면, 얻는 것에 비해 치러야 하는 대가가 가혹한 경우가 너무나 많았다.

나는 세종대왕 동상을 향해 걸으며 대포폰으로 수빈에게 전화를 걸었다.

“아까 전화 못 받아서 미안해.”

"우리 친구가 의외로 쿨하네. 여자를 이용하고 껌처럼 버릴 줄도 알고. 내 전화 씹은 건 네 자유지만, 아직 내가 이용 가치가 있을 텐데."

"혹시 음성 추출 다 됐어?"

"그 딴따라 만나고 싶으면 문래동 오아시스로 와."

"추출한 거야?"

"말이 많다. 7시까지 안 오면 마이너스 40점이야."

더 물어볼 사이도 없이 전화가 끊겼다. 곧이어 수빈이 문자 메시지로 주소를 보내 왔다. 문자도 명령조였다. 언제 이렇게 보스 기질을 익혔을까. 이 년 전만 해도 전교에서 가장 유명한 왕따였으면서.

등 뒤에서 "추진하라", "추진하라" 합창하는 시위대의 목소리가 들렸다. 어차피 나는 서울에 집 사긴 글렀으니, 다들 부자 되시길.

문래역에 내려 '오아시스'를 찾아가는 사이에 하늘이 어둑어둑해졌다. 이 지역은 원래 철공소가 많았던 철강 단지로 예술인들이 하나둘 모여들면서 창작촌을 형성했다, 라고 지역 홍보 팸플릿에 나와 있었다. 팸플릿 지도를 보며 한동안 걸었다. 허물어질 것 같은 회색 건물들마다 귀 따갑게 용접 불꽃을 튀기는 철공소와 아기자기한 카페들이 어울리지 않게 동거중이었다.

도로변에 페인트가 벗겨진 철공소 상가 건물 2층에 노랗게 빛나는 오아시스 간판이 보였다. 건물 계단 입구엔 간이 매표소가 서 있었다. 매표소 유리창엔 "인디 밴드 어금니 광란의 밤 콘서트"라고 적힌 포스터가 붙어 있었고, 빨간 머리의 남자가 길게 줄을 선 젊은 남녀들을 지나며 야광봉을 팔았다. 2층에선 공연 전 연습을 하는지 드럼 소리가 사람들 머리 위로 시끄럽게 떨어졌다.

"오 분만 늦게 왔어도 절교였어."

어디선가 나타난 수빈이 따지듯 말했다.

수빈은 도전적인 가죽점퍼 아래 가죽 핫팬츠를 입고, 종아리를 다 덮는 롱부츠를 신고 있었다. 커다란 여러 개의 귀걸이와 체인 목걸이는 수빈이 움직일 때마다 차랑차랑 소리를 냈다. 더워 보이는 시꺼먼 롱부츠만 빼면 엄마가 즐기던 차림새와 비슷했다. 문득 엄마랑 수빈이랑 싸우면 누가 이길까 궁금해졌다. 둘 다 독하기 이를 데 없고, 막무가내고, 계절을 초월하는 옷을 즐겨 입는다.

"근데 오토바이는?"

"기부했어."

"뭔 소리야. 기부라니? 그럼 나는 뭐 타고 다녀?"

이상한 논리였다. 나야말로 언제 오토바이 맡겨놨느냐고 되묻고 싶다. 나는 팸플릿을 접어 바지 뒷주머니에 꽂았다.

"음성 파일은?"

"그 딴따라는 위에서 공연하니까 만나서 직접 물어보고, 내 문제가 더 급하거든. 친구, 스토커 하나만 혼내줘. 나 맨날 따라다니면서 귀찮게 구는 녀석인데 오아시스로 올 거야."

"우린 일반인한테 손 안 대."

"일반인이 아니라 스토커라니까. 정의 구현한다고 생각하고 그놈 앞에서 뒤돌려차기 한 번만 보여줘라. 응?"

그가 정말 스토커인지, 수빈에게 반해 무작정 따라다니는 순정파인지, 아니면 이용만 당하고 무참히 버려진 유사 연애 피해자인지는 알 수 없었다. 썩 내키지 않는 일이었다. 분명 내 표정에서도 껄끄러운 감정이 드러났을 텐데, 수빈은 "역시 너밖에 없다니까. 땡큐" 하고 나를 껴안았다. 사랑받는 기분이라기보단 꼭 마녀의 노리개가 된 기분이다.

줄을 서 있던 사람들이 간이 매표소를 지나 속속 계단으로 올라갔다. 나는 수빈에게 대꾸하지 않고 줄 끝으로 향했다.

"아니, 이쪽으로."

수빈이 내 옷을 끌어당겼다. 건물을 돌아 상가 뒤편으로 따라가자 트럭 두 대가 주차된 작은 주차장이 나왔다. 건물 뒤편에는 2층으로 이어지는 철제 계단이 붙어 있었다. 수빈이 가파른 철제 계단을 앞장서서 올랐다. 나는 위태롭게 보이는 계단 난간을 흔들어본 다음, 철컹철컹 계단을 올랐다.

"친구, 내 덕분에 문화생활 공짜로 하는 줄 알아라."

2층에 다다른 수빈이 외벽 문을 두드렸다. 곧 문이 반쯤 열리더니 스모키 화장을 한 여자가 고개를 내밀었다. 수빈은 가죽 재킷 주머니에서 담배 두 갑을 꺼내 여자에게 줬다. 담배를 챙긴 여자는 미물을 보듯 나를 내려다봤다.

"넌 또 남친 갈아치웠니?"

"글쎄, 남친 후보 15번이라고나 할까."

"독사 같은 년."

여자는 담뱃갑을 자기 골반에 탁탁 치며 말했다.

"나 어쩌면 좋아. 지난 토요일에 돈암동에서 고딩을 만났는데……."

"언니, 그 흥미로운 이야기는 우선 킵해놓고, 우리 먼저 들어가면 안 될까?"

"그래, 들어와. 우리 때려죽이고 싶을 정도로 깜찍한 여동생은 언제나 대환영이지."

철제 계단과 이어진 문이 활짝 열렸다. 수빈을 따라 안으로 들어가자 작은 공연 대기실이 나타났다. 스모키 화장을 한 여자는 의자에 앉아 음향 조절기에 다리를 올려놓고 담뱃불을 붙였다.

"참고로 나 멘솔로 바꿨어."

"오케이, 오케이."

수빈이 건성으로 대답하고 내게 따라오라고 손짓했다. 대기실 문을 열고 나가자 바로 무대 옆이었다. 공연장은 공간을 가득 메운 관객들의 열기로 후덥지근했다. 벽 양쪽에는 술을 파는 바가 길게 설치되어 있었다. 수빈은 바에 앉아 꽃미남 바텐더에게 병맥주 두 병을 시켰다. 나는 수빈 옆에 앉아 무대를 바라봤다. 관객들 사이로 드러머와 베이시스트, 그리고 전기 기타를 멘 더벅머리 홍대 음악가가 보였다. 얼마 뒤에 홍대 음악가가 앞으로 나와 마이크를 잡았다.

"오늘 어린이날이야? 크리스마스야? 왜 어린이들이 이렇게 많이 왔어. 록의 리을도 모르는 록린이들아, 해가 지면 학원을 가야지. 여기서 놀면 눈높이 선생님이 떼끼 한다. 이제 내가 대신 날벼락을 내리시겠다."

무대 위의 홍대 음악가가 바구니를 들더니 사탕을 마구 뿌렸다. 관객들은 손을 벌리며 환호성을 질렀다. 아무리 봐도 관객에 대한 예의라곤 눈곱만큼도 없어 보였다. 왜 다들 싸구려 사탕에 열광하는지. 욕쟁이 할머니 식당으로 굳이 찾아가 돈 내고 욕먹는 심리 비슷한 건가. 아니면 록 문화가 원래 이런지. 다들 재밌어하긴 했다.

"여기서 안 노는 록린이들은 걸리면 다 죽는다. 이제 달린다아아아!"

멘트가 끝나자마자 드럼이 무섭게 시작됐다. 홍대 음악가는 기타를 치며 메뚜기처럼 뛰어다녔다. 무대와 객석이 가까워서 홍대 음악가가 쿵쿵 뛰는 소리가 드럼 소리만큼 컸다.

"저 인간 가발 쓴 잭 블랙 닮지 않았어?"

무대를 보던 수빈이 비아냥거렸다. 나는 어깨를 으쓱하고 관객들을 하나하나 관찰했다. 울긋불긋한 조명 불빛이 어지럽게 관객들을 지나다녔고, 리듬에 맞춰 점프하는 사람들은 무거운 그림자 무리 같았다. 모두들 땀을 흘렸다. 어느새 코끝엔 쉰 사과 향 같은, 뜨겁게 뒤섞인 호르몬 냄새가 풍겼다. 시끄러운 노래가 연속으로 이어졌다. 다섯 번째 노래를 마친 홍대 음악가가 헐떡거리며 이마의 땀을 닦았다. 아, 아. 그가 마이크에 대고 말했다.

"힘들어죽겠네. 4교시 끝났다, 록린이들아. 급식 시간이다. 벌컥벌컥 1인당 세 병씩 마셔라. 오늘 매상 안 나오면 앵콜 없음이야. 대박 가즈아아아!"

버드와이저를 마시던 수빈이 진저리를 쳤다.

"에휴, 신당동 떡볶이 DJ도 저런 저렴한 멘트 안 날리겠다."

음악이 멈춘 공연장은 관객들의 수다로 시끌벅적해졌다. 관객들은 양쪽의 바에 붙어 온갖 술을 주문했다. 밴드 멤버들이 하나둘 대기실로 들어갔다. 그러다 나와 홍대 음악가가 눈이 마주쳤다. 나는 반갑게 손을 흔들었다. 홍대 음악가가 뜨악한 표정을 지었다. 그는 재빨리 고개를 돌려 대기실로 줄행랑쳤다. 느낌이 안 좋았다. 녹음 파일에서 음성을 추출하는 데 성공했다면 날 외면할 이유가 없을 텐데.

"저놈들 웃겨. 너희가 록의 소울을 아느냐고 가오 잡지만 흥, 기가 차서 원. 재네는 록 밴드가 아니야. 본업은, 그러니까…… 기획 부동산 업자들이야. 여기 흥행시켜서 권리금 장사하려고 꽥꽥대는 거라고. 나 참."

"지금 여기에 네가 말한 스토커 왔어?"

수빈은 관객들을 대충 살피고 고개를 저었다.

"참 이상하네. 올 때가 됐는데."

"정말 오늘 네가 말한 남자 오는 거 맞아?"

"뭐……. 안 올지도 모르고……."

말끝을 흐리는 게 자신 없어 하는 말투였다. 나는 반대쪽 바로 걸어가 꽃미남 바텐더 2번에게 병맥주를 시켰다. 나는 맥주병을 들고 다시 수빈에게 걸어갔다. 병의 굴곡진 표면에 사람들이 비쳤다. 역시 공연 내내 우리를 바라본 올백 머리 남자의 시선은 수빈이 아니라 나를 따라다녔다. 수빈은 옆에서 이런저런 이야기를 쉼 없이 했다. 무언가를 만회하려는 듯도 하고, 시간을 끌려는 것 같기도 했다. 나는 말없이 맥주병을 내려다보며 병에 비친 남자를 주시했다.

2부 공연이 시작되자 밴드 멤버들이 무대로 올라섰다. 술을 마시던 젊은 남녀들이 공연장 가운데로 몰려들었다. 드러머가 허공에 스틱을 들었다가 빠른 속도로 드럼을 내리쳤다. 환호성이 일었다. 나는 은근슬쩍 관객 사이로 들어갔다. 뒤에서 "어?" 하고 수빈이 따라 일어났다. 나는 몸을 낮추고 머리를 흔들어대는 관객들을 지났다. 올백 머리 남자가 당황한 듯 사람들을 밀치기 시작했다. 나는 재빨리 대기실로 들어갔다.

"애송이, 여기 출입 금지야."

음향 기기 앞에서 담배를 피우던 스모키 화장 여자가 말했다. 대꾸하지 않고 문 옆에 붙어 섰다. 문이 열렸다. 매니큐어가 칠해진 손이 문고리를 잡고 있었다. 나는 수빈의 팔목을 잡고 안쪽으로 잡아당겼다. 수빈이 짧은 비명을 내질렀다. 나는 문을 닫고 문고리 잠금 단추를 눌렀다.

"아프잖아."

"오늘 날 부른 진짜 이유가 뭐야?"

나는 수빈을 쏘아보며 물었다.

"이유는 뭐, 겸사겸사……."

또 자신 없는 말투.

"너 정말 수빈이 맞아?"

"아…… 아니, 개명했다고 얘기했잖아. 하하, 이제 내 이름은 '이란'이야. 작명소에서 이십만 원이나 주고 지은 부귀영화를 누릴……."

"얼마 받았어?"

"뭐?"

"더블린에 날 팔아먹고 얼마 받았냐고?"

주먹이 부르르 떨렸다.

"제발 깡패들한테 협박당했다고 얘기해줘. 어쩔 수 없이 날 배신했다고. 절대 그 더러운 돈 때문은 아니라고."

"친구야."

수빈이 내 어깨에 손을 얹으려 했다. 그 손을 힘껏 뿌리쳤다. 수빈이 의자를 쓰러뜨리며 바닥에 넘어졌다. 멍하니 주저앉은 수빈의 코가 점점 빨개졌다. 그녀의 뺨으로 눈물이 흘러내렸다.

—더블린 말종들의 겉모습에 속지 마. 마음 아련한 부분을

교묘하게 이용해먹는 기술자들이니까. 숨 쉴 때마다 거짓이야.

나는 뒤돌아보지 않고 밖으로 나왔다.

밖에서도 소음은 여전했다. "똘아이 새끼야아!" 소리 지르는 수빈의 목소리가 "소리 질러어!" 하는 앰프 소음에 묻혔다. 어둠이 내려앉은 주차장에 아까는 보이지 않던 승합차가 시동을 켜놓고 서 있었다. 나는 승합차를 주시하며 철제 계단을 내려갔다. 운전석 문이 열렸다. 단정한 비즈니스 정장을 입고, 머리를 뒤로 묶은 여자가 승합차에서 내렸다.

계단을 다 내려왔을 때 그녀가 다가와 물었다.

"실례해요. 아르떼 공방 어디 있는지 아시나요?"

가까이서 보자 그녀의 왼쪽 귀가 책 귀퉁이를 접은 것처럼 안쪽으로 접혀 있었다. 귀 때문에 어릴 적 얼마나 놀림을 당했을까. 안쓰러운 마음이 들었다.

"잠시만요."

몸에 밴 친절은 종종 사람을 곤경에 빠뜨린다. 상대를 존중하는 습관 때문에 자신의 개인 정보를 암시장에서 오십 원에 사 간 텔레마케팅 회사의 전화를 쉽게 끊지 못하고, 거리에서 "얼굴이 선해 보이십니다" 하고 인사하는 청년에게 홀린 듯 끌려가 백만 원짜리 제사상에 절을 하게 되고, 귀가 접힌 여자에게는 더욱 상냥하게 대해주려 애쓴다. 나는 뒷주머니에서 팸플릿을 꺼내는 대신 재킷에서 죠스를 꺼냈어야 했다. 길을 알려주기 위해 팸플릿 지도를 펼치자, 아래에서 뭔가가 느껴졌다. 고개를 숙였다. 전기면도기 비슷한 물건이 내 배에 딱 달라붙어 있었다. 여자가 제품 성능을 시연하듯 단추를 눌렀다. 배에서 파란 빛이 났다.

"아아아아아!"

나는 바닥에 쓰러져 나뒹굴었다. 귀 접힌 여자가 무표정한 얼굴로 걸어왔다. 예쁜 리본 달린 구두를 신고 터미네이터처럼 저벅저벅. 오른손에 타타타탁 소릴 내는 전기충격기를 누른 채. 마녀 다음엔 로봇인가.

푸른 섬광이 어둠을 가르며 내 목을 향해 달려들었다. 나는 귀 접힌 여자의 오른 손목을 잡고, 반대 손을 뻗어 그녀의 목을 졸랐다. 귀 접힌 여자도 왼손으로 내 목을 잡으려 했지만 내 팔이 더 길었다. 위에서 건물을 부술 듯한 드럼 소리와 홍대 음악가의 괴성이 들렸다. 나는 그 상태로 몸을 일으켰다. 손에 힘을 더 주자 귀 접힌 여자는 인간적인 표정으로 돌아왔다. 오밤중에 여자 목이나 조르고 있다니. 내가 인간 쓰레기인지 아니면 이 상황이 쓰레기인 건지, 쓰레기 상황에서 쓰레기 짓을 하는 건 과연 온당한 일인지 아닌지, 아무리 자문해도 알 수가 없었다. 귀 접힌 여자의 얼굴이 붉어졌다. 립스틱을 바른 입술 밖으로 부드러운 혀가 밀려 나오기 시작했다. 누나의 마지막 모습이 떠올랐다. 벌거벗은 몸. 꺾인 목. 눈동자가 없는 하얀 눈…….

악몽을 떨치듯 귀 접힌 여자를 밀쳤다. 바람에 날아가는 이불처럼 그녀가 허공 멀리 날았다. 바닥에 떨어지는 순간, 귀 접힌 여자는 어깨를 돌려 충격을 줄이고 떼굴떼굴 오랫동안 굴렀다. 하얀 블라우스에 검은 옷을 입고 있어서 그런가. 도마에서 떨어진 김밥처럼 보였다. 다행히 낙법은 좀 아는 것 같았다. 사실 내가 누굴 걱정할 처지가 아니었다. 음악 소리 때문에 발소리를 미처 듣지 못했다. 뒤에서 누군가가 내 척추 부분을 전기로 지져댔다.

"아아아아아악!"

비명이 터져 나왔다. 내 몸이 맞나 싶을 정도로 등이 터무니없이 뒤로 휘었다. 으아아악! 배에 잠깐 공격받았을 때완 비교가 안 되는 고통이었다. 척추에 인정사정없이 주삿바늘이 박힌, 딱 그런 느낌이었다. 등 뒤에서 계속 전기충격기가 타타타탁 봐주지도 않고 내게 전류를 방출했다. 아아아아아아악! 두 무릎이 꺾였다. 이제는 아예 송곳으로 뼈를 긁히는 느낌이었다. 고통을 참지 못하고 나는 밤하늘에 계속 비명을 질러댔다. 전기충격기로 공격하는 남자도 놀랐는지 내 시끄러운 입을 가리기 위해 손으로 감쌌다. 그 순간 악어처럼 턱에 힘을 주고 그 손을 깨물었다.

"아악!"

남자가 비명을 지르고 멀어졌다. 공연장 안에서 봤던 올백 머리 남자였다. 승합차에서 선글라스를 쓴 또 다른 남자가 내 앞으로 달려왔다. 도대체 혁철이 몇 명이나 보낸 거지? 나는 손쓸 틈을 주지 않고 선글라스의 검은색 넥타이를 힘껏 잡아당겼다. 그가 푹 무너졌다. 나는 검은 넥타이를 손에 칭칭 감고 그의 가슴팍을 밟은 상태로, 체중을 힘껏 뒤로 실었다. 선글라스가 바닥에서 발버둥 쳤다. 그 기분 나쁜 동작들이 신발 밑창에 그대로 전달되었다. 아아아악! 다시 전기충격기가 내 옆구리를 공격했다. 이가 부러질 정도로 악물고 천천히 몸을 뒤로 돌렸다. 나와 눈이 마주친 올백 머리가 경악했다. 악! 역사가 바벨을 들어 올릴 때처럼 기합을 주고 올백 머리의 머리채를 한 움큼 움켜쥐었다. 다시 악! 기합을 내며 나는 올백 머리의 머리카락과 두피 살점을 뜯어냈다. 아아아악! 내일부터 올백 머리를 못 하게 된 남자가 정수리에서 흘러나오는 피를 쓸어 담듯 두 손으로 머리를 감쌌다. 내 손가락엔 흙 묻은 모종 같은 그의 머리채가 끼워져 있었다. 그걸 내던지자 피범벅인 두피 덩어리가 벽에 착 달라붙었다. 나는 그에게 달려들었다. 악! 아아아아아악! 악! 진흙탕 속 개들처럼 그와 뒹굴었다. 나는 그의 빨갛고 휑한 정수리에 악착같이 손가락을 찔러 넣었다. 당신도 아프게 해줄 테야……. 아아아아아아악! 누구 입에서 나오는 소리인지 분간이 되지 않았다. 어디선가 나타난 세 번째 남자가 경련을 일으키는 선글라스의 꽉 조여진 넥타이를 풀어주고 있었고, 또 다른 네 번째 남자가 내 옷을 위로 올리고 전기충격기로 맨등을 지졌다.

"엄……마!"

그대로 바닥에 너부러졌다. 더 소리 지를 새도 없이 박스테이프가 내 입을 봉인했다. 손이 빠르게 뒤로 묶였다. 얼마 뒤에 예쁜 리본 구두가 내 복부에 화풀이했다. 남자 둘이 나를 들고 가 승합차 안에 내던졌다.

마지막 밤인가. 문이 닫히기 직전, 작은 별을 보았다. 별 하나를 눈꺼풀 속에 감췄다. 이것만은 누구도 빼앗아 갈 수 없다.

포획

꼴사납게 종이 가방을 얼굴에 뒤집어쓰고 있어서 앞이 보이지 않았지만, 분명 어딘가로 올라가고 있었다. 엘리베이터 안인가. 상승할수록 바람이 사나웠다. 바닥은 불안했고, 손이 뒤로 묶인 탓에 균형을 잡고 서 있기가 힘들었다. 수직의 움직임이 멈추자 철컹하는 소리가 들렸다. 커다란 손이 멱살잡이를 하며 나를 앞으로 끌고 갔다. 종이 가방의 작은 틈새로 나를 따라 걷는 수많은 구두들이 보였다.

그들은 나를 차가운 의자에 앉혔다. 왼쪽 귀에서 소름 끼치는 전기충격기 작동 음이 타타타탁 들렸다. 여기서 까불면 다시 악마의 혓바닥으로 피부를 핥아주겠다는 의미였다. 입이 테이프로 막혀 있어서 나는 얌전히 의자에 앉은 채 고개를 끄덕였다.

머리에 쓴 종이 가방이 벗겨졌다. 시야가 해방되자마자 야간 작업등이 정면에서 눈을 찔렀다. 반사적으로 고개를 숙였다. 얼굴에 바람이 휘몰아쳤다. 눈꺼풀을 바쁘게 깜박거렸다. 눈물을 찔끔 흘리자 안구가 좀 진정됐다. 뻥 뚫린 공간 너머로 환한 옥외 광고판들이 내려다보였다. 서서히 초점이 하나로 맞춰졌다. 박카스, 한국투자증권, 그랜저 IG 하이브리드…….
그 뒤로 도로를 따라 서울의 야경이 길게 펼쳐졌다. 그 불야성 끝에 초록색 불빛으로 반짝이는 남산타워가 케이크 데코레이션처럼 남산에 꽂혀 있었다.

주위를 둘러봤다. 기둥에 달린 몇 개의 작업등으로 내부를 다 드러내기엔 턱없이 모자라 보이는 광활한 공간이었다. 바닥과 벽면은 콘크리트 재질 그대로였다. 어디에도 문 한 짝 보이지 않았다. 문은커녕 창틀도 달려 있지 않아서 바닥 끝으로 가면 그대로 아찔한 절벽이었다. 거기서 사람을 잡아당기는 바람이 휭휭 소리 내며 불었다. 여기저기 바람에 흔들리는 공사 자재들이 항구의 갈매기떼처럼 끼룩거렸다. 높이는 삼십 층쯤이었고, 내부 구조를 살펴보니 신축중인 빌딩 안이었다. 벽면엔 언제라도 흉기로 돌변할 공사 도구들이 방치되어 있었다.

또 공사장인가. 우리나라 폭력배들은 건설업 아니었으면 어쩔 뻔했나, 그런 생각을 하는데 눈앞에 예상과 다른 그림이 있었다. 불빛 속에 들어온 여섯 명의 남자들은 모두 건장하고 깔끔한 양복 차림이었다. 하지만 이들 중 혁철 패거리들의 얼굴이 하나도 보이지 않았다. 다들 처음 보는 남자들이었다. 도대체 이 녀석들은 뭐지?

멀리 떨어진 기둥 쪽에 또 다른 무리가 보였다. 저기에 혁철이 있나? 그러자 질문에 답하듯 그쪽에서 안경을 쓴 남자가 걸어왔다.

"이놈아, 내가 할 일이 태산이야. 너 때문에 오밤중에 이게 무슨 꼴이냐."

오 상무가 내 입에 붙은 테이프를 거칠게 떼어냈다. 궁금한 게 많았지만 그는 질문할 틈을 주지 않았다.

"제발 사람 일 좀 하게 해달라고. 이게 무리한 부탁이니? 우리가 일을 해야 수출도 하고, 외화도 벌고, 나라도 돌아갈 거 아냐. 왜 훼방질이야. 가뜩이나 경제도 안 좋아 죽겠구만."

내가 그렇게까지 국가 경제에 암적인 존재인 줄은 미처 몰랐다. 종합주가지수를 방어하기 위해 한밤중에 미성년자를 납치했다는 뜻인가. 태도가 경제 비리 청문회에 끌려 나와도, 경제도 안 좋은데 왜 바쁜 사람 오라 가라 일 못 하게 하느냐고 따질 기세였다.

어쩐지 처음부터 이상하다 싶었다. 주차장에서 날 공격했던 남자들은 넥타이를 매고 있었다. 조직폭력배들은 넥타이를 매지 않는다. 그런 거추장스러운 천을 매고 다니다가는 언제 목이 졸릴지 모르니까. 한번 잡히면 힘도 못 써보고 끝장난다. 이 녀석들이 날 어떻게 찾았을까. 그 의문도 쉽게 풀렸다. 오 상무에게 대포폰 번호를 알려준 건 바로 나였다. 그것도 모르고 수빈을 의심했다니. 앞으로 수빈에게 잘해줘야겠다. 살아 돌아간다면.

"아저씨가 지금 이러는 거 회장님이 알고 계세요?"

오늘 분명 회장실에서 신사협정을 맺었다. 김 회장은 오 상무의 바로 코앞에서 김태영과 내가 연락이 되게 하라고 지시를 내렸다. 나를 납치하라는 말은 없었다. 오 상무가 회장의 명령을 거역할 정도면 뭔가 믿는 구석이 있는 게 분명했다. 그게 뭘까. 김태영. 그 이름밖에 생각나지 않았다. 오 상무는 김태영의 사람이었다. 석인 그룹의 유력한 후계자에게 잘 보이기 위해서라면 이런 무리수를 충분히 둘 수 있었다.

한심하다는 듯 나를 내려다보던 오 상무는 뒤에서 인기척이 들리자 그쪽으로 달려갔다. 먼 불빛 앞에 하얀 와이셔츠 차림의 남자가 넥타이를 풀며 걸어왔다.

"김태영!"

나는 일어나 소리쳤다. 곧바로 전기충격기가 옆구리를 지졌다. 도저히 친해질 수 없는 고통이었다. 전기충격은 내가 비명을 내지르며 의자에 주저앉을 때까지 계속되었다. 나는 뜨거운 숨을 내뱉으며 불빛 쪽을 노려보았다. 오 상무가 어디서 구했는지 야구방망이를 불빛 속의 남자에게 건네주었다. 남자는 무게를 재듯 야구방망이를 두어 번 흔들고 나서 필요 없다는 듯 그것을 내던졌다. 탱그르르 하고 구르는 소리가 공사장에 한참 이어졌다.

하얀 와이셔츠가 내 앞에 멈췄다. 나는 그를 오랫동안 올려다보았다.

"여기서 뭐 하세요? 회장님……."

순진하게 물었다. 김 회장의 입은 굳게 닫혀 있었다. 뭐지, 뭐지? 사태 파악이 안 됐다.

김 회장은 콘크리트 바닥에 침을 뱉고, 와이셔츠 소매를 걷어 올렸다. 석인 빌딩에서 봤던 세련되고 산뜻한 모습은 온데간데없었다. 눈빛도 좀 흐리멍덩해서 지하철 2호선 손잡이를 잡고 서 있는 술 취한 아저씨 같았다.

무표정하게 나를 내려다보던 김 회장은 오른손을 허공에 쥐었다 폈다 했다. 강렬한 작업등 불빛에 비친 손등에는 투명한 털들이 무성했다. 그 손이 불쑥, 내 가랑이로 들어왔다. 독립된 생물 같은 다섯 손가락이 내 음낭을 맘껏 주무르다가 주름진 주머니를 완전히 감쌌다. 그러고는 힘껏 쥐었다. 숨이 탁 막혔다. 아랫도리로 정력이라고 부를 만한 에너지가 모조리 흘러내리는 느낌이었다. 눈앞이 팽팽 돌았다. 양말을 물었을 때하곤 비교도 할 수 없을 정도로 굴욕적이었다. 이만큼 확실하게 누가 위고, 누가 아래인지 알게 해주는 방법도 없을 것이다.

“사기꾼 새끼야, 감히 누굴 건드려.”

음낭을 뽑아낼 듯 흔들어대던 김 회장이 손을 뗐다. 커억. 폐에 쏠렸던 뜨거운 숨이 한꺼번에 밖으로 터져 나왔다. 겨울이었다면 입김이 솜사탕만 하게 그려졌을 큰 한숨이었다.

내가 구차하게 다리를 오므리며 숨을 몰아쉬는 동안, 오 상무는 김 회장의 두 손에 파란색 글러브를 끼워줬다. 빠르게 글러브 끈을 조여주는 폼이 꽤나 능숙했다. 아무래도 해외개발팀 오 상무는 개발을 잘하는 상무가 아니라, 석인 그룹 김씨 집안의 자질구레한 일을 처리해주는 집사 비슷한 사람 같았다.

글러브 장착이 완료되자 김 회장이 가볍게 준비운동을 했다. 그의 구두가 촐싹대며 스텝을 밟을 때마다 콘크리트 바닥에서 먼지가 너풀거렸다. 몸을 다 푼 김 회장이 글러브 낀 손을 들어 가드를 올렸다. 그것이 땡 하는 신호인지, 등 뒤의 남자가 나를 의자에서 일으켜 세웠다. 인파이터처럼 김 회장이 어깨를 수그리고 바짝 다가왔다. 그가 허공에 크게 팔을 휘두르자 움직임을 따라 빛이 사방으로 갈라졌다. 등 뒤의 남자는 복싱 코치가 샌드백을 어깨로 밀듯, 내가 쓰러지지 못하게 내 몸을 앞으로 밀었다.

그리고 회장님의 구타가 시작됐다.

레프트, 라이트, 훅……. 주먹이 왕코보다 매웠다. 자세도 좋았다. 체육관에서 정식으로 복싱을 배운 게 틀림없었다. 다만 아쉽게도 링 밖에서는 사람을 때리지 말라는 복싱계의 불문율은 잊은 듯했다.

묶여 있는 내 몸에 펀치를 날릴 때마다 김 회장은 시장통에서도 듣기 어려운 욕지거리를 해댔다. 내가 이렇게 사람 보는 눈이 없었나.

낮에 김 회장과 만나고 나서 김태영이 진심으로 부러웠다. 저렇게 훌륭한 아버지를 가지고 있다니. 정말 김태영이 범인일까. 최고의 교육을 받고 일도 술술 잘 풀리는 사람들이 살인을 할 이유가 있을까. 그런 축복받은 환경에선 삐딱해지기가 오히려 더 힘들지 않을까? 김 회장의 산뜻한 인사에 나는 확신이 흔들렸다. 그동안 고위층에 대해 본능적인 반감을 가지고 있었던 스스로를 반성하기까지 했다. 자격지심을 버리자,

그들의 운과 능력을 인정하자, 이번 일만 해결되면 앞으로 넘볼 수 없는 사람 일엔 신경을 끄자고 불과 삼십 분 전까지 다짐했었다.

역시 나처럼 멍청한 인간은 몸으로 인생을 배우는 수밖에 없다. 인간 샌드백이 되고 나서야 파란 글러브를 열심히 휘두르는 김 회장의 입장이 이해가 됐다. 이건 개인의 교육이나 인성의 문제가 아니다. 그냥 그들이 주체할 수 없도록 힘이 많은 것뿐이다. 무엇이든 할 수 있는 힘을 가졌는데 왜 욕망을 참겠는가. 짜증이 나면 화풀이를 하면 되고, 범행을 저지르면 증거인멸을 하면 되고, 남자아이의 불알을 만지고 싶으면 마음껏 희롱하면 된다. 그럴 만한 힘이 있다면, 무엇보다 힘을 써도 처벌받지 않는다면, 그 힘을 쓰지 않을 이유가 없다.

"고등학교도 못 나온 쓰레기가 어디서 깝치고 지랄이야!"

김 회장이 내 관자놀이를 후려치며 소리쳤다. 짧은 가방끈이 성공의 스토리 어쩌고 했던 말은 마음에도 없는 소리였다. 군대에 가면 고졸 검정고시를 준비할 생각이었는데. 이제 그런 시험이니 학위니, 이쪽에서 거부하겠다.

"왜 주제 파악을 못 하는 거야. 응?" 퍽!

"어떻게 그리 멍청할 수가 있냐고!" 퍽!

"아이, 진짜. 너는…… 너희는 말이야. 그냥 먼지야, 응?

먼지. 티끌. 벼룩! 너희들이 아무리 개지랄을 떨어도 우리 코털도 못 건든단 말이야. 내가 일 년에 세금을 얼마 내는 줄 알아? 내가 먹여 살리는 인간이 얼만 줄 알아? 뒷구멍으로 털리는 금액은 또 얼마게? 대한민국 정치인들 중에 우리 집안 덕 안 본 놈 있음 나와보라 그래. 어휴, 씨발놈들, 차라리 법인세를 올리든가. 이번 달에 들어온 청탁만 세 건이야. 대한민국이 어떻게 굴러가는지 궁금해? 너흰 상상도 못 해. 좆도 모르는 좆만 한 새끼야. 그냥 우리가 떨궈주면 네 알겠습니다, 받아. 고맙다는 인사는 바라지도 않으니까. 에이, 씨, 이그!" 퍽!

마지막 라이트 펀치를 정통으로 맞고 나는 바닥에 쓰러졌다. 머리가 어질어질했다. 뺨과 눈두덩이 오븐에 넣은 바게트처럼 뜨겁게 부풀었다. 문득 외국인 친구가 없어서 다행이라는 생각이 들었다. 친구가 내 말을 믿어주지 않는 것만큼 슬픈 건 없을 테니까. '이봐, 오스카. 대한민국 글로벌 그룹 오너들은 정말 못 하는 게 없어. 자동차도 만들고, 핸드폰도 만들고, 빌딩도 짓고, 떡볶이랑 순대까지 팔아. 매질은 또 얼마나 찰진데.'

링과 같은 조명 속에서, 땀으로 흥건한 김 회장 얼굴을 오 상무가 생의 첫 차를 세차하듯 닦아주고 있었다.

야구방망이, 복싱 글러브, 수건, 그리고 지금 회장님한테 건네주는 빨대 달린 포카리스웨트 통. 대체 다 어디서 났지. 저 아저씨 도라에몽인가. 크큭. 웃음이 터져 나왔다. 한번 터지자 폭소가 봇물처럼 터져 나왔다. 공사장 바닥에 뒹굴며 까무러치게 웃는 내게 모든 사람들의 시선이 쏠렸다. 정말 원 없이 웃었다.

나는 무릎을 끌어당겨서 눈가에 흘러내리는 피를 닦았다.

"……하마터면 존경할 뻔했잖아요."

일어서려고 하는 순간 무릎이 미끄러졌다. 무릎 연골에 기름을 발라놓은 것처럼 일어서려고 하면 자꾸만 쓰러졌다. 나는 계속 미련하게 넘어지고 일어나고, 또 넘어졌다. 아직 자존심이 남아 있다면, 지렁이보다 나은 인간이 되려면 일어서야만 했다. 여기서 주저앉으면 김 회장 같은 작자들이 요즘 애들은 약골이란 소리를 동네방네 떠들고 다닐 거다. 다리가 부르르 떨렸다. 피로 물든 이빨을 드러내며 다리에 힘을 줬다. 나는 드디어 섰다.

"꼭대기 층에 있는 사람들…… 정말 다른 줄 알았어요. 우리와는 차원이 다른 사람. 고귀하고 품격이 있는, 고결한, 인정할 수밖에 없는 뛰어난 종種인 줄 알았다고요. 정말 다를 줄 알았는데…… 이게 뭐예요? 회장님은 그냥 남들보다 돈만 많은 것뿐이잖아요. 겨우 그거 하나 잘났잖아요. 앞으로는 돈만 자랑하세요. 강연 같은 거 하면서 순진한 사람들 헷갈리게 하지 말고."

포카리스웨트를 빨던 김 회장이 주먹을 뿌드득 쥐었다.

"설마 회장님처럼 형편없는 사람들이 대한민국을 움직이는 건 아니겠죠, 그죠? 그중에 회장님만 유별나게 수준이 낮으신 거죠?"

말이 끝나기 무섭게 김 회장이 포카리스웨트를 내던지고 맨주먹으로 달려들었다. 그는 내 턱을 깨부술 기세로 크게 어퍼컷을 날렸다. 재벌도 지칠 때가 있구나. 내가 가볍게 피하자 그는 중심을 잃었다. 나는 A급 탄성의 스프링처럼 튀어 올라 김 회장 얼굴을 들이박았다.

빠악! 수박이 깨지는 듯한 시원한 소리가 났다.

"회장님!"

오 상무가 바닥에 너부러진 김 회장에게 달려갔다. 김 회장은 도토리를 먹는 다람쥐처럼 두 손을 입에 모으고 아이야, 하고 아이처럼 울었다. 털 많은 그의 손가락 사이로 피가 벌컥벌컥 쏟아졌다. 아이야, 아이야. 그 소리를 들으니 세상이 한결 공정해진 것 같았다.

김 회장에게 무릎베개를 해주고 피를 닦아주던 오 상무는, 둘만의 애틋한 시간을 보내고 싶은지 남자들을 향해 재수 없는 쓰레기를 얼른 치워버리라고 손짓했다.

바닥에 뺨을 붙이고 히죽거리던 나를 향해 구둣발소리가 비처럼 쏟아졌다. 장대비 같은 발길질을 예상했지만 이상하게도 그들은 내 몸에 손을 안 댔다. 대신 부어터진 내 입술 사이에 깔때기를 꽂았다. 참이슬 레드가 한 병, 두 병 깔때기로 쏟아졌다. 술은 산소가 들어올 틈도 주지 않고 목구멍을 꽉 채우고, 위를 팽창시켰다. 세 병째 술이 몸으로 들어오자 입에서 액체가 분수처럼 터졌다.

천장을 보며 계속 토악질을 했다. 눈앞이 눈물로 뿌예졌다. 그래도 청각은 멀쩡해서 타타타탁 하고 워밍업을 하는 악마의 속삭임이 또렷하게 들렸다. 어디선가 나타난 귀 접힌 여자가 나를 깔고 앉았다. 엉덩이가 크고 무거웠다. 귀 접힌 여자가 전기충격기로 내 가슴을 공격했다. 이 여자, 전기충격기 사용 설명서를 안 읽은 게 확실하다. 전기충격기든 테이저건이든 가슴에 직접 타격을 가하면 불법이다. 그럼 사람이 죽는다.

비명조차 나오지 않았다. 머리털부터 발끝까지 몸에서 설 수 있는 모든 것들이 정전기로 일어섰다.

좋은 양복을 입고 죽고 싶었는데. 그나마 더이상 더러운 것을 안 볼 수 있겠구나. 형은 다른 사람이 보여주기 싫어하는 건 보지 않는 게 예의라고 말했지만, 그동안 원치 않게 보지 말아야 할 것을 너무 많이 봐버렸다.

시작점을 알 수 없는 고층 바람이 괴성을 지르며 바닥을 쓸어냈다. 이토록 우울하기만 했던 긴 밤의 마지막에야 찾아온 상쾌함이었다. 바람을 탄 영혼이 오 센티미터 정도 붕 떴다.

죽음은 뭐가 급한지 스르륵, 눈이 감기기도 전에 먼지와 재로 내 얼굴을 덮었다.

동굴

꽉 막힌 어둠이었다. 어둠을 향해 다리를 뻗었다. 다리가 온전히 펴지지 않았다. 목이 마르고 답답했다. 나는 어둠의 테두리를 더듬었다. 관이 아니라 자동차 트렁크 안이었다. 발로 벽을 차댔지만 소용없는 짓이었다. 몸을 움츠렸다. 내 살과 살이 닿았다. 알몸이구나.

어둠 속에서 트렁크를 열 만한 도구를 찾는 중에 무언가 물컹한 것이 만져졌다. 시체에서 흘러나온 내장인가. 나는 기분 나쁜 그것을 조심스럽게 다시 만졌다. 내 똥이었다.

오물을 허벅지에 닦아도 손에서 냄새가 지워지지 않았다. 규칙적으로 경련이 일어났다. 다리를 한 번만 쭉 펼 수 있다면. 멍으로 부어터진 알몸은 달아오르고 식기를 반복했다. 마지막으로 답답한 어둠을 있는 힘껏 발로 찼다. 텅 하고 절망이 세게 돌아왔다.

바닥에 얼굴을 기댔다. 소리 없이 눈물이 흘러내렸다. 눈물이 시원하지 않은 적은 처음이었다. 지금 형은 어디에 있을까.

여기저기 타박상을 입은 근육이 욱신거렸다. 형도 나를 때린 적이 있다.

"엎드려뻗쳐."

그날 사무실에서 형이 차갑게 말했다. 식구들이 보는 앞에서 나는 엎드려뻗쳐를 했다. 형은 책상 밖으로 나와 박스 테이프로 감은 각목을 들었다. 형이 화가 난 이유가 있었다. 신기동파와의 전쟁이 끝나고 나서 형은 막내인 내 지위를 팀장으로 올리려고 했다. 나로서는 그 제안을 받을 수 없었다. 당시엔 정말 아는 게 아무것도 없었다. 나는 소심했고, 무엇보다 책임을 지는 일이 두려웠다. 그때 최초로 형의 뜻을 어겼다.

형은 쉴 새 없이 내 허벅지를 때렸다. 나는 입을 다물고 얼굴의 땀만 바닥에 떨어뜨렸다. 형은 나를 때리며 소리쳤다.

"나는 너를 믿고 책임을 줬어. 그걸 네가 받지 않겠다고 말해. 지금 내가 어떻게 해야 하지!"

아무런 대답도 하지 않았다. 결국 형은 각목을 내던지고 밖으로 나갔다. 아직 식구들이 남아 있었지만, 사무실은 그 어느 때보다 고요했다. 이제 형을 떠날 수밖에 없구나, 그날 그런 생각을 했다.

사흘 뒤에 형이 나를 사무실로 불렀다.

"밑에 말이 한 마리 있어."

"네?"

"검은 말이야. 네가 버리든 키우든 처리하고 와."

어안이 벙벙했다. 경마 사업을 시작하려는 걸까. 주차장에 말을 실을 만한 트럭은 들어오지 못할 텐데. 혼자 고민을 하며 작은 지하 주차장으로 내려갔다. 당연히 말은 보이지 않았다. 대신 내 대림 오토바이를 세워놓았던 자리에 처음 보는 바이크가 세워져 있었다. 그것은 검고, 크고, 곡선이 유려했다. 나는 바이크 앞으로 다가갔다. 바이크에 키가 꽂혀 있었다.

나는 키를 뽑아 들고 사무실로 올라왔다. 나는 책상에 앉아 있는 형에게 바이크 키를 내밀었다. 형은 아무런 설명도 하지 않고 서랍에서 팔 그램짜리 연고를 꺼내 내 손바닥에 올려놓았다.

그날 형은 내게 검은 오토바이와 마데카솔을 줬다.

신기동파와의 전쟁을 끝낸 날이었다. 서울 외곽의 주류 창고 바닥엔 여기저기 핏자국이 튀어 있었다. 창고에 혼자 남은 형이 귀에 이어폰을 꽂고 벽에 기대 서 있었다. 활짝 열린 입구로 들어온 노을빛이 남자들의 피를 덮어가고 있었다. 나는 문가에 얼굴만 내놓은 채 형을 훔쳐보았다. 그러다 그만 우리는 눈이 마주치고 말았다. 그에게 다가갔다. 형은 아무 말 없이 내 귀에 이어폰을 끼워주었다.

"이 슬픈 음악은 어떤 곡이에요?"

"〈한국 사람〉."

그렇게 형은 애써 담담하게 말하고 나서, 김현식이란 요절한 가수가 만든 하모니카 곡이라 덧붙였다. 내 귀를 의심했다. 형은 한국 사람도, 한국 문화도, 한국 제품도 싫어했다. 그래서 좀처럼 국산품을 사지 않았다. 막내가 편의점에서 국산 맥주를 사 오면 형은 "흥, 누구 좋으라고" 하며 맥주 캔을 바닥에 내던졌다.

형은 그토록 한국을 싫어하면서 왜 음악만은 '한국 사람'을 좋아했을까.

우리는 모두 어울리지 않는 일을 한 것 같다. 엄마는 아들의 시중을 받으며 술을 마시고, 누나는 악단과 함께 마음껏 피아노를 치고, 형은 미남에 어울리는 근사한 사교를 하면서 살았어야 했다. 우리는 여태껏 다 무슨 짓을 하며 살았나.

빗소리가 들렸다. 시원한 소낙비였다. 하지만 빗물은 트렁크로 한 방울도 새어 들어오지 않았다.

"밖에 누구 없어요. 물……. 물 좀 주세요……."

목이 타 들어갔다. 더이상 오줌도 나오지 않았다. 수분을 아껴야 하는데. 목이 잠겼다. 나는 눈물을 흘리며 중얼거렸다.

"물 좀 주세요……. 물요……. 엄마……."

돼지들

과학 선생님은 믿지 못하겠지만 빛에서는 소리가 난다. 나는 빛이 시작되는 소리를 똑똑히 들었다.

"씨발."

남자의 음성에 눈을 뜨자, 태양 빛이 눈동자를 태워버릴 기세로 달려들었다. 나는 아찔함에 눈을 감고 자동차 트렁크 안쪽으로 기어들어갔다.

"씨발, 나와."

태양을 등진 남자가 내 발목을 잡았다. 나는 발버둥 치며 빛으로 질질 끌려나왔다.

"……살려주세요……."

입안이 바싹 말라 말이 제대로 나오지 않았다. 해를 등진 또 다른 남자가 팔을 내밀어 내 머리채를 움켜쥐었다. 반항은커녕 손 하나 까딱할 기력도 없었다. 머리를 잡힌 채 그대로 트렁크 밖으로 나가떨어졌다.

"차라리 죽었어야지. 왜 지옥으로 왔어."

화창한 가을 하늘에 쇠락한 공장의 굴뚝이 침울하게 솟아 있었다. 두 남자가 바닥에 누워 있는 나를 일으켜 세워 공장으로 끌고 갔다. 바람이 내 알몸을 휘감고 지나갔다. 걸음을 옮길 때마다 흙 묻은 쪼그라든 성기가 창피한지도 모르고 달랑달랑 흔들렸다.

공장 안으로 들어와 침묵하고 있는 기계들을 차례차례 지났다.

도착한 곳은 공용 샤워장이었다. 하얀 타일로 둘러싸인 벽 상단은 농구공 자국 같은 곰팡이로 멍들어 있었다. 두 남자는 벽면에 나를 세웠다.

"열중쉬엇."

나는 성기를 드러낸 채 양팔을 뒤로 옮겼다. 입구 쪽의 남자가 샤워장을 나가더니, 얼마 뒤에 싱글벙글 웃으며 소방용 호스를 끌고 다시 나타났다.

파아—. 소방용 호스를 뚫고 나온 물줄기가 가슴팍에 꽂혔다. 순간 무구한 아이가 던진 벽돌에 맞은 기분이 들었다. 나는 어깨로 물 폭탄을 막아내며 몸 위로 튀어 오르는 물방울을 받아 마셨다. 그러자 물줄기가 약을 올리며 샤워장 모서리로 이동했다. 입을 벌린 채 물을 따라갔다. 이제 물줄기는 천장을 때리며 반대편 모서리로 갔다. 다시 물을 향해 달려갔다. 물에 두 손을 대는 순간, 무자비한 물줄기가 얼굴을 강타했다. 나는 그대로 타일 바닥에 엉덩방아를 찧었다.

"뒤로돌앗!"

나는 힘없이 일어서서 벽을 짚었다.

"초강력 비데 발사. 하하."

발정 난 물줄기가 내 엉덩이를 때렸다. 엉덩이에서 불이 났다. 수압을 이기지 못한 몸이 타일 벽에 밀착되었다. 물줄기가 몸을 구석구석 닦기 시작했다. 등을 씻던 물줄기가 머리를 감기자 시끄러운 포말이 시야에 꽉 찼다. 그 와중에도 나는 정신없이 물을 마셔댔다.

하지만 갈증의 반의반도 채우기 전에 물이 멈췄다. 호스가 땅 소릴 내며 타일 바닥에 떨어졌다. 돌아보자 주둥이가 막힌 소방용 호스가 거대한 뱀처럼 물을 헤치며 바닥을 휘저었다. 샤워장의 물이 원을 그리며 개수구로 빨려 들어가고 있었다. 나는 다급하게 개수구 쪽으로 기어가 물이 고인 자리에 입을 대고 벌컥벌컥 소리를 내며 물을 마셨다. 원초적인 기쁨으로 온몸이 저릿했다.

개처럼 물을 마시는 사이에, 광이 나는 검은 구두가 철썩철썩 물을 밟으며 다가왔다. 그는 내가 물을 다 마실 때까지 기다려줬다.

"나한테도 한때 영웅이 있었어."

혁철의 목소리가 샤워장에 낭랑하게 울렸다. 고개를 들었다. 회색 더블 버튼 슈트를 입은 혁철이 나를 내려다보았다.

"나는 그를 숭배했어. 그의 말투를 따라 하고, 그와 비슷한 옷을 입고, 그에게 사랑받으려 노력했어. 때론 그를 질투했지만, 그런 날엔 자괴감으로 괴로워하며 밤을 설쳤지. 그때 그 남자는 내 세계의 왕이었어."

혁철이 쭈그려 앉아 담배를 입에 물자, 호스를 들었던 남자가 다가와 불을 붙여줬다.

"그런데 참 이상도 하지. 머리가 커질수록 영웅의 광채는 시들고, 우린 멀어졌어. 어른이 되어서 알게 됐지. 그놈은 영웅이 아니라 양아치였다는 걸. 내가 병신처럼 환상 속에서 살았던 것뿐이었어. 그걸 깨달은 뒤에야 나는 남자가 됐지. 남자는 남자를 죽여야, 남자가 될 수 있어."

그윽한 담배 연기가 해석할 수 없는 무늬를 만들며 공중에 흩어졌다.

"왜 백기가 유독 널 아꼈을까."

"왜 백기는 진짜 더러운 일엔 너를 뺐을까."

"왜 백기는 너를 항상 곁에 두었을까. 생각해봐."

나는 생각하지 않았다.

"너는 미성년자잖아. 비록 촉법소년은 아니지만 법정에 끌려가도 처벌이 약하단 말이지. 게다가 가족도 없어. 이용해먹기가 얼마나 좋아. 아마 너도 백기 놈이 무슨 일을 저질러도 대신 뒤집어쓸 각오를 하고 있었겠지. 아니, 각오가 아니라 사실은 세뇌지."

자꾸만 정신이 오염되는 것 같았다.

"나는 너를 진심으로 좋아했어. 너는 이 더러운 세계에선 존재할 수 없는 영혼을 가지고 있지. 물론 나는 순수하지 않지만 그걸 알아보는 눈은 있어. 난 네 영혼에 반했어. 게다가 너는 날 죽이러 오지 않았지. 분명 백기가 나를 없애라고 수도 없이 말했을 텐데."

그날 더블린에서 형이 보낸 눈빛이 정말 그 신호였을까. 눈을 감고 고개를 저었다.

"왜 이래, 선수끼리. 그럼 그 약은 놈이 내 옆구리를 쑤시고 오라고 명령했겠어? 어떤 보스도 그런 식으로 말하지 않아. 대신 날 죽이라고 매일 암시를 줬겠지. 안 그래? 너도 그걸 못 알아들을 만큼 멍청이도 아니고.”

혁철이 일어나 남자들을 향해 고개를 돌렸다.

“아이가 춥겠다. 옷 좀 입혀줘라.”

물을 밟으며 혁철이 멀어졌다. 냉기가 감도는 샤워장에서 그가 사라지자, 나는 엄습해오는 공포에 질려 몸서리쳤다.

피와 먼지로 범벅이 된 내 청바지와 티셔츠를 입고 검정색 승합차에 탔다. 눅눅한 티셔츠에서는 역한 냄새가 풍겼다. 차 안에서 황학동 벼룩시장의 물건처럼 허름해진 내 나이키 운동화를 신었다. 길 코너에서 차가 휘청거렸을 때 공무원에게 이끌려 쉼터로 강제 이송되는 노숙자라도 된 기분이 들었다. 앞장선 혁철의 제네시스는 공장에서 출발하고 얼마 지나지 않아 점이 되어 사라졌다.

오후 4시쯤에 승합차는 강남으로 진입했다. 차창 밖에서 쉼 없이 교차하는 행인들의 다리를 보다가, 문득 크고 꽉 찬 이 거리가 한 번도 나를 위로해준 적이 없다는 사실을 깨달았다.

승합차는 테헤란로 뒷골목의 작은 빌딩 주차장으로 들어갔다. 나는 두 남자에게 포위된 채 엘리베이터를 타고 2층으로 올랐다. 2층엔 아직 간판도 달지 않은 개업 준비중인 호프집의 유리문이 열려 있었다. 입구에 들어선 순간 감미로운 음식 냄새로 속이 출렁거렸다. 고기를 굽고, 기름에 튀기고, 양념에 조리고, 국물로 우려낸 풍성한 향미. 입안 가득 침이 고였다. 허기진 위와 창자가 오리처럼 꽥꽥대기 시작했다.

킁.

어디선가 돼지 울음소리가 들렸다. 아직 집기류가 들어오지 않은 중앙은 비어 있었고, 창가 쪽에는 식탁보로 감싼 기다란 테이블 하나가 놓여 있었다. 창가에는 혁철 패거리가 인간 커튼이 되어 주르륵 서 있었다. 남자들 사이엔 오 상무가 보였고, 그 옆에는 땅콩이 나를 애써 외면하며 안절부절못하고 서 있었다.

영감님은 기다란 테이블에 홀로 앉아 주방장이 새 안주를 가지고 올 때마다 킁, 기이한 돼지 같은 소리를 내며 시식을 했다. 양복을 입은 오십 대 초반의 영감님이 고기 한 점을 먹고 쩝쩝, 킁, 쩝, 킁 코와 입을 바쁘게 움직였다. 오랫동안 맛을 본 영감님은 옆에 세워진 화이트보드에 "마늘 족발 45,000₩"이라고 썼다. 그는 물로 입을 헹구고 나서 나를 바라보았다.

요요요씨부럴넘이간댕이가부어서동네방네지랄염병을하고다니다가니미뒈질려고어디서눈깔을야리면서실실쪼개고있어내가미소속에비친그대로보이냐개쌍놈아.

마치 주파수가 맞지 않은 라디오로 인도 랩을 듣는 기분이었다. 왜 영감님이 가까운 사람들에게 마약 돼지로 불리는지, 그리고 영감님과 협상을 하고 돌아온 날, 형이 왜 영감님은 말이 통하지 않는 사람이라고 했는지 이해가 됐다.

킁. 영감님은 접시에 놓인 돼지 앞다리 뼈를 들고 요리사의 머리를 때렸다.

킁씨발아엠에스지좀작작뿌려킁씨발놈이진짜킁음식에성의가없어좆좆좆좆족발같은넘부랄을떼서뿔알탕을만들어버릴까보다킁.

대여섯 차례 머리를 얻어맞은 요리사 아저씨가 연신 머리를 조아렸다. 영감님은 알아듣지 못할 욕을 계속 퍼부은 다음 손에 든 족발을 바닥에 내던졌다.

기름기로 번들거리는 족발이 내 발치로 미끄러졌다. 순간 고깃덩이에 이성을 잃었다. 나는 무릎을 꿇고 두 손으로 족발을 붙들고 허겁지겁 뜯었다. 적막한 홀 안에 이빨로 고기를 뜯는 처량한 소리가 퍼졌다.

울지는 않았다. 눈물은 트렁크 속에서 실컷 흘렸다.

고기를 남김없이 뜯어먹고 나서 고개를 들었다. 간이 의자에 앉아 있던 혁철은 눈살을 찌푸렸고, 오 상무는 나를 개 보듯 봤고, 땅콩은 내 시선을 피했다. 왜 이 자리에 땅콩이 끌려왔는지는 분명했다. 나의 몰락을 확인할 수다스러운 증인이, 밤 세계의 스피커가 필요했을 것이다.

영감님이 테이블 밖으로 나와 나를 향해 걸어왔다. 평범한 그 얼굴이 가까워질수록 심해에서 튀어나온 괴생물체처럼 느껴졌다. 영감님은 죠스를 들고 있었다.

병신쪼다새끼이런야쓰리로뭘하겠다고염병은요걸로똥꼬에쑤심을당해야아이야하느님부처님정신을차리지킁.

눈앞에서 죠스를 흔들어대던 영감님은 족발을 던질 때처럼 죠스를 바닥에 내팽개쳤다. 내 시선은 죠스가 굴러가는 궤적을 따라갔다. 남자들 틈에서 눈치를 보던 땅콩이 추억을 줍듯 죠스를 주워 상의 안주머니에 챙겼다.

다시 고개를 돌렸을 때, 영감님이 보이지 않아 당황스러웠다.

큼큼. 아래에서 소리가 났다. 고개를 숙이자 영감님의 동그란 정수리가 보였다. 그는 내 앞에 무릎을 꿇고 있었다.

차카게사라야엄마랑누나랑강변살지.

영감님이 내 바지를 걷어 올리기 시작했다. 두 다리가 무릎께까지 드러나자 영감님이 주머니에서 매직을 꺼냈다. 똑. 매직 뚜껑을 여는 소리가 불길했다.

유성 매직이 내 오른쪽 무릎에 서늘하게 선을 그었다. 똑같이 왼쪽 무릎에도 선이 그어졌다. 영감님은 일어나 내 티셔츠의 팔을 걷어 올리고 내 양 팔꿈치에 매직으로 선을 그었다. 알코올과 비슷한 매직 냄새가 역했다.

영감님은 나를 마주 보고 무표정하게 혀를 메롱, 내밀었다. 그는 검지를 까닥까닥 움직이며 메롱을 따라 하라고 손가락질했다. 입을 벌리자 영감님이 주유기에서 영수증을 뽑듯 내 혀를 잡아당겼다. 매직이 혓바닥에 가로줄을 그었다. 혀가 아플 정도로 쓴맛이었다.

"영감님, 그럴 필요까진 없잖아요."

혁철이 다가와 말했다.

"아킬레스건만 하나 끊죠."

아이씨혁철씨는언제부터염병할인도주의자였나미친졸라재미없게큼.

잠시, 혁철이 날 구원해주길 바랐지만, 혁철은 더이상 영감님과 말을 섞는 것도 싫은 표정이었다. 그는 이 자리에 있는 사람들 중 유일하게 영감님의 행위에 모욕감을 느끼는 사람이었다. 혁철이 한숨을 내쉬었다.

"그럼 팔이라도 하나 남겨두세요. 우리가 매일 이놈 밑 닦아줄 수는 없으니까."

헐졸라합리적인척은큼오케바리.

영감님은 엄지에 침을 바르고 내 오른팔꿈치에 그어진 매직선을 문질렀다. 팔꿈치에 지우개 똥 같은 각질이 일어났다.

어휴씨발모나미졸라안지워져큼.

신경질을 내던 영감님은 지우개질을 포기하고 매직으로 그은 줄 위에 엑스 자 표시를 했다. 앞이 깜깜했다.

YY와 더블린 골목 사이, 다섯 번째 가로등 아래 강남의 유일한 거지가 있다. 노숙자 한 명만 어슬렁거려도 민원이 폭주하는 동네지만 그 거지만큼은 영감님의 보호 아래 착실하게 구걸 활동을 한다. 왕년에는 BMW를 타고 다니던 신기동파의 잘나가는 행동 대장이었다. 제자리 점프를 일 미터나 뛰고, 공중 발차기를 다섯 번 한다는 소문이 돌 만큼 운동신경이 타고난 사내였다. 주류 창고에서 그와 대결할 때 가시에 찔린 캥거루와 싸우는 것 같았다. 발에 스프링이 달렸나 싶을 정도로 탄력이 좋았다. 그의 발이 내 얼굴에 스칠 때마다 바람이 휙휙 불었다. 동작도 재빨라서 그의 손가락을 막지 못했다면 나는 왼쪽 눈에 의안을 박을 뻔했다. 가까스로 내가 이기긴 했지만 그의 탄력은 살 수만 있다면 정말 돈 주고라도 사고 싶었다. 아쉽게도 이젠 누구도 그 번뜩이는 실력을 확인할 수 없다. 그의 자랑이었던 두 다리는 영감님이 매직을 긋고 나서 전기톱에 썰렸다. 넓은 비닐 위에 떨어진 자신의 두 다리를 보고 난 뒤 그는 쇼크로 사흘 동안 의식을 잃었다고 한다. 그 소식을 접하고 나도 쇼크로 며칠 동안 식음을 전폐했다. 황금 다리가 붙어 있던 자리엔 지금 검은 고무가 칭칭 감겨 있다. 해 질 녘

고무 다리를 끌며 그가 부르는 처량한 찬송가를 듣다 보면 반항이란 단어마저 잊게 된다. 종종 지방 조직들은 신참들을 강남으로 데리고 와 견학을 시킨다. 강남 거지. 그 살아 있는 본보기를 보여주면 다들 군기가 바짝 든다고 한다.

이제 내가 새로운 본보기가 될 차례였다. 오른팔을 제외한 팔다리엔 절단선이 그어져 있었다. 마취 따윈 기대할 수 없었다. 혀가 잘릴 때 과다 출혈로 죽지 않는다면 강남의 두 번째 거지가 되든가, 컨테이너 박스에 갇혀 메이드 인 코리아 수출품 신세가 될 것이다.

아시아의 일부 지역에서는 흉측한 외모가 돈벌이에 이용된다. 특히 나이가 어릴수록 매출이 높다. 조직이 아이들을 납치하면 남자아이는 신체를 절단하거나 눈을 멀게 만들어 도망치지 못하게 한 다음 앵벌이를 시킨다. 초경 전의 여자아이는 자궁이 넓어지는 주사를 놓고 홍등가로 내보낸다. 하지만 요즘은 그보다 더 수지맞는 장사가 있다. 아이들의 작은 장기는 암시장에서 부르는 게 값이다. 성인과 달리 유아나 어린이는 자발적인 장기 기증이 불가능하다. 병든 자식을 둔 서양의 부자 부모들은 전 재산을 털어서라도 자식의 몸에 맞는 장기를 찾아 헤맨다. 자식을 위하는 마음이 너무나 간절해서 비행기를 타고 넘어온 싱싱한 장기의 출처를 감히 상상할 엄두를 못 낸다.

몸이 클 대로 커버린 나는 수출되어봤자 양 한 마리 정도의 값밖에 쳐주지 않을 것이다.

유럽의 일부 나라에서는 성적으로 삐뚤어진 남자들이 테이블 위에 양의 네 발을 묶어놓고, 돌아가면서 양을 수간한다. 이 세상엔 그런 인간들이 존재한다. 그들 눈엔 비록 팔다리가 잘렸더라도, 털이 무성한 양보다는 동양인 남자애의 엉덩이가 더 섹시하게 보일지 모른다.

형은 세상에서 가장 잔인한 영화도 "현실에 비하면 재롱 잔치"에 불과하다고 말했다. 입술이 바르르 떨렸다. 두 다리가 선풍기에 붙은 띠처럼 쉴 새 없이 흔들렸다. 형이라면 어떻게 할까? 형이라면 여길 어떻게 빠져나갈까? 형이라면 이 녀석들에게 어떻게 한 방 먹일까? 눈을 감고 집중하자 서서히 형의 음성이 들리기 시작했다.

—원래 인간은 게으르기 짝이 없는 짐승이야. 그것들을 빠릿빠릿 움직이게 만드는 두 가지가 뭔지 알아? 첫 번째는 공포야. 기억해. 교육은 교육업이 아니고, 보험은 보험업이 아니고, 아파트는 건설업이 아니야. 모두 다 공포 산업이야. 남들을 따라 하지 않거나, 남들이 가진 걸 가지지 않으면 낙오자가 된다는 공포심으로 굴러가는 산업이지. 겁먹은 호구들의 지갑은 술술 열리기 마련이야.

아쉽게도 나는 홀 안의 남자들에게 공포를 줄 수 없었다. 눈을 뜨고 오 상무를 쳐다보았다. 그는 왜 이 자리에 왔을까. 내가 어떻게 처리되는지 김 회장에게 보고하기 위해서일까. 단지 그 이유 때문일까? 혹시 무언가를 얻기 위해서는 아닐까. 다시 눈을 감았다.

—그럼 공포 말고 사람을 움직이는 두 번째 에너지는 뭐죠?

—당연히 욕심이지.

나는 욕심 산업을 택했다.

"5번 룸 영상 파일을 드리면, 저를 놓아주실 건가요?"

일부러 큰 목소리로 말했다. '영상 파일'을 말하는 순간 오 상무의 눈이 반짝였다. 그는 여물통으로 달려드는 돼지처럼 영감님과 혁철 사이로 끼어들었다. 혁철이 불쾌해하며 오 상무를 밀치고 내게 말했다.

"무슨 소리야. 룸 안에 CCTV가 있을 리 없잖아."

"그건 영감님한테 물어보세요."

영상 파일의 유무 여부는 도박이었다. 동시에 나의 유일한 카드였다. 5번 룸 살인 사건 당일에 형은 CCTV 파일을 가지고 갔다. 단순히 더블린의 복도가 찍힌 영상이었다면 챙기지 않았을 것이다. 영감님 입장에서도 룸 안에 카메라를 몰래 설치하는 편이 이득이었다. 재벌 자식들의 약점을 잡을 수 있는

데 카메라를 설치하지 않을 이유가 없었다. 사실 카메라가 설치되었다고 추정한 이유는 무엇보다 룸에 들어갈 때마다 누군가 내 등을 쳐다보는 것 같은, 소름 끼치는 느낌 때문이었다. 비록 여자는 아니지만, 수빈이 남자 주제에 감을 믿다가는 언젠가 큰코다칠 거라고 경고했지만, 나는 나의 육감이 맞기를 기도했다.

세 남자의 표정이 절묘했다. 약간의 차이는 있지만 군침을 흘리고 있다는 점에서는 똑같았다.

오늘밤열두시까지파일안가져오면네놈눈알하고혓바닥이토치로녹아내릴것이여신데렐라같은놈아.

영감님의 손이 내 음낭을 움켜쥐었다. 미성년자의 음낭을 잡는 게 요즘 돈 많은 돼지들의 유행인가.

"조건이 하나 더 있습니다."

내가 심호흡을 하고 말하자, 영감님이 더 세게 음낭을 움켜쥐었다.

개시부랄넘이부랄이터져야옴매씨발용서해주세요개염병을떨려고…….

"옷 좀 사주세요."

영감님은 내 음낭에서 천천히 손을 떼었다. 그러더니 주위를 둘러보며 웃음을 터뜨렸다.

어흐흐시발새끼조또겁나멋있어지금천만원신사임당님으로땡겨줄게졸라멋진놈아동대문에서사면둬질줄알아나도니미이따때때옷사러청담동가야지알마니베르사체시벌넘들오늘다죽었어큼.

옷을 사주겠다는 의미로 이해했다. 영감님은 바지와 팬티를 훌러덩 벗고 성기를 드러낸 채 덩실덩실 어깨춤을 추며 테이블로 향했다. 그리고 서류 가방에서 현금 뭉치를 꺼내 내게 던졌다.

지화자씨부럴졸라행복해덩덕쿵쿵덕큼.

그로테스크한 판소리 한 판이 끝난 느낌이었다.

나는 양복을 입은 남자들을 한 명씩 바라보았다. 조문객이 이 정도면 쓸쓸하지는 않겠다.

수의 壽衣

백화점 식료품관을 먼저 들른 후, 남자들과 함께 휘황찬란한 명품관으로 올라갔다. 베르사체 매장의 슈트를 둘러보며 나는 번데기 통조림의 뚜껑을 땄다.

“이거 얼마예요?”

젊은 남자 매니저가 침을 꼴딱이며 나와 혁철 패거리들을 번갈아 바라보았다. 나는 번데기 통조림을 음료수처럼 벌컥벌컥 들이켰다.

“이 마네킹이 입고 있는 그대로 주세요.”

두 번째 번데기 통조림을 열며 내가 말했다. 매니저는 후다닥 실크 셔츠와 카키색 슈트 상하의를 챙겨 왔다. 나는 번데기를 입안에 몽땅 쏟아붓고, 옷을 챙겨 탈의실로 들어갔다.

혼자만의 공간에 들어오자 트렁크 속의 악몽이 되살아났다. 나는 모래 맛이 나는 번데기를 씹으며 헬스 코치에게 배운 하체 운동을 시작했다. 이마에 금세 땀이 올라왔다. 땀은 언제나 내가 옳다는 유일한 증거다.

웨이트 트레이닝을 마치고, 가격에 헉 소리가 나오는 카키색 베르사체 슈트를 걸치고 밖으로 나왔다.

"아테스토니 매장은 어느 쪽이죠?"

베르사체를 입은 김에 새 구두도 신고 싶었다. 오 상무는 넓은 이마에 거미줄 같은 주름을 잔뜩 잡으며 말했다.

"쓰레기 놈아. 지금 누구 인내력 테스트해?"

어깨를 으쓱하고 운동화를 내려다봤다. 운동화치고는 양복과 꽤 어울렸다. 그러고 보면 태어나서 처음 산 나이키 운동화이기도 하고, 발차기를 하기에도 이쪽이 더 편했다. 명품 구두가 아쉽기는 했지만 나는 정든 운동화를 신은 채 남자들에게 둘러싸여 백화점을 떠났다.

어둠이 내려앉은 승합차의 차창 밖에는 혁철의 제네시스가 부드럽게 도로를 달렸다. 승합차 뒤로는 검은색 세단들이 꼬리에 꼬리를 물었다.

승합차 2열에서 나는 질겅질겅 인삼을 씹었다.

"아저씨, 하나만 물어볼게요."

조수석에 앉은 오 상무가 고개를 뒤로 돌렸다.

"아무리 생각해도 이해를 못 하겠어요. 회장님이 글러브를 끼고 절 때렸잖아요. 제가 아무리 미워도 그 고귀하신 분이 왜 직접 나섰을까요? 영화에서는 보통 킬러를 고용하던데. 자식 사랑 때문인가요?"

오 상무는 차창을 열고 전자 담배를 꺼냈다.

"그러니까 네가 중졸인 거야. 회장님이 왜 화가 나셨을까. 친아들이 행여나 감옥이라도 갈까 봐? 흥, 넌 평생을 가도 우리 세계를 1퍼센트도 이해 못 해. 우리가 핏줄이나 정 따위에 연연하는 저차원적인 인간들로 보여?"

'우리'를 강조하는 걸 보니 오 상무는 재벌 세계에 강한 소속감을 느끼는 것 같았다. 하지만 재벌들도 오 상무를 '우리'라고 인정해줄지는 알 수 없었다.

"회장님은 누이들을 미국으로 쫓아내고 남동생을 폐인으로 만들었어. 나중엔 상왕 노릇을 하려는 아버지까지 요양원 독방으로 모셨더랬지. 널 팬 게 단순한 화풀이었을까? 그게 아니지. 넌 회장님이 만든 판을 망쳤어. 두 아들인 김호영이든 김태영이든 얼마 뒤면 한쪽이 다 차지하고, 한쪽은 철저하게 몰락하게 되어 있어. 회장님은 누가 자기 형제를 잡아먹는지 냉정하게 평가하고 싶었던 거야. 포식자가 최종 후계자로 낙점되지. 이제 결판의 시간이 다가왔는데, 뜬금없이 너란 쓰레기가 끼어들었어. 7 대 8 투아웃 9회말에 네놈이 TV를 꺼버렸다고. 참내, 꼴통한테 풀어주기 힘드네."

전자 담배의 연기를 밖으로 내뱉으며 오 상무가 말했다.

"내신 9등급이면 9등급답게 살아야지."

하얀 연기가 맞바람을 타고 승합차 안으로 들어왔다.

"남들 공부할 때 뭐 했어? 남들 대학 갈 때 뭐 했냐고? 남들 공부할 때 실컷 놀았던 주제에 성공이라도 하고 싶었어? 남들이 바보라서 치질 걸려가면서 공부하는 줄 알아? 인생은 뿌린 대로 거두는 법이야. 무슨 말인지는 이해는 되냐? 9등급 꼴통 새끼야."

승합차에 묘한 긴장감이 감돌았다. 9등급은 나를 향한 말이었지만, 오 상무를 제외한 승합차 안의 인간들 역시 공부도 못했던 주제에 성공을 꿈꾸는 족속이었다. 만약 그가 영감님의 거래자가 아니었다면 당장 이빨이 몇 개 부러져도 이상하지 않았다.

오 상무는 태연하게 "하여튼 무식한 새끼들은 답이 없어"라고 말한 후 창밖으로 침을 뱉었다.

나는 무릎 위에 올려놓은 인삼 선물 세트에서 인삼을 꺼내 뿌리에 묻은 흙을 털어냈다. 오 상무를 바라보며 인삼을 씹었다. 저렇게 눈치가 없는 사람도 대기업의 임원이 될 수 있다는 사실에 약간의 위안을 얻었다.

부활

산꼭대기 한 뼘 위에 녹슨 달이 떠 있었다.

엄마와 함께 올랐던 철거촌의 그리운 언덕을, 이제는 포악한 남자들과 함께 오르고 있다. 이 순간 엄마의 손을 잡고 있다면 더없이 행복할 테지만, 두 손은 케이블 타이로 묶인 채였다. 그나마 손이 앞으로 묶여 있어서 다행이었다. 후미에서는 빨리 시신을 처리하고 고향으로 돌아가고 싶어 하는 중국인 용병들이 시끄럽게 떠들어댔다.

시원치 않은 가로등 아래서 철문이 떨어진 집들이 깜박깜박 흉가의 내부를 드러내고 감췄다. 골목 여기저기 폐가구와 쓰레기들이 버려져 있었다. 담장에는 개발 반대, 무효, 철회, 재개발위원회는 자폭하라, 따위의 글씨가 래커로 휘갈겨져 있었다. 가파른 좁은 길을 올라갈수록 허물어진 집들이 많았다. 어둠 어딘가에서 벽이 갈라지는 소리가 들렸다. 내 마음 어딘가도 폭삭 무너지는 기분이었다.

올라가는 중에 일부러 공터를 지났다. 시민 활동가들이 철거촌 아이들을 위해 설치했던 빨간 그네는 쇠줄이 도난당한 채였다. 그네를 잃은 삼각 지지대는 바람에도 삐걱이지 못했다. 한때는 나의 우주였던 이 동네가 헐벗고 병든 소녀처럼 보였다.

이곳에서 세상에서 가장 잘생긴 남자를 만났다. 그는 내가 겪어보지 못했던 새로운 유형의 인간이었다. 그는 세상을 자신만의 방식으로 완전히 이해하고 있었다. 그는 직설적이며 신비롭고, 무섭고도 매혹적이며, 강하지만 동시에 보호해주고 싶은 남자였다. 나는 그의 세계로 빨려 들었다. 하지만 그를 선망했기에 잡을 수 없었다. 그날이 생생하게 기억난다. 그가 이곳에서 헬멧을 벗었을 때, 내 인생의 새로운 이야기가 시작되었다. 이제 그 이야기를 끝내야 한다.

발길을 옮기자 남자들이 일렬로 뒤따라왔다. 세상에서 가장 긴 그림자를 이끌고 나는 엄마의 집으로 올라갔다.

오돌토돌한 슬래그 벽돌 담장을 지나 가난한 옛집으로 들어왔다. 평생 손님 한번 찾아온 적 없던 마당은 남자들로 꽉 찼다. 민들레를 피웠던 고무 화분이 흙을 내뱉고 누워 있었다. 모종삽은 내가 마지막으로 흙바닥에 곧게 세워둔 그대로였다.

넌지시 남자들을 돌아봤다. 점퍼를 입은 중국인 용병들은 자기들끼리 쉴 새 없이 떠들어댔다. 혁철은 패거리들 가운데서 팔짱을 끼고 무언가를 골똘히 생각했다.

오 상무는 정상에 오른 등산가의 표정을 지으며 손수건으로 이마의 땀을 꾹꾹 찍어냈다. 아마도 회장님에게 바칠 전리품을 기대하는 듯했다. 참 모자란 사람이다. 김태영의 인생을 좌지우지할 5번 룸 녹화 파일을 혁철이 순순히 넘겨주리라 생각하는 걸까. '무식한 깡패'가 감히 자신을 건드리지 못하리라는 배짱은 어디서 나올까. 뜨거운 맛을 보면 인생을 다시 생각할까?

나는 묶인 두 손으로 모종삽을 들어 올렸다. 그러자 오 상무가 내 멱살을 잡았다.

"어디서 허튼수작이야?"

"들어가서 땅을 파야 해요. 도와주실래요?"

나는 화살표 모양의 모종삽으로 마루 속의 어둠을 가리켰다. 땔감을 때던 시절에 지어진 이 집은 방으로 들어가기 위해선 작은 마루를 밟고 올라야 했고, 마루는 지상에서 육십 센티미터 정도 높이에 떠 있었다. 혁철을 쳐다봤다. 팔짱을 끼고 있던 혁철은 내 눈을 바라본 다음 마음대로 하라고 손짓했다.

나는 모종삽을 들고 마루 밑에 납작하게 엎드렸다. 그리고 천천히 어둠 속으로 고개를 집어넣었다.

"불 좀 비춰주세요."

패거리들이 마루 밑으로 핸드폰 라이트를 비추자 쥐들이 밖으로 뛰쳐나왔다. 내 등을 타고 사라진 쥐는 어찌나 살이 쪘는지 너구리한테 등을 밟힌 느낌이었다. 나는 앞으로 모종삽을 찍어가며 어둠 속을 기어갔다. 세계사 교과서에서 본 삽화가 떠올랐다. 산업혁명기의 아동 노동자가 망치와 정을 들고 갱도를 파고들어가는 그림이었다. 아이의 앙상한 발목에는 쇠사슬이 묶여 있었다. 조직 폭력계의 역사서가 쓰인다면 내 그림도 한 컷 들어갈지 모르겠다.

마루 밑에서 조약돌을 찾아 바닥에 손을 더듬었다. 머리 위쪽에서 차갑고 미끈한 하얀 돌이 만져졌다. 나는 모종삽으로 돌이 놓인 자리를 파기 시작했다. 푹. 푹. 흙을 파내는 소리가 경건하게 들렸다. 얼마 파 들어가지 않아 딱 소리와 함께 삽 끝에 보물 상자가 걸렸다. 나는 모종삽으로 가장자리를 파낸 다음 상자 위의 흙을 털어냈다.

상자 뚜껑을 밀어내자 나의 보물들이 나왔다. 만화책, 〈포켓몬스터〉 피규어, 야구공, 졸업 앨범, 엄마의 액세서리들. 안을 뒤적여 도루코 연필 칼을 찾아내 손목을 압박하는 케이블 타이를 끊었다. 자유로워진 두 손으로 보물들을 헤쳤다. 물건 틈 속에 오르골이 손끝에 걸렸다. 엄마의 유품 중 유일하게 소녀 취향의 물건이었다. 오르골을 열고 태엽을 감았다. 작은 빛들이 쏟아지며 오르골 위의 발레리나가 삐걱삐걱 돌아갔다. 아련한 자장가가 들렸다. 나는 보물 상자를 마저 헤쳤다. 밑바닥에 M16 소총이 왕처럼 누워 있었다.

"찾았어요."

그러자 마루 밑으로 오 상무의 얼굴이 거꾸로 나타났다.

"찾았어?"

"네. 저 풀어준다는 약속 지키셔야 해요."

"내 명예를 걸고 약속할게."

"아저씨 명예는 못 미더워요. 어머니 이름 걸고 맹세하세요."

"오숙자 여사의 이름을 걸고 맹세해."

한 치의 망설임 없이 이름을 대는 걸 보니, 오숙자는 그의 어머니가 아니라 사이 나쁜 누이나 고모임이 분명하다.

소총을 배에 깔고 낮은 포복으로 밖으로 나아갔다. 영상 파일에 대한 욕심에 눈이 먼 남자들은 내 손이 풀어져 있는지도 눈치채지 못했다.

마루 밖으로 나오자마자, 나는 소총을 들고 조준 자세를 취했다.

"꼼짝 마!"

소총을 본 남자들이 본능적으로 동시에 뒤로 물러섰다. 혁철만이 꼿꼿이 서서 자신을 겨냥하고 있는 소총 구멍을 유심히 들여다보았다.

"어른들한테 장난감 들고 설치면 안 되지."

나는 보물 상자에서 꺼낸 총알을 던졌다. 총알을 받은 혁철이 보석 감별사처럼 눈앞에 총알을 가까이 댔다. 가로등 불빛 아래 구리색 총알이 뾰족하게 빛났다. 그의 얼굴이 빠르게 굳었다.

나는 점퍼 입은 중국인들에게 총구를 돌리고 말했다.

"저스워먼한궈런즈젠더스! 니먼중궈런샤취바! 셴자이부저우카이, 워쥬야오카이챵러!●"

세 중국인이 양손을 들고 뒤로 물러섰다.

"샹훠, 쥬권샤취!●●"

내 말이 끝나기 무섭게 중국인들은 뒤도 돌아보지 않고 언덕 아래로 줄행랑을 쳤다. 과연 용병다운 자세였다. 나는 총구

● "한국인끼리의 일이다! 중국인은 내려가! 지금 사라지지 않으면, 총을 쏘겠다!"라는 뜻의 중국어.

●● "살고 싶으면 사라져!"라는 뜻의 중국어.

를 서서히 움직이며 혁철 패거리의 수를 셌다. 열 명. 총알은 세지 않았다.

"차렷! 열중쉬어! 앞으로 나란히!"

그냥 아무렇게나 지껄였다. 땅콩이 내 사수였을 때, 나를 이상한 놈이라며 똘아이라고 불렀다. 당시엔 그 말이 정말 듣기 싫었는데, 오늘만큼은 진짜 똘아이처럼 보여야 한다. 엄지손가락을 깨물었다. 피가 흘러나왔다. 피를 내 얼굴에 발랐다. 얼굴에 핏줄기가 한 줄 한 줄 늘어나자 남자들이 얼어붙었다. 이제야 사람들이 똘아이를 괄시하는 이유를 알았다. 똘아이가 그들이 상상하지 못한, 행할 수 없는 일들을 감히 시도하기에 무서웠던 거다. 이해하지 못하면 두렵다. 두렵기 때문에 똘아이라 불리는 이들의 기를 미리 죽여놓으려고 하는 것이다.

소총을 한번 스윽 움직이자 패거리들이 금세 말귀를 알아들었다. 패거리들이 하나둘씩 허리춤에 찼던 칼을 마당에 던지기 시작했다. 땅콩에게 눈짓을 하자, 땅콩이 소총을 쳐다본 다음, 칼을 회수하고 내게 왔다. 총이 입보다 말을 잘했다. 남들과 이렇게 소통이 잘된 적은 태어나 처음이다.

나는 땅콩에게 눈짓을 하며 마루 아래를 가리켰다. 땅콩은 자세를 낮추고 패거리들의 칼을 하나씩 마루 속으로 던졌다. 칼이 꽂히는 소리가 척, 척, 척, 시원하게 들렸다.

"머리 박으세요."

패거리들이 머뭇거렸다.

"대가리 박아!"

총구에 힘을 주자 패거리들과 오 상무가 땅에 머리를 대고 열중쉬어를 했다. 혁철을 제외한 남자들의 몸이 시옷 자 모양이 됐다.

"죠스 이리 주세요."

땅콩에게 말했다. 땅콩은 호프집에서 챙겼던 죠스를 꺼내 내 바지 주머니에 밀어 넣었다. 그에게 귓속말을 했다.

"오 상무 잡고 있으세요."

땅콩은 고개를 끄덕이고 내 옆에 섰다. 그러자 혁철이 고개를 갸웃거리며 말을 걸었다.

"가만, 총을 들고 있는데 왜 그게 필요하지?"

"맞고 나면 알겠죠."

지체 없이 방아쇠를 당겼다. 혁철이 이마를 움켜쥐고 쓰러졌다.

"젠장, 이건……."

혁철이 고개를 들자 이마에 박힌 BB탄이 똑 떨어졌다. 나는 달려가 개머리판으로 혁철의 면상을 후려쳤다. 외마디 비명을 지르며 혁철이 마당에 너부러졌다. 옆에서 머리를 박고 있는 패거리들을 힘껏 발로 찼다. 녀석들이 도미노처럼 쓰러졌다.

소총을 내던지고 밖으로 뛰어나갔다. 어두컴컴한 골목길을 달렸다. 대문 밖으로 우르르 쏟아져 나온 남자들이 날 쫓아왔다. 인원수로 보면 확실히 내게 불리한 게임이었지만, 이 동네 지리라면 난 눈 감고도 골목 구석구석을 헤집고 다닐 수 있다. 게다가 익숙한 무기도 손에 쥐었다.

달리기가 가장 빠른 남자가 코너를 돌아 나왔다. 전봇대 뒤에서 숨바꼭질하는 아이처럼 웅크린 나는 죠스로 그의 무릎뼈를 깼다. 아아악! 비명을 지르는 남자 뒤로 헐떡거리는 얼굴들이 보였다. 얼굴들을 향해 아무나 한 놈 걸려라, 하는 심정으로 돌멩이를 집어 던지자 아아악! 두 번째 비명이 들렸다. 누가 맞았는지 확인할 겨를도 없이 다시 내달렸다. 발소리가 따라왔다. 나는 뻐꾸기 할머니네 담을 넘었다. 뒤이어 한 남자가 담을 뛰어넘었다. 장독대가 와장창 깨졌다. 뻐꾸기 할머니 집엔 뻐꾸기시계가 하나고, 장독은 열두 개다. 엉덩이에 장독 조각이 박힌 녀석이 소리 지르며 펄쩍펄쩍 뛰었다. 그러게 청소년을 괴롭히면 엉덩이에 뿔 난다.

용케 장독을 피하고 착지한 다른 남자가 슬금슬금 마당 가운데로 걸어왔다. 그의 눈앞에 버려진 옷을 던졌다. 옷이 까마귀처럼 작았는데도 옷을 나로 착각하고 고개를 돌렸다. 나는 지붕에서 뛰어내려 그 얼굴에 죠스 맛을 보여줬다. 먼지를 일으키며 남자가 나자빠졌다.

마당으로 짧은 파마 머리가 뛰어내렸다. 나는 담을 넘어 겁보 덜덜이네 집으로 뛰어내렸다. 곧 덜덜이네 위로 몸이 날랜 날다람쥐가 날아왔다. 나는 날다람쥐의 옷깃을 잡고, 날아온 탄력을 이용해 녀석의 몸통을 마당 화장실로 내던졌다. 두 팔을 들고 한일자 모양으로 날던 날다람쥐가 화장실 모서리에 부딪쳐 입구 자로 쪼그라들더니, 바닥에 큰대자로 뻗었다.

덜덜이네 집을 나오자 짧은 파마 머리가 밑에서 달려 올라왔다. 그를 피해 골목을 뛰었다. 옆에 그물 모양의 펜스가 보였다. 재개발 소식을 들은 성북동 땅 부자가 동네 아이들이 즐겨 놀던 작은 빈 땅에 펜스를 치고, "사유지 침입 시 벌금 500만 원"이라는 표지판을 걸었다. 동네 아이들은 "오백만 원 벌러 가자" 하고 펜스에 개구멍을 뚫고 들어가 안에서 신나게 놀았다. 나는 개구멍으로 기어 들어갔다. 헐레벌떡 뒤따라 온 파마 머리도 개구멍에 머리를 집어넣었다. 나는 힘껏 뛰어 커다란 거미처럼 그물 모양의 펜스에 달라붙었다. 몸을 뒤로 젖혔다. 삐걱삐걱. 녹슨 펜스가 기울어지더니 뿌드득 부러졌다. 개구멍에 끼어 있던 파마 머리 위로 펜스가 무너졌다. 그물에 걸린 물고기처럼 파마 머리가 펜스 아래서 파닥거렸다. 나는 근처에 버려진 소형 냉장고를 들어 파마 머리의 등에 던졌다. 달빛 아래서 파마 머리가 아우성쳤다.

남은 녀석들이 어디서 나타날지 몰랐다. 공터에서 나와 계속 좁은 언덕길을 올랐다.

철거촌 정상 부근에 축대 길이 보였다. 산 쪽에는 잡석으로 쌓은 축대가 높이 서 있었고, 난간이 쳐진 바깥쪽은 동네가 훤히 내려다보였다. 기진맥진해진 나는 가로등 아래 멈췄다. 축대에 기대 뜨거운 숨을 몰아쉬었다.

여름마다 어른들은 바람 불고 경치 좋은 이 좁은 축대 길에서 이웃들과 다정하게 수박을 잘라 먹고, 고기도 굽고, 술에 취해 진탕 싸우기도 했다. 다행히 대부분은 몸싸움 대신 욕 싸움이었다. 정말 걸쭉한 욕들이었다. 이 동네에서 의사나 변호사가 배출되긴 글렀지만, 언젠가 에미넴 못지않은 랩 배틀 천재가 나오리라 확신하는 바이다.

왼쪽 길목에서 발소리가 들렸다. 숨 좀 쉬자. 세 명이 가로등을 향해 뛰는 듯 걷는 듯 다가왔다. 셋 다 무기를 들고 있었다. 쇠 파이프, 식칼, 골프채. 가만, 우리 동네에 골프 치는 사람이 있었나. 어쨌든 추격 와중에 손쉽게 무기를 조달한 걸 보니 〈배틀그라운드〉 같은 게임 하면 금방 고수 되겠다.

다들 한 덩치들 했지만, 여기까지 오느라 표정이 죽을 둥 살

둥 했다. 포위만 당하지 않으면 승산이 있었다. 나는 축대에 세워진 리어카를 내려 길을 막았다.

"거, 바람 형님. 우리도 좀 삽시다."

"입은 살아 계시네요."

"서로 쉽게 쉽게 가면 누이 좋고 매부 좋고……."

"요령 피우지 말고 노오오력하세요."

나는 리어카 손잡이를 잡고 이리저리 흔들었다. 식칼이 침을 퉤, 뱉고 멧돼지처럼 달려왔다. 어느새 식칼이 리어카 위에 올라 식칼을 휘둘렀다. 나는 리어카 손잡이를 올려 칼을 막아냈다. 텅. 튀어오른 식칼이 식칼의 광대뼈를 찔렀다. 고의는 아니다. 아아아아! 나는 울부짖는 식칼을 리어카를 태운 채 빠르게 후진했다. 이어 가파른 무다리 계단에 다다랐을 때, 나는 식칼의 머리를 밟고 리어카를 건너뛰었다. 뒤에서 식칼을 실은 리어카가 걸 그룹도 일 년만 오르내리면 무다리가 된다는 무다리 계단 아래로 굴렀다. 덜컹덜컹. 놈을 태운 리어카가 까마득한 계단 아래로 멀어졌다.

쇠 파이프와 골프채가 우물쭈물거렸다. 가로등 쪽으로 전진했던 나는 속도를 높여 벽을 타고 달렸다. "어, 어." 놀랄 거 없다. 이 험한 동네에서는 초등학생들도 견자단 흉내를 낸다. 나는 축대에서 날아 무릎으로 골프채의 면상을 찍었다. 그의 입에서 만화 글자처럼 튀어나온 이빨들이 축대 벽에 까르르 튀었다.

자세를 낮추고 쓰러져 있는 골프채의 이마를 죠스로 세 번 가격했다. 죠스 모서리에 찢긴 그의 이마에서 피가 솟구쳤다. 기절한 골프채를 내려놓고 일어섰다. 이제 쇠 파이프 차례다. 내가 죠스를 들고 위협하자, 그가 쇠 파이프를 내던지고 왔던 길로 뛰어 내려갔다.

난간을 붙잡고 골목 구석구석을 내려다보았다. 혁철 패거리 잔당들이 언덕길을 내려가며 후퇴하는 모습들이 보였다.

십오 분쯤 뒤 공터 근처에 다다랐을 때, 남자의 비명 소리가 들렸다. 소리를 따라 걸었다. 그네 앞에서 땅콩이 오 상무를 때리고 있었다. 공터로 들어서자 땅콩은 내게 조폭 인사를 하고, 오 상무의 무릎을 꿇렸다. 그에게 물었다.

"김태영은 어디 있나요?"

안경이 벗겨진 오 상무의 눈 주위가 보라색으로 멍들어 있었다.

"나는 몰라. 진짜 몰라."

"뒈지고 싶어?" 땅콩이 귓방망이를 날리자 오 상무가 다소 곳해졌다.

"지금 김태영을 만나서 할 얘기가 있어요."

오 상무는 피로 얼룩진 죠스를 쳐다보고 나서 눈을 질끈 감았다.

"내일 김태영 이사가 첫 비행기를 타고 일본에 가. 더이상은 나도 몰라. 지금 내가 죽게 생겼는데 왜 김태영을 보호하겠어? 이거 봐봐."

오 상무가 허둥지둥 주머니에서 엑스페리아를 꺼냈다. 핸드폰 일정표엔 그의 말대로 김태영이 내일 새벽 일본으로 출국한다는 메모가 기록되어 있었다. 땅콩이 윽박을 지르며 오 상무를 닦달했지만 그도 이제 더는 모른다고만 할 뿐이었다. 내일 일정을 알아낸 것만으로도 정보는 충분했다. 땅콩도 오 상무의 표정을 살피고 취조를 관뒀다. 오 상무가 안경을 찾아 더듬더듬 바닥을 뒤졌다. 왠지 노인 학대를 한 기분이 들어서 바닥에 떨어진 그의 안경을 주워줬다. 오 상무는 안경을 쓰고 철퍼덕 주저앉았다.

공터 풀 속에서 귀뚜라미가 울기 시작했다. 나는 허리에 두 손을 올리고 어떻게 김태영을 만날지 고민했다.

"조금 똑똑하게 생각해보는 건 어때?"

너무 태연한 목소리여서 어디서 TV를 틀었나 싶었다. 전자 담배의 하얀 연기가 몽글몽글 피어올랐다. 오 상무는 자기 처지도 모른 채 느긋하게 전자 담배를 피웠다. 땅콩한테 맞은 지일 분도 안 됐는데 벌써 대기업 임원 표정으로 돌아가 있었다.

"저 똑똑한 생각 못 해요. 제가 어떻게 그렇게 하겠어요. 남들 공부할 때 놀기만 했던 꼴통이."

"에이, 뭘 그런 걸 마음에 담아두고 그래. 청소년이 미래를 생각해야지. 만약에 정말 영상 파일이 있다면 말이야. 내가 뽀찌 안 받고 제대로 팔아줄게. 그 돈만 받으면 평생 술 먹고 게임하면서 살 수 있어. 물론 나라면 그 돈을 열 배로 불리겠지만. 아저씨가 돈 뻥튀기하는 방법 알려줄까?"

용감한 걸까, 분위기 파악을 못 하는 걸까. 오 상무는 무식한 꼴통들이 한 트럭 와도 자신의 혀에 설탕처럼 살살 녹으리라 확신하는 것 같았다.

"유명호 알아? 에이, 몰라? 아무리 조폭이라도 시간 날 때 신문도 좀 보고 책도 읽고 그래야 세상 돌아가는 걸 알지. 사이버대학이라도 다니면 더 좋고. 정말 유명호도 몰라? 대한민국 최고 재무 컨설턴트잖아. 아참, 재무 컨설턴트란 말 어렵지? 한마디로 돈 벌어주는 사람이란 뜻이야. 이코노믹 TV에도 자주 나와. 나처럼 오피니언 리더지. 원하면 소개시켜줄게. 걔가 나랑 대학 동창이거든."

나는 무표정하게 죠스를 들고 그에게 다가갔다.

"아저씨 어느 대학 나오셨어요?"

처음엔 '네놈이 알면 깜짝 놀랄걸' 하는 표정을 짓던 오 상무는, 이제야 무언가 심상치 않은 기운을 느꼈는지 팔로 뒷걸음치며 대답했다.

"고…… 민족 고대 86학번이오."

나는 하늘 높이 죠스를 치켜들었다.

"남들 서울대 갈 때 뭐 했어!"

죠스로 그의 머리를 후려쳤다. 죽지 않을 만큼 때렸다. 하지만 깨어날 땐 죽을 만큼 아플 것이다.

한숨을 내쉬고 고개를 돌렸다. 땅콩과 눈이 마주쳤다. 귀뚜라미 소리를 들으며 우리는 서로를 마주 보았다. 흑과 백으로 음영 진 땅콩의 얼굴이 점점 일그러졌다. 그가 무릎을 꿇었다.

"장 팀장님……. 형님……. 용서해주세요. 혁철이 녀석들이 말을 안 들으면 홍천에 사는 동생들을…… 형님도 제 천사 같은 동생들 만나보셨잖아요. 롯데월드도 구경시켜주셨잖아요. 기억나시죠? 그런데 그놈들이 우리 보영이는 창녀로 만들고 윤재는 남창으로 만들어 중국에 팔아버린다고 했어요. 저 배신 안 했어요. 그냥 어쩔 수 없었어요. 바람 형님, 제발……."

나는 피를 흠뻑 먹은 죠스를 허공에 휘둘렀다. 끈적한 핏줄기가 끊어진 실처럼, 소리 없이 바닥에 금을 그었다.

공포에 떠는 땅콩의 두 눈에서 금방이라도 눈물이 쏟아질 것 같았다. 나는 죠스를 재킷에 집어넣고 손을 내밀며 말했다.

"운전 좀 가르쳐주세요."

상냥한 납치

유성이 떨어졌다. 어두웠던 하늘이 눈 깜박할 사이에 눈물색으로 물들었다. 점점 하늘이 넓어졌다.

잡초가 무성한 언덕에 앉아 애꾸눈 선장처럼 새벽 도로를 내려다보았다. 30배율 단망경에 축축한 아스팔트만 한가득이었다.

"핸들 다 바꿨어요."

땅콩이 은색 알페온에서 핸들을 들고 나왔다. 잡초를 헤치며 걸어온 땅콩은 내 옆에 엉덩이를 깔고 앉았다. 그가 핸들을 집어 던졌다. 알페온 핸들이 데굴데굴 언덕을 굴러 도로를 지나, 마른 논바닥에 팽그르르 쓰러졌다.

"형님이 선택한 일이니까 죽어도 난 모릅니다."

땅콩이 목장갑을 벗으며 말했다.

“6기통 3000cc예요. 원래 느긋하게 타는 차라 초반 스피드는 느리지만 한번 가속이 붙으면 옆 차 삽시간에 점 만들어요. 탄탄하고 무겁고. 하지만 에어백이 없으면 어떤 차든 목숨 장담 못 해요.”

고개를 끄덕였다. 차에 사제 핸들을 끼운 건 어쩔 수 없는 선택이었다. 에어백이 터지면 핸들을 움직일 수 없다.

“차도 구해 오고 핸들도 바꾸고. 피넛 씨는 정말 못 하는 게 없네요.”

“그걸 이제 아셨어요?”

“네. 너무 늦게 알았네요. 근데 전부터 궁금했어요. 피넛 씨는 키도 크고 얼굴도 하얀데 왜 별명이 땅콩이에요?”

“몰라요. 그냥 언제부턴가 백기 형님이 그렇게 불렀어요. 백기 형님 만나면 여쭤보세요. 나도 내가 왜 땅콩인지 궁금하니까.”

나는 웃으며 고개를 끄덕였다.

“바람 형님, 이번 일이 끝나면 뭐 하실 생각이에요?”

“군대 가야죠.”

“나참. 제가 군대도 가보고 빵에도 가본 경험자잖아요. 둘 다 짜증 나긴 도찐개찐이에요. 그러지 말고요, 제가 사업 아이템이 몇 개 있거든요."

"피넛 씨."

나는 땅콩을 바라보며 말했다.

"우리 시대…… 끝났잖아요."

땅콩이 미지근한 새벽 해를 쏘아봤다.

"집으로 돌아가세요."

집이라는 소리를 듣자 땅콩은 잡초를 한 움큼 뜯고 일어섰다.

"젠장, 목사 아들은 두 가지 길밖에 없어요. 양아치가 되든가 위선자가 되든가."

"세 번째 길을 찾으세요. 피넛 씨는 저보다 훨씬 똑똑하니까 찾으실 거예요."

멀리서 8기통의 명품 엔진 소리가 들려왔다. 단망경을 눈에 붙이고 구부러진 도로를 따라 시선을 옮겼다. 남색 포르쉐가 달려오는 중이었다. 나는 알페온으로 달려가 시동을 걸고 안전벨트를 단단히 조였다. 창밖에 땅콩이 비장한 모습으로 서 있었다. 핸들을 돌려 길을 막아선 그 옆으로 차를 움직였다. 중요한 말을 해야 할 타이밍이었지만, 창문은 내리지 않았다. 지키지 못할 약속은 하기 싫어서.

액셀을 밟아 덜컹덜컹 언덕을 내달렸다. 백미러에 땅콩이 비쳤을 테지만 보지 않았다. 대신 앞을 봤다.

포르쉐가 시야에 들어왔다. 엄청나게 빨랐다. 한번 놓치면 영원히 따라잡을 수 없는 속도였다. 낮게 미끄러져가는 포르쉐를 보며 타이밍을 계산했다. 포르쉐의 엔진 소리가 우렁차게 들렸다. 하나 둘, 나도 액셀을 힘껏 밟고 잡초를 꺾으며 내달렸다. 두 차가 엔진 소리를 으르릉 높이며 가까워졌다. 핸들을 꽉 쥐었다. 어느새 미니카만 하던 포르쉐가 트럭만 하게 시야에 꽉 찼다. 그대로 돌진했다. 포르쉐의 차 문이 지나쳤을 때, 실패했나 했지만, 팍! 알페온의 앞 범퍼가 포르쉐의 뒷바퀴를 때렸다. 순간 핸들을 제외한 일곱 개의 에어백이 부풀어 올랐다. 차체는 왼쪽으로 급격하게 쏠리더니 트렁크가 포르쉐의 앞 펜더와 부딪쳐 다시 반대로 돌았다. 머리가 더미 인형처럼 쉴 새 없이 흔들렸다. 화약 냄새가 지옥의 유황처럼 코를 찔렀다. 전기충격기의 공격을 받았을 때와는 다른 차원의 고통이 온몸에 퍼졌다.

뭐가 뭔지 모를 끔찍한 회전을 하던 알페온이 도로 가장자리에 멈춰 섰다. 머리와 목에 뜨거운 통증이 몰려왔다.

"하아."

의자에 기댄 채 안전벨트를 풀었다. 나는 차 문을 모두 열고 에어백을 뜯어냈다.

논바닥에서 포르쉐는 연기를 내며 퍼져 있었다. 나는 신음

소리를 내며 논으로 내려갔다. 포르쉐에서 김태영이 흐느적거리며 나왔다. 머리를 감싸고 차를 확인한 그가 나를 노려봤다. 얼굴에 피 한 방울 흘리지 않는 걸 보니 역시 재벌가의 운은 얄미울 정도로 좋았다.

"이 새끼가 감히……."

김태영이 분노를 쥐어짜내며 말했다. 나는 죠스를 꺼냈다.

"너, 너 누구야."

김태영이 머리에서 손을 떼고 죠스를 빤히 바라보았다. 내가 포르쉐 쪽으로 다가가자 김태영이 갈팡질팡했다. 운 좋은 사람. 당신 같은 꼭대기 층 사람을 만나려면 나 같은 먼지는 이렇게 악전고투를 해야 한다.

"……원하는 게 뭐야?"

그의 목소리가 떨렸다. 나는 반쯤 얼어붙은 그의 앞에 죠스를 들고 서서 차갑게 말했다.

"네 자지를 자르러 왔다."

죠스를 쥔 주먹으로 김태영의 배를 깊숙하게 때렸다. 그가 논바닥에 주저앉았다.

나는 포르쉐에 고개를 집어넣고 바닥에 떨어진 김태영의 핸드폰을 주웠다. 핸드폰을 뜯고 유심칩을 꺼내 어금니로 으깼다. 포르쉐 조수석에 갈색 서류 가방이 보였다. 유심칩을 내뱉고 그의 핸드폰과 서류 가방을 챙겼다. 나는 한쪽 어깨에 김태영을 걸치고 힘겹게 도로로 올라가 알페온 트렁크에 그를 집어넣었다. 그가 신음 소리를 내며 뭐라고 중얼거렸다. 이야기 좀 하자는 뜻 같았다.

닥치라는 말 대신 트렁크의 아가리를 힘껏 닫았다.

민낯

범퍼가 너덜너덜한 은색 알페온을 버려진 농가 마당에 세웠다. 산으로 둘러싸인 폐농가는 사방이 갈색이었다. 마당에서 내려다본 이름 모를 시골 마을의 풍경은 꽤 목가적이었다. 금방이라도 마을 어귀에서 밥 짓는 허연 연기가 몽글몽글 피어날 분위기였다. 하지만 낯선 이곳은 할머니가 손자에게 떡을 쪄주는 〈6시 내 고향〉이 아니었다.

마을 어디에선가 나를 지켜본 눈이 있을 것이다. 철거촌인 우리 동네에도 유행처럼 아마추어 사진가들이 몰려든 적이 있다. 그들은 우리 동네를 기념비적인 피사체라도 되는 양 부지런히 셔터를 누르며 텅 빈 골목을 활보했다. 하지만 그들은 자신을 지켜보는 조용한 눈들을 눈치채지 못했고, 그런 무감함이 철거촌의 터줏대감들을 더 화나게 한다는 사실을 몰랐다. 쇠락한 지역일수록 이방인에 민감하다. 신고가 들어가기 전에 일을 마쳐야 한다.

나는 김태영의 서류 가방을 거꾸로 뒤집어 털었다. 자잘한 필기구들과 서류 봉투가 떨어져 내렸다. 서류 봉투에서 두툼한 서류를 꺼내 후루룩 넘겼다. 기획서인지 계약서인지 모르겠지만 온통 영어투성이었다. 골치 아픈 서류를 내려놓고 나머지 물건들을 살폈다. 외양간 바닥에 만년필, 3색 볼펜, 지우개, 그리고 줄자가 놓여 있다. 사물의 길이를 재는 게 취미인가. 나는 의미 없이 줄자를 당겼다 집어넣으며 김태영이 눈을 뜨기를 기다렸다.

그는 몇 시간째 정신이 돌아오지 않았다. 살짝 뺨을 때렸다. 별 반응이 없었다. 나는 그의 바지 주머니에서 지갑을 꺼냈다. 지갑 속엔 추적이 가능한 신용카드와 세탁이 불가능한 고액권 수표들뿐이었다. 비싼 악어가죽 지갑이 현금을 한 장도 물고 있지 않았다. 공항에서 엔화로 환전을 할 계획이었나? 악어가죽 지갑을 내던졌다. 쿰쿰한 냄새를 풍기는 썩은 볏단이 포물선을 그리며 떨어지는 지갑을 꿀꺽 삼켰다.

"으으응."

여물통에 엉덩이를 집어넣고 앉아 있던 김태영이 신음 소리와 함께 깨어났다.

"02-787-XXXX."

게슴츠레 눈을 뜬 그가 말했다.

"전화해. 원하는 만큼 돈을 줄 거야."

납치당하는 일이 처음이 아닌지 여유가 묻어 있는 말투였다. 나는 암호가 걸려 있는 핸드폰을 그의 얼굴에 바짝 내밀었다. 김태영은 손이 뒤로 묶여 있다는 사실을 깨닫고, 액정에 코를 문지르며 패턴 암호를 풀었다.

"물 줘." 웨이터한테 주문하는 투로 그가 말했다. 나는 대꾸 없이 핸드폰의 수신 기록들을 확인했다. "물! 물! 물!" 김태영은 갑작스레 쉴 새 없이 바닥에 발을 굴렀다. 납치한 쪽에서 오히려 두려움을 느낄 정도의 요란한 발작이었다.

"씨발, 물 가져오라고, 개새끼야."

더블린에서 내가 관찰한 바로는 꼭대기 층의 VIP들은 대체로 정신력이 강했다. 어려서부터 왕관의 무게를 버티며 고개를 빳빳하게 드는 연습을 했기 때문일지도 모르겠지만 어쨌든 VIP들은 포커판에서 큰돈을 잃거나, 대규모 프로젝트 사업에서 실패를 했을 때는 농담까지 하며 쿨하게 결과를 받아들였다. 예상된 스트레스에는 확실히 강했다. 반면 음식점 종업원의 사소한 실수나, 칠만 원짜리 신호 위반 딱지를 떼러 온 교통순경의 싸이카처럼 예측하지 못한 스트레스에는, 김 회장이 '먼지'라 부르던 존재들이 앞을 가로막을 때는 하나같이 이성이 마비됐다. 자신의 '격'에 맞지 않는다고 여겨지는 스트레스엔 마트에서 장난감을 구경하는 아이들보다도 참을성이 없는 족속들이었다.

나는 핸드폰 카메라 렌즈를 김태영 얼굴 방향으로 돌렸다. 뚜—. 영상 녹화가 시작되는 알림음을 듣자 울분을 터뜨리던 김태영이 정색했다.

"이제 알겠어. 너……."

의심의 눈빛을 보내는 그의 두 눈은 더블린 빌딩 앞에서 내 헬멧에 돈을 집어넣을 때보다 더 짝짝이가 됐다. 그와 마주친 적은 그날 한 번뿐이었다. VIP께서 웬일로 나 같은 먼지를 기억하나 싶었는데, 엉뚱한 소리가 이어졌다.

"너 김호영이 보냈지?"

그는 자신의 친형이 납치를 사주했다고 의심하고 있었다. 정말 대책 없는 집안이다. 멋대로 상상의 나래를 펼친 김태영은 핸드폰 렌즈를 향해 악을 썼다.

"김호영! 네가 이러고도 친형이야! 이 사실을 알면 아버지가 널 가만 놔둘 것 같아!"

하루 종일 경영권 승계에 정신을 쏟느라 반성할 시간이 없어 보였다. 누군가 죄를 뉘우칠 기회를 줘야 할 때였다.

"9월 27일. 저녁 8시에서 10시 사이에 당신이 한 일을 말해."

"뭐?"

"더블린에서 여자가 살해당했어. 이름은 이영선. 피아노를 좋아하고 상냥한 분이셨어. 당신이 죽인 여자는."

"개소리하지 말고 물이나 떠 와. 형한테 얼마 받았어?"

나는 핸드폰을 외양간 벽에 기대어놓고, 녹화중인 핸드폰 렌즈를 김태영의 얼굴을 향해 고정시켰다.

"내가 돈 두 배로 줄게. 돈 준다고!"

시끄러운 인간이었다. 나는 박스 테이프를 뜯어 김태영의 입을 막았다. 그러고 나서 구두를 벗기고, 양말까지 벗겼다. 나는 왼손으로 그의 곱상한 맨발을 바닥에 고정시켰다. 오른손으로는 죠스를 들었다. 김태영이 공포에 떨며 세차게 고개를 흔들었다. 나는 호두를 깨듯 그의 엄지발가락을 죠스로 찧었다. 넓은 엄지발톱이 반으로 쩍 갈라지며 죠스가 살에 박혔다.

으으흐흠! 구멍 막힌 비명이 김태영의 온몸으로 새어 나왔다. 고통에 몸부림치는 그를 나는 냉담하게 지켜보았다.

"더블린에서 당신이 한 일을 말해."

그의 입에서 테이프를 떼어내고 말했다. 김태영은 벌건 얼굴을 식식거리며 녹화중인 핸드폰 렌즈와 나를 번갈아 쳐다봤다.

"무식한 새끼야. 강압적 상황에서의 진술은 증거가 되지 못……."

시끄러운 입을 다시 테이프로 막고, 이번엔 검지 발가락을 죠스로 찧었다. 으으으흐음! 나무망치로 커다란 소리통을 친 것처럼, 그의 몸이 한참 동안 부르르 떨며 공명음을 냈다.

"더블린에서 한 일을 말해."

나는 박스 테이프를 세게 뜯었다.

"으흐흐…… 무슨 수작이야. 으흐……. 너 김호영이 보냈지?"

"그 사람을 왜 죽였는지 말해."

"씨발, 그딴 창녀를 내가 어떻게 알아?"

순간 주먹을 날렸다. 분노보다 몸이 빨랐다. 찢어진 이마에서 시작된 피가 김태영의 눈가와 광대뼈를 타고 흘러내렸다. 외양간 바닥으로 떨어져 내리는 피가 죠스를 자극했다. 부르르 떨리는 두 팔이 진정되지 않았다.

"당신, 아까 내가 한 말 기억나? 내가 뭘 자르러 왔다고 했잖아."

그의 사타구니를 내려다보자 김태영의 얼굴이 멍해졌다. 나는 그의 벨트를 풀기 시작했다.

"뭐야, 지금 뭐 하는 짓이야!"

발버둥 치는 그를 제압하며 명품 벨트를 풀고 명품 바지의 지퍼를 내렸다. 바지를 벗기자 트렁크 팬티가 보였다. 김태영이 사방으로 발을 뻗으며 나를 밀어내려고 애썼다. 속이 매스껍기는 피차 마찬가지였다. 나도 내 손으로 벗기는 최초의 속옷이 남자 팬티일 줄은 몰랐다. 한동안의 실랑이 끝에 나는 트렁크 팬티를 아래로 훅 내렸다.

"하지 마!"

발가벗은 그의 하체가 드러났다.

잠깐 내 눈을 의심했다. 음모는 면도기로 민 듯 푸르스름한 자국밖에 남아 있지 않았다. 특별한 성적 취향 때문에 음모를 깎은 것 같지는 않았다. 그의 성기는 하얀 붕대로 두툼하게 감싸여 있었다. 사타구니에 마치 커다란 누에고치가 매달려 있는 모양새였다. 도대체 성기에 무슨 일이 벌어졌는지 짐작도 가지 않았다. 다만 누군가 나보다 먼저 김태영의 중요한 그곳에 벌을 준 것만은 분명했다. 고장 난 그의 사타구니에서 고약한 냄새가 풍겼다.

성기를 감싼 붕대 군데군데에 빨갛고 노란 피고름이 물들어 있었다. 헛구역질이 나왔다.

"씨발, 속이 시원하냐. 개새끼야……."

바지로 그의 기이한 사타구니를 덮어주었다. 수치감과 모멸

감에 휩싸인 김태영은 어깨를 크게 들썩거렸다.

"뭘 알고 싶은데? 진실? 좆 까지 마. 너 김호영한테 얼마 받았어?"

조용히 그의 눈을 내려다보았다. 거친 숨을 내쉬던 김태영은 이를 갈며 툭툭 말을 끊으며 말했다.

"씨발, 진짜. 기억이. 안 난다고. 내가 그날. 술을 몇 병이나 마셨는지 알아? 정신을 차리고 보니까. 그 씨발. 약해빠진 년이. 테이블에 발가벗고 뒈져 있었어. 그게 다야. 정말. 아무것도 기억이 안 나. 씨발, 백기라는 놈이 뒤에서……."

형의 이름을 듣자마자 나는 녹화를 멈췄다.

나는 핸드폰의 수신 내역을 확인했다. 발신인 이름이 표시되지 않은 번호는 국제전화뿐이었다. 국가코드 번호는 81이었다. 형이 중국에서 전화를 걸어 올 땐 앞자리가 86번이었고, 일본에서는 81번이었다. 일본. 81 뒤의 지역번호는 같았지만, 그다음 번호는 조금씩 달랐다. 일본의 같은 행정구역에서 장소를 옮기며 유선전화로 걸어온 것이었다.

"그…… 백기라는 남자를 만나러 오늘 공항으로 갔던 거야?"

김태영은 얼굴만 붉힌 채 아무런 대답하지 않았다. 나는 일본에서 걸려 온 수신번호를 그에게 보였다.

"그 남자가 한 전화 맞아?"

"씨발, 그러면 네가 어쩔 건데?"

나는 외양간 바닥에 떨어진 볼펜과 서류 뭉치를 들었다. 그러고 핸드폰을 보며 서류 뭉치 뒤편에 일본에서 걸려 온 번호를 적어나갔다. 총 일곱 번의 통화였다. 메모를 마치고 나서 서류 종이를 뜯어내고, 그 종이를 반으로 접었다. 그 순간 무언가가 눈에 들어왔다.

나는 접은 종이를 천천히 펼쳤다. 내가 메모한 이면지는 계약서의 서명 페이지였고, 그 성명란에는 김태영의 상대 계약자가 표시되어 있었다.

Future Long Term Finance

Beck Ki

알고 싶지 않은 슬픈 진실을 하나 알았다. 형은 우리를 버리고 일본으로 도피했다.

나는 뒷걸음치다 외양간 벽에 기댔다. 그 구부정한 자세로 영문으로 적힌 형의 이름을 하염없이 바라보았다.

"씨발년놈들."

앞에서 김태영이 독백을 하듯 말했다.

"영선이 개, 유학 보내주려고 했어. 내가 어학원까지 알아봤다고. 조금만 고분고분했어도 밀어주려고 했는데……. 날 가지고 놀아?"

그때까지 도대체 무슨 말을 하는지 이해하지 못했다.

"뭐? 지방에서 동생이 왔다고? 대인 운송? 더럽게 소중한 돈을 더럽게 준다고? 망할 년놈들이 누굴 바보로 알아? 감히 누굴 농락하는 거야. 그래서 그년 혼 좀 내주려고 했던 것뿐이야. 씨발, 일이 꼬이려니까……. 왜 뒈지고 지랄이야. 난 잘못 없어. 아무것도 기억 안 나. 나…… 난 안 죽였어! 그래…… 검은색 오토바이 탄 놈. 다 그 새끼 때문에 일어난 일이라고!"

눈물을 흘리며 김태영이 울부짖었다. 다시 심장이 멈췄다. 보이는 것도 들리는 것도 다 아득하기만 했다. 아무것도 보고 싶지 않았다. 듣고 싶지 않았다. 하지만 머릿속에서는 또렷한 음성들이 반복되었다. 시끄럽고 빠른 소리들. 대인 운송이라고 들었는데요…… 더럽게 소중한 돈을 참 더럽게 주시네요…… 죄송합니다…… 털끝 하나 상하지 않게 모셔드려…… 언제 봤다고 사장은…….

나는 감당할 수 없는 압력에 밀려 바닥에 주저앉았다. 암흑 속에서 하나의 이미지가 멀리서 날아오는 야구공처럼 점점 커져나갔다.

검은 바이크.

검은 바이크.

검은 바이크!

조력자

갈색 서류 가방을 어깨에 메고 정처 없이 시골길을 걸었다. 달력 그림 같던 전원 속에 막상 발을 들여놓자, 가을은 듬성듬성하고 황량했다. 다가갈수록 그렇게 무성했던 나뭇잎들이 서까래만 남은 불탄 지붕처럼 구멍이 숭숭 뚫려 있었다. 옅은 나무 그늘을 지날 때마다 속 없는 빵을 뜯어낸 것처럼 속은 기분이 들었다.

휑한 수풀 속에는 구겨진 담뱃갑과 빈 농약병, 개미떼가 우글대는 고기 조각 따위가 버려져 있었다. 추수가 끝난 논에서 쉴 새 없이 바람이 불었다. 가을의 정취가 벼와 함께 싹둑 잘려 나간 느낌이었다.

개천엔 물이 흐르지 않았다. 나는 강아지풀이 중구난방으로 자라 있는 제방 길을 걸었다. 고개를 숙인 채 길을 따라가다 보니 폭이 좁은 시멘트 다리가 나왔다. 오래된 다리였다. 가을 햇빛이 키 작은 시멘트 난간을 바스라뜨리는 중이었다. 양쪽 난간 여기저기에 금이 가 있었다. 시멘트 조각이 떨어져 나간 자리엔 녹슨 철골이 부풀어 있었다.

다리를 건너려고 할 때 작은 회오리가 길을 막았다. 다리 위에서 먼지와 풀잎이 휘파람 소리를 내며 자기들끼리 돌고 비볐다. 그림자라 하기엔 너무 옅은 바람의 기운이 다리를 물색으로 물들였다. 난간 아래 버려졌던 검은 비닐봉지가 슬금슬금 움직이다가 회오리 속으로 빨려들었다. 배가 불룩해진 비닐봉지가 곧장 가을 하늘로 치솟았다. 끊어진 연처럼 바람에 흐늘거리는 비닐봉지를 오랫동안 바라보았다.

다리를 건너 가로수 그늘이 짙은 국도 갓길을 걸었다. 원활한 배수를 위해서인지 도로는 중앙선을 중심으로 경사가 심하게 져서, 도로 가장자리는 달걀말이의 옆구리처럼 비스듬했다. 갓길을 걷는 내 몸도 도로 바깥쪽으로 자꾸만 기우뚱거렸다.

도로에 진동이 느껴졌다. 뒤에서 바퀴가 열 개 넘게 달린 트럭이 무섭게 달려왔다. 트럭 화물칸에는 커다란 나무가 줄에 묶여 누워 있었다. 시간도 줄에 묶인 듯 천천히 흘렀다. 화물칸에 누운 나무는 마치 이 세상에 마지막 남아 있던 거인의 시체처럼 보였다. 순간 보지 말아야 할 것을 봐버린 기분이, 무언가 위대한 존재가 영원히 사라져버린 기분이 들었다. 슬픔이 가득 차오를 때쯤, 의식의 시곗바늘이 속도계처럼 휙 움직였다. 무자비한 굉음을 내며 나무를 실은 트럭이 지나갔다. 머리 위에 따끔한 모래 먼지가 너풀거렸다. 육체의 눈도 정신의 눈도 앞이 뿌옇기만 했다.

절뚝절뚝. 그 기울어진 길을 얼마나 걸었는지 모르겠다. 문득 고개를 들어보니 작은 읍내가 나타났다. 나는 신발 속 모래를 털고 읍내로 들어섰다.

전체적으로 발전이 비껴간 듯한 마을이었다. 엘리베이터가 있을 만한 건물은 어디 하나 눈에 띄지 않았다. 벽들은 때가 덜 타는 누런 달걀껍데기색 페인트로 칠해져 있거나, 한 번도 보지 못한 구식 타일로 마감되어 있었다. 문구점은 슬레이트 지붕 아래서 영업중이었다. 이발소 앞엔 색이 바랜 회전 간판이 명치를 한 대 얻어맞은 것처럼 허리가 휜 채 느릿느릿 돌았다. 다방이 유독 많이 눈에 띄었다. 다방의 상호명은 죄다 두 글자였다. 종점. 백조. 모닝. 까치. 그리고 불란ㅅ 안경점 간판엔 'ㅓ'가 빠져 있었고, 가위바위보 분식점 간판에 그려진 세 개의 손 모양 순서는 묵, 찌, 빠였다.

도로 위에서 경운기가 털털거렸다. 차들은 익숙한 듯 조용히 경운기를 추월해나갔다. 앞에선 보자기를 머리에 쓴 행상 할머니가 신문지 위에 깔아놓은 가지랑 오이랑 함께 사이좋게 졸고 있었다. 거리는 어딘지 어른들의 향수를 자극하는 아침 드라마 세트장 같았다. 상인들도 지정된 장소에서 촬영 대기하는 엑스트라들처럼 딱히 무엇도 하지 않았다.

어디에선가 하교를 알리는 종소리가 울렸다. 그것이 이 고장의 큐 사인이었다. 교복을 입은 학생들이 하나둘 등장하자 거리는 비로소 활력을 띠었다.

학생들은 여름을 몰고 다녔다. 거리는 시끄럽고 밝은 얼굴들로 메워지기 시작했다. 자전거를 탄 남자아이들이 내 옆을 속속 지났다. 학교 안에서의 유행인지 다들 자전거 안장이 엄청나게 높았다. 자전거 부대에 뒤이어 무리를 지은 아이들이 정면에서 다가왔다. 모두 내 또래들이었지만 양복을 입은 나는 그들과 섞이지 못했다. 남자애들이 괜히 센 척 욕을 하며 까부는 소리도, 치마 길이가 제각각인 여자애들의 웃음소리도 내 반대편을 응원하는 박수처럼 느껴졌다. 나는 고개를 숙인 채 뜨거운 학생들을 지나쳤다. 춥고 부끄러웠다.

우체국 앞에 이 고장의 마지막 남은 공중전화 부스가 서 있었다. 나는 전화부스로 들어갔다. 유리창 너머 다가오는 경찰차가 보였다. 나는 전화기 위에 서류 가방을 올려놓고 얼굴을 가렸다.

"수빈아, 나야."

먼지가 끈적하게 들러붙은 수화기를 들고 말했다. 삼십 초 쯤 상대방의 응답 여부를 기다리라는 콜렉트콜 서비스 음성이 흘러나왔다.

"우와, 바쁘신 나쁜 남자님께서 수신자 부담으로 전화해주시니 영광이네."

"지난번 일은 미안해. 널 오해했어."

"그냥 하던 대로 계속 오해해. 나도 너 안 믿으니까."

더이상 입이 떨어지지 않았다. 내 침묵을 참다못한 수빈이 콧방귀를 뀌고 말했다.

"뜸 들이지 말고 용건 말해. 1학년 3반 민준아."

1학년 3반이라는 말을 듣자 순수했던 학생 시절이 떠올라, 나는 순수하게 용건을 말했다.

"돈 좀 빌려줘."

"야!"

짜증을 내는 목소리가 밖에까지 들렸는지, 슬금슬금 움직이던 경찰차가 속도를 내며 사거리 코너로 도망쳤다.

"야, 나 진지하거든. 잘 들어. 공사는 그런 식으로 치는 게 아냐. 최소한 머리라도 쓰는 성의라도 보여야 당하는 사람 기분 덜 나쁘지. 1학년 3반 민준아, 우리 인생 예쁘게 살자."

"현금으로 천이 필요해."

"우와, 천만 원을 지우개 좀 빌려달라는 투로 말하네. 너무 하네 진짜. 아참, 그러고 보니, 이거 생각할수록 열 받네. 교실에서 내가 너한테 지우개 빌려달라고 수줍게 부탁했을 때 네가 어떻게 했는지 알아?"

"기억이 잘……."

"쌩깠잖아."

공중전화 부스 밑으로 지우개가 툭 떨어진 느낌이었다. 지우개?

나는 기억나지 않는 학창 시절의 기억을 미뤄두고, 천만 원짜리 지우개를 빌리는 사람처럼, 아니 무언가를 빨리 지워야 하는데, 그걸 지우는 가치가 자신의 인생에서는 천만 원을 훨씬 넘기 때문에 천만 원을 주고서라도 당장 옆 사람에게 지우개를 사야 하는 사람처럼, 간절히 말했다.

"사정이 생겨서 지금은 내 통장에서 돈을 찾을 수가 없어. 일주일 안에 갚을게."

"돈 빌리는 사람은 꼭 그런 식으로 말하더라. 자기가 진짜 돈이 없어서 빌리는 게 아니라는 투로. 친구야, 넌 날 안 믿으면서, 왜 난 널 신용해야 하지?"

"이젠 믿어."

"정말 이 답답함을 어디서 풀어야 할지 모르겠다. 그래. 이제라도 믿어줘서 고맙지만 어떡하지, 더블린 영업정지당한 거 알잖아? 나도 백수 신세란다. 에휴, 생각난 김에 전화 끊고 핸드폰에 알바몬 어플이나 깔아야겠다."

"이자는 원하는 대로 줄게."

"우리 아빠가 친구끼리 돈놀이하는 거 아니래요."

"잘 생각해봐. 저금리 시대에 흔치 않은 기회야."

"치이, 5부 이자라도 줄 것처럼 얘기하네."

월 5부라. 연으로 계산해도 60퍼센트의 이자였다. 요즘은 사채업자도 언감생심 감히 바라지 못하는 이율이다. 명백한 불법 이율로 차용서를 어떻게 쓰든 그런 거래는 형사처벌 대상이다. 나는 5부 이자를 약속했다. 수화기 너머로 입술을 뺑긋대는 소리가 규칙적으로 들렸다.

"넌 인복이 많네. 세상에 천만 원을 선뜻 빌려줄 친구 가진 사람이 몇이나 되겠어. 나도 그런 친구 갖고 싶다, 얘. 계좌번호가, 아참, 지금 네 통장 못 쓴다고 했지. 거기 어디니?"

세 시간 뒤, 클랙슨이 세 번 울렸다. 이제 막 어둠이 내려앉은 우체국 앞에 빨간색 아우디가 비상등을 켜고 서 있었다. 나는 수빈의 얼굴을 확인하고 운전석으로 다가갔다.

"가져왔어?"

수빈이 뒤를 가리켰다. 아우디 뒷좌석에 버버리 백이 보였다. 나는 고개를 끄덕이고 조수석에 탔다. 아카시아 향수로 코가 알싸했다. 수빈은 팔이 훤히 비치는 커피색 시스루 블라우스와 치파오처럼 허벅지 바깥쪽이 트인 스커트를 입고 있었다. 머리엔 엄마한테 빌린 것처럼 보이는 커다란 선글라스가 헤어밴드 역할을 했다. 내장 인테리어를 보니 차도 엄마 거 같았다.

"아버지 차는 더 대단하겠네."

"아이, 촌스럽게. 요즘 외제 차가 뭐 별거라고. 국산 차도 많이 좋아졌더라."

휘파람 같은 목소리로 수빈이 말했다. 채무자 처지가 되고 보니 그녀가 한층 더 얄미웠다. 동시에 의문이 들었다. 왜 수빈처럼 풍족하게 자란 예쁜 여자들이 더블린에서 일을 할까. 비슷한 질문을 마담에게 했을 때 마담은 "숙녀들한테는 키다리 아저씨가 필요하니까"라고 대답했다. 다른 여자들의 입장은 모르겠지만, 수빈이 더블린에서 일한 이유는 남자들을 실컷 비웃기 위해서가 아닐까, 하는 생각이 들었다.

"글러브박스 열어봐. 빵 사 왔어. 아까 너 목소리가 일주일

굶은 가출 청소년 같더라."

"고마워."

글러브박스를 열었다. 비닐 포장된 단팥빵 아래에, 커다랗게 "차용증"이라 적힌 종이가 보였다. 두 장의 차용증은 볼펜 뚜껑에 끼워져 있었다. 수빈은 모른 척 콧노래를 부르며 카 오디오를 조작했다. 나는 두 장의 차용증에 소리가 나게 사인을 하고, 한 장은 뜯지 않은 빵과 함께 글러브박스에, 다른 한 장은 김태영의 갈색 가방에 집어넣었다.

"우와, 에르메스 가방 들고 다니면서 돈 빌리는 거야?"

어느새 수빈이 내 무릎에 올려놓은 갈색 가방을 가리키며 말했다.

"그거 중고로 팔아도 삼백은 나오겠다."

"너 줄까?"

수빈은 나와 갈색 가방을 십 초 정도 번갈아 보았다. 내 얼굴에 이 초, 가방에 애정을 듬뿍 담아 팔 초.

"필요하면 가져. 줄자도 들어 있어."

"아이참. 말한 사람 무안하게."

"미안하지만 부산까지만 태워줄래?"

"친구 사이에 미안하긴. 간만에 바닷가로 드라이브나 해볼까나."

콧대 높은 상대와 화기애애한 분위기를 만드는 데는 술보다 명품 가방이 효과가 더 빨랐다. 차가 출발하자 선루프로 무수한 별들과 밤바람이 들어왔다. 라디오에선 옛 발라드 음악이 흘러나왔다. 외로운 피에로에 대한 노래였다.

플라타너스가 양쪽에 촘촘하게 박힌 한적한 일 차선 도로가 길게 이어졌다. 어제 자동차 운전을 처음 배운 나만큼이나 수빈은 운전이 서툴렀다. 차선을 이탈할 때마다 아우디가 신호를 보냈다. 맞은편에서 포터가 달려오자 차는 자세를 바로잡고 상향등을 자동으로 내렸다. 차가 수빈보다 운전을 잘했다. 하지만 오도 가도 못할 일 차선 검문 구간을 파악할 만큼 눈치가 빠르지 못했다. 앞에서 빨간 경찰 신호봉이 학 날개처럼 흔들렸다. 신호봉 한 명. 갓길에 세워진 순찰차 운전석에 한 명. 경찰의 목적이 음주 단속인지, 통상적인 불심검문인지, 아니면 재벌 4세 납치범을 잡기 위해서인지 알 수 없었다. 나는 자는 척 눈을 감고 팔짱을 꼈다. 차 밖에서 면허증을 요구하는 젊은 남자의 목소리가 들렸다. 의경인가. 달리기는 얼마나 빠를까. 치지직. 그의 무전기에서 알아듣지 못할 경찰 음어가 흘러나왔다. 눈을 괜히 감았나 싶었다. 침이 고였다. 나는 팔짱 아래 감춘 두 손가락을 차 문 잠금장치에 걸었다.

"협조 감사합니다. 조심히 가세요."

서비스업 종사자보다 부드러운 남자의 목소리가 들렸다. 나는 안도하며 잠금장치에 걸었던 두 손가락을 올렸다.

"애 좀 잡아가세요."

순간 두 손가락이 아래로 떨어졌다.

"어머머, 얘 자는 척하는 것 좀 보세요."

"네?"

곧이어 의도를 알 수 없는 수빈의 간드러진 웃음소리가 들렸다.

"가출한 남동생 집으로 수송하는 중이거든요. 웬수도 이런 웬수가 없다니까. 맨날 싸움질만 해대고. 누나 말도 안 듣고. 경찰 오빠가 끌고 가서 정신 차리게 몽둥이로 실컷 때려주세요."

"집에 가기 전에 동생한테 고기 배부르게 사주세요. 우리 형도 그랬어요."

경찰의 웃음소리가 들렸다. 수빈은 어설픈 사투리로 인사하고 나서 차를 출발시켰다.

"너, 돈 때문에 날 부른 게 아니지?"

백미러에 경찰이 사라지자 수빈이 물었다.

"돈 필요해. 세상에 돈 필요하지 않은 사람이 어디 있겠어."

"솔직히 말해. 너 무슨, 그러니까, 수배중이야?"

"몰라, 아직은."

타이어 스키드 마크가 찍힐 정도로 갑작스레 차가 멈췄다.

"나쁜 놈아. 돈도 빌려 간 주제에 도피까지 도와달라고?"

"번역도 도와줘. 난 한 줄도 해석 못 하겠어."

나는 비상등 단추를 누르고 갈색 가방에서 영문 계약서를 꺼냈다. 폭발 일보 직전인 수빈이 눈을 부릅떴다.

"출발하면 다 말해줄게. 이러다 사고 나."

분을 삭이며 수빈이 액셀을 밟았다. 나는 비상등을 껐다.

"오늘 김태영을 만났어."

"가만, 뭐라고? 너 진짜 미쳤구나."

"응. 예전부터 사람들이 나를 똘아이라고 부르긴 했어."

수빈이 클랙슨을 마구 울리며 히스테릭하게 소리를 질렀다. 귀가 아플 정도였다. 너도 그리 정상은 아니야, 하고 말해주고 싶었다.

"김태영을 만나서 뭐했는데?"

"납치하고, 옷 벗기고, 동영상 찍었어."

나는 김태영의 핸드폰에서 빼낸 메모리 카드를 보여줬다. 수빈의 도톰한 입술이 파르르 떨렸다.

"그놈이⋯⋯ 언니를⋯⋯ 죽였어?"

수빈이 조심스럽게 물었다. 나는 대답하지 않았다. 똑똑한 차가 차선 이탈을 막지 않았다면 정신이 멍한 수빈과 나는 벌써 플라타너스 나무에 들이박았을 것이다. 갑자기 무언가 생각났는지 수빈의 얼굴이 하얗게 질렸다.

"아니, 너 혹시…… 그럴 수는…… 설마…… 맙소사, 너…… 김태영을 죽여버렸어? 내 말대로…… 발기발기 찢어서?"

"죽이지 않았어."

위태롭게 운전을 하던 수빈이 안도의 한숨을 내쉬었다. 적어도 살인자와의 동행은 아니기 때문일 것이다.

살인의 무게에서 해방된 수빈은 납치 따윈 죄도 아니란 듯 호기심 섞인 말투로 물었다. 어떻게 납치했어? 지금 김태영은 어디에 있는데? 고문도 했어? 몇 대 때리기만 해도 그 도련님이 술술 불었을 텐데. 그놈이 뭐라고 말했어? 그놈이 범인이 아니라서 살려줬어? 정신없는 질문 세례에 나는 고개를 저었다.

"확신할 수가 없었어. 김태영은 이영선 씨를 폭행한 건 맞지만 죽이진 않았다고 했어. 정확히 말하자면 기억나지 않는다고 했지. 한 가지 물어볼게. 혹시 전에 김태영이 더블린에서 정신을 잃은 적 있어?"

타오르는 붉은빛의 손톱이 핸들을 딱딱 쳤다.

"응. 여러 번. 어쩌면 김태영 그놈이 진짜 기억을 못 할지도 몰라. 술 먹으면 꽐라 되는 걸로 유명하니까."

외양간에서 울다 지친 김태영에게 물을 먹이고 물었다. 당신이 살해하지 않았다면 왜 일본으로 형을 만나러 가는 거냐고. 놀랍게도 김태영은,

—빌어먹을 진실을 알고 싶으니까!

그렇게 말했다. 정말로 형이 5번 룸의 영상 파일을 가지고 있는지, 그 영상 속의 살인범이 정말 자신인지 세상에서 가장 궁금해하는 이는 바로 자신이라고.

"김태영 짓이 아니라면, 역시 범인은 백기 이사겠네."

"형님은 사람을 죽이지 않아."

"그렇게 믿는 근거가 뭔데? 정말 널 이해 못 하겠다. 진실을 알고 싶다면서 왜 유력한 용의자인 백기 이사 쪽에는 계속 칸막이를 쳐?"

"형님이 무슨 이유로 살인을……."

"난들 알겠어?"

그동안 억지로 잠재웠던 불순한 질문이 꼬리에 꼬리를 물었다.

그날은 형이 영감님과 담판을 짓는 날이었고, 영감님은 혁철을 선택했다. 살아남기 위해서는 전쟁을 벌여야 했다. 하지만 안타깝게도 우리는 혁철을 이길 수 없었다. 그동안 우리는 스마트해지기 위해 계속 인원을 줄여나갔다. 험악한 남자들이

검은 양복을 입고 우르르 거리를 몰려다녀봤자 경찰의 표적이 될 뿐이었다. 인원이 적어야 보안 유지도 쉽고 개인이 챙겨 갈 몫도 많아졌다. 형은 '오야붕'이 아니라 번듯한 금융회사의 경영자를 꿈꿨다. 형은 꼭대기 층의 VIP가 되려고 했다. 더블린의 재벌들과 어깨를 나란히 하는 그런 사람이.

반면 혁철은 옛 주먹들을 찾아다니며 큰절을 하고, 그들의 경조사를 후하게 챙겨주고, 그러다 수틀리면 망치로 늙은이들의 무릎을 깼다. 여타 조직들과 연일 크고 작은 전쟁을 벌이며 이름값을 높였다. 혁철은 끊임없이 밤 사나이들을 끌어모으며 세를 키웠다. 그것으로도 성이 안 차 용병까지 고용했다. 혁철은 누구보다 자신의 피를 잘 알았다. 밤에만 진정 살아 있는 맛을 느끼는 종족이라면 차라리 밤의 황제가 되겠다. "역사의 유물 같은 놈." 형은 혁철이 그렇게 시대에 뒤떨어진 짓을 계속하다가는 평생 감옥에서 썩을 거라며 비웃었다. 하지만 예상과 다르게 영감님은 스마트한 형이 아니라 혁철을 선택했다. 이제는 우리가 역사의 유물들한테 비웃음을 당할 차례였다. 진퇴양난. 그날 형은 지푸라기라도 잡는 심정으로 보안실로 들어갔다. 그리고…… 그리고?

"더이상은 싫어. 여자의 알몸을 보는 것도, 남자의 알몸을 보는 것도."

"무슨 소리니?"

대답하지 않았다. 내 표정을 확인한 수빈도 더이상 묻지 않았다.

대로로 빠져나온 차는 곧 톨게이트로 진입했다. 나는 차창에 기대 우리를 추월해가는 헤드라이트 불빛들을 바라보았다. 차 안엔 낮은 엔진 소리와 간간히 에비앙을 꿀꺽이는 작은 소리만 들렸다. 긴 침묵이 이어졌다. 정면에 상하행선으로 뚫린 두 개의 터널이 보였다. 수빈은 두 손으로 핸들을 꽉 쥐고 "꼭 돼지 콧구멍 같네" 혼잣말했다.

우리는 텅 빈 터널 속으로 들어갔다.

항구의 밤

부산 바다는 밤에도 일을 했다. 해안가엔 전구를 주렁주렁 매단 포장마차들이 바다에 구부러진 불빛을 닻처럼 내리고, 방파제의 낚시꾼들은 은색 바늘을 바다에 꽂았다. 여기저기서 터지는 싸구려 폭죽은 바다에게 쪽잠을 잘 틈도 주지 않았다. 행인들은 해물, 튀김, 어묵, 순대볶음을 찾아 인도와 포장마차로 오갔다. 차량 사이로 불쑥불쑥 튀어나오는 술꾼들을 피하느라 수빈은 진땀을 뺐다.

오징어회를 파는 마지막 포장마차를 지나 십 분 정도 해안가를 달리자 야외 주차장이 나타났다. 수빈은 쏘나타와 바퀴에 바람이 빠진 일 톤 트럭 사이에 힘겹게 주차를 했다. 자동 주차 기능을 아직 엄마한테 배우지 않은 모양이다. 차 문을 열고 나오자 미지근한 바람이 불어왔다. 밤바다 너머 영도대교의 불빛이 영롱했다.

"밀항이라. 왠지 낭만적이다."

우리는 파장한 건어물 시장으로 걸어갔다. 처음엔 수빈에게 차에서 기다려달라고 했지만, 그녀는 '밀항'이라는 단어가 '난로'나 '여행', 혹은 '고양이'처럼 따뜻하게 느껴지는지 굳이 따라오겠다며 고집을 피웠다.

밀항 중개 일로 몇 번 형을 따라온 적이 있지만 내가 배를 타는 건 처음이었다. 형은 만약 내가 배를 타게 된다면, 배 안에서는 절대로 등 뒤에 사람을 두지 말라고 충고했다.

파장한 시장엔 가로등이 드문드문 불을 밝혔다. 비린내가 나는 시장 골목 끝. 한국전쟁 직후에 지은 듯한 상가 건물이 보였다. 먼지 낀 2층 유리창엔 "대일 흥업"이라는 글자가 박혀 있었다. 우리는 불 꺼진 계단을 올라 주황색으로 페인트칠한 대일 흥업의 나무 문 앞에 섰다. 나는 예전에 형이 그랬듯 세게 노크를 한 다음, 연속으로 네 번 문을 두드렸다. 천장의 감시 카메라가 붉은빛을 쏘고 있었다.

"문 열렸어. 불 좀 켜."

안에서 중년 남자의 목소리가 들렸다. 나는 문을 열고 들어가 벽면 스위치를 눌렀다. 사무실 공기가 온실처럼 후덥지근했다. 오른쪽 벽면엔 가상 화폐를 채굴하는 컴퓨터 그래픽카드들이 불빛을 내며 돌아가고 있었다. 수백 개의 냉각 팬 소리에 귀가 멍멍했다. 도대체 사업자 등록을 어떻게 냈기에 저렇게 전기를 맘껏 쓰는지 재주도 좋은 사람이다. 문을 닫자, 간이침대에 누워 태블릿 피시를 만지작거리던 말라깽이 양 씨가 일어섰다. 말라깽이 양 씨는 나시 티에 트렁크 팬티 차림이었다. 그는 엉덩이를 긁으며 철제 책상 앞에 앉았다.

"그래, 무슨 일로? 연애 상담을 받으러 오진 않았을 테고."

말라깽이 양 씨가 눈을 가늘게 뜨고 나와 수빈을 올려다보았다. 형은 그를 말은 많지만 입은 무거운 사람이라고 평가했다. '간 큰 겁쟁이'처럼 뭔가 말이 안 되는 소리 같았지만 어쨌든 지금 믿을 사람은 마약과 무기를 뺀 나머지 전부를 다루는 이 브로커뿐이다.

"일본 가는 배를 타려고요."

"저 여자 보내려고?"

"아뇨, 저 혼자요."

말라깽이 양 씨는 약간 김 샌 표정을 지었다.

"요즘 단속 기간이야. 보름만 어디 짱 박혀 있다가 와."

"당장 가야 해요."

내 말은 듣는 둥 마는 둥 무시한 말라깽이 양 씨는 책상에 놓인 안경을 귀에 걸고, 수빈을 위아래로 관찰했다. 수빈은 어정쩡한 미소를 지으며 팔목에 건 버버리 백을 어깨까지 올려 멨다.

"얼마 가져왔어?"

"늘 하던 대로요."

우리가 지불하던 뱃삯은 일본이든 중국이든 편도 오백, 왕복 팔백이었다. 수빈에게 빌린 천만 원 중에 뱃삯을 제외한 이백은 활동비로 쓸 계획이었다. 근데 분위기가 계획과 어긋날 듯했다. 그는 천이백을 요구했다. 귓불을 만지던 양 씨는 내 대답이 없자 수빈을 가리켰다.

"아가씨, 반지 좀 보자."

"어머, 이상한 아저씨네. 남의 반지는 왜요?"

"네 애인이 돈 모자라다잖아."

"말도 안 돼. 내가 깡패 애인이나 할 모지리로 보여요? 그리고 이거 이미테이션이거든요."

수빈이 반지 낀 손을 뒤로 감췄다. 한숨을 내쉰 말라깽이 양 씨는 내게 날카로운 시선을 꽂았다.

"제정신이야? 너한테 목숨 걸 여자도 아닌데 감히 여길 데려와?"

"제가 이 여자를 위해 목숨 걸 수 있어서요."

말라깽이 양 씨는 다시 벌건 귓불을 만지며 수빈을 올려다봤다. 나도 수빈을 바라봤다. 두 남자의 시선에 안절부절못하던 수빈은 고민을 하고, 잠시 우왕좌왕하더니, 배포 큰 사업가처럼 결단을 내렸다. 수빈이 나사 너트를 풀 듯 손가락에서 반지를 돌리며 말했다.

"내일 잔금 가져올 테니까 장물로 넘길 생각 말아요."

"걱정 붙들어 매쇼."

수빈은 버버리 백에서 꺼낸 벽돌만 한 현금 뭉치를 철제 책상에 올려놓았다. 그 옆에 벽돌보다 무겁게 반지를 딱 내려놓았다. 쪽가위로 현금 뭉치의 리본을 뜯은 말라깽이 양 씨는 돈을 지폐 계수기에 넣었다. 다다다다다. 돈 세는 소리가 어른들의 애국가 같았다. 지폐가 소리 내며 펄렁일 때, 입을 여는 어른을 아직까지 본 적이 없다.

말라깽이 양 씨는 외눈박이 루페를 눈에 대고 수빈의 반지를 확인했다. 그는 미니 냉장고 사이즈의 금고에 돈과 반지를 집어넣었다.

"너 미국 나이로 몇 살이지?"

책상으로 돌아온 말라깽이 양 씨가 내게 물었다.

"며칠 뒤면 만 열여덟 살이 돼요."

"이런, 생일 선물 사줘야겠네. 아가씨, 들었지?"

"보다시피 지금 제가 빈털터리라서요. 아저씨가 20퍼센트 만 깎아주시면 우리 친구 생크림 케이크 살 수 있을 텐데."

"못써, 그렇게 뭐든 돈으로 해결하려는 풍토에 물들면. 머리가 팽팽 돌아가는 젊은이라면 상상력을 발휘해야지. 아가씨, 부산의 밤은 길어."

휘파람 소리가 났다.

"됐거든요."

말라깽이 양 씨는 아까보다 더 외설적으로 휘파람을 불며 책상 밑으로 고개를 수그렸다. 서랍에서 두 손 가득 여권을 꺼낸 그는 오십 개쯤 되는 여권들을 책상에 카드처럼 늘어놓았다.

"말했다시피 단속 기간이라 우리 쪽 배는 힘들어. 가장 빠른 루트는 내일 낮에 출항하는 일본행 여객선을 타는 거야. 그런데 문제가 전자여권으로 바뀐 후부터 위조가 극도로 어려워졌어. 차라리 사람이 바뀌는 게 쉽지. 찾았다."

빠르게 여권들을 살피던 말라깽이 양 씨가 여권을 하나 내밀었다. 펼쳐진 여권 사진 속에 교복 입은 남학생이 정면을 응시하고 있었다. 얼굴이 무척 하얀 애였다.

"이 아이는 지금 어떻게 지내나요?"

"그건 이 녀석 아비한테 물어봐야지."

"어떤 아버지인데요?"

"물 좀 떠 와."

말라깽이 양 씨가 엉덩이를 긁고 일어나 사무실 캐비닛을 뒤졌다. 나는 밖으로 나가 복도 화장실에서 바가지로 물을 받았다. 수빈은 말라깽이 양 씨와 단둘이 있는 게 부담스러운지 내 뒤를 졸졸 따라다녔다.

바가지를 들고 사무실로 들어와보니, 철제 책상 위에 미술 시간에 봤던 석고 만들기 세트가 놓여 있었다. 말라깽이 양 씨는 넓은 네모난 용기에 석고 분말을 쏟고 바가지의 물을 부었다. 주걱으로 석고를 저으며 그가 말했다.

"어떤 아버지냐고? 이 세상에 아버지는 두 종류밖에 없어. 그냥 개자식이거나, 아니면 더럽게 재수가 없는 개자식이거나. 한 가정이 망가지는 게 얼마나 쉬운지 알아? 원투펀치. 우연한 불운不運 두 방이면 충분해. 사람들은 영화에서 우연한 사건이 벌어지면 비현실적이라며 투덜대지만, 뭘 모르고 하는 소리. 이 세상엔 우연이 정말 산더미처럼 많아. 세상사 다 우연이야. 다만 좋은 우연이 복권에 당첨될 확률처럼 희귀할 뿐이지. 우연의 산더미에서 복권 당첨 같은 행복한 우연을 한 숟갈 덜어내고 나면, 나머지 우연이란 죄다 불운이야. 그런 흔한 불운이 가정에 찾아오면 가장 먼저 돈이 새어 나가. 지갑이 비면 생활은 괴물이 되지. 아무리 정신력이 강한 인간이라도 매일 괴물한테 쫓기다 보면 말이야, 어느 날 터무니없이 멍청해져. 사고를 친다고. 이를 테면 빌리지 말아야 할 곳에서 돈을 빌리지. 결국 딸을 매춘부로 만들고 아들을 병신으로 만들지. 그 병신은 또 아들딸을 낳아 개자식이 되고, 그 아들은 또 병신이 되고……."

석고를 젓는 주걱이 덜거덕덜거덕 용기 모서리에 부딪쳤다.

"남자 인생 잘난 놈이든 못난 놈이든 전부 클리셰야. 유전이야. 대대로 내려오는 저주야. 에휴, 말해 뭐 해. 남자 인생이란 다 병신에서 개자식이 되는 과정이야."

말라깽이 양 씨가 내 얼굴을 쳐다봤다.

"남의 여권이라 찜찜해? 지금 바람이가 남 걱정할 때가 아닐 텐데."

지금 남의 사정 봐줄 때가 아니다, 밤 세계로 들어온 후 귀가 아프게 들어왔던 말이다. 우리는 그렇게 '흔한 불운'을 겪고 있는 약자들을 봐주지 않고 배를 불려왔다.

"이제 제가 어떻게 해야 하죠?"

"손 집어넣어."

차갑고 묽은 석고에 두 손을 담갔다.

"지금 무슨 작업 하는 거예요?" 수빈이 물었다.

"일본 안 가봤어? 개네가 지문 채취하잖아. 여기서 출국할 때도 의심스러운 놈들은 지문 검사당하고. 손 사이즈를 알아야 지문 장갑을 맞추지."

그리고 만약 내가 행방불명이 된다면 석고에 찍은 내 지문을 누군가 요긴하게 사용하게 될 것이다.

"돌아올 땐 어떻게 하나요?" 내가 물었다.

"해경 놈들은 나가는 놈들한테만 관심 있어. 일본에서 한국으로 들어오는 배는 단속 무풍지대지. 일요일에 시모노세키항에 가면 라미란 닮은 아줌마가 어슬렁거릴 거야. 나한테 선불을 냈다고 말하면 그 아줌마가 나랑 통화하고 나서 배를 잡아줘."

석고가 마르며 점점 손을 조여왔다. 말라깽이 양 씨는 조심스럽게 석고에서 내 손을 빼내고 물티슈를 건넸다.

"지문은 그렇다 쳐도 제 얼굴은 어떻게 바꾸죠?"

"위장 중에 얼굴 바꾸기가 제일 쉬워. 못 믿겠으면 저 인조인간한테 물어봐."

수빈이 누명을 쓴 아이처럼 발을 굴렀다.

"아저씨! 저 성형 안 했거든요!"

수빈이 목청을 높여 항변했다.

"예쁘면 장땡이지, 뭘. 미스코리아 나가도 되겠어."

말라깽이 양 씨가 태연하게 말했다.

그 순간 수빈의 목소리가 낮고 차갑게 변했다.

"내 앞에서, 다시는! 그딴 말 입에 올리지 말아요."

악동처럼 내내 수빈을 놀리던 말라깽이 양 씨가 어떤 이유 때문인지 기세가 죽었다.

"왜 화를 내고 그래? 요즘 청춘은 왜 다들 화가 나 있나 몰라. 그렇게 젠더 감수성이 풍부할지 몰랐지. 나도 성을 상품화하는 미인 대회를 보이콧할 줄 아는 지식인이라고. 아…… 아무튼 내일 장갑도 맞추고 얼굴에 분도 발라야 하니까 오후 1시까지 와. 그럼 여행 준비 잘해."

말라깽이 양 씨가 수빈의 얼굴을 외면한 채 대충 말을 얼버무렸다. 나는 물티슈로 손을 닦고 마지막으로 그에게 물었다.

"지난달 28일 새벽에 백기 형님이 왔었나요?"

비쩍 마른 그의 다섯 손가락이 새끼부터 파도타기를 했다. 말라깽이 양 씨가 나를 빤히 쳐다보며 되물었다.

"백기가 누구야?"

고개를 끄덕이고 밖으로 나왔다. 확실히 입은 무거운 사람이었다.

달맞이고개 중턱에서 차는 속도를 줄였다. 한밤중인데도 길은 동네 이름만큼이나 포근했다. 한적한 왕복 이 차선 도로는 바다를 끼고 언덕을 따라 휘어 올라갔다. 도로 양쪽에 늘어선 벚나무 가지들은 난롯불에 다 같이 손을 녹이듯 도로를 향해 기울어져 있었다. 주름진 나무 줄기 사이사이 가을 바다가 출렁였다.

정면에 무인 모텔의 간판이 보였다. 모텔 주차장 입구엔 비닐 가림막들이 막 건져 올린 칼국수 면처럼 주르륵 드리워져 있었다. 차는 여덟 줄기의 가림막을 헤치고 주차장으로 들어갔다.

명색이 무인 모텔이었지만 카운터에 대학생으로 보이는 아르바이트생이 앉아 있었다. 로비 중앙에는 방을 고르는 기계가 설치되어 있었다.

"2층이 좋겠어." 내가 말했다. 창에서 뛰어내리기엔 가장 낮은 층이라고 덧붙이지는 않았다.

수빈은 자판기에서 음료수를 뽑듯 203호를 고르고 나서 내 손에 오만 원을 쥐여줬다.

"친구, 오늘만큼은 실컷 먹어야겠어. 제대로 안 사 오면 마이너스 10점이야."

수빈이 계단을 올랐다. 나는 오만 원을 들고 근처 편의점으로 갔다. 매대 간식거리를 대충 바구니에 쓸어 담고, 사는 김에 심부름값으로 남성용 상하의 내의를 한 벌씩 샀다. 나는 계산을 마치고 양손에 묵직한 봉지 두 개를 들고 모텔 2층으로 올라갔다.

"제대로 사 왔어. 샌드위치랑 과자랑 에비앙이랑."

문이 한 뼘 열렸다. 문틈으로 조심스레 수빈이 얼굴을 내밀었다. 벌써 샤워를 마친 그녀는 머리에 수건을 빙글빙글 두르고 있었다. 찜통에서 방금 꺼낸 만두처럼 그녀의 얼굴에서 열기가 뿜어져 나왔다. 이마는 매끈하고 볼은 이슬 맺힌 사과처럼 싱그러웠다. 화장을 지운 지금 얼굴이 내 눈엔 훨씬 예뻐 보였지만, 말해봤자 안 믿을 게 뻔하다.

안으로 들어가자 수빈이 잠금장치를 재빠르게 잠갔다. 방은 서울의 모텔보다 넓고 쾌적했다. 벽면을 비추는 색색의 LED 조명 때문에 분위기가 요란한 감도 없지 않았으나, 크림색 커튼은 여느 호텔 부럽지 않게 근엄했다.

나는 창을 열어 아래를 확인하고, 창가 밑에 설치된 비상용 줄사다리를 점검했다.

"친구, 소방 검사 나왔냐?"

창가 테이블에는 노트북이 놓여 있었다. 수빈은 녹색 아디다스 반바지에 헐렁한 티셔츠 차림이었다. 노트북도 옷도 자동차 트렁크에서 꺼내 온 모양이다. 수빈은 테이블 의자에 앉아 봉지 내용물을 하나씩 꺼냈다. 간식치고는 양이 넘치도록 많았다.

나는 슈트 재킷을 벗어 의자에 걸쳐놓고, 허리춤에서 죠스를 뺐다. 수빈이 얼떨떨한 표정을 지었다.

"철공용 줄이라고 쇠를 가는 공구야."

"쇠를 가는 게 취미야, 아니면 그걸로 사람 때리는 게 취미야?"

"여자는 안 때려."

귀가 접힌 여자만 빼고.

나는 죠스를 테이블에 내려놓고 내의를 챙겨 욕실로 들어갔다. 옷을 벗고 거울을 보니 온몸이 멍투성이었다. 샤워기를 틀었다. 물이 닿자마자 살이 찌릿했다. 샤워를 마치고 세면대에서 실크 셔츠를 빨았다. 샤워기로 김 서린 거울에 물을 뿌렸다. 편의점에서 사 온 남성용 내의 포장을 벗겼다. 디자인이 딱 '빤쓰'와 '난닝구'였다. 거울 앞에서 어떤 포즈를 취해도 폼이 안 났다. 나는 바지를 입고 수증기로 가득 찬 욕실을 나왔다.

수빈은 테이블 의자에 양반다리를 한 채 김태영의 서류를 들여다보고 있었다. 교실에서도 그녀는 남달리 집중력이 좋았다. 슈렉이라 불렸던 여자애. 그때 수빈은 저런 팔걸이 사이가 좁은 의자엔 앉지도 못했다. 우리는 외톨이들이었다.

"종이에 뭐라고 씌어 있어?"

나는 헤어 드라이기로 젖은 셔츠를 말리며 물었다.

"내가 시험 영어는 끝내주걸랑. 근데 이게 비즈니스 영어라서. 구체적인 내용은 정확히 모르겠고, 석인 그룹 자회사인 석인 증권이랑 퓨쳐롱텀파이낸스라는 회사가 합작 금융회사를 설립하려는 것 같아. 간단하게 말해서 김태영이 백기 이사한테 투자를 하겠다는 계약서야. 초기 투자비용만 천만 달러. 원화로 백억 원이 넘어."

나는 옷걸이에 셔츠를 걸고, 옷걸이의 고리 끝 부분을 창 위턱에 고정시켰다. 새하얀 침대 시트를 보자 한꺼번에 피로가 몰려왔다. 나는 모텔 방의 불을 껐다.

"친구, 지금 뭐 하는 짓?"

첫인상이 포르노 촬영 스튜디오처럼 너무 노골적이어서, 오히려 사람을 움츠러들게 만들었던 방이 어둠 속에서 아늑하고 은밀해졌다. 나는 수빈이 앉아 있는 테이블 쪽으로 다가갔다. 노트북 화면 불빛이 어딘지 균형을 잃은 수빈을 비췄다. 그녀의 건강한 허벅지에서 짙은 살 냄새가 풍겼다. 이상하게 배가 간지러웠다. 수빈의 눈동자가 점점 가운데로 모아졌다. 나는 손을 뻗었다.

"잠깐, 친구. 네가 힘으로는 나 같은 여자애 셋도 이기겠지만 말이야. 요즘 성범죄가 납치만큼 형량이 무거워. 우리 아빠로펌 변호사고. 이상한 짓 하기 전에 그냥 알아두라고."

나는 양파링 봉지를 들고, 그 밑에 깔려 있던 죠스를 빼냈다.

“100점 맞기 전엔 허락 안 할 거잖아.”

“다행히 주제는 아네. 촌스러운 친구는 나한테 70점만 맞아도 인생 대성공이지.”

의자 위에서 양반다리를 하고 있던 수빈이 각선미를 뽐내듯 다리를 높이 들고, 우아하게 다리를 꼬아 앉았다. 나의 시선은 탐스러운 허벅지와 매끄러운 종아리를 지나 발끝에 멈췄다. 나는 그녀의 하얀 발을 한참 동안 바라보았다.

“뭘 봐? 혹시 발 페티시?”

“미안. 침대 먼저 쓸게. 세 시간 뒤에 깨워줘.”

나는 죠스를 든 채 침대에 누웠다. 타자를 치는 소리가 들렸다. 노트북 화면에 검은 글씨가 채워져나갔다. 설마 지금 숙제를 하는 건가. 이상하게 들리겠지만 수빈은 모텔 안에서의 모습이 가장 학생다워 보였다. 머리에 수건을 두르고 친구들과 밤을 새우며 시험 공부를 하는 시트콤 속의 왁자지껄한 여대생들처럼.

타자를 치는 그녀의 손놀림은 점점 경쾌해져 어느새 키보드 소리가 피아노 소리로 변했다.

“피아졸라가 누군지 알아?”

“친구가 아는 외국인이라면 아마도…… 마피아?”

"아르헨티나의 탱고 음악가야. 탱고는 그냥 춤추는 음악인 줄 알았는데, 그 사람 탱고는 무지하게, 그러니까 가슴이, 조여들어."

"어쭈, 깡패는 트로트만 듣는 줄 알았더니 제법이네."

수빈이 침대 쪽으로 몸을 틀었다. 나도 상체를 일으켜 침대 머리에 허리를 기댔다.

"나하고 같이 일을 하는 사람이 있어. 평소에 재밌고 단순한 남자다, 라고 줄곧 생각하고 있었어. 솔직히 나는 은근히 그를 무시했던 것 같아. 그런데 바로 그 남자가 피아졸라를 알려줬어. 그날 이영선 씨가 죽고, 백기 형님이 사라졌어. 그가 '피아졸라'라고 말하고 나서 세상 모두가 바뀌어버렸어. 저주에 걸린 것처럼. 나만 빼고 다들 몰래 약속이나 한 것처럼. 어떻게 모든 사람이 하루아침에 다 바뀔 수가 있지?"

"대체 무슨 소리니?"

"내가 알던 모든 사람들이, 이젠 내가 알던 사람들이 아닌 것 같아."

수빈은 수건을 풀고 고개를 한쪽으로 기울였다.

"당연히 세상은 그대로야. 그냥 네가 처음부터 몰랐던 것뿐이지. 넌 진짜 아무것도 몰라."

젖은 머리카락을 정성스럽게 수건으로 비비고 나서 그녀가 말했다.

"나에 대해서도 까무러칠 정도로 눈치가 없지. 네 어머니 장례식이 지나고 나서였어. 하교 직전에 여우비가 내렸지. 교문을 나와 가로수 아래를 걷는데 바람이 불었어. 나뭇잎에서 떨어진 빗방울이 얼굴에 닿았어. 그 순간, 머리가 돌았나 봐. 삼십 분 전까지 온갖 추행을 당한 주제에 찬란한 행복감을 맞봤어. 마침 길가에 꽃집이 있더라. 그날 태어나서 처음으로 꽃을 샀어. 길을 걸을 때마다 양쪽의 행인들이 나를 쳐다봤지. 하긴, 나 같은, 뭐랄까, 그래, 교과서에 「오발탄」이란 소설 있잖아? 딱 내 얘기야. 신이 잘못 쏜 총알. 그렇게 과녁에서 빗나간 년이 꽃을 들고 싱글벙글 걸으니 이상할 수밖에. 하하, 쪽팔리지만 그날 화장까지 했다고. 꽃도 산 김에 화장품 가게에 난생처음 들러서 얼굴에 이것저것 칠했지. 개인적으로 기념비적인 날이었어. 사실 내가 화장에 트라우마가 있었거든. 초등학생 때 화장대에 놓인 값비싼 수입 화장품 뚜껑을 몽땅 열고 얼굴에 덕지덕지 발랐어. 공주 화장을 하고 싶었는데 애가 뭘 알아. 거울을 보니까 완전 피에로야. 그걸 만회하겠다고 왼쪽 눈에 속눈썹을 막 붙이는 순간, 문이 열렸어. 살이 떨리더라고. 엄마의 그 표정이란. 요즘은 뷰티스쿨 원장처럼 나한테 화장법을 가르쳐주지만 그때 엄마한테 진짜 맞아 죽을 뻔했어. 하여튼 여우비 내린 그날은 정말 신비로웠어. 촌스러운 교복을 바닥에 질질 끌고, 꽃을 들고, 어설픈 화장을 했는데도 구부정한 어깨가 활짝 펴지지 뭐야. 그러고는 너희 집을 찾아갔지. 안개꽃을 한 아름 안고서."

나는 고개를 갸웃거렸다.

"우리 집에 왜 왔어?"

"잔인한 놈아, 그 이유를 꼭 내 입으로……."

그때 수빈의 전화벨이 울렸다. 수빈은 발신자를 확인하고 전화를 받았다.

"한밤중에 웬 전화질이야? 쌈마이 노래나 만들지 않고."

'나가 있을까?' 내가 손짓하자, '가만있어' 하고 수빈이 손 신호를 보냈다.

"뭐? 파일 내용 해석했다고? 알았어. 마침 그 귀공자님 옆에 계시니까 직접 통화해."

수빈은 핸드폰을 테이블에 내려놓고 스피커 통화 모드를 눌렀다. 핸드폰 스피커에서 홍대 음악가의 목소리가 들렸다. 나는 침대에서 테이블로 껑충 뛰었다. 그날, 피아노 앞에서 형과 누나는 대체 무슨 말을 했을까.

"감사합니다. 대화 내용 알려주세요."

"아…… 네. 저기, 그러니까 이건 제가 하는 말이 아니라 파일 속의 남자가 한 말이지 말입니다. 행여 오해 마시고……."

"잡말 말고 냉큼 읊어." 수빈이 쏘아붙였다.

"네. 그럼 남자가 한 말 그대로 읽겠습니다."

홍대 음악가가 침을 삼키고 국어책 읽듯 또박또박 말했다.

"……이.제.넌.필.요.없.어.다.시.는.나.한.테.전.화.하.지.마.지.긋.지.긋.한.스.토.커.야……."

—……더러운 갈보년…….

통화가 끝나고 나서도 나는 오랫동안 그대로 핸드폰을 내려다보고 있었다. 옆에서 수빈은 숨소리도 내지 않았다.

"알고 있었어?" 내가 물었다.

"응, 뭘?"

"이영선 씨가 백기 형님을 좋아했다는 사실."

수빈은 내 시선을 피했다. 그녀는 허둥지둥 백에서 담배를 찾아 꺼냈다가 다시 집어넣고 한숨을 쉬었다.

"한심하기 짝이 없어. 그렇게 아름다운 여자가 고작 짝사랑이나 하다니."

수빈이 위로하듯 내 어깨에 손을 얹었다.

"언니가 그 남자 말고 널 사랑했으면 좋았을 텐데."

조용히 그녀의 손을 내려놓고 침대로 걸어갔다. 나는 쓰러지듯 누워 몸을 작게 웅크렸다. 오늘은 어떤 꿈도 꾸고 싶지 않았다.

어둠 속에서 타자 소리가 울렸다.

"언니는 사기꾼의 딸이었어."

수빈은 타자를 멈추고 나지막이 말했다.

"딱 한 번, 말수 적은 영선 언니가 과거 얘기를 꺼낸 적이 있어. 내가 꽁꽁 감췄던 비밀을 고백하고 나서였지. 그때까지 나는 내가 세상에서 제일 불행한 년이라고 생각했는데, '불행대회'에서 내가 언니한테 완패했어. 언니 아버지의 이름은 마이클 리였어."

수빈은 중간중간 타자를 치며 소설가가 차기작의 주인공에 대해 설명하듯, 소설 같은 이야기를 하기 시작했다.

누나의 어머니는 유복한 집안의 외동딸이었다고 한다. 무용을 전공했던 어머니는 대학 졸업반 때 하얀색 벤츠를 타고 다니는 젊은 사업가를 만나 이듬해 졸업과 동시에 결혼식을 올렸다. 그해 가을에 누나가 태어났다. 흔히 말하는 속도위반 결혼이었다.

"부잣집 요조숙녀가 애를 뱄으니 집안에선 난리가 났겠지. 언니 어머니 입장에서도 많은 꿈을 포기해야 했을 거야. 하지만 여자 쪽에서 잃기만 한 것은 아니었어."

상대 남자는 어리숙한 풋내기 대학생도 아니었고, 돈만 많은 배 나온 아저씨도 아니었다. 남자는 양립하기 어려운 조건들을 너무나 많이 가지고 있었다. 남자는 젊고 아름다웠고, 게다가 부자였다. 또 미국 명문 사립대를 나온 수재이기까지 했다. 재미 교포 마이클 리. 그는 모든 조건을 다 갖췄음에도 한 여자만 바라보는 순정파이자, 금요일 저녁에 사랑의 깜짝 이벤트를 벌이는 로맨티시스트의 이름이었다.

"듣기만 해도 꿈같은 남자지. 그때 마이클 리는 벌써 사기 2범이었대."

마이클 리의 모든 배경은 거짓이었고, 모든 과정은 계획이었다. 그들의 딸인 누나에겐 비극이지만, 누나의 탄생 역시 대사기극에 필요한 도구일 가능성이 높았다.

"언니 입장에서 또 다른 비극은 아버지의 정체가 너무 빨리 발각된 거였어."

어머니와 오랜 정이 들었다면 누나의 운명은 바뀌었을지도 모른다. 그랬다면 풍족한 외가에서 누나를 거두었을지 모른다. 최소한 핏줄을 모른 척하지는 않았을 것이다. 하지만 삼 개월은 모녀 간의 정을 쌓기엔 너무 짧은 기간이었다.

"어머니가 언니 친할머니한테 언니를 맡기면서 말했대. 이 아이는 더러운 씨앗에서 태어난 똥이라고. 생후 삼 개월밖에 안 된 자신의 딸을 가리키면서."

그날 누나의 친할머니는 아들이 마이클 리라는 이름을 쓴다는 것과 아들이 결혼했다는 사실을 처음 알았다고 한다. 아마도 결혼식에선 진주 목걸이를 한 우아한 대역 어머니가 며느리의 한복 치마에 밤과 대추를 던져주었을 것이다.

누나 어머니 집안에서는 마이클 리를 형사 고발했다. 하지만 다행인지 불행인지 아직 갈취된 금품이 많지 않았기 때문에 갈아 먹어도 시원치 않을 사위를 제대로 벌줄 수 없었다. 아들의 안위를 걱정한 누나의 할머니와 고모들이 경찰서에 갔을 때, 담당 형사는 혀를 차며 저런 뻔뻔한 놈은 처음이라며, 마이클 리가 형사에게 말하길, 이 모든 게 사랑하는 여인을 얻기 위한 가난한 청년의 연극이었다며, 세상에 결혼 전에 '뻥카' 안 치는 놈이 어딨느냐, 매년 기획재정부가 발표하는 경제성장률 전망치가 국민과의 찰떡같은 약속이 아니라, 이루어지면 참 좋겠다는 소망과 의지의 표명이듯이, 자신 역시 유학도 갈 생각이었고 부자가 될 자신도 있었기에 착한 거짓말을 몇 개 더했을 뿐, 오히려 자신의 가짜 배경만 보고 결혼한 것이라면 그런 여자야말로 문제가 있는 것 아니겠냐며, 자신이야말로 사기 결혼을 당한 피해자라고 궤변을 늘어놓았다고 한다. 형사가 여자의 임신 과정은 계획된 성폭행이 아니냐 추궁하자, 마이클 리는 성관계는 연애의 자연스러운 과정이었을 뿐,

형사님은 흔들리는 바늘구멍에 실을 꿰어 넣을 수 있으시냐며 듣는 사람의 말문을 막히게 했다고 한다.

의도는 명백했다. 마이클 리는 어떻게든 사건을 민사로 몰고 가려 했다. 어차피 합의금 따위는 줄 생각이 없었기에 민사 판결의 결과는 그에게 중요하지 않았다. 사기 결혼의 민사와 형사를 가르는 결정적인 기준은 금품 갈취의 여부였다. 마이클 리의 사기 행각이 일찍 덜미를 잡히는 바람에 갈취 액수가 미미했고, 그 성격도 갈취가 아니라 증여로 해석될 여지가 다분했다.

결국 누나 어머니 쪽에서는 형사 고발과 혼인 무효 소송을 취하했다고 한다. 어차피 쏟아진 물이었다. 중요한 건 누나 어머니의 남은 미래였을 것이다. 누나의 어머니는 합의 이혼을 하고 미국으로 떠났다.

“모이기만 하면 하루 종일 수다를 떠는 고모들이 다 얘기했대. 마이클 리는 양육비 없이 언니를 떠안았어. 어차피 애 따윈 키울 생각이 없었을 테니, 형사처벌만 받지 않는다면 합의 조건이 어떻든 중요하지 않았겠지.”

그후 마이클 리는 종적을 감췄다. 손녀의 양육은 온전히 할머니의 몫이었다. 친할머니는 누나를 버리지 않은 거의 유일한 사람이었다고 한다. 칠 년 동안 친할머니와 누나는 작은 집에서 함께 살았다.

"할머니하고 단둘이 살 때가 언니한테 가장 행복한 시절이었대."

초등학교를 입학할 무렵 친할머니는 노환으로 세상을 떠났다. 그후 누나는 친척들의 집을 전전하게 되었다. 친척들은 나쁜 사람들이 아니었다. 첫째 고모 같은 경우는 누나가 시집을 갈 때까지 친딸처럼 아끼며 키우려고 했다고 한다. 마이클 리가 돌아오기 전까지는.

"사기꾼들은 언젠가 가족을 등쳐먹게 되어 있어. 사기의 핵심은 상대로 하여금 나를 믿게 만드는 건데, 가족은 이미 믿음의 토대가 마련되어 있거든. 사기꾼한테 가족이란 바닥에 떨어진 돈이나 다름없어. 다른 놈이 주워 가기 전에 냉큼 챙기면 그뿐이야."

눈이 오던 설날, 친척들이 모인 자리에 마이클 리가 나타났다. 차례상 앞에서 마이클 리는 어머니를 부르며 서럽게 울었다고 한다. 그는 영문도 모르고 서 있는 누나를 끌어안고 여린 뺨에 얼굴을 비볐다. 불쌍한 내 딸아, 이제 고생은 끝났다, 고 그는 선언했다. 얼마 뒤에 마이클 리의 운전기사가 선물 꾸러미를 가득 들고 왔다. 대문 밖에는 하얀색 벤츠가 눈을 맞으며 서 있었다고 한다.

"언니가 말하길, 마치 『소공녀』의 마지막 장면 같은 날이었대."

그날 누나의 기분을 어땠을까? 아버지 없이 자란 아이들은 누구나 한 번쯤 『소공녀』 같은 해피 엔딩을 꿈꾼다. 나 역시 마찬가지였다. 언젠가 어마어마한 아버지가 나타나 친구와 이웃들을 깜짝 놀라게 만들고, 마차 비슷한 걸 타고 궁전 비슷한 곳으로 떠나는 상상을 했다. 분명 누나도 그런 상상을 했을 것이다. 보통은 머리가 커지면 그런 상상이 부끄러운 망상이었다는 걸 받아들이지만, 어린 누나의 잘생긴 아버지는 그날 정말로 벤츠를 타고 금의환향을 했다. 어리둥절하다가 소망이 현실로 이루어졌다고 생각한 순간, 작은 심장은 한껏 부풀어 올랐을 것이다. 칠 년 만에 아버지를 만난 어린 누나의 그렁그렁한 눈망울이 생생하게 그려졌다. 아무리 영민한 아이라도 아버지가 폰지 사기를 치러 돌아왔으리라고는 꿈에도 생각하지 못했을 것이다.

"언니 얘기를 듣고 나중에 인터넷으로 관련 기사를 찾아봤어. 마이클 리. 오멘스 사기 사건. 그때 언니 아버지가 꽤 머리를 썼어. '『소공녀』의 엔딩'을 계기로 마이클 리는 친척들과 교류하면서 앉아서 돈을 버는 사업을 슬쩍 소개했지. 오멘스라는 의료 기기 업체에 칠백만 원 이상만 투자를 하면, 통장에 매일 7090원씩 입금이 되는 거야. 그와 별도로 팔 개월 뒤에는 원금의 두 배로 배당금을 돌려주고. 게다가 투자자를 한 명 끌어올 때마다 일일 통장 입금액은 1090원이 더 늘어나. 처음엔 반신반의했던 사람들도 매일 통장에 찍히는 입금액을 확인하고는 투자금을 늘렸지. 소개비를 챙기기 위해 스스로가 열정적인 영업 사원이 된 건 두말할 나위 없고. 친척들로 시작된 투자자들은 그들의 지인으로, 지인의 지인들로 폭발적으로 늘어났어. 슬슬 발을 뺄 순간이 다가왔지."

육 개월 뒤에 마이클 리가 사라졌다. 피해자들에겐 회복 불능의 신용과 파탄 난 인간관계, 담보대출 물건 회수 집행장과 카드사의 독촉장, 마이너스 통장과 절망이 남았을 뿐이었다. 집안은 쑥대밭이 됐다. 신용불량자가 한둘이 아니었고, 누나의 작은고모는 이혼을 당했다고 한다. 누나 역시 행복해질 수 없었다. 마이클 리는 딸에게 달콤한 꿈을 한입 베어주고, 다 빼앗아 갔다. 최악의 부모였다. 적어도 엄마는 내게 헛된 환상을 심어주지는 않았다.

수빈은 하염없이 천장을 올려다보며 깊은 한숨을 내쉬었다.

"그후에 어떻게…… 혼자 살기엔 너무 어린 나이였을 텐데."

수빈은 누나의 인생을 안타까워하며 신음에 가까운 탄식이 내뱉었다.

"옛날 원숭이 사육장에서는 우리 안에 돼지 한 마리를 집어 넣었대. 답답하고 희망 없는 우리 안에서 서로 싸우고 자해하고 미쳐가던 원숭이들이 돼지를 보자, 돼지를 괴롭히고 희롱하면서 스트레스를 풀었던 거야. 무슨 말이냐 하면, 마이클 리는 자신을 증오하는 친척들에게 언니를 내던졌어. 친딸을 제물로 바쳤지."

다시 탄식이 들렸다.

"언니는 자신을 키워준 큰고모가 정말 좋은 분이셨다고 몇 번이나 말했지만, 글쎄, 원수의 딸을 키우면 나라도 제정신이 아니게 될 것 같아. 낮에는 아버지를 잘못 만난 죄 없는 아이를 동정하지만, 밤이 되면 미치지 않을까. 그리고 부모가 하찮게 여기는 것을 자식들도 하찮게 여기기 마련이잖아. 당시 언니의 사촌들도 사춘기였어. 그 아이들도 역시 악마들은 아니었지. 하지만 가정 형편 때문에 친구들이 다니는 영어 학원을 가지 못할 때, 입고 싶은 옷을 사지 못할 때마다 뾰난 눈초리들은 언니에게 향했어. 집안을 망하게 만든 원흉. 나중엔 자신들의 개인적인 불행조차 언니 때문이라고 믿어 의심치 않았지. 성적표의 낮은 순위도, 친구와의 다툼도, 응원하는 야구팀의 패배까지 다 언니 탓이 돼버렸어. 나도 학교 다닐 때 줄곧 당해봐서 알지만, 어른들의 악惡보다 아이들의 악이 더 잔인할 때가 많아. 어른들처럼 이익을 위한 악이 아니기에 어쩌면 진짜 순수한 악이라고도 할 수 있겠지. 차라리 욕을 하고 때려 달라고 부탁하고 싶을 정도로 작은 악마들의 악행은 집요해. 나야 학교가 끝나면 반나절은 고통에서 해방됐지만, 언니에겐 따뜻하게 받아주는 곳이 아무 데도 없었어. 게다가 언니는 지나치게 예뻤지. 그것이 사촌 언니들을 더 화나게 만들었고, 여드름이 나기 시작한 사촌 오빠들은…… 아, 아무것도 아냐."

이야기에 몰입했던 수빈이 손으로 자기 입을 가리며 얼버무렸다.

"처음에 작은 손찌검으로 시작하던 큰고모의 폭력은 점점 강도가 높아졌어. 설날이 지난 어느 겨울날, 술에 취한 큰고모한테 언니는 아주 심하게 매질을 당했어. 보다 못한 이웃이 신고를 한 덕에 언니는 드디어 저주받은 집안에서 나올 수 있게 됐지."

"그다음엔 어디로?"

"해 뜨는 집. 영문으로는 몸서리쳐지게 우울한 팝송 〈The House Of The Rising Sun〉하고 이름이 같지만, 충북 쪽의 가톨릭 단체에서 운영하는 모범적인 보육원이야. 거기서 언니는 중학교를 졸업하고 고등학교를 다녔어. 해 뜨는 집의 나이 많은 원장 수녀님은 지상으로 내려온 천사랬어. 자기 같은 사람은 평생 노력해도 그런 고귀한 분의 100분의 1도 따라갈 수 없다고 자조적으로 말했지. 이야기를 들어보면 해 뜨는 집에서 잘 지냈던 것 같아. 그곳에서 다른 아이들과 함께 머물면서 피아노도 배우고 세례도 받았고. 아참, 언니 세례명이 로사리나래. 예쁘지?"

대학 입학과 동시에 누나는 해 뜨는 집을 떠났다고 한다. 서울의 한 사립대학 의상학과에 입학한 누나는 서울로 올라왔다. 정부에서 보조금이 나왔지만 기댈 곳 없는 서울살이는 만만치 않았다. 누나는 아르바이트를 하며 휴학과 복학을 반복했고, 그 와중에도 꾸준히 해 뜨는 집에 후원금을 보냈다고 한다.

더블린에서 일하게 된 이유는 듣지 않아도 쉽게 상상이 됐다. 생활고에 시달리는 젊은 미인을 유흥가의 새끼 마담들이 가만 놔둘 리 없었다. 그들은 누나에게 매혹적인 조건들을 제시하며 지방에서 홀로 상경한 여자의 마음을 감나무 흔들듯 흔들었을 것이다.

"어때? 영선 언니가 네가 알던 사람이 맞는 거 같아?"

"로사리나였구나. 로사리나……."

나는 혼잣말을 되뇌었다. 그러자 대학로의 화창한 하늘과 누나의 깨끗한 웃음이, 더블린에서 붕대를 감아주던 가녀린 손이, 서울의 달 아래 함께 바이크를 타고 쇼윈도를 지나던 모습이 떠올랐다. 스르르 눈이 감겼다. 수빈은 내 이름을 연신 부르다 맥없이 물을 마셨다. 어둠 저 끝에서 수빈의 목소리가 들려왔다.

"사랑이 참 여러 사람 잡네. 이 불쌍하고 나쁜 놈 같으니. ……쳇."

개들의 이빨

눈을 떴을 때 반짝이는 빛이 바닥으로 내려앉았다. 열린 창으로 들어온 청량한 바람이 엉큼한 모텔 방을 휘저었다. 세 시간만 자려고 했는데. 그래도 다행히 꿈은 꾸지 않았다. 이상하게 몸이 가벼웠다. 옆으로 고개를 돌리자 수빈이 낮게 코를 골고 있었다. 간질간질. 뜨거운 숨이 규칙적으로 내 볼에 닿았다. 조심스럽게 친구의 얼굴에 손을 댔다. 그녀가 번쩍 눈을 떴다.

"뭘 봐? 아침에 일어난 미인 처음 봐?"

나는 손끝으로 그녀의 흘러내린 머리칼을 귀 뒤로 넘겨주었다.

"우리 맛있는 밥 먹으러 가자."

"사악한 놈. 입 냄새 공격이나 받아라."

하—. 그녀가 얼굴을 마주하고 입을 크게 벌렸다. 옅은 우유 비린내가 났다.

재래시장의 북적대는 작은 식당에 들어와 재첩국을 시켰다. 식당의 아저씨들은 수빈을 힐끔힐끔 쳐다봤다. 또 옷이 바뀐 수빈은 단정한 블라우스 아래 부채 모양으로 펼쳐진 체크무늬 치마 차림이었다. 목엔 짧고 깜찍한 빨간 넥타이를 매고 있었다. 트럼펫만 들고 있다면 영락없는 여고생 음악단 단원의 모습이었다. 나는 카키색 슈트를 입어서 그런지 그녀의 오빠 같은 기분이 들었다. 도대체 자동차 트렁크에 몇 벌의 옷을 싣고 다니는 걸까.

나무 탁자 위에 재첩국과 밑반찬이 가득 채워졌다. 아저씨들 사이에서 우리는 국에 밥을 말아 허겁지겁 먹었다. 식사는 오 분도 채 걸리지 않았다. 우리는 원샷 건배를 하듯 국물을 깨끗이 비운 뚝배기를 동시에 나무 탁자에 내려놓았다.

"모자라면 1인분 더 시켜줄까?"

"죽을래?"

아직 대일 흥업에 가기 전까지 시간이 남아 있었다. 다음 코스는 수빈 마음대로였다. 먼저 수빈은 은행에서 반지를 돌려받을 돈을 찾고, 따로 환전한 십만 엔을 내 손에 찰싹 내려놨다.

"이것도 5부 이자다. 일주일 안에 갚아."

그럼 그렇지. 하마터면 감동할 뻔했다.

부산 시내는 초보 운전자에게 지옥 같은 곳이어서 우리는 차를 시장 유료 주차장에 세워놓고 택시를 탔다. 날이 완전 여름 날씨였다. 부산 사람들은 오전에도 여기저기를 참 부지런히 돌아다녀서 교통 정체가 서울 못지않았다. 나는 여행객처럼 거리의 풍경을 살폈다. 이방인에게도 향수를 불러일으키는 마법 같은 묘한 거리였다. 삐뚤빼뚤한 차량 행렬 사이를 꿋꿋하게 새치기하며 나아간 택시는 어느새 보수동에 도착했다.

도로 건너편에 헌책방 거리가 보였다. 택시에서 내린 우리는 길을 건너 동화 마을의 뒷골목 같은 책방 골목으로 들어섰다. 좁은 골목 양쪽에 작은 책방들이 줄줄이 이어졌고, 길가엔 헌책들이 허리 높이까지 쌓여 있었다. 책 냄새가 서울 시청 도서관보다 진했다. 수빈은 부지런히 책도 고르고 기념사진도 찍었다. 물론 모델은 수빈이었고, 사진사 역할은 나였다. 핸드폰을 들고 스무 장 넘게 사진을 찍었다.

"우와, 대박. 2005년판 『제5도살장』이야. 친구, 이거 찍어."

한 책방 앞에 멈춰선 수빈이 검은 나무가 그려진 책을 꺼내 들었다.

"역시 난 운 좋은 여자야. 커트 보니것 님, 제가 십 년 뒤에 십만 원에 팔아 문학적 명성을 드높여드릴게요. 하하."

수빈은 책을 들고 가게 안으로 들어갔다. 그동안 달리 할 일이 없어서 핸드폰을 든 채 내가 찍은 책방 골목의 사진을 넘겨보았다. 다섯 번째 사진을 보자마자 내가 할 일이 떠올랐다. 골목은 점점 사람들로 가득 차기 시작했다. 나는 책 무더기 맨 위에 놓여 있던 잡지를 펼쳐 읽는 시늉을 했다.

"이거 사줄래?"

책방에서 수빈이 나오자 내가 잡지를 응시한 채 말했다.

"그거 《뉴스위크》 영문판이잖아. 영어는 '아이엠어보이'밖에 모르는 주제에."

"이참에 영어 공부 좀 하려고."

"하긴 커트 보니것을 읽는 여자와 격이 맞으려면 '유아러걸'도 할 줄 알아야지. 여기요!"

카디건을 걸친 책방 주인이 밖으로 나왔고 수빈이 계산을 했다. 그사이에 나는 허리춤에서 슬그머니 죠스를 꺼냈다. 나는 신문으로 생선을 싸듯 행인들이 눈치채지 못하게 영문 잡지로 죠스를 감쌌다. 책 무더기 위의 또 다른 책을 고르는 척하며 나는 수빈에게 물었다

"혹시 골목 입구 쪽에 군용 야상 입은 남자 보여?"

"이발소에서 막 스포츠머리로 깎고 나온 것 같은 아저씨? 이 날씨에 군화를 신었네. 지퍼도 끝까지 올리고. 콧수염은 멋지네."

"그 남자 뭐 하고 있어?"

"뭘 하긴. 남자가 내 다리 안 훔쳐보고 뭐 하겠어. 이놈의 인기는 부산에서도 꺾일 줄 모른다니까."

수빈은 허리에 손을 얹고 자신만만하게 턱을 들었다. 책 무더기 위에 있는 책을 한 장 한 장 기계적으로 넘기며 나는 수빈에게 말했다.

"지금 택시를 타. 부산역 근처에 아마 스타벅스가 있을 거야. 만약 두 시간 뒤에도 내가 오지 않으면 곧장 집으로 가."

"친구, 무슨 일이야. 혹시, 저 남자 형사야?"

차라리 형사라면 다행이었다.

"제대로 설명을 해봐. 납득이 가야 내가 가든 말든 할 거 아니니."

수빈아, 제발. 나는 마음의 소리로 애원했다. 수빈은 잠시 엄지손톱을 깨물고는, 내가 들고 있는 핸드폰을 백에 넣었다. 기계적으로 책장을 넘기는 내 손등에 그녀가 손을 얹었다.

"정확히 한 시간 줄게. 늦으면 진짜 용서 안 해."

그녀의 손바닥은 부드러웠다. 나는 고개를 끄덕였다. 수빈은 책을 몇 권 뒤적인 다음 뒤편 골목으로 떠났다.

나는 책방 골목 입구 쪽으로 몸을 틀었다. 군용 야상을 입은 중년 남자가 행인들 속에 무표정하게 서 있었다. 혁철 패거리들에게 공사장으로 끌려갔던 날, 중국인 무리에서 떨어져 혼자 고량주를 마시던 남자였다. 나는 그에게 따라오라고 고갯짓을 했다. 용병이 책들 사이로 저벅저벅 다가왔다. 책과 어울리지 않는 두 남자가 위태로운 거리를 유지한 채, 그 어떤 책들보다 진지하게 책방 골목을 걸었다.

길은 얽히고설킨 산동네로 이어졌다. 갈림길이 나올 때마다 나는 행운을 빌며 대책 없이 구불구불한 좁은 언덕길을 올랐다. 등 뒤에서 용병의 존재감이 느껴졌다. 누가 그를 고용했을까. 김 회장? 오 상무? 영감님? 혁철? 걷다 보니 생각이 정리가 됐다. 결론은 그들 모두 다였다. 오 상무에게 보고를 받은 김 회장은 나를 어떻게든 처리하라고 지시했을 테고, 오 상무는 영감님에게, 영감님은 혁철에게 지시를 내렸을 것이다. 그렇게 하청에 하청을 거치는 과정에서 용병이 받을 비용은 급격히 줄어들었을 것이다.

용병은 내 속도와 무관하게 꾸준히 이십 미터 간격을 유지한 채 뒤따라왔다. 십여 분이 지났지만 매복조는 나타나지 않았다. 설마 혼자 온 건가. 뒤를 돌아보자 이십 미터 뒤에서 숨도 안 쉬는 듯한 남자의 얼굴이 보였다. 확실히 그는 그동안 내가 밤 세계에서 겪어본 중국인들과 달랐다. 용병들은 관계를 중시하고 언제나 협업을 추구했다. 강남 뒷골목에서 뭉쳐 다니는 중국 용병들을 보며 형은 "저 녀석들은 포크레인도 셋이서 올라타려고 할 거야"라고 말하기도 했다. 그들은 타국에서 살아남기 위해서는, 설령 눈앞의 동포가 개자식이라도 일단 뭉쳐야 무시당하지 않는다는 사실을 잘 알고 있었다.

외톨이 중국인이라. 어찌 보면 나 같은 외톨이에게 딱 맞는 상대였다.

다시 길을 걸었다. 작은 집들이 다닥다닥 붙은 한산한 언덕이 계속 이어졌다. 나는 벽화가 그려진, 폭이 좁고 까마득히 높은 시멘트 계단을 올랐다. 담장 위로 튀어나온 나뭇가지들은 담장 어깨까지 그늘을 내렸다. 중간 층계참에서 나는 걸음을 멈췄다. 아래를 내려다보았다. 땀 한 방울 흘리지 않는 용병이 아래 계단에서 멈춰 섰다. 내가 위고, 그가 아래였다. 나는 손에 쥔 영문 잡지를 들어 올렸다. 칼집에서 칼을 빼듯, 재빠르게 죠스를 꺼냈다. 손에서 떨어져 나간 영문 잡지가 파닥이며 계단 아래로 떨어졌다.

해바라기 벽화 옆에 서 있던 용병은 손목에 찬 전자시계의 타이머를 눌렀다. 아마 그에게는 큰 의미가 있는 행위 같았다.

곧이어 용병은 천천히 군용 야상의 지퍼를 내렸다. 그의 품 안에서 돌색 칼이 빠져나왔다. 칼등에 톱니가 박힌 보위 나이프였다. 그는 칼날을 태양에 비춰보고선 칼을 오른손 아래쪽으로 고쳐 잡았다. 시작이다.

용병에게 달려 내려갔다. 신발이 뜨거워졌다. 용병은 무게 중심을 낮추고 몸 바깥쪽으로 칼날을 내밀었다. 인적 없는 오전의 주택가에 계단을 내려가는 내 발소리만 요란했다. 곧 얼음 같은 두 눈과 마주쳤다. 먹을 때만 빼놓고는 평생 열리지 않을 것 같은 그의 입이 가까이 보였다. 입 언저리엔 세로로 칼자국이 나 있었고, 얼굴에 난 나머지 칼자국들은 그어진 게 아니라 찍힌 자국들이었다.

벽화 계단 위에서 죠스와 보위 나이프가 부딪쳤다.

귓가에 새벽 종소리처럼 맑은 소리가 퍼졌고, 그다음엔 뭐가 뭔지 앞이 하나도 분간되지 않았다. 정신을 차려보니 내 몸이 트럭에 치인 것처럼 붕 떠 있었다. 육체가 벽에 튕기며 계단 아래로 굴러떨어졌다. 하아, 신음을 내며 일어서자 어깨가 욱신거렸다. 피 흘리는 꽃처럼 해바라기 벽화 위에 핏자국이 길게 내 쪽으로 덧칠되어 있었다. 내 왼쪽 어깨에서 피가 흘러내렸다. 한쪽 무릎을 계단에 꿇은 채 태양을 등진 용병을 올려다보았다. 이제는 그가 위고 내가 아래였다. 용병은 침착하게 피 묻은 칼날을 허벅지에 비벼 닦았다. 그 모습에 엄청난 위압감이 느껴졌다. 하필이면 오늘 진짜 임자를 만나다니.

나는 슬금슬금 계단 밑까지 내려가서, 부끄러움도 잊고 그대로 골목길로 도망쳤다. 갈림길이 나올 때마다 이리저리 파고들며 뛰고 또 뛰었다. 여전히 용병은 일정한 간격을 유지한 채 나를 좇았다. 아무리 발버둥 쳐도 떨쳐낼 수 없는 악몽이 어느새 십 미터 뒤까지 따라붙었다.

한적한 동네의 벽들은 온통 그림이 그려져 있었다. 날개 달린 코끼리와 요정들과, 하얀 나무와 파란 나비를 차례로 지나쳤다. 코너를 돌았을 때 나는 쓰레기봉투 더미에 걸려 중심을 잃고 길 가운데로 미끄러졌다. 그 바람에 무릎이 까였다. 목구멍까지 숨이 차올랐다. 코너에서 종이 가면을 쓴 것 같은 용병의 얼굴이 튀어나왔다. 움직이지 않는 얼굴. 도대체 숨을 어디로 쉬는 걸까. 갑자기 어떤 예감이 들었다. 나는 평생 콧수염을 기른 남자를 경멸하든가, 아니면 내가 콧수염을 기르게 될 거라는 예감이. 살아남고 나면.

나는 죠스를 들고 일어섰다. 커다란 쇠공이 굴러오는 착각이 들 정도로 용병이 엄청난 속도로 달려왔다. 분명 내가 그보다 스무 살 정도는 젊고 키도 한 뼘은 컸지만, 그는 나보다 훨씬 빠르고 거대했다.

눈 깜짝할 사이에 코앞까지 달려온 용병의 얼굴이 갑자기 휘리릭 아래로 내려갔다. 의도를 파악할 새도 없이 한 손으로 물구나무를 선 그의 두 다리가 내 목을 복스 렌치처럼 조였다. 나는 그대로 나가떨어졌다. 아마 힘겨루기를 할 생각으로 꼿꼿이 버티고 섰다면 내 목은 벌써 부러졌을 거다.

단단한 두 다리가 내 목을 조였다. 엇갈려 있는 군화 사이에 가까스로 죠스를 끼우고 주리를 틀듯 죠스를 힘껏 비틀었다. 그러자 그도 어쩔 수 없이 다리를 풀었다.

피가 몰린 머리를 식힐 겨를도 없이 보위 나이프가 무차별적으로 공격해 들어왔다. 쉴 새 없이 죠스로 튕겨냈지만 다 방어하기엔 칼이 너무 빨랐다. 내가 틈을 보인 한순간, 왼쪽 어깨에 칼날이 쑥쑥 들어왔다. 나는 용병을 밀치며 벽에 기댔다. 피가 난 곳에 손을 댔다. 왼쪽 어깨에 병장의 계급장처럼 작대기 네 개가 붉고 깊숙하게 찍혀 있었다. 허공에서 보위 나이프가 다시 움직이기 시작했다. 춤추는 칼날 뒤로 무표정한 용병의 얼굴이 보였다. 용병이, 그 숨 막히는 벽이 나를 계속 밀어냈다. 도무지 공격할 타이밍을 잡을 수가 없었다. 공격은커녕 이대로 일 분만 버텨도 다행이었다. 그의 움직임은 물리법칙을 무시하듯 자유자재였고, 행동의 기미가 없었고, 창의적이었다.

왼쪽 어깨에 다섯 번째 칼날이 들어왔을 때 "악!" 하고 내 입에서 비명이 터지고 말았다. 무섭고 무거운 공격이 계속되었다. 적의 기세에 눌린 나는 점점 가라앉았다. 시야가 용병의 무릎까지 낮아졌을 때, 그의 다리 사이로 오래된 빌라의 지하실 창문이 보였다. 그곳이 내가 찾은 유일한 구멍이었다. 나는 옆으로 몸을 굴리고 피를 흩뿌리며 창문으로 뛰어들었다. 몸으로 낮은 유리창을 깨고 그대로 지하로 굴러떨어졌다.

사방에 먼지가 너풀거렸다. 아파할 겨를도 없이 상체를 세우고 침침한 지하실을 둘러봤다. 제법 넓은 공간에 재봉틀 작업대들이 다닥다닥 붙어 있고, 벽엔 원단이 기대어 있었다. 빈 공간 군데군데 대머리 마네킹들이 서 있었다. 포즈가 제각각인 마네킹들은 먼지 쌓인 커다란 비닐을 뒤집어쓰고 있었다. 바닥에 포장용 노끈이 보였다. 나는 그것을 집어 들고 재봉틀 작업대 밑에 숨었다. 노끈을 왼쪽 어깨에 감았다. 매듭을 묶자 어깨가 불타는 듯했다. 밖에서는 규칙적으로 탁 탁 탁 소리가 들렸다. 칼끝으로 창틀의 남은 유리를 깨는 소리였다. 마치 숙련된 건설 노동자가 묵묵히 건물 철거 작업을 하는 듯했다. 작은 유리 조각들이 지하실 바닥으로 떨어져 터질 때마다 심장이 조각났다.

용병의 군화가 발레리나 슈즈처럼 사뿐히 지하실로 착지했다. 점점 군홧발소리가 커졌다. 저벅. 저벅. 저벅. 심장이 너무 조여서 가슴이 아팠다. 형이 틀렸다. 나는 천재 파이터가 아니라 골목대장이었을 뿐이다. 그는 너끈히 내 갈비뼈를 깨부수고 심장에 칼을 박을 수 있었지만 최적의 장소로 나를 몰았다. 아마 내 묫자리마저 그가 정할 것이다.

나는 작업대 밑에서 나와 용병과 대면했다. 나를 본 용병은 잠시 걸음을 멈춰 손목시계로 시간을 확인하고, 다시 제 속도를 유지하며 작업대 사이를 지나 걸어왔다. 어느새 칼이 올라갔다. 가까스로 칼날을 피해 작업대를 뛰어넘었다. 그도 뛰어넘으려 작업대 위로 발을 올렸다. 그 순간 작업대 모서리를 발로 힘껏 찼다. 점프를 하려던 용병은 발판이 흔들리자 공중에서 기우뚱거렸다. 이때다. 그의 이마를 노리며 돌격했다. 크게 죠스를 휘둘렀다.

허공에 아무것도 걸리지 않았다.

악! 비명을 질렀다. 젓가락으로 삶은 감자를 찌르듯 가슴팍에 칼이 쑥쑥 들어왔다. 뭘 보지도 못했는데. 그는 낙하하는 그 짧은 순간에 내 몸뚱이에 세 곳이나 칼을 박았다. 나는 집기들을 쓰러뜨리며 넘어졌다. 가슴을 부여잡고 바닥에 나뒹굴었다. 숨 돌릴 틈도 없이 군화가 성큼성큼 다가왔다. 작업대 밑으로 들어가 지하실 창으로 내리쬐는 빛을 향해 기어갔다. 용병이 작업대를 손으로 하나씩 밀치기 시작했다. 기어가는 내 팔다리가 바빴다. 손바닥은 땀으로 미끄러웠다. 무력함에 눈물이 왈칵 쏟아질 것 같았다. 진정한 일류는 최악의 상황에서도 농담을 잃지 않는다고 하던데. 애당초 난 일류가 되긴 글러먹었다.

점점 죽음의 빛이 가까워졌고, 이윽고 머리 위를 보호해주던 마지막 작업대가 끼익 소리를 내며 사라졌다.

머리 위에서 이불을 터는 것 같은 바람이 불었다. 소름 돋는 공기로 몸이 얼어붙었다.

"개놈의 자슥들, 니들 머꼬!"

모시옷을 입은 노인이 지하실 철문 문손잡이를 잡고 소리쳤다. 문 쪽으로 고개를 올렸다. 어둠 속에서 두 남자의 번뜩이는 눈을 확인한 노인은 문을 연 것을 후회하는 눈치였다. 나는 도둑고양이처럼 할아버지를 헤치고 밖으로 뛰쳐나갔다.

가을 햇살이 따가웠다. 나는 빌라 대문을 박차고 나와 골목길을 뛰어 내려갔다. 달리고 돌고 돌아 골목의 다섯 번째 코너를 돌았을 때, 철제 난간이 앞을 가로막았다. 드넓은 하늘 아래 수천 개의 지붕이 펼쳐져 있었다. 산동네 지붕들은 온갖 색으로 야단스러웠다. 뒤를 돌아봤다. 더러운 전봇대 옆에서 무뚝뚝한 용병이 나타났다. 그가 속도를 줄이지 않고 달려왔다.

선택지는 하나였다. 나는 난간을 짚고 녹색 지붕 위로 뛰어내렸다.

가파르게 경사진 지붕들이 계단인 양 힘껏 발돋움하며 건넜다. 하늘은 파랗고 구름 한 점 없었다. 하지만 흠뻑 젖은 머리카락에선 땀이 비 오듯 쏟아졌다. 땀을 닦을 새도 없었다. 지붕과 지붕 사이에서 머리를 세차게 흔들었다. 용병이 사 미터 거리로 가까워졌다. 지붕 위의 군화는 봄날 고양이의 작은 발처럼 사뿐사뿐했다. 삼 미터.

지붕 뛰어넘기 경주를 하듯 지붕들을 계속 건너뛰어 다니다, 빨간 지붕 위에서 나는 균형을 잃고 말았다. 운동화 밑창이 빨간 시멘트 기와 위에서 미끄러졌다. 순차적으로 발 주변의 기와들도 들썩거리더니, 경사를 따라 우르르 미끄러지기 시작했다. 파도에 휩쓸리듯 나는 기와들과 함께 마당으로 떨어졌다. 쏟아져 내린 기와들이 우박처럼 깨졌다.

꼴이 엉망진창이었다. 마당 한쪽에 있는 커다란 통에서 새우젓 냄새가 진동했다. 아직 용병은 보이지 않았다. 나는 마당에 걸려 있는 빨래들을 헤치고 담을 뛰어넘었다.

좁은 골목길이 나왔다. 담장과 담장 사이 거리가 코끼리 코보다 짧아 보였다. 그늘진 골목 입구 쪽으로 빛이 모아졌다. 그 뚫린 공간을 달려 나갔다. 하루에 해가 세 시간도 채 비치지 않을 좁은 길 양옆에 잡초들이 삐져나와 있었다.

시멘트를 뚫고 꿋꿋하게.

대체 생명은 왜? 질문을 마치기도 전에 입구 쪽 있는 강아지풀이 흔들렸다. 정면에 나타난 용병이 길을 가로막았다. 나는 두 팔을 휘두르며 허겁지겁 길바닥에 주저앉았다.

"더높이날아번개처럼빠르게너와나의히든카드로빠빠빠."

끼이익. 녹슨 철문이 열렸다. 용병과 나 사이로 소방차 장난감을 손에 든 아이가 노래를 부르며 나왔다. 내복 차림의 아이는 노래를 멈추고는 길 양옆을 두리번거렸다. 나는 먼지를 털고 일어섰다. 아이를 사이에 두고 용병과 나는 서로를 응시했다. 우리는 약속이나 한 듯 무기를 등 뒤로 감췄다.

우물쭈물하던 아이는 용병이 서 있는 길목으로 걸어갔다. 안 돼! 내가 아이 쪽으로 가려 하자 용병이 멈추라고 손짓했다. 아이의 뒤통수가 점점 용병 쪽으로 다가갔다. 달려갈 준비를 했다. 아이는 용병과 마주치자, 걸음을 멈추고 고개를 들었다. 용병이 팔을 들었다.

그는 아이를 내려다보며 머리를 쓰다듬어주었다. 얼핏 그의 얼굴에 표정 비슷한 것이 그려졌다.

골목에서 아이가 사라지자 무표정한 얼굴이 다시 고개를 들었다. 용병이 전력 질주로 달려들었다. 곧 그의 얼굴이 사자탈만 해졌다. 죠스로 겨우 칼을 막아냈지만 충격에 못 이긴 내 등이 벽에 달라붙었다. 눈을 향해 칼날이 들어왔다. 본능적으로 고개를 숙였다. 머리카락을 스친 칼날이 소름 끼치는 소리를 내며 벽을 긁었다. 고개를 돌리자 야상을 입은 그의 등이 보였다. 죠스로 그의 어깨를 공격했다. 눈 깜짝할 사이에 목표점이 멀어졌다. 죠스는 야상 옷깃을 허무하게 때렸다. 최선의 결과가 겨우 옷자락뿐이라니. 공격을 피한 용병이 재빨리 나를 향해 방향을 틀었다. 나는 골목에 넘어졌을 때 왼손에 쥐었던 흙을 그의 얼굴을 향해 뿌렸다. 내 자존심과 함께.

용병이 보위 나이프를 든 손으로 얼굴을 가렸다. 그 순간을 놓치지 않고 도전했지만 돌색 칼날은 빠르고 단단하게 죠스를 응대했다. 나름 패턴을 바꿔가며 죠스를 휘둘렀지만 그의 방어는 너무나 정확해서, 나는 그냥 단춧구멍으로 단추를 집어넣는 기분이었다. 죠스를 수평으로 크게 휘두르자 그가 잠시 멀어졌다. 냅다 골목 입구로 내달렸다. 군홧발소리가 따라왔다. 심장이 쿵쾅거렸다. 등 뒤로 서늘한 기운이 느껴졌다. 칼날이 펄럭이는 내 재킷을 베었다. 군홧발소리가 더 커졌다. 칼날이 내 척추를 깨부수려고 하는 순간, 나는 벽과 벽을 양발로 차며 담을 뛰어넘었다.

밑에 붉은 고추들이 잔디처럼 깔려 있었다. 나는 햇볕에 말리는 눈물 나게 매운 고추들을 마구 밟으며 집 뒤편으로 달려갔다. 벽에 박스와 파지들이 열 덩어리 정도 쌓여 있었다. 나는 폐지 더미를 밟고 담 위에 올라섰다.

밑에서 태양으로 뜨겁게 달궈진 양철 지붕이 눈부시게 빛을 반사했다. 나는 실눈을 뜨고 양철 지붕 위로 뛰어내렸다. 텅! 지붕이 찌그러졌다. 지붕 위에 찐빵처럼 앉아 있던 하얀 비둘기들이 푸드득 깃털을 날리며 낙하산 모양으로 퍼졌다.

발이 미끄러웠다. 기울어진 내 몸이 걷는 듯 뛰는 듯 계속 앞으로 나아가며 양철 지붕 끝에 다다랐다. 달리던 관성으로 다음 지붕으로 점프했다. 눈앞에 회색 물감을 칠한 듯, 시야가 석면 지붕의 회색으로 가득 찼다. 나는 왼손으로 지붕을 때리고 동그랗게 몸을 말아 지붕 위를 굴렀다. 어느새 텅! 군화가 양철 지붕을 밟는 소리가 들렸다. 고개를 들었을 땐 이미 양철 지붕에서 발돋움한 용병이 하늘에 떠서 해를 가리고 있었다.

우아한 폼으로 그가 석면 지붕에 착지한 순간이었다. 퍽! 지붕이 깨졌다. 용병의 왼쪽 종아리가 지붕 밑으로 쑥 들어갔다.

밑에서 개가 짖어댔다. 용병은 두 손으로 지붕을 짚어 구멍에서 빠져나오려 했다. 이판사판. 나는 그에게 몸을 날렸다. 돌색 칼날이 움직일 틈도 주지 않고 뛰어내리며 용병을 껴안았다.

귀에 천둥이 쳤다. 콰광. 쾅. 콰아아아앙! 지붕이 무너져 내렸다. 서로 뒤엉켜 어둠에 빠진 우리는 지붕에 커다란 구멍을 내고, 먼지 속에 더러워지고, 급기야 낡은 집의 합판으로 된 천장을 찢었다. 마루가 보였다. 나는 팔에 힘을 주고 힘껏 그를 조였다.

용병이 나를 안은 채 마루로 떨어졌다. 내 밑에 깔린 남자의 몸이 너울처럼 출렁거렸다. 이어 엄청난 충격이 전해졌고, 용병과 내 몸이 바닥에 떨어진 샌드위치 식빵처럼 양옆으로 분리됐다. 흐물흐물해진 나는 마루에 누워 고통과 먼지로 한참 기침을 해댔다. 뻥 뚫린 하늘이 보였다. 천장에서 크고 작은 잔해들이 스스스 흘러내렸다.

마루엔 작은 싱크대와 오래된 냉장고, 밑반찬이 차려진 소반이 보였다. 소반은 볼록한 핑크색 망으로 덮여 있었다. 이 난리를 주인이 보지 않아 천만다행이었다. 밖에서 개가 침입자들을 향해 귀청이 떨어지도록 짖었다. 골이 띵했다. 나는 손등으로 이마를 누르며 용병을 쳐다봤다. 그의 머리가 먼지로 허옜다. 아무 움직임도 보이지 않았다. 기절했나. 아니면, 설마? 별별 상상을 하며 다리를 끌며 다가가는데, 용병이 상체를 일으켰다.

그는 몸에 묻은 먼지도 털지 않고 전자시계 시간부터 확인했다.

태어나서 이렇게 일어나기 싫은 적은 처음이다. 나는 울부짖듯 기합 소리를 내며 일어섰다. 도망가기 위해 여닫이문을 밀어젖혔다.

커어엉! 밖으로 나오자 얼굴이 사람 얼굴만 한 검은 개가 이빨을 들이밀었다. 소도 잡아먹을 것 같은 커다란 개였다. 개는 긴 줄에 묶여 있었다. 개집과 연결된 두꺼운 줄은 당장이라도 끊어질 듯 팽팽했다. 검은 개는 거의 선 자세로 사납게 짖어댔다. 인상이 웬만한 조직폭력배들보다 험악했다. 나는 조심스럽게 마당으로 나와 철문 쪽으로 다가가려 했다. 하지만 개는 컴퍼스로 호를 그리는 듯한 동선으로 나를 따라왔고, 철문은 개의 동선 안에 들어가 있었다. 짖을 때마다 개의 입이 쫙쫙 벌어졌다. 누렇고 뾰족한 송곳니 아래로 기다란 혀가 좌우로 흔들렸다. 비릿한 침이 내 얼굴까지 튀었다. 나는 검은 개를 피해 뒷걸음질 쳤다. 담이 높았다. 뛰어넘을 수 있을까. 죠스를 들고 갈팡질팡하는 사이에 용병이 마당으로 내려왔다. 침입자가 한 명 더 늘자 검은 개는 이성을 잃었다. 개 짖는 소리가 무슨 산등선에서 울리는 대포 소리 같았다. 컹! 컹! 컹!

맞은편에서 용병이 나를 바라봤다. 나보다 등이 두 배는 아플 테지만 그는 아무런 내색도 하지 않았다. 아마 저런 남자는 회사를 다녀도 평생 지각 한번 안 하겠지. 하지만 육체에는 한계가 있는 법이다. 그는 줄곧 나를 쫓아 달렸고, 60킬로그램이 넘는 내 몸을 안은 채 지붕에서 떨어졌다. 정신력으로 어마어마한 통증을 참아낼지는 몰라도 근육은 말을 듣지 않을 것이다. 결판을 내야 하는 순간이다. 이제 돌색 칼은 온 힘을 다해 내 목을 베려고 할 것이다. 나는 그것을 알았다. 우리는 각자 무기를 들고 마지막 공격 자세를 취했다.

컹! 컹! 컹! 컹! 컹!

검은 개가 입가에 거품을 물며 짖었다. 도무지 무슨 종인지 가늠이 안 됐다. 물감들을 섞으면 검정이 되듯, 아마 온갖 피가 섞여 내려오다 털이 저렇게 밤처럼 새까매진 모양이다. 죽음의 냄새를 맡은 개는 더 맹렬히 뛰어올랐다. 줄을 지탱하는 개집이 들썩거렸다. 자꾸 신경이 쓰였다. 일생일대 최고의 집중력을 발휘해도 모자란 판에. 여기서 내가 죽으면 모두 검둥이 네 탓이다.

용병이 움직였다. 절도 있는 춤을 추듯 그는 허공에 칼을 휘두르며 다가왔다. 오랫동안 훈련된 동작이었다. 아마 매일매일 이 동작을 연습해왔을 거다. 한 치의 오차도 없이. 결국 마지막엔 검증된 패턴을 따르기 마련이다. 하지만 이 공격을 받은 사람에겐 이것이 처음이자 마지막 동작이기에 누구도 패턴을 읽을 수 없었을 것이다. 현란한 칼춤이 내 눈을 현혹했다. 나는 공격 타이밍을 잡기 위해 몸을 좌우로 흔들었다. 그의 동작이 너무 빨랐다. 칼이 번쩍였다. 칼이 왼쪽에서 오른쪽으로 움직였다. 큰 사선. 속임수다. 두 번째가 진짜다! 나를 스쳤던 칼이 이내 고무줄에 묶인 것처럼 내 목을 향해 튀어 올랐다. 나는 두 손으로 죠스 손잡이를 잡고 온 힘으로 칼을 막아냈다.

텡!

손이 가벼워졌다. 가장 격정적인 부분에서 끊어진 바이올린 현처럼, 죠스가 두 동강이 났다. 잘려 나간 죠스 조각이 철문에 부딪쳐 떨어졌다. 허리 잘린 죠스가 손 위에서 부르르 떨며 울었다. 죽은 쥐를 잡고 있는 느낌이었다. 이제 끝이다.

좀비들이 출몰하는 꿈을 꾼 적이 있다. 꿈에서 나는 동네 여기저기서 튀어나오는 좀비들을 피해 심장이 터지도록 내달렸다. 어느새 놀이터가 보였다. 나는 미끄럼틀로 올라가 통 모양의 미끄럼을 타고 내려갔다. 사방이 파랑인 통에서 나왔을 때, 발가벗은 남자가 내 허벅지를 깨물었다. 그런데 참 이상했다. 막상 좀비에게 물리자 마음이 편안해졌다.

이제 도망 다니지 않아도 되겠구나. 눈을 감았다. 어둠 속에

고요한 평화가 찾아왔다.

"윽!"

눈을 떴다. 놀랍게도 그의 입에서 나온 신음이었다. 용병은 눈을 부릅뜬 채 한쪽으로 몸이 기울어져 있었다. 기울어진 방향을 따라 시선을 움직였다. 검은 개가 용병의 종아리를 물고 늘어지며 머리를 미친 듯이 흔들대고 있었다. 개가 움직일 때마다 떨어져 나온 개집이 마당을 긁었다.

내 눈과 마주친 용병이 칼을 높이 들었다. 하지만 이번만은 내가 더 빨랐다. 나는 날카롭게 잘려 나간 죠스를 그의 윗 흉근에 박았다. 용병이 고통을 참으며 피로 물든 이빨을 내보였다. 나는 망치질을 하듯 왼 주먹으로 죠스 손잡이를 내리쳤다. 죠스가 거의 그의 빗장뼈까지 들어갔다. 나는 죠스 손잡이를 놓고 뒤로 물러섰다.

개가 종아리를 물고 흔들어댔지만 그는 꿈쩍하지 않고 나를 쳐다봤다. '네가 지금 무슨 짓을 했는지 알아?'라고 말하듯이. 용병은 죠스 손잡이를 잡고 제 몸에 박힌 죠스를 힘겹게 빼냈다. 구멍에서 나온 피가 야상 위로 벌컥벌컥 쏟아졌다.

용병은 재빨리 자세를 낮추고 검은 개와 뒤엉켰다. 태양 아래서 개와 남자가 몸뚱이에 피와 땀과 흙을 묻히며 정신없이 뒹굴었다. 보는 사람에 따라 다르겠지만 나는 그들의 사투가 경건해 보였다. 검은 개는 끝까지 다리를 놓지 않았고, 용병은 허리를 구부려 개 머리를 굵은 팔뚝 안에 집어넣었다. 그가 개 목을 조이자 검은 꼬리가 쫑긋 섰다.

나는 마당에 떨어진 죠스 조각을 챙겨 들고 대문 밖으로 나갔다. 등 뒤에서 생명이 빠져나가는 소리가 들렸다.

용병이 다리를 절뚝이며 골목으로 나왔다. 피로 흠뻑 젖은 그가 대문 밖에서 두리번거렸다. 역시 감각이 몇 개 고장 났나 보다. 이렇게 쉬운 속임수도 모르다니. 대문 쪽 벽에 바짝 붙어 있던 나는 그에게 달려들어 오른쪽 어깨에 잘려 나갔던 죠스 조각을 꽂았다. 그의 칼이 발작하듯 올라왔다. 나는 보위 나이프를 피하고 나서 왼손에 쥔 벽돌로 그의 머리를 깼다.

퍽! 벽돌 조각과 함께 용병이 휘청거리며 뒤로 물러났다. 충격 때문에 앞이 잘 보이지 않는 것 같았다. 어깨를 다친 용병이 칼을 왼손으로 바꿔 쥐고 공중에 휘둘렀다. 더이상 위협적이지 않았다. 허무하게 칼질을 하던 용병의 몸이 한쪽으로 쏠렸다. 나는 재빠르게 용병의 상체를 타고 넘어가 그의 등 뒤에 섰다.

넓은 등이 무방비 상태였다. 나는 잘린 죠스 끝으로 용병의 등을 공격했다. 처억! 눈가에 피가 튀었다. 그 순간 내 내부에서 무언가가 폭발했다. 나는 히스테릭하게 악을 써대며 그의 등을 마구 찔러댔다. 왜 그랬어! 나는 가만히 있었는데! 미워도 안 했는데! 사랑받기도! 사랑한다는 말도 포기했는데! 왜! 다들! 나한테 왜 그랬어!

처억! 처억! 처억! 처억! 처억!

등에 죠스가 박힐 때마다 용병의 팔다리가 끔찍하게 뒤틀렸다. 공격을 멈추자 용병이 쓰러졌다. 얼굴을 닦았다. 손바닥이 피로 흥건했다.

골목에 누운 용병이 거친 숨을 토해냈다. 몸이 만신창이가 됐지만 그는 아직도 칼을 쥐고 있었다. 발로 그의 왼쪽 손목을 밟았다. 아무리 짓이겨도 그의 손은 칼을 놓지 않았다. 나는 칼을 뺏기 위해 자세를 낮췄다. 그때, 용병의 두 다리가 크게 벌어지더니 로프처럼 내 허리에 휘감겼다. 허리가 끊어질 듯 아팠다. 얼굴이 뜨거워졌다.

용병은 몸을 돌려 나를 넘어뜨렸다. 어느새 돌색 보위 나이프가 눈앞에 어른거렸다. 그가 두 손으로 칼을 밀었고, 나도 그의 손을 움켜쥐고 버텨냈다. 내 손에 죠스 조각이 있었지만 이 상태론 사용할 방도가 없었다. 용병이 칼 손잡이에 체중을 실어 무겁게 아래로 밀었다. 위에서 핏발 선 눈이 이글거렸다. 나는 겨우 손을 움직여 죠스 조각으로 그의 이마를 찔렀다. 그는 아랑곳 않고 야수처럼 으르릉거렸다. 피를 철철 흘리면서.

커어억. 용병의 입에서 피가 쏟아져 내렸다. 눈물보다 뜨거운 피가 내 얼굴을 적셨다.

허리가 조금씩 편해졌다. 손에 힘을 주자 더이상 돌색 칼날은 움직이지 못했다. 나는 고개를 옆으로 움직여 칼끝에서 벗어나, 천천히 칼날 옆을 지났다. 우리의 얼굴이 연인 사이처럼 가까워졌다. 그가 놀란 표정을 지었다. 나는 그를 쳐다보며 입술을 벌렸다. 나는 이빨로 그의 새끼손톱을 깨물고, 오물오물 새끼손가락을 입으로 집어넣었다.

비린 맛이 났다. 입안에서 물고기가 움직이는 느낌이었다.

있는 힘껏 그것을 물어뜯었다.

야수가 포효했다. 손가락이 떨어져 나간 그의 손에서 피가 분수처럼 쏟아졌다. 나는 팔꿈치로 얼굴을 강타했다. 보위 나이프가 떨어졌다. 나는 그 칼을 멀리 내던지고 용병의 가슴 위에 올라앉아, 마침표를 찍듯 단단한 그의 어깨에 죠스 조각을 박았다. 용병의 얼굴이 고통으로 일그러졌다.

입안에서 물고기처럼 흐느적거리는 타인의 손가락을 내뱉었다. 그의 새끼손가락이 담배꽁초처럼 더러운 골목에 버려졌다.

패배한 남자를 내려다보았다. 눈동자에 아무런 욕망도 없었다. 이마에서 흘러나온 피는 볼을 타고 내려와 콧수염까지 적시고 있었다. 한동안 거친 숨소리만 귀에 들렸다.

나는 죠스 조각 끝을 그의 목에 대고 말했다.

"유메이유쯔뉘?•"

허망하게 하늘을 올려다보던 용병이 눈을 깜박였다.

"사내 둘은 죽고, 에미나이 하나 남았소."

분명 한국어인데 무슨 말인지 잘 이해가 되지 않았다. 용병이 깊고 깊게 한숨을 내쉬었다.

"북에서 왔소."

뭐라 설명할 수 없는 여러 감정이 교차했다. 숨을 몰아쉬고 조심스럽게 그에게 물었다.

"……두 아이는 왜 죽었죠?"

"내래 죽였지비…… 결국은……."

회한에 빠진 표정이었다. 그는 피를 삼키고 눈을 부릅떴다.

"뭐이 알고 싶소? 여기 아새끼들은 상상 못 한다. 하려면 빨리 하라!"

자존심이 강한 남자였다. 나는 죠스 조각 끝으로 목을 눌렀다. 그 끝을 중심으로 목주름이 배꼽처럼 움푹 파였다.

"우리가 다시 만난다면, 당신과 나 둘 중 한 명은 죽습니다."

• "자식이 있나요?"라는 뜻의 중국어.

"만날 일 없소."

아마도 그럴 것이다. 임무에 실패한 용병에게 선뜻 일거리를 줄 사람은 많지 않다. 나는 야상에 손을 뻗어 그의 지갑과 핸드폰을 빼냈다. 용병은 반항하지 않았다. 먼저 지갑을 열었다. 안에 오만 원권이 터질 듯 채워져 있었다. 그중 지폐 절반을 꺼내 내 주머니에 집어넣었다. 지갑을 그의 가슴에 던지고 핸드폰을 켰다. 배터리도 남아 있고 암호도 걸려 있지 않았다. 용병의 핸드폰을 든 채 나는 골목에 떨어진 새끼손가락을 주웠다.

대문 안으로 들어갔다. 마당에 검은 개가 누워 있었다. 나는 천장이 뚫린 마루에 올라 싱크대로 향했다. 수도꼭지를 틀고 내 얼굴과 잘려 나간 남자의 손가락을 물로 씻었다.

찬장을 열어 빈 락앤락 용기를 꺼냈다. 냉장고 윗칸에서 꺼낸 네모난 얼음을 용기에 쏟아부었다. 얼음 사이에 새끼손가락을 넣은 다음 뚜껑을 밀봉했다. 옆에 오래된 자개 옷장이 보였다. 나는 옷장 문을 열고 옷걸이를 밀며 옷을 골랐다. 회색 가을 코트가 눈에 들어왔다. 코트를 꺼내 피 묻은 슈트 위에 걸쳐 입었다. 사이즈가 대충 맞았다.

화장대 유리 위에 용병에게 뺏은 지폐와 내 십만 엔을 올려놓았다. 죗값도 더치페이 시대다.

나는 마당으로 나와 빨랫줄에서 수건 세 장을 끌어당겼다. 수건들로 네 다리를 쭉 뻗고, 벌써 털빛이 죽어버린 검은 개를 덮어주었다.

대문 쪽으로 시선을 돌리고 용병의 핸드폰으로 전화를 걸었다.

"저예요. 보고 싶어서 부산에 왔어요."

"뭐라고?"

수화기 너머로 마담의 쉰 목소리가 들렸다.

"부산 의사 좀 소개시켜주세요. 입이 무거운 사람으로요."

"자기는 여전히 난데없는 소리만 하네. 난 건강 체질이라 의사하고 안 친해."

"너무…… 지쳤어요. 방금 포르노 찍은 것 같아요."

"또 무슨 소리. 거기 촬영장이야? 성인물 찍었어?"

"그런 기분이 들어요. 선을 넘은 느낌. 마지막까지 아껴두어야 했던 소중한 걸 팔았지만, 결국 발가벗은 채 손에 지폐 몇 장만 쥔 기분요. 살아 있다는 실감이 안 들어요."

"낮술 마셔? 자기 말 하나도 못 알아먹겠어."

"미안해요. 혹시 주위에 돈 한 푼도 아쉬운 의사 없나요? 요즘 사정도 어려우실 텐데 아르바이트한다고 생각하세요. 소개비는 의사한테 받을 거잖아요."

"소개비는 양쪽에서 받아야 인지상정이만 자기 부탁이라면 뭐, 한번 알아보고 전화 줄게."

사정이 진짜 안 좋은지 오 분도 안 돼 마담의 메시지가 왔다. 핸드폰에 주소가 찍혀 있었다. 나는 밖으로 나와 대문을 닫았다. 담벼락에 기대앉은 용병은 고개를 돌리지 않았다. 나는 그의 다리 사이에 잘린 손가락이 들어 있는 락앤락 용기를 내려놓았다.

"이 주소로 찾아가세요. 안전한 의사예요. 얼음이 녹기 전에 가지 않으면 접합 수술도 어렵고 목숨도 위험해요."

"일없소."

"당신을 위해서가 아네요."

나는 용병에게 핸드폰을 던졌다.

"아이가 그 손을 보면 슬퍼할 거예요."

바람이 불었다. 나는 코트를 여미고 천천히 골목길을 걸었다. 오늘 죽을힘을 다해 노력했지만 보람된 기분이 하나도 들지 않았다. 그저 춥고 허무했다. 골목 어귀에 칼이 보이지 않았다. 분명 내가 저 자리로 던졌는데. 그런 건가. 지금 내 등을 향해 달려오는 있는 건가. 뒤를 돌아봤다. 용병이 기억나지 않는 꿈처럼 사라졌다.

나는 바다를 향해 내려갔다.

바다 위에서

백미러에 걸려 있는 다이아몬드 모양의 방향제가 최면술사의 진자처럼 규칙적으로 흔들렸다. 나는 조수석 선바이저를 내리고 거울을 봤다. 아직도 내 얼굴이 적응되지 않았다. 볼은 불그스름했고, 코가 조금 커지고, 뿔테 안경 속의 눈은 터무니없이 순했다. 전체적으로 존재감이 느껴지지 않는 흐릿한 인상이었다.

"너 화장 되게 잘 먹는다. 남자 주제에 나보다 피부가 좋다니, 쳇."

운전을 하던 수빈이 뭔가 마음에 안 든다는 투로 말했다. 차창 밖엔 구름떼가 몰려들어 가을 하늘을 식혔다. 나는 거울을 응시한 채 뿔테 안경을 위로 올렸다.

말라깽이 양 씨는 손재주가 좋은 사람이었다. 대일 흥업에서 내 몰골은 본 말라깽이 양 씨는 "대낮부터 애처럼 싸움질은" 하고 혀를 찼다. 말라깽이 양 씨는 내 손바닥에 아스피린을 세 알 떨어뜨렸다. 알약을 삼키자 말라깽이 양 씨가 내 상의를 벗겨 등에 에탄올 한 통을 다 쏟아부었다. 그는 능숙하게 찢어진 살을 꿰맸다. 봉합 뒤엔 붕대를 어찌나 팽팽하게 감는지 꼭 갑옷을 입은 느낌이었다. 그가 메이크업 브러시로 내 볼에 마법의 가루를 묻힐 때마다 수빈은 감탄을 연발했다. 확실히 그는 디테일에 강한 남자였다. 내가 감쪽같은 지문 장갑을 끼고 나자, 그는 여권과 여권의 이름과 같은 학생증, 그리고 역시 이름이 같은 플라스틱 명찰을 건넸다. "가방 열어봐." 대일 흥업 바닥에 놓인 종이 가방 안엔 교복이 들어 었었다. 옷을 꺼내자 교복 상의 왼쪽에 붙어 있는 연노란색 마크가 눈에 들어왔다. 전신 거울 앞에서 나는 옷을 걸쳐 입었다. 치수가 딱 맞았다. 옆에서 수빈이 "맙소사. 9등급 장민준이 언제 부산외고로 전학 갔다니" 하고 큭큭 웃었다. 나도 좀 어이가 없었다. '이왕 거짓말을 하려면 화끈하게 하라'가 말라깽이 양 씨의 모토인가 보다.

회색 바다가 보였다. 나는 주머니에서 명찰을 꺼내 교복 가슴에 꽂았다.

"항구는 낭만적인 줄 알았더니."

차의 속도를 줄이며 수빈이 말했다. 도로는 북적거렸다. 바다를 등진 거대한 국제여객터미널 외벽엔 "바다가 미래다"라는 양각 글씨가 붙어 있었다. 워낙 기댈 곳 없는 처지라 그런지 그 문구가 꽤 위로가 됐다. 좋은 미래란 뜻이겠지. 차를 따라오던 갈매기가 보닛을 지나 하늘 높이 치솟았다.

곧 차창에 그늘이 졌다. 우리는 여객터미널 주차장으로 들어갔다.

3층에서 티켓을 판매하는 직원은 여권 사진과 내 얼굴을 유심히 대조했다. 선사 매표소의 다른 탑승객들보다 유독 내 쪽이 시간이 오래 걸렸다. 혹시 직원이 책상 아래 감춰진 비상벨이라도 누르지 않을까 걱정스러웠다.

"출항 삼십 분 전까지 입국장으로 들어가세요."

여권과 일본행 배표가 앞으로 나왔다. 나는 여권 사이에 배표를 끼우고 천천히 돌아섰다. 수빈은 괜히 어설픈 사투리로 연기를 하며 나와 함께 웅성거리는 대합실을 걸었다.

출국장 앞엔 단체 관광객들이 줄을 서고 대기하고 있었다. 화려한 나들이복을 입은 중년 남녀들은 아이들만큼이나 시끄러웠다. 우리는 출국장이 보이는 의자에 나란히 앉았다. 단체 관광객들 사이에 서 있던 등산복을 입은 아저씨가 가방을 깔고 앉아 포켓용 술을 꺼냈다. 그는 술을 홀짝이며 체크무늬 치마 밖으로 매끄럽게 나온 수빈의 다리를 바라보았다. 눈빛이 음흉하기보다는 옥상에서 불구경을 하는 듯했다. 나는 수빈이 내려놓은 가방을 맨살이 드러난 그녀의 무릎 위에 올려놓았다.

"어머, 자상도 하셔라."

"가방 안에 메모리 카드가 들어 있어."

"뭐?"

베레모를 쓴 경찰특공대들이 걸어왔다. 그들은 군화를 신고 어깨에 총신이 짧은 총을 메고 있었다. 우리는 입을 다물었다. 그들 중 한 명이 슬쩍 우리를 보고 살짝 웃었다.

"김태영을 찍은 파일이야."

군홧발소리가 멀어지고 나서 내가 말했다.

"그래서? 인터넷에라도 올려달라고?"

"아니. 자백도 받아내지 못했고, 어차피 증거도 안 될 테지만…… 강남 경찰서 우선우 형사님한테 메모리 카드를 투서해줘. 진실을 알고 싶어 하는 사람한테 그걸 보여주고 싶어. 결과가 어떻게 되든."

가방을 뒤지던 수빈은 손톱만 한 메모리 카드를 꺼내보고 한숨을 내쉬었다. 메모리 카드가 가방 안으로 떨어졌다.

"어제 했던 말 진심이야?"

가방을 잠그고 수빈이 물었다.

"무슨?"

"나를 위해 목숨 걸 수 있다는 말."

출국장으로 단체 관광객들이 하나둘 들어갔다. 수빈은 진지한 얼굴로 계속 나를 응시했다.

"자꾸만 내 주위 사람들이 불행해지는 것 같아."

"말 돌리지 마. 그 말 진심이었어?"

"너만은 행복하게 살았으면 좋겠어. 이 세상에 남은 내 마지막 친구니까."

"지금 누가 누구를 걱정하는 거니."

"예쁘게 살아. 수술 후유증 조심하고."

작별 인사를 마치고 일어섰다. 수빈도 따라 일어섰다. 출국장 한복판에서 수빈이 나를 멈춰 세우고 말했다.

"키스해본 적 있어?"

분주하게 사람들이 오갔다. 스피커에서는 출항 시간을 알리는 안내 음성이 울렸다. 나는 조심스럽게 수빈의 양팔을 잡았다. 수빈은 움직이지 않았다. 출국장 근처의 어른들이 감시하듯 우리를 지켜보고 있었다. 하여튼 요즘 애들이란, 그런 눈초리로. 우리는 입을 맞췄다.

낯선 숲속에서 깬 사람처럼 수빈이 방황하는 눈으로 주위를 둘러보았다. 이제 우리를 지켜보는 사람은 아무도 없었다. 다행히 수빈은 내게 어떤 기분이냐고 묻지 않았다. 부드럽고 촉촉하고, 서먹서먹하기도 하고, 한편으론 서로가 다정해지는 기분이었다.

하지만 뜨거움은 아니었다.

"수빈아."

그녀를 낮고 부드럽게 불렀다. 그녀는 달콤한 무언가를 바라는 눈으로 나를 바라봤다.

"수빈이는 정말…… 죽었어?"

출국장의 공기가 차갑게 식었다. 그녀는 마치 업그레이드되고 업그레이드되다가 감당하지 못하고 프로그램이 엉켜 고장난 로봇처럼, 방황하며 쉴 새 없이 고개를 흔들었다.

"꿈꾸는 거니? 왜 이상한 소리를 해."

"오늘 아침에 기억이 났어."

학교에서 아이들은 나를 멀리했다. 무서워했던 것 같기도 하고, 기분 나쁜, 이상한 놈이라고 여겼다. 확실히 나는 교실에서 모두가 피하고 싶은 존재였다. 그런 나에게…….

"지우개를 빌려달라고 한 아이는……."

"그만!"

그녀가 손을 떨며 엄지손톱을 물어뜯었다.

"고작…… 지우개 가지고 지금 이상한 소설 쓰는 거야?"

"예뻐지려고 발을 수술하는 사람은 없잖아. 수빈이는 너처럼 발이 크지 않았어. 또 수빈이는 교실에서 매일 당황스러운 일을 당했지만, 너처럼 손톱을 뜯지 않았어. 그건 다른 아이의 습관이었지. 그리고……."

키스를 하고 나서야 알게 됐어. 우리는 얼굴이 닿을 수 없는 사이라는 걸.

"수빈이가 좋아한 아이는 내가 아니라 너였지?"

교실에서 수빈의 옆자리에 앉은 적이 많았다. 늘 불안해 보였던 수빈은, 교실 안의 누군가를 훔쳐보고 나면 현실 너머에 있는 무언가를 꿈꾸는 소녀가 됐다. 어쩌다가 수빈과 눈이 마주칠 때면, 그 아이는 입술에 손을 올리고 엄지손톱을 물어뜯었다. 그녀가 뒷걸음질 쳤다.

"……다 네 멋대로 상상했잖아. 그 아이가 아프지 않고, 당당하게 살기를 바랐잖아. 그게 네가 읽고 싶은 이야기였잖아. 기억하고 싶은 것만 기억하고, 보고 싶은 것만 봤으면서. 죄책감 느끼기 싫어서 만들어냈으면서…… 환상을……. 그렇게 멍청하고 야비한 주제에…… 이제 와서……. 말했잖아! 이제 나는 이란이라고! 예쁘고, 똑똑하고, 모두에게 사랑받는 여자!"

눈물이 화장을 녹였다.

그녀의 눈에서 검은 눈물이 한 줄 흘러내렸다.

거짓말이 씻겨 내려갔다.

출국장을 향해 걸었다. 그녀와 헤어질 때마다 항상 마지막이라는 느낌이 든다. 소꿉장난 같았던 누나의 장례식에서도, 야경을 바라보던 산 중턱에서도, 그녀를 밀치고 철제 계단을 내려갔을 때도, 다시는 그녀를 보지 못하리라는 예감이 들었다. 들쑥날쑥 변하는 그녀의 괴팍한 성격 때문일까. 아니면 웃음으로도 가릴 수 없는 그녀의 깊은 곳에서 배어 나오는 쓸쓸함 때문일까. 모르겠다. 어쨌든 누가 우리의 관계를 묻는다면, 우리는 친구이자 만날 때마다 마지막 작별 인사를 준비해야 하는 사이라고 설명해야 할 것 같다.

머릿속에서 그녀의 얼굴이 벌써 흐릿해지기 시작했다. 누나의 얼굴도 안개에 휩싸였고, 세상에서 가장 잘생긴 형의 얼굴도 불투명한 유리 너머에 있는 듯했다. 내가 사랑했던 사람들을 나는 얼마나 알고 있었던가. 내가 아는 그들이 정말 그들이었나. 아니, 그들이 이 세상에 존재하긴 했던 걸까? 떠나는 사람들의 발걸음은 가벼워 보였다. 나는 중년 여자가 끄는 여행 가방의 작은 바퀴를 따라 걸었다. 이제 출국장을 무사히 지나야 하고, 세관 검사를 통과하고, 출국 심사대에서 여권에 도장을 찍어야 한다. 그 일련의 과정이 내 미성년 시절의 마지막 관문이기를 빌었다.

배에 오를 때까지 나는 뒤돌아보지 않았다.

출항 후 한 시간이 지났을 무렵 나는 여객석에서 일어나 갑판에 올랐다. 문을 열고 나오자 바닷바람이 얼굴에 매섭게 몰아쳤다. 걸을 때마다 옷깃이 파다닥, 시끄럽게 떠들었다. 갑판 바깥쪽엔 철제 난간이 세워져 있었고, 난간 하단에 길게 이어진 두 줄의 두꺼운 쇠사슬은 배의 움직임을 따라 묵직하게 흔들거렸다. 나는 갑판 끝으로 걸어가 난간을 잡았다. 장갑을 끼고 있어서인지 쇠가 생각만큼 차갑지 않았다. 말라깽이 양 씨표 특제 지문 장갑은 출국장에선 쓸 기회가 없었다. 출국 심사대의 직원은 내 교복을 보자마자 도장 찍을 준비를 했다. 어른들은 교복으로 아이들을 통제하기도 하지만, 한편으론 교복 때문에 꽤 많이 봐주기도 한다.

먹구름이 잔뜩 낀 하늘 아래로 회색 바다가 끝없이 넓게 펼쳐졌다. 엄마는 바다에서 무얼 봤을까. 고개를 숙이고 내려다봤지만 우중충한 바닷물과 선체를 따라 이어지는 하얀 포말이 의미 없는 그림을 그리고 있을 뿐이었다.

고개를 들고 하염없이 수평선을 바라보았다. 바람 때문에 머리카락이 가만있지를 못했다.

"학생, 좋은 학교 다니네."

양복을 입은 중년 남자가 옆에 다가와 말을 걸었다. 인상이 형사나 조직폭력배 같지는 않았다. 그저 혼자 심각한 척하는 고등학생이 바다에 몸을 던지기라도 할까 봐 걱정하는 눈치였다.

"공부 잘하나 봐."

나는 고개를 저었다.

"인생 공부는 빵점이에요."

바다여서 그랬나 보다. 낯간지러운 말이 나와버렸다. 하지만 남자는 나를 비웃지 않고 무슨 말을 하는지 알겠다는 듯, 말수 없는 오랜 친구처럼 고개를 끄덕거렸다.

"혼자 가는 거니?"

"네."

"용기가 좋구나."

"아뇨."

"아니라니. 나는 학생 나이 때 혼자 일본은커녕 서울도 못 갔어. 서울 가면 코 베일까 봐. 그래서 들국화 콘서트를 보지 못했지. 나에 비하면 학생은……."

"전 겁쟁이예요. 거대한 질문이 올 때마다 항상 피해왔거든요."

남자는 내 표정을 확인하고 나서 조심스럽게 물었다.

"일본에 무슨 일로 가는 거니?"

"……아버지를 만나려요."

그는 말없이 고개를 끄덕였다. 우리는 나란히 난간에 서서 한참 동안 수평선을 바라보았다. 바람에 날리는 그의 넥타이는 바늘에 낚인 갈치처럼 하늘로 솟았다. 얼마 뒤에 일행이 부르자 그가 손을 들어 보이고 떠났다.

혼자 바다를 바라봤다. 해안가의 검은 섬들이 점점 멀어졌다. 생각해보니 바다는 한 번도 날 파랗게 맞아준 적이 없었다.

바람이 거세졌다.

국경 너머

전봇대에 걸린 가로등 불빛 주위로 가느다란 빗줄기가 스쳐 내렸다. 오쿠보 거리는 반쯤 잠들어 있었다. 서울이라면 지금쯤 술집들이 한창 영업중일 시간이어서, 도시의 차분한 밤이 나로서는 어리둥절하기만 했다. 길 위엔 술꾼들도 곯아떨어졌는지 콧노래 한 소절 들리지 않았다. 거리에 떨어지는 빗소리만 보슬보슬 귓가를 때렸다.

어둠 속에 드문드문 불 켜진 간판들이 보였다. 젖은 길 위로 아련한 불빛들이 일본어로 길게 흘러내렸다. 덜컹덜컹, 추억 같은 철길 소리가 들렸다. 굴다리 위로 지하철이 창에 불을 밝히며 빠르게 지났다. 발에 진동이 느껴졌다. 굴다리 표지판에 맺힌 투명한 물방울들이 소리 없이 흩날렸다.

오랫동안 젖은 길을 걸었다. 비 오는 오쿠보 골목 어귀에 "TONY. Bar"라는 정사각형 간판이 보였다. 간판 불은 꺼져 있었다. 나는 교복 단추를 잠그고 토니 바로 이어지는 어두운 지하 계단을 걸어 내려갔다. 계단을 밟을 때마다 비에 젖은 교복이 점점 무거워졌다.

빨간색 철문 밖으로 재즈가 작게 흘러나왔다. 책상 스탠드를 켜고 일기를 쓰면 딱 어울릴 듯한 음악이었다. 나는 문손잡이를 돌렸다.

지하 바에 빛과 음악이 쏟아졌다. 필라멘트 전구들이 내뿜는 은은한 노란 빛 아래 영업을 끝낸 빈 의자들이 음악회의 얌전한 관객들처럼 숨죽이고 있었다. 중앙에는 미음 자 모양의 거대한 바가 메인 센터처럼 자리 잡고 있었고, 바를 따라 받침 달린 고블릿 잔들이 천장에 거꾸로 걸려 있었다. 잔들이 셀 수 없이 많았다.

빛이 닿지 않는 벽 쪽에는 작은 테이블들과 흑백 영화 포스터가 흐릿하게 보였다. 바 뒤쪽 벽엔 대형 우체통만 한 주크박스가 가장자리에서 몽환적인 빛을 뿜어냈다. 음악이 돌아가는 주크박스의 투명한 아크릴 판 안에는 시디들이 빼곡히 차 있었다.

나는 빨간 문을 닫고 바 끝 쪽으로 걸어갔다. 바에 홀로 남아 포크로 굴을 찍어 먹던 남자가 포크를 내려놓고 나를 응시했다. 봐도 봐도 질리지 않는 얼굴. 형은 보라색 실크 셔츠의 왼 소매를 걷어 올리고 내 쪽으로 천천히 의자를 돌렸다.

조명 아래 조각 같은 형의 얼굴이 의아해하고, 심각해졌다가, 시치미를 뗐다.

“오랜만이다.”

“네.”

술로 목을 축이자 형의 얼굴이 부드러워졌다.

“조만간 연락하려고 했다.”

나는 말없이 고개를 끄덕였다.

“그나저나 내가 여기에 있는 건 어떻게 알았어?”

“밖에 두카티가 서 있었어요.”

형은 눈썹을 추켜올리고 더 설명해보라는 표정을 지었다.

사실 결정적인 추적의 단서는 김태영의 핸드폰에서 본 오쿠보의 지역번호였다. 나는 오쿠보에서 몇 개 남지 않은 공중전화 부스를 쉽게 알아냈고, 도망자를 상상하며 이틀 동안 거리를 헤맨 끝에, 출고한 지 한 달도 채 안 된 블랙 두카티가 용기가 있다면 어디 한번 훔쳐 가보란 듯이 서 있는 걸 발견했다. 평소 형이 사고 싶어 하던 모델이었다. 빗방울이 맺힌 바이크는 언제라도 싸울 준비가 된, 상의를 벗고 땀 흘리는 근육질의 남자 같았다.

하지만 나는 입으로 설명하지 않았다. 대답을 기다리던 형은 고블릿 잔 옆에 쌓아놓은 100엔짜리 동전들을 슬링키 장난감처럼 하나씩 들어 올렸다가 차르륵 내렸다.

"대한민국에서 사람 찾는 것만 잘해도 먹고산다."

언젠가 형이 내게 똑같은 말을 한 적이 있었다. 그때도 나는 바이크를 보고 형을 찾았고, 지구본이 놓인 사무실에서 쉴 새 없이 눈물을 흘렸다. 형은 그때를 기억하지 못하는 것 같았다. 아니면 이젠 그딴 것에는 신경을 쓰지 않는지 모른다.

형은 잔에 위스키를 따르고 말했다.

"그런데 바람아, 교복을 입고 바에 들어오면 어떡해."

"안 어울리나요?"

"비에 젖은 가난한 생쥐 꼴이다."

형이 앉으라고 손짓했다. 나는 형과 빨간 의자를 하나 사이에 두고 앉았다. 형은 실망한 눈으로 우리 둘 사이의 거리를 쟀다. 음악이 끝났다.

형은 동전을 하나 들고 나른한 걸음으로 주크박스로 향했다. 주크박스 앞에서 형이 번호를 누르자 아크릴 판 속의 시디들이 책장을 넘기듯이 움직였다. 곧 시디 한 장이 앞으로 나오더니 달걀 프라이처럼 뒤집혔다. 지하 바에 이름 모를 우울한 일본 노래가 흘러나왔다. 주크박스 앞에서 형은 간주에 맞춰 나른하게 상체를 움직였다. 분명 형은 춤을 추고 있었다. 저걸 고고춤이라고 부르는 건가. 왠지 보지 말아야 할 것을 본 기분이 들었다.

흐느적거리던 형은 주방으로 들어갔다. 얼마 뒤에 형은 접시를 들고 나와 내 앞에 내려놓았다. 접시 위에 치즈와 풋사과 조각들이 예쁘게 모여 있었다. 침이 고일 만큼 사과 향이 진했다.

형은 내 어깨를 툭 치고 지나쳐 바 안으로 들어갔다. 바텐더 테이블을 사이에 두고 형은 나와 마주 앉았다. 형이 하얀 수건을 건넸다. 나는 수건으로 비에 젖은 얼굴을 닦았다. 형이 더 또렷하게 보였다. 눈앞에 보라색 실크 셔츠를 입은 세상에서 가장 멋진 바텐더가 앉아 있는 것 같았다. 물어보고 싶었다. 당신은 정말 내가 알던 그 사람이 맞느냐고.

"이 가게는 누구 건가요?"

"그냥, 아는 사람 가게."

"아는 여자겠죠."

형이 소리 없는 휘파람을 불었다. 책임감이란 말을 한 번도 들어본 적 없는 바람둥이처럼.

"지금 기다리는 분이 그 아는 여자인가요? 아니면, 더 중요한 누구인가요?"

"기다리다니?"

"문이 열려 있어서요."

"……널 기다렸지."

그렇게 성의 없는 거짓말을 하고 나서, 형은 바 테이블 위에 얼음 통과 잔 받침과 포크, 위스키병을 올려놓았다. 그러고선 위에 매달린 고블릿 잔 두 개를 빼냈다. 테이블에 빈 잔 두 개가 노란 전구 불빛을 반사했다. 우리는 몇 분 동안 실없는 대화를 나눴다. 환율에 대해, 일본의 교통 시스템과 우중충한 가을 날씨 등을. 형은 끝까지 식구들의 안부를 묻지 않았다.

"마셔."

고블릿 잔에 술을 따르며 형이 말했다. 조금씩 잔에 술이 채워졌다. 형은 집게로 얼음 통에서 커다란 얼음을 끄집어내 내 잔에 퐁당 빠뜨렸다. 문득 왕코가 했던 말이 생각났다.

—바람이 네가 먼저 먹어. 비소 탔을지 모르니까.

형은 능숙한 바텐더처럼 잔을 흔들고 앞으로 밀었다. 잔 속의 얼음이 쩌억 소릴 내며 갈라졌다. 나는 형을 바라보면서 단숨에 술을 들이켰다. 잔을 내려놓자 목에서 불길이 치솟았다.

"여기 근처에 스톤 빌딩이라고 있어."

내 빈 잔을 확인한 형이 양쪽 잔에 위스키를 따르며 말했다.

"그 비싸고 커다란 건물에 말이다, 상주 인원이라곤 경비

두 명하고 여직원 한 명뿐이야. 웃기지 않아?"

하나도 웃기지 않았지만 형이 크게 웃었다.

"유령 빌딩이야. 페이퍼 컴퍼니들을 위한 오피스지. 다음 달에 내가 입주한다. 아, 아니. 너와 내가 말이야. 이번엔 진짜 사업을 할 거야. 일본에서 돈을 긁어모으자고. 네가 부사장이야. 약속하는데 벚꽃이 필 무렵이면 너 할리데이비슨을 끌게 될 거다. 벌써 회사명도 정했어. 이름은……."

"퓨쳐롱텀파이낸스."

순식간에 형의 얼굴이 굳처럼 식었다.

"모두들 형님이 이영선 씨를 살해했다고 생각해요."

형이 담배에 불을 붙였다. 후 하고 연기를 뱉은 형은 집게를 들고 얼음 통에서 빙산 모양의 얼음을 꺼냈다. 형은 얼음으로 술을 휘저으며 두 잔에 거품을 일으켰다.

"내가 살인자라…… 너도 그렇게 생각해?"

그렇게 생각하지 않으려 계속 노력했다. 하지만 만에 하나 김태영이 아니라면? 폭행은 했지만 목은 조르지 않았다면? 혹은 그가 마지막으로 목을 조른 사람은 아니라면? 5번 룸 살인 사건의 진범이 알코올과 함께 기억이 휘발된 김태영에게 누명을 씌운 거라면?

"그날 5번 룸에서 어떤 일이 벌어졌나요?"

형이 포크로 굴을 하나 찍어 먹었다. 오랫동안 굴을 음미하던 형은 턱에 엄지를 댔다.

"글쎄, 요즘 통 기억이 가물가물해서."

목이 예쁜 형이 미끄러운 굴을 삼켰다.

"넌 그날을 어떻게 기억하는지 궁금하네."

나는 고블릿 잔을 감싸고, 깨지지 않을 정도로만 손에 힘을 줬다.

"그날은…… 형님이 영감님과 미팅을 한 날이었죠. 그날 형님은 사업 계획서를 가지고 영감님을 설득하려고 했어요. 영감님이 형님의 제안을 물 거라 자신했기 때문에 형님은 조건을 제시했어요. 혁철과는 손을 끊으라고. 하지만 그날 영감님은 혁철을 선택했어요. 오히려 형님에게 자신의 사업에 손을 떼라고 말했겠죠. 맞나요?"

주크박스 음악에 맞춰 고개를 끄덕거리던 형은 담배를 흔들며 계속해보라고 손짓했다.

"더블린으로 돌아와서 형님은 영감님과 혁철에게 한 방 먹일 방법을 찾기 시작했죠. 처음엔 형님답지 않은 극단적인 방법도 떠올렸을 거예요."

"극단적인 방법이라."

아마 그때 형은 혁철을 제거하라고 눈으로 말했던 것 같다.

다행히 나는 멍청이라서 그때 말귀를 알아듣지 못했다.

"첫 번째 선택지는 형님이 더 잘 알겠죠. 그리고 두 번째 선택지도요. 그날 형님은 피아노 위에 돈을 올려놓고……." 누나에게 '이제 넌 필요 없어. 다시는 나한테 전화하지 마. 지긋지긋한 스토커야…… 더러운 갈보년!'이라고 말한 다음, "엘리베이터를 탔어요. 제가 기억하는 마지막 모습이죠. 그다음엔……."

나는 힘없이 고개를 저었다. 일본까지 온 이유가 바로 '그다음'을 알기 위해서였다.

킄킄킄.

일그러진 형의 입술 사이에서 키득거리는 소리가 새어 나왔다. 킄킄킄. 뭐가 그리 우스운지 형은 웃음과 기침을 섞으며 눈물 날 정도로 웃었다.

"그날 밤에……."

형은 위스키를 한 모금 마시고 입가를 닦았다.

그날 밤 엘리베이터를 타고 지하 주차장으로 내려간 형은, 검은색 벤츠를 몰고 빌딩을 나왔다. 그러고 목적지 없이 차를 몰았다. 난폭하게 드라이브를 하는 형의 머릿속에 별의별 생각들이 떠올랐다고 한다. 어떻게 하면 놈들에게 엿을 먹일 수 있을까. 마담을 협박해 더블린의 이중 회계 장부를 뺏을까, 아니면 혁철과 전쟁을 벌일까, 아니면 칼로 영감님의 배를 찢을까, 아니면, 아니면……. 형답지 않게 쉽사리 결정을 할 수 없었다. 어느새 차는 봉은교에 진입했다. 지긋지긋한 퇴근길의 러시아워였다. 형은 차창을 열고 담배를 입에 물었다. 첫 연기가 눈앞을 가렸고, 연기가 사라지자 교각의 교통 카메라가 보였다. 그 순간 비로소 형은 자신이 해야 할 일이 생각났다.

형은 차를 돌려 더블린 지하 주차장으로 다시 돌아왔다. 벤츠 트렁크를 열고 여행 가방을 꺼낸 다음, 가방을 끌고 엘리베이터를 탔다. 목적지는 16층 보안실이었다.

더블린이 공식적으로 운영하는 CCTV는 15층과 16층 입구와 지하 창고에 설치된 카메라가 전부였다. 혁철도 그렇게 알고 있었다. 하지만 형은 초창기부터 눈치를 채고 있었다고 한다. 카메라 세 대의 영상을 저장하기엔 지나치게 많은 하드디스크가 설치되어 있다는 사실을. 더블린의 관리를 맡고 나서 한 달쯤 뒤에 형은 해커를 몰래 데려와 보안실의 비밀을 풀어냈다. 더블린의 모든 룸엔 카메라가 설치되어 있었다. 간단한 비밀번호만 누르면 모니터로 룸에서 남자들과 여자들이 노는 모습이 실시간으로 중계되었다. 카메라에 찍힌 영상들은 고스란히 하드디스크에 저장됐다.

"끝내주는 콘텐츠였어. 유튜브따윈 비교도 할 수 없지."

그날 형은 보안실의 문을 걸어 잠그고, 컴퓨터에 비밀번호를 입력했다. 모니터에 더블린의 모든 룸이 생중계되었다. 모니터를 확인한 형은 서버 앞으로 갔다. 보호 유리 뒤로 수십 개의 하드디스크가 돌아가고 있었다. 그것들은 이중 회계 장부보다 값진 무기였다. 하드디스크로 재벌가들과 거래를 할 수 있었고, 거래 여부와 상관없이 영감님에게 확실히 엿을 먹일 수도 있었다. 영감님이 무리를 해가면서 더블린을 창업한 이유는 어떡해서든 재벌들과 연을 맺기 위해서였다. 하지만 약점을 잡기 위해 재벌 자재들의 은밀한 밤놀이를 촬영했다는 사실이 발각된다면, 연은커녕 대한민국의 왕들에게 짓밟힐 게 뻔했다. 재벌 앞에선 영감님조차 당장 도살당할 수 있는, 한낱 핑크색 돼지일 뿐이었다.

형은 손목에서 풀어낸 손목시계 모서리로 보호 유리를 깼다. 그리고 첫 번째 하드디스크를 떼어내던 순간, 모니터에서 심상치 않은 화면을 발견했다. 형은 손목시계를 차고 컴퓨터 앞에 섰다. 모니터엔 여러 개의 분할된 화면들이 펼쳐져 있었지만 관심사는 한 곳이었다. 형은 마우스로 5번 룸의 영상을 확대했다.

"거기서 대체 무얼 본 거죠?"

큭큭큭.

삐뚤어진 웃음소리가 지하에 울렸다.

5번 룸에서 누나가 나체로 서 있었다. 김태영은 누나의 뺨을 수차례 때렸다. 누나가 쓰러지자 김태영은 구둣발로 누나의 배를 걷어찼다. 양주를 병째 들이켠 김태영은 두 손으로 테이블의 술과 안주를 바닥에 밀어냈다. 김태영은 쓰러져 있는 누나의 머리를 잡고 빈 테이블 위에 눕혔다. 그다음엔 제정신이 아닌 수컷의 뻔한 행동이 이어졌다. 누나는 아무런 저항도 하지 않았다. 그런 태도가 김태영이 원한 재미를 반감시켰는지, 그는 갑자기 누나의 목을 졸랐다. 김태영에게 목이 눌린 누나의 두 팔과 두 다리가 꿈틀거리기 시작했다. 그 모든 걸 형은 지켜보았다. 누나가 더이상 움직이지 않을 때까지.

완벽한 살인의 증거를 잡은 형은 15층으로 내려와 마담에게 5번 룸의 문을 열지 말라고 지시한 후, 죽음의 냄새로 진동하는 룸 안으로 들어갔다.

하하하. 쿨한 미남과는 어울리지 않는 천박한 웃음소리가 들렸다.

“하하하. 완전 코미디였어. 들어갔는데 김태영 그 자식이 아직도 여자랑 붙어 있지 뭐야. 처음엔 이놈이 시체성애자인가 생각했지. 근데, 아니야. 그놈 거시기가 거기에 꽉 물린 거였어. 하하하. 김태영은 술에 꽐라가 돼서 물에 빠진 놈처럼 여자 위에서 허우적대더군. 마치 둘이 거시기로 연결된……. 크큭, 병신 새끼. 하도 어이가 없어서 내가 테이블에 올라갔지. '김 이사님, 이제 빼세요.' 크큭. 녀석이 힘껏 엉덩이를 뒤로 빼는데, 그래도 그놈 거시기가, 하하. 빠지질 않아. 하하하. 녀석이 벗어나려고 몸부림칠수록…… 푸하하하. 나중에 알아보니까 그게 신체 무슨 경련이라 하더라고. 그걸 풀려면 경직된 몸에 근육 이완 주사를 놔야 하지만, 젠장, 내가 의사도 아니고 그걸 어떻게 알아. 그놈을 떼어내려고 나도 별짓을 다했는데 소용없었어. 결국 마지막에 내가 발로 김태영의 아랫배를 있는 힘껏 밀었지. 한 발로는 힘이 모자라서 두 발로 말이야. 푸하하하."

계속 삐뚤어진 웃음이 이어졌다.

"결국 떼어내긴 했는데 어휴, 그놈 거시기에서 피가 콸콸 쏟아지더라고. 지금도 그 장면 때문에 밤마다 악몽을 꾼다니까. 하여튼 김태영 그 자식, 바나나 껍질이 홀랑 벗겨져서 이젠 남자 구실 다했어."

형은 천장을 올려다보며 숨이 막힐 때까지 웃었다. 감추고 싶은 것이 까발려지는 일. 그것은 누군가에게는 코미디였고, 나에게는 그래서 더 크나큰 슬픔이었다.

"하하, 그 꼴을 네가 봤어야 하는데. 어떻게 죽음이 그렇게

골 때릴 수가 있어. 쓰레기차 피하려다 똥차에 치여 죽어도 그것보다 덜 쪽팔릴 거다. 사람 인생 알고 보면 코미디야, 코미디. 하하하……. 너 왜 울고 지랄이야?"

갑자기 형의 얼굴이 매섭게 변했다. 눈이 뜨거웠다. 나는 눈물을 닦지 않았다.

"이영선 씨는 형님을 사랑했어요."

"여기 온 용건이 뭐야?"

다행히 형은 누나를 죽이지 않았다. 그걸 확인하고 싶었고, 나는 그 대답을 들었다. 그토록 원했던 대답을. 하지만 지금 나는 왜 이럴까. 수빈의 말처럼 막상 꿈을 이루고 보니 하나도 만족스럽지 않았다.

"형님한테는 사람도, 사람의 마음도 도구일 뿐인가요? 형님은 이영선 씨를 살릴 수 있었어요. 시간은 충분했어요. 비상계단으로 뛰어 내려가면 일 분도 걸리지 않아요. 아니, 마담한테 곧바로 전화만 걸었어도……."

"용건이 뭐냐고!"

자꾸만 눈물이 나왔다. 신이 아무리 가혹해도 그런 식의 죽음을 허락해서는 안 됐다. 돈에는 농담을 못 하게 하면서, 죽음을 우스갯거리로 만들어선 안 됐다. 하얀 수건에 얼굴을 파묻었다. 어깨가 계속 들렸다 가라앉았다. 울음소리를 가까스로 참아냈다. 나는 깊게 숨을 내뱉으며 뜨거워진 얼굴을 진정시켰다.

"5번 룸 녹화 파일을 가지러 왔어요."

흠뻑 젖은 수건을 내려놓고 내가 말했다.

"내가 왜 그걸 너한테 넘겨야 하지?"

"더이상 김태영을 협박해봤자 소용없어요."

그러자 형이 주먹으로 테이블을 소리 나게 쳤다.

"협박? 너는 나를 그 정도로 봤던 거야? 내가 공갈 치고 푼돈이나 뜯어내는 양아치인 줄 알아? 이건 비즈니스야. 난 정당하게 투자를 받고, 석인 그룹과 이익을 합당하게 나눌 거야. 우린 사업 파트너라고. 이번엔 정말 제대로 할 거야. 녀석들 아가리에 매월 현금을 넣어주면서 계속 사업을 확장할 거야. 그놈들이야말로 나 같은 진짜 능력자가 필요해. 이번 사업은 시작일 뿐이야. 앞으로 석인 그룹과 동업할 포트폴리오가 나한테 무궁무진하다고."

"김태영은 여기 오지 않아요. 석인 그룹에서 투자금도 받지 못할 거고요."

나는 그동안의 일을 내가 벌이지 않은 일처럼 담담하게 말했다. 말을 할수록 내가 무모한 짓을 했구나, 하는 생각이 들었다. 너무 터무니없는 일이라서 말하는 내내 감정이입조차

되지 않았다.

설명을 마치고 나서, 나는 교복 안주머니에서 김태영이 일본으로 들고 오려고 했던 투자 계약서의 마지막 장을 내밀었다. 그걸 본 형은 종이를 내려놓고, 포크로 접시 가장자리를 딱딱 때렸다.

"다 끝났어요."

"누구 마음대로?"

"제가 이 이야기를 끝낼 거예요."

"이야기를 끝낸다고? 진짜 어떤 이야기인지 아무것도 모르는 네가?"

형은 고블릿 잔을 들고 건배를 제의하듯 잔을 앞으로 기울였다. 내 무반응에 아랑곳하지 않고 형은 계속 잔 주둥이를 흔들었다.

"윗사람이 잔을 들면 너도 들어야지. 하버드 같은 데선 주도酒道 안 가르쳐주나 봐."

온몸에 소름이 돋았다. 몸은 이성보다 더 똑똑한지, 생각할 겨를도 없이 몸이 먼저 반응하고 있었다. 호흡이 불규칙해졌다.

"……제 이름은 민준이에요……. 장동건 아들이랑 이름이 똑같아요……. 큭큭……."

커다란 복화술 인형처럼 형이 기이하게 움직이며 내 목소리를 흉내 냈다. 그건 누나의 집에서 내가 했던 말이었다. 누군가 자신이 했던 말을, 자신의 목소리를 흉내 내는 건 언제나 기분 나쁜 일이다. 형은 그걸 어떻게 알았을까. 바에 기분 나쁜 웃음소리가 울렸다.

"큭큭. 뭘 놀라고 그러냐. 그래, 영선이한테 너 좀 감시하라고 시켰어. 그 더럽게 우울한 계집애를 그런 데 아니면 어디에다 써먹겠어. 예상외로 걔가 보고는 잘하더군. 너 진짜 대책 없는 녀석이야. 집 앞에서 냉수 달랬다며? 큭큭……."

보지 못했던 광경이 그려졌다. 누나의 방에서 나는 주저리 주저리 피아노와 고양이, 편지에 대해 이야기를 하고 있고, 누나는 나 몰래 핸드폰으로 녹음을 하고 있다.

가여워서 견딜 수가 없었다. 그렇게 해서라도 누나는 형의 사랑을 받고 싶었을까.

"그분에 대해선 더이상 알고 싶지 않아요."

"그 태도가 문제야, 너는. 사람이 미심쩍은 게 있으면 탐구를 해야지. 진실을 이불로 덮는다고 가려지나. 참고로 내가 태어나서 지금까지 더럽지 않은 진실은 한 번도 본 적이 없어."

형은 다시 술로 목을 축였다.

"미련 갖지 마라. 결국 널 팔아먹은 인간이니까. 네 입장에서도 죽어 마땅한 년이잖아."

"더이상 그분을 모욕하지 마세요."

"미안하다. 네가 그렇게 영선이를 좋아하는 줄 몰랐지. 알았다면 영선이한테 말했을 텐데. 너한테도 한번 대주라고."

나는 테이블을 치고 일어섰다. 빨간 의자가 뒤로 넘어지며 우당탕 큰 소릴 냈다. 형은 자신의 빈 잔에 위스키를 가득 부었다.

"넌 나를 떠나려고 했어."

차가운 눈이 나를 향했다.

"내년에 군대를 가고, 말뚝 박으려고 했다고? 너는 나한테 그러면 안 되는 거야. 너만은……."

떨리는 음성으로 말하던 형은 고블릿 잔의 위스키를 다 들이켜고, 손등으로 입가를 닦았다.

"아참, 녹화 파일 달라고 했지?"

형이 고개를 숙였다. 바 수납장에서 무언가를 찾던 형이 얼마 뒤에 일어섰다. 형은 칼 두 자루를 테이블 위에 올려놓았다. 손잡이에 한문이 각인된 얇고 기다란 회칼이었다.

"이게 내 마지막 배려다."

형은 오른손에 칼을 잡고, 테이블 위로 몸을 일으켜 밖으로 미끄러지듯 나왔다. 형은 주크박스를 등지고 공격 자세를 취했다.

"칼을 들어."

보스다운 명령조였다. 테이블 위에 누워 있는 칼이 반짝였지만 어떤 결심도 서지 않았다. 생각해보니 구체적인 계획 하나 세우지 않고 무작정 이 지하 바로 들어왔다. 앞에서 형이 든 칼이 워밍업을 하며 허공에 무수한 선을 그었다.

"오늘 여기서 너와 나, 둘 중에 하나만 살아 나간다."

"형님과 싸우고 싶지 않아요. 녹화 파일을 주세요."

"사랑도 받고 싶고, 원하는 것도 얻으려고? 세상을 모르는 거야, 염치가 없는 거야? 아, 그렇구나. 핏줄은 역시 못 속이는 법이야. 네 어미도 지금 너처럼 염치가 없었지."

순간 정신이 멍해져 허공에 "엄마?" 하고 혼잣말을 했다. 심장이 빠르게 움직였다. 형은 휘두르던 칼을 멈추고 야비하게 웃었다.

"왜 네 주변 여자들은 다 그 모양인지 모르겠다. 재미있는 얘기 해줄까. 네 엄마한테 돈을 받으러 갔을 때 뭐랬는 줄 알아? 손가락으로 자기 다리 사이를 가리키더니 돈 나올 구멍은 거기밖에 없대. 사람이 천박해도 정도가 있지. 뻔뻔하게도 한 번 잘 때마다 빚을 차감해달라더군. 정말 어미나 아들이나 주제 파악을 못 해. 누가 그런 퇴물이랑 하는 데 이십만 원이나 쓰겠어. 안 그래?"

"거…… 거짓말……."

"어쨌든 큭, 네 엄마, 선수답게 테크닉은 죽여주더군."

"거짓말!"

"잡아!"

나는 칼을 잡았다. 그것을 들어 올리자 칼날에 내 눈이 선명하게 비쳤다. 칼날 속의 내 눈이 한 번도 본 적 없는 타인의 눈 같았다.

긴 칼이 내 옆구리를 향해 돌진했다. 나는 허리를 옆으로 돌려 뒷걸음질 쳤다. 허탕을 친 형은 팔을 크게 벌려 균형을 잡고 내게 돌아섰다. 곧바로 형이 응전해 왔다. 나는 들어오는 칼을 본능적으로 쳐내며 형에게 다가갔다가 멀어졌다.

한동안 지루한 탐색전이 이어졌다. 우리는 칼을 쥐고, 천천히 원을 그리며 돌았다. 형이 칼을 쥔 손으로 이마를 닦았다.

"덤비지 않고 뭐 해? 장난치지 마. 최선을 다하란 말이야. 네 엄마처럼."

형이 엄마를 입에 올릴 때마다 머릿속에서 어떤 정신의 줄이 탱탱 끊어졌다.

"그래도 엄마를 미워하지 마라. 네 엄마도 성실할 때가 있었으니까. 그날 네 엄마가 침대 위에서……."

"입 닥쳐!"

"최선을 다해 요망한 몸뚱이를 흔들어댔다고. 하하."

순간 나는 이성을 잃고 그에게 달려들었다.

"거짓말! 거짓말! 거짓말!"

몸부림을 치듯 손에 쥔 칼을 마구 휘둘렀다. 피가 끓어올랐다. 배에 분노가 차오르고, 눈은 얼굴에 쏠린 압박으로 빠질 듯이 아팠다. 바쁘게 칼을 막는 형이 한 걸음씩 뒤로 물러섰다. 점점 형은 당황한 기색이 역력했다. 내가 막무가내로 칼을 휘두를수록, 누군가가 도끼질을 하며 내 마음에 금을 내는 것 같았다.

"당신은 살릴 수 있었어! 살인을 막을 수 있었다고! 도대체 정체가 뭐야? 당신이 죽였어, 당신이 로사리나를 죽인 거라고!"

왼손으로 형의 뒷목을 잡고, 칼에 힘을 줬다. 그 순간 내 마음도 반으로 쪼개졌다. 눈앞의 얼굴이 하얗게 질렸다. 고개를 내렸다. 내가 쥔 칼이 형의 복부에 꽂혀 있었다.

동상이 쓰러지는 소리는 귀에 들리지 않았다.

나는 누워 있는 형의 가슴에 올라탔다. 형의 숨소리가 거칠었다. 나는 내려다보며 그의 목에 칼을 댔다.

"사실대로 말하지 않으면 용서하지 않을 거예요."

칼이 부르르 떨렸다.

"엄마하고 잤어요?"

한참 나를 올려다보던 형이 피식 웃었다. 그러고 나서, 형은 방금 칼에 찔린 사람이라고는 믿기지 않을 정도로 침착한 어투로 말했다.

"그때 말했잖아. 난 네 어머니 얼굴도 본 적 없어."

오랫동안 형의 눈을 내려다보았다. 두 눈은 마지막이자, 그리고 어쩌면 처음으로 내가 본 그의 투명하고 솔직한 눈이었다.

―부모 욕 들을 때마다 눈 뒤집히는 게 자랑이야? 그건 네 약점이잖아.

우리가 처음 만났던 공터에서 형이 한 말이 떠올랐다. 내가 엄마를 모욕하는 말을 들으면 폭발한다는 사실을 형은 잘 알고 있었다. 나는 천천히 칼을 올렸다. 꽉 찼던 바람이 빠지는 것처럼 온몸이 축 처졌다.

"너, 네가 이길 줄 알고 있었지?"

형이 나를 올려다보며 물었다.

"형님이 더 잘 알고 있었잖아요."

그를 내려다보며 내가 대답했다.

미련을 버린 듯, 작은 금속성 소리를 내며 칼이 형의 손에서 떨어졌다. 나는 손에 꽉 쥔 내 칼을 바라보았다. 내가 솔직한 욕망으로 잡은 최초의 칼이었다. 그 칼끝에 피가 묻어 있었다. 핏자국이 칠 센티미터 정도 되어 보였다. 운의 좋고 나쁨에 따라 생사가 갈릴 수 있는 길이였다. 나는 아직 꺼지지 않은 숯을 잡은 사람마냥 놀라 칼을 떨어뜨렸다.

형이 두 손으로 내 가슴을 밀치고 일어섰다. 보라색 실크 셔츠가 피로 진하게 물들고 있었다. 형은 칼에 찔린 왼쪽 옆구리를 부여잡고 절뚝이며 바로 걸어갔다. 형은 위스키를 병째 마시고 남은 술을 상처 난 배에 벌컥벌컥 부었다. 최선을 다해 고통을 참는 형의 신음 소리가 들렸다. 왜 고통을 참아야 하는지 그 자신도 이해하지 못하는 것 같았지만 형은 어금니를 깨물며 냉정하려 애썼다.

형은 나를 노려보고 나서, 절뚝절뚝 주방으로 걸어 들어갔다. 형은 주먹만 한 얼음덩이를 하나 들고 나왔다. 얼음에 피가 묻어 있었다. 피는 뜨겁게 얼음을 녹였다. 형이 그 얼음덩이를 내게 던졌다.

얼음덩이 위로 허연 수증기가 올라왔다. 나는 손에 쥔 얼음을 내려다보고 형을 쳐다봤다. 나는 수정을 보듯 얼음을 유심히 살핀 다음 바텐더 테이블 모서리에 얼음을 깼다. 코코넛 껍데기처럼 갈라진 얼음 가운데서 열쇠가 모습을 드러냈다. "부산역사"라고 적힌 코인 로커 열쇠였다.

옆구리를 손으로 누른 채 다가온 형이 나를 신경질적으로 밀쳤다. 형은 100엔 동전 뭉치를 바지 주머니에 집어넣었다.

나는 형에게 수건을 건네며 말했다.

“떠나세요. 나도 형님을 찾았으니까 석인 그룹 사람들도 형님을…….”

“꺼져.”

그것이 형의 마지막 말이었다. 형은 배를 움켜쥐고 비틀거리며 주크박스를 향해 걸었다. 형은 고꾸라지듯 주크박스 아크릴 판에 쿵 머리를 기댄 채 100엔 동전들을 힘겹게 동전 투입구에 집어넣었다. 기계 속으로 동전 떨어지는 소리가 처량하게 들려왔다.

나는 수건을 바 테이블에 내려놓았다. 음악이 흘러나왔다. 주크박스가 나지막한 베이스 기타 소리를 웅웅 울렸다. 기침을 하는 형의 등이 작게 들썩거렸다. 자꾸만 그 등에 손을 뻗어 어루만지고 싶었다.

나는 열쇠를 호주머니에 집어넣고 뒤돌아섰다.

땅콩에게 미안했다. 형이 땅콩을 왜 땅콩이라고 불렀는지 물어보지 못했다. 그리고 나는 끝까지 그를 형이라고 부르지 못했다.

오쿠보 거리의 비가 잦아들었다. 짙은 밤 속의 안개가 정지된 듯 내 주위에 머물렀다. 안개를 헤치며 천천히 걸어 나갔다. 왠인지 살에 어떤 축축함도 느껴지지 않았다. 꿈인가. 나는 슬픈 이야기 속으로 들어왔다가, 결국 적응하지 못하고 이야기 밖으로 튕겨 나간 느낌이 들었다.

인도 옆 도로에 자동차가 헤드라이트 불빛을 뿌옇게 뿌리며 다가왔다. 안개 위로 내 그림자가 옆에 서서 짧게 동행을 했다. 차가 질척거리는 소리를 내며 지나자, 그림자가 사라졌다.

안개 속을 걸었다.

얼핏, 등 뒤에서 하모니카 소리가 들리는 것 같았다.

심판

범인은 범죄 현장에 돌아온다, 라는 식상한 말에 보기 좋게 당해버렸다. 한국으로 돌아온 나는 김태영이 걱정되었다. 설마 아직도 외양간 여물통에 엉덩이를 집어넣고 있지는 않겠지. 만약 그렇다면 배도 고프고 목도 마를 텐데. 나는 삼다수와 크림빵을 사 들고 폐농가로 갔다. 역시나 그곳은 텅 비어 있었다.

아무런 기대도 없이 폐농가 근처에서 잠복을 하던 경찰들은 나를 체포하고 나서 "네놈이 설마 이곳으로 돌아올 줄은" 생각도 못 했다고 말했다. 그날 경찰차를 탔다. 앞자리는 모르겠지만 경찰차의 뒷자리는 타지 않기를 바란다. 거기에 앉으면 누구라도 세상에서 제일 못난 인간이 된 기분이 든다. 경찰은 대어를 잡은 낚시꾼처럼 들떠서 동네방네 사이렌을 울리며 질주했다. 내 혐의는 납치와 폭행, 재물손괴, 그리고 기타 등등이었다.

경찰서에 도착했을 때 곤죽이 되도록 얻어맞을 각오를 했다. 한 대도 맞지 않았다. 요즘 경찰들은 영화에서와 달리 내부 규정을 잘 지키는지, 아니면 체포 당시부터 내가 고분고분해서 봐줬는지 잘 모르겠다. 사실 몇몇 경찰들은 어린 나이에 재벌을 혼내준 걸 기특하게 여겨 남몰래 편의를 봐주기까지 했다.

체포되고 나서 닷새 뒤에 우 형사가 참고인 조사 목적으로 나를 찾아왔다.

"포승줄 풀어주셔서 고마워요."

"내일 김태영이 체포될 거야."

나는 대답 없이 우 형사가 사 온 오렌지 주스에 빨대를 꽂았다. 요즘 통 야외 활동을 못해서 그런지 주스가 아니라 햇살을 마시는 것처럼 몸이 상쾌해졌다. 나는 빨대에서 입을 떼고 우 형사를 관찰했다. 하늘색 사파리 셔츠가 그녀의 귀여운 얼굴과 절묘하게 어울렸다. 하지만 범죄자의 입에서 나오는 외모에 대한 칭찬은 그녀 쪽에서 달가워하지 않을 것 같았다.

"어떻게 증거를 잡았는지 궁금하지 않아?"

"강남서 형사님들의 출중한 수사 능력은 익히 들었습니다."

"너, 지금 말투가 무지 능글맞은 아저씨 같거든."

입가를 닦았다. 손등에 스치는 수염이 까칠까칠했다.

"장민준. 아저씨는 돼도 개저씨는 되지 마, 알았어?"

"네."

"좋아. 이제 말할 테니까 잘 들어. 어제 내 이름으로 우편물이 하나 왔어. 그 안에 녹화 파일을 저장한 작은 칩이 들어 있었지. 그걸 컴퓨터로 재생했어. 모니터에 김태영이 질질 짜는 모습이 나오더군. 제 분수도 모르는 '누군가'가 김태영을 취조하는 영상이었어. 그때 꽤 고민을 했어. 상부에 보고를 해야 할지 말아야 할지. 그런데 그 한 시간 뒤에 또 하나의 투서가 내 앞으로 들어왔어. 수신자만 인쇄된 평범한 하얀 편지 봉투였지. 그 봉투 안에도 녹화 파일이 저장된 USB 스틱이 들어 있었어. 거기에 5번 룸 살인 사건 순간의 영상이 고스란히 담겨 있었지. 여태껏 내가 경찰 생활을 하면서 그렇게 완벽한 증거는 본 적이 없어. 두말할 것도 없이 김태영이 이영선을 살해했어."

"증거를 잡으셨다니 다행이네요."

내 말투가 마음에 들지 않는지 우 형사는 눈을 찡그렸다.

"두 우편물 모두 발신인을 찾을 수 없었어. 투서인이 누구일 것 같아?"

"정의로운 시민이겠죠."

"그 정의로운 시민에 대해서 할 말 없어?"

나는 빨대로 오렌지 주스를 마셨다. 밑천이 드러난 주스 갑에서 쪼로록 빨대 소리가 났다. 대답을 기다리던 우 형사는 포기한 듯 고개를 저었다.

"이런 얘기 너한테 하기 창피하지만, 이영선의 시신을 조사했던 검시관이 석인 그룹의 돈을 받았어. 그 대가로 검시관은 김태영의 흔적을 지웠지. 지금 내사가 진행중이야."

"석인 그룹 정말 못됐어요. 매일매일 멀쩡한 사람들을 고장내요."

"맞아. 그만큼 힘도 세고. 오늘 5번 룸 살인 사건 담당 검사한테 김태영을 꼭 잡아넣겠다는 확답을 받았어. 훌륭한 검사님이야. 하지만 네 말대로 석인 그룹은 사람들을 너무 쉽게 망가뜨려, 그놈의 돈을 이용해서. 우리는 내일 김태영을 체포할 거지만 어쩌면…… 사법부가 그놈을 봐줄지도 몰라."

우 형사의 얼굴에 수심이 깊었다. 나는 그녀의 눈을 마주 보며 단호하게 말했다.

"그럴 일 없어요. 김태영은 벌을 받아요. 확신하는데 제 말을 믿으셔도 좋아요."

"뭘 믿고 그렇게 말하는지 모르겠다만, 그 말 들으니까 꽤 기운이 나네."

"주스 잘 먹었습니다."

서로 할 말을 다 한 것 같아서 먼저 일어섰다. 우 형사도 의자에서 일어났다.

"경찰 생활을 하면서 이렇게 자괴감이 든 적은 처음이야. 이번 사건에서 난 아무것도 하지 못했어."

"아뇨."

어깨가 처졌던 우 형사가 고개를 들었다.

"정의로운 시민이 형사님을 믿지 않았다면, 그는 복수심에 불타 김태영을 죽였을 거예요. 정의로운 시민은 세상이 정의롭게 돌아간다는 확신을 가지지 못했거든요. 만약 그날 우 형사님이 아니라 나쁜 돈을 넣으면 고장 나는 형사를 만났다면, 정의로운 시민은 살인자가 되고, 진실도 밝혀지지 않았어요."

경찰서의 우중충한 지하실 같던 우 형사의 표정이, 동굴에서 캐낸 쇳조각들처럼 어지럽게 흩어졌다가, 몇 번이나 뜨겁고 차가워졌다가, 당장 나쁜 놈 열 명을 때려잡을 만큼 단단해졌다.

"정의로운 시민한테 고맙다고 전해줘."

우리는 악수를 하고 헤어졌다.

다음 날, 김태영을 체포했다는 소식을 들었다. 내 진술을 허무맹랑한 소설로 여겼던 형사들이 체포 소식을 듣고 나서는, 나를 민주 열사 대하듯 존중해줬다. 하지만 담당 검사는 달랐다.

나는 형사들과 함께 검사실로 이동했다. 왜 나같이 냄새나는 잡범을 바쁜 검사님께서 친히 대면하려고 하는지 그 이유가 궁금했다. 검사는 나를 만나자마자 따귀를 날리고 시작했다.

"개새끼야, 눈 깔아."

새파랗게 젊은 검사의 막돼먹은 행동에도 불구하고, 나이 지긋한 형사들이 꼼짝을 못 했다. 사법 연수원을 나온 지 일 년도 안 돼 보이는 검사였다. 연수원에서 하라는 공부는 안 하고 날라리 선배들한테 못된 것만 배운 모양이다.

"씨발 새끼야."

젊은 검사는 내게 쉴 새 없이 욕을 해댔다. 이번 일을 통해 여러 사회 고위층을 만났다. 장담하건대 최소한 그들보다는 우리 쪽 보스들이 더 품위가 있다.

"도대체 누가 네 뒤를 봐주고 있어? 왜 현암 법무가 네놈 변호인단이냐고."

계획이 틀어져서인지 젊은 검사는 몹시 화를 냈다. 현암 법무는 대한민국 최고의 법률사무소였다.

"좆만 한 새끼야, 네 스폰서가 누구냐고 묻잖아?"

"키다리 아저씨요."

젊은 검사가 눈을 부릅뜨고 후우, 후우, 전함이 파괴된 다스 베이더처럼 숨을 몰아쉬었다. 참다 못한 그가 팔을 걷어 올리더니 내 음낭을 움켜쥐었다. 이젠 놀랍지도 않았다. 도대체 몇 번째인지. 마치 내 음낭이 전 세계인들의 공공재가 된 느낌이었다.

젊은 검사는 내 아랫도리에서 손을 떼고 식식 분을 삼켰다.

"개자식아. 너희 같은 무식한 놈들이 아무리 머리 굴려봤자 소용없어. 너도 네 오야지처럼 서른도 되기 전에 뒈질 거야."

"지금 무슨 말을……."

"몰랐어? 백기 그 자식 칼빵 맞고 뒈졌잖아."

그 자리에서 나는 얼어붙었다.

"쳇. 네가 죽였냐?"

젊은 검사는 내 반응을 살폈다. 아무런 말도 나오지 않았다. 검사가 나를 떠보려고 거짓말을 지어낸 걸까. 그게 아니면 정말로 형이 죽었다는 뜻인가. 그날 내가 찌른 칼 때문에.

"배때기가 아주 갈기갈기 찢겨나갔다더군. 그동안 얼마나 많은 원수를 졌는지 칼을 오십 방 넘게 맞았어. 명심해. 그게 너 같은 쓰레기들의 말로야."

십이월에 첫 재판이 열렸다. 피고인석에 앉는 순간에도 나는 형의 죽음을 생각했다. 형은 일본에서 이방인으로 죽었다. 내가 지하 바를 나오고 나서 두 시간 뒤에 살인자들이 바로 들어왔다고 한다. 문에 파손된 흔적이 없는 걸로 보아 살인자들은 형과 일면식이 있을 거라고 일본 경찰은 추정하고 있었다. 나의 추정은 조금 달랐다. 형이 일본 오쿠보에 있다는 사실을 아는 사람은 나와 김태영뿐이었다. 그날 형은 문을 열어놓고 김태영을 기다리고 있었다. 김태영은 형에게서 5번 룸 녹화 파일을 받아내야 했다. 김태영의 대리인들은 형에게서 녹화 파일을 얻어내지 못했다. 결국 그들은 무수한 칼질로 형의 몸을 난자했다.

그것이 내가 내놓을 수 있는 추측이었다. 물론 나의 추측이 틀릴지도 몰랐다. 사실 진짜 궁금증은 누가 형을 살해했느냐가 아니었다. 왜 형이 그곳에 남아 있었을까? 형은 똑똑한 사람이었다. 녹화 파일을 내놓지 못하면 목숨이 위태로울 거라는 사실을 너무나 잘 알고 있었다. 행여 녹화 파일 복사본이 있어 그것을 넘겼다고 해도, 그들은 형의 부상을 보고 무언가 잘못됐음을 간파했을 것이다. 설령 간파하지 못하더라도 형은 내가 녹화 파일을 경찰에 넘길 걸 알았기에, 그 순간을 모면한다고 해도 김태영이 자신을 가만히 놔두지 않을 거라는 걸 알고 있었다. 형은 그날 내 충고대로 지하 바를 떠나야 했다. 하지만 그는 그러지 않았다. 도대체 왜?

"……맞습니까?"

판사의 목소리가 희미하게 들렸다. 판사는 지금껏 내가 본 남자 중에 가장 목소리가 작은 남자였다.

"잘 안 들립니다."

여기서 이 말을 몇 번이나 했는지 모르겠다. 판사는 짜증을 내면서 피고인의 청각에 문제가 있느냐고 물었다. 당연히 내 귀는 문제가 없다. 아저씨 개미 목소리가 문제다. '여러분, 정말 저 아저씨 목소리가 제대로 들리세요?' 하고 재판장 안의 참관인들에게 묻고 싶은 심정이었다.

앞에서 판사가 근엄한 얼굴로 쉬지 않고 뭐라고 속삭였다. 너희들이 얼마나 내 말에 집중을 하는지 볼륨을 줄여놓고 테스트하겠다는 심보 같았다. 집 안에서도 저럴까? 저 아저씨는 총에 맞아도 어디서 새는지 모를, 바람 빠진 자전거 타이어 같은 소리를 낼까. 이런저런 생각을 하는데 문득, 훗날 나의 죄를 심판하는 신의 목소리도 어쩌면 저런 식이지 않을까 하는 불길한 예감이 들었다.

"……맞습니까?"

"네."

나도 속삭여주었다.

증인석에는 김태영이 앉아 있었다. 그는 나에 대한 울분이 다 풀렸는지 재판 내내 풀 죽은 얼굴이었다. 김태영은 아직 고급 슈트를 입고 있었다. 예전에 땅콩에게 듣기로는 만약 재판장에 서게 된다면, 판결이 확정될 때까지 재판장에서는 사복이 중요하다고 했다. 아직 판결이 안 난 용의자는 재판장에서 사복과 수의 중 하나를 선택해 입장할 수 있는데, 수의를 입으면 재판도 하기 전에 죄인처럼 보여서 판결에 불리하다고 했다. 나는 그냥 귀찮아서 수의를 입고 왔다.

재판이 끝나자 김태영이 동행한 경찰에게 이끌려 나갔다. 김태영은 끝까지 나를 쳐다보지 않았다. 일부러 나를 무시했다기보다는 오늘 재판에는 아무런 관심도 없어 보였다. 하지만 일주일 뒤에 열릴 5번 룸 살인 사건 재판에서는 뼈가 으슬으슬 떨리는 경험을 하게 될 것이다. 오늘의 피해자가 다음 주의 피의자다. 5번 룸 살인 사건 재판이 끝나면 감히 재벌 4세와 똑같은 옷을 입을 수 있다니, 영광이다.

내가 경찰과 함께 재판장을 나서자 젊은 검사가 복도까지 따라왔다.

"운 좋은 새끼."

젊은 검사는 온갖 인상을 쓰며 나를 노려보았다.

"겨우 이 년 이 개월 형이라니. 쳇, 군대 안 가서 좋겠네."

젊은 검사가 서류 모서리로 내 머리를 때리고 앞으로 걸어갔다. 갑자기 다리에 힘이 풀렸다. 나를 이송하던 경찰이 재빨리 쓰러지는 날 일으켜 세웠다. 모든 것이 산산이 부서진 느낌이었다. 크고 작은 기대와 희망과 사랑하는 이들 모두가. 눈앞에 커다란 검은 커튼이 쳐지는 환영이 보였다. 나의 한 시절이 그렇게 끝났다.

재판은 그때가 처음이자 마지막이었다. 검찰도 나도 항소하지 않았다.

교도소에 수감된 후 매일 꿈을 꿨다. 대부분은 엄마와 형과 누나가 등장인물로 나와 별별 상황극을 펼치는 꿈이었다. 때론 엄마가 더블린의 마담 역할을 하기도 했고, 형은 국정원의 비밀 요원이기도 했고, 누나는 마당에서 어린 내 머리를 감겨주는 친누나이기도 했다. 그들을 만날 때마다 나는 "살아 있었잖아요. 죽은 줄만 알았어요" 하고 기적을 본 사람처럼 전율했고, 그들은 "도대체 무슨 재수 없는 소리야?" 하고 진짜 살아 있는 척 시치미를 뗐다. 집에서 엄마와 드라마를 볼 때, 형은 TV 속의 주연 배우였고, 어느새 내 옆에 앉은 누나는 드라마에 빠진 여대생처럼 과자를 먹으며 수다를 떨었다. 언젠가 우리는 깊은 숲속에서 피크닉을 했다. 그 꿈은 너무 생생해서 나무를 파는 딱따구리 소리도, 얼굴에 스치는 신선한 바람도, 바구니에서 꺼낸 샌드위치의 맛도 전부 느껴졌다. 숲속은 물감을 뿌린 것처럼 녹음이 짙었다. 엄마는 와인을 마시며 왜 빨간 뚜껑 소주를 준비 안 했느냐고 툴툴거렸다. 누나와 나는 반팔을 입고 나란히 앉아 있었다. 중간중간 누나의 팔이 내 맨살에 닿았다. 그 은은한 촉감이 기분 좋았다. 검은 라이더 재킷을 입은 형은 피크닉이 지루한지, 아니면 은근히 즐기는지 모를 표정을 지었다. "우리 사진 찍어요." 나는 핸드폰을 들어 올렸다. "촌스러운 짓 좀 하지 마." 형이 면박을 줬지만 나는 아랑곳 않고 핸드폰을 움직이며 구도를 잡았다. 하지만 아무리 구도를 잡아도 핸드폰 액정엔 우리의 모습이 다 담기지가 않았다. 답답한 마음에 일어서서 그들과 거리를 두었지만 우리 넷은 온전하게 액정에 담아지지 않았다. 왜 이러지? 돌아보니 나 홀로 유령선의 갑판 위에 서 있었다.

꿈에서 깰 때마다 볼에는 눈물 자국이 상흔처럼 남아 있었다.

일 년이 지난 무렵 마담이 면회를 신청했다. 창살과 유리창이 정면을 가로막고 있었지만 대화를 하는 데는 지장이 없었다. 어제 만난 사람처럼 마담은 변함이 없었다. 단정한 양복을 입고 있어도 자유분방한 분위기를 풍겼고, 여유가 넘치는 웃음도, 트레이드마크인 콧수염도 그대로였다.

"자기, 어떻게 지내? 여기 밥은 잘 나와? 아픈 곳은 없고?"

만나자마자 마담은 질문 공세를 퍼부으며 근황을 물었다.

"자기 학교에서 잘하려고 하지 말고 몸만 잘 챙겨. 내가 내 복하고 영치금 좀 넣었어."

"고마워요, 마담."

"우리 사이에 뭘. 그나저나 자기 여기서 영감님 뒤 봐주고 있다면서?"

역시 정보에 빠른 사람이었다. 영감님도 같은 교도소에서 수감중이었다. 보통 범죄 단체 구성원들은 분산 수감이 원칙이지만, 정부에서는 경제사범으로 들어온 영감님을 나와는 별개로 취급했다. 수감 생활이 처음인 영감님은 교도소의 놀랍도록 비효율적인 시스템을 뜯어고치려고 했다. 영감님은 강남 유흥가에서도 그렇게 유흥 혁신을 일으키며 왕이 되어갔다. 하지만 감옥 안의 비효율은 유구한 전통이었고, 무질서 와중에 질서였다. 낯선 세계를 파악하기도 전에 함부로 '나대던' 영감님은 방장에게 혼쭐이 나고부터는 원숭이 우리의 핍박받는 돼지 신세로 전락했다.

"어떤 수감자가 아들뻘 되는 남자들한테 얻어터지고 있어서 한 번 도와줬을 뿐이에요. 설마 영감님일 줄은 몰랐죠."

"괜한 참견 마. 자기한테 그 마약 돼지가 뭐라고 사탕발림을 했을지 몰라도 지금은 완전 개털이야. 그동안 무슨 재벌 회장 흉내 내더니, 구속되고 나서 현금 흐름이 끊기니까 그 많던 사업체들이 줄줄이 나자빠지더라고. 그중에 알짜배기 사업체들은 혁철이가 접수했어. 혁철이 그놈이 정말 난놈이야. 요즘은 전국구 보스라니까. 난 백기가 강남 먹을 줄 알았더니."

말이 멈췄다. 내 표정을 살핀 마담은 형 이야기를 괜히 꺼냈다 싶었는지 재빨리 화제를 돌렸다.

"자기, 여기서 나가면 뭐 먹고 살 생각이야?"

"모르겠어요."

"잘됐네. 나 좀 도와줘라."

마담이 자신의 근황을 이야기했다. 최근 마담은 두 명의 '쩐주'와 함께 종로 골목에 클럽을 차렸다. 접대부가 외국인 여성들로만 이루어진 클럽이었다. 지역 주먹들하고는 미리 거래를 해놔서 운영에는 지장이 없었다고 한다. 하지만 최근에 여자를 공급하던 부산 쪽에서 지분을 요구하기 시작했고, 믿었던 지역 주먹들은 부산 조직원들의 기세에 눌려 아무런 보호 조치를 해주지 못하는 형편이라고 했다.

"부산에서 개네들하고 십 년 동안 행님 동상 하는 사이였거든. 이렇게 뒤통수를 맞을 줄 몰랐지. 내가 어떻게든 버틸 테니까 자기가 출소하면 좀 혼내줘. 이번 사건으로 자기 부산에서도 유명 인사야. 밤 세계의 전설이라고."

한껏 나를 치켜세우던 마담은 손가락을 펴며 제법 높은 연봉을 제시했다.

"마담, 하루에 칼로 열 번 찔려본 적 있으세요?"

마담이 눈을 끔벅거렸다.

"에이, 이제 누가 우리 장 팀장님한테 감히 덤비겠어. 그냥 눈 부라리면서 살짝 때찌해주면 돼."

"사람 때리는 것도 이제 지겨워요."

"당장 확답 안 해도 좋으니까 천천히 생각해봐. 응? 제발."

할 수 없이 고개를 끄덕였다. 마담은 90퍼센트는 설득에 성공했다고 자신하는지 이내 활짝 웃었다. 이제 종로로 돌아가면 당장이라도 내 명함을 팔 기세였다.

"한 가지 묻고 싶은 게 있어요."

"얼마든지."

"그날 이란이가 마담에게 보고했을 때, 왜 아무런 조치도 취하지 않았나요?"

"에이, 또 그 이야기야."

윙윙거리는 파리를 쫓아내듯 마담이 손사래를 쳤다. 나는 두 손으로 턱을 받치고 철창 밑 부분을 내려다보았다.

"계속 그 생각을 했어요. 그날 이란이는 5번 룸의 상황을 마담에게 보고했어요. 만약 마담이 바로 나한테 알리기만 했다면……."

"이제 와서 내 탓을 하는 거야?"

언성을 높인 마담은 교도관을 쳐다보고 나서 목소리를 낮췄다.

"휴우, 내가 김태영을 가만 놔둔 이유가 뭐였겠어?"

"왜 그날 제게 말 안 하셨어요?"

마담은 골치가 아프다는 듯 손으로 이마를 지그시 눌렀다.

"자기가 영선이 좋아했잖아."

"아…… 알고 계셨나요?"

"얼굴에 다 씌어 있었는걸."

마담은 끝까지 하고 싶지 않았던 말을 꺼낸다는 듯, 괴로운 척 무언가를 쥐어짜며 말했다.

"그날 자기가 더블린 관리 담당이었잖아. 영선이 멍든 얼굴을 보면 자기가 가만있었겠어. 어떤 놈이 사랑하는 여자가 얻어터지는 걸 두고 봐. 내가 5번 룸 상황을 알렸다면 자기가 이성을 잃고 김태영한테 무슨 짓을 할지 몰랐지. VIP한테 손대는 순간 그 장사도 쫑이야. 뭐, 결국 다 쫑났지만."

슬픈 그림 퍼즐이 다 맞춰지는 느낌이었다. 빌딩 앞에서 김태영을 자극한 이도 나였고, 누나가 형에게 이용당한 이유도 나 때문이었다. 김태영이 누나를 괴롭힌 이유도, 마담이 5번 룸의 상황을 말하지 않아 살인이 발생한 그 이유도, 결국 형이 죽은 이유도 나였다. 내가 누나에게 관심을 가지지 않았다면, 김태영을 자극하지 않았다면, 진실에 집착해 형을 찾아가지 않았다면 이 모든 사건은 일어나지 않았을 것이다. 이제야 알 것 같았다. 그 언젠가 내가 쏜 총알이 이리저리 돌아다니다 내게 돌아왔던 것뿐이다. 가슴이 뻥 뚫린 사람은 누구도 원망하지 못한다.

"고등학교 때, 우리 반에 수빈이라는 여자애가 있었어요. 아이들은 수빈이를 괴롭혔어요. 그래서…… 그때 저는 도와주고 싶었어요. 그뿐이었어요. 아는 형사님한테 부탁했어요. 수빈이가 어떻게 됐는지 알아봐달라고. 인생이 이상해요. 제가 학교를 떠나고 나서…… 그 아이는 나 때문에 더 괴롭힘을 당했대요. 아이가 감당할 수 없을 정도로. 그리고 점심시간에…… 떨어졌어요. 화단에서 가까스로 일어난 그 아이는 뒤집힌 치마를 곱게 펴고, 근처 벤치에 앉았어요. 그렇게 고요하게 죽었어요……. 그 소식을 듣고…… 원망했어요. 사람들한테, 운명한테, 신한테. 저는 그냥, 도우려고 했어요! 잘못이 아니잖아요. 그렇죠? 왜 선의가 죄로 돌아와야 하죠? 저는 왜 이 모양이냔 말이에요. 아파요. 매일 아파서……."

나는 주먹을 쥐고 울먹임을 참았다.

"오늘에야 알았어요. 결국…… 내가…… 죽였어요. 그게 이 사건의 반전이었어요. 만약 제가 이영선 씨를 사랑하지 않았다면…… 이 모든 게…… 벌어지지 않았겠죠. 아니, 애초에…… 제가 이 세상에 존재하지 않았다면…… 수빈이도, 이영선 씨도, 형님도…… 지금쯤 다들 행복하게……."

"바람아."

고개를 들었다. 마담이 그렇게 나를 부른 적은 처음이었다. 그는 주제넘은 신도에게 일갈하는 성직자처럼 냉엄하게 말했다.

"너 그렇게 대단한 존재 아니야."

마담이 다녀간 날 교도소에서 꿈을 꾸었다. 꿈은 때때로 기억을 영화처럼 풀어놓기도 한다. 그런 꿈이었다.

누나와의 첫 데이트 날이었다. 검은 가죽 재킷의 깃을 세우며 거울 앞에서 한껏 멋을 부린 나는 바이크를 타고 언덕 연립주택으로 갔다. 벚꽃색 원피스를 입은 누나는 입구 계단에 앉아 있었다. 그녀는 바닥에 떨어져 있는 부서진 시멘트 조각들을 계단 빈틈에 맞추고 있었다.

가죽 재킷 주머니 속엔 영화표가 들어 있었다. 아직 상영 시간이 많이 남아 있었다. 그동안 무얼 해야 하지? 이런 질문에 척척 대안이 나오는 바람둥이들이 부러워지는 순간이었다. 나는 누나를 바이크에 태우고 명동성당으로 갔다.

"여기에 온 의도가 뭐죠?"

명동성당 입구 앞에서 누나가 차갑게 물었다. 예상치 못한 질문에 나는 머뭇댈 수밖에 없었다. 단지 나의 좋은 경험을 함께 나누고 싶어서였는데.

"그냥…… 제가 좋아하는 곳이라서…… 여기 마음에 안 드세요?"

날카로운 눈으로 쏘아보던 누나는 고개를 돌려 나를 외면해 버렸다. 성당 안을 걷는 내내 누나는 말이 없었다.

우리는 성당 안뜰의 성모마리아상 앞에 섰다. 나는 늘 하던 대로 성모마리아상 아래 초를 올려놓았다.

"종교는 없지만 이렇게 하면 왠지 보호받는 느낌이 들어서요."

조심스럽게 누나에게 초를 올리지 않겠느냐고 물었다. 어떤 대답도 돌아오지 않았다. 우리는 성모마리아상 앞에 멀뚱하게 서서 오후의 일렁이는 촛불들을 바라보았다. 난 참 바보 같은 놈이다, 그렇게 자책하며 안절부절못하고 있는데 누나가 입을 열었다.

"전에 나한테 왜 이 일을 하느냐고 물었죠?"

"잊어주세요. 제가 말실수를 했어요."

성당 하늘에 먹구름이 끼자 낮잠에서 깨어난 촛불들이 활활 타올랐다. 누나의 표정에는 변화가 없었다. 소리 없이 바람이 불었다. 수많은 촛불들이 옆으로 누웠다. 그늘진 누나의 얼굴을 엿보았다. 두 눈동자에서 불이 일렁거렸다.

그녀는 촛불을 내려다보며 혼잣말처럼 말했다.

—내가 선택한 거야. 그러지 않을 수도 있었지만, 결국은 모두 내가 선택한 일이야.

에필로그

캐럴이 울리지 않는 크리스마스 시즌이었다.

교도소의 철문이 열리자 회색 겨울이 펼쳐졌다. 정면에 가로수길이 길게 뻗어 있었다. 교도소의 음침한 기운 탓인지 나무들은 하나같이 못생기고, 삐뚤빼뚤 병든 모양새였다. 등 뒤에서 바퀴 달린 커다란 철문이 텅 하는 극적인 소리를 내며 닫혔다. 하늘을 올려다보았다. 검은 나뭇가지들 사이로 눈발이 띄엄띄엄 떨어져 내렸다. 눈이라기보다는 멀리서 바람을 타고 흩뿌려지는 눈 덮인 산의 각질 같았다. 머리 위로 차가운 소금이 뿌려지는 느낌이었다. 어느새 볼이 촉촉해졌다.

두 손을 겨드랑이에 끼웠다. 잠시 손이 따듯해졌지만 몸의 냉기는 변함이 없었다. 옷은 체포됐을 당시 입고 있던 교복 그대로였다.

천천히 새벽길을 따라 걸었다. 숨을 쉴 때마다 입김이 가지각색의 모양으로 새어 나왔다. 우울한 신작로 중간에 겨울 코트를 입은 여자가 세상에서 제일 작은 등대처럼 서 있었다. 휘어지는 눈송이들이 내 얼굴을 덮쳤다. 때론 커 보이고 때론 작아 보이는 여인. 누나.

뭔가에 홀린 듯 누나를 향해 걸어갔다. 그녀는 단정한 갈색 코트에 정숙한 검은 치마를 입고 있었다. 긴 머리만 바람에 흔들려 움직였다. 누나와 가까워지자 다리가 떨렸다.

곧, 깊은 잠에서 깬 근시가 안경을 쓴 순간처럼 시야가 또렷해졌다.

"다행이야. 얼굴 좋아 보여."

길 위에서 나는 멈춰 섰다.

"자, 출소 선물."

그녀가 팔목에 걸쳤던 종이 가방을 내밀었다. 가방 안에는 검은색 패딩 점퍼가 들어 있었다. 나는 얼떨떨한 얼굴로 그녀를 쳐다보았다.

"너무 감동해서 얼이 빠졌어? 친구."

그녀가 풋, 웃고는 새끼손가락으로 머리카락을 귀 뒤로 넘겼다. 나는 몸을 숙여 종이 가방을 바닥에 내려놓았다.

단추를 풀고 천천히 교복 재킷을 벗었다. 갑자기 막막한 기분이 들어서 견딜 수가 없었다. 교복 위로 눈송이가 떨어졌다. 쓸쓸한 졸업식에 참여한 기분이 들었다. 종이 가방에서 점퍼를 꺼냈다. 벗은 교복 재킷을 접어 종이 가방 안에 집어넣었다. 내가 일어서자 하이힐이 종이 가방을 길가에 툭 쓰러뜨렸다.

검은 점퍼를 입자 그녀는 나를 위아래로 훑어보았다. 뿌듯함을 느끼는 표정이었다.

“수감 생활은 어땠어?”

“그냥저냥. 너는 어떻게 지냈어?”

그녀는 야릇하게 웃으며 고개를 저었다.

“어디서부터 말해야 할까나. 아직까지는 대학생이야. 조기 졸업을 할 수도 있었지만 뭐, 사회에서 대학생이라는 신분이 꽤 먹어주더라고. 지금은 아르바이트도 하나 하고. 깡촌에서 자수성가한 우리 꼰대가 자식 용돈을 눈곱만큼 주거든.”

맵시 있게 걸치고 있는 그녀의 명품 코트를 보니, 청교도적인 아버지가 사줬을 리 없었다.

“옷을 보니까 편의점 아르바이트생은 아닌 것 같은데.”

“내가 워낙 가만히 서 있는 걸 싫어해서. 아, 오해는 하지 마. 누워서 하는 일도 아니니까. 더블린에 비하면 건전하기 이를 데 없는 일이야.”

그녀는 핸드백에서 명함을 꺼내 내밀었다.

"찌라시 기자야?"

"아이참, 너는 예나 지금이나 듣는 사람 기분 잡치게 말한다니까. 교양 없게 찌라시가 뭐니. 그냥 90퍼센트의 진실에 10퍼센트의 소설을 섞는 증권계의 엔터테인먼트라고 해줘. 그나저나 거기서 바깥 소식은 좀 들었어?"

나는 점퍼 지퍼를 올리고 고개를 저었다.

"그렇게 눈 감고 살면 호구밖에 안 된다고. 나 같은 절친 아니면 누가 너 사회 적응시켜주겠어. 감사한 마음으로 잘 들어."

그녀는 사회에서 추방당한 남자가 들을 수 없던 여러 사건들을 수다스럽게 늘어놓았다. 이야기는 내가 알지 못하는 걸그룹 멤버의 연애설로 시작해서, 인공지능, 설계당한 정치인, 조만간 밝혀질 공기업 사장의 비리 등으로 이어지며 호기심의 군불을 피웠다. "그리고 석인 그룹은 말이야" 하고 그녀는 본격적으로 내가 벌였던 일의 후일담을 말했다.

"놀랍게도 김태영은 빵에 들어갔어. 재벌 아드님이 지금 실형을 살고 있다고. 더 놀라운 일은 뭔지 알아? 김홍기 회장마저 너를 폭행한 죄로 육 개월 형을 받았어. 집행유예가 아니라 실형을 맞았다고. 믿겨져?"

김 회장에게 불리한 증거가 있었다고 한다. 빌딩 공사장에서 내가 묵사발이 됐을 때, 경호원 중 한 명이 핸드폰으로 그 상황을 녹음했다.

"대한민국의 상식으로 볼 때 말이야. 재벌 회장 몰래 녹취를 하고 법원에서 회장의 폭행 사실을 증언한 그 경호원은 완전 목숨을 내놓은 거나 마찬가지잖아. 그런데 그 경호원이 지금 어떻게 지내는 줄 알아? 석인 그룹 계열의 보안 회사 부사장이 됐어. 석인 그룹엔 도대체 무슨 일이 일어난 걸까?"

그녀는 양팔을 벌리며 어깨를 으쓱했다. 나도 으쓱했다.

"김홍기 회장이 서울 교도소에 수감된 육 개월 사이에 김호영이 석인 그룹을 장악했어. 아직 석인 그룹 공식 회장직은 김홍기지만, 진짜 주인은 그의 장남인 김호영이라는 걸 세상이 다 알지. 다만 세상이 모르는 건 아버지를 배신한 김호영을 아버지인 김홍기 회장이 진심으로 후계자로 인정했다는 거야. 네놈은 아비를 잡아먹은 천하의 개자식이지만, 그런 너야말로 석인 그룹을 이끌 자격이 있다는 의미지. 정말 대단한 가풍이야."

"나 같은 9등급은 평생 그들을 이해할 수 없겠지."

눈발이 회색 하늘을 할퀴었다.

"혹시 내가 면회 안 가서 삐치진 않았겠지? 몇 번 면회 가려고 했는데, 숙녀와 교도소는 어울리지 않잖아. 이해하지?"

"잘했어."

"참 말투가 뾰족하다. 내가 친구 도와주려고 얼마나 노력했는지 아니? 너 체포된 소식 듣고 우리 아빠를 네 변호인으로 알선할 생각이었다고."

"아빠한테도 소개비 받을 생각이었어?"

그녀는 가만히 선 채 눈을 깜박였다.

"우리 집이 그렇게 막장은 아니에요. 소개비는 친구한테 받는 걸로 만족해야지. 나 의외로 효녀야."

나는 성의 없이 고개를 끄덕였다.

"뭐, 아무튼, 아직도 풀리지 않는 미스터리가 있어. 어떻게 현암 법무가 네 변호를 맡게 됐어? 거기 수수료가 기본 세 장부터 시작이거든. 게다가 형사소송은 맡지 않는 걸로 유명한 곳이지. 그 법조계 최고 마피아들을 어떻게 구슬렸기에 널 보호했을까? 현암 법무나 너나 본질은 같은 갱이라서 이심전심, 동변상련의 마음으로 도와준 걸까. 아니면 우리 친구가 나 몰래 숨겨둔 금괴라도 있었나?"

우리는 서로를 빤히 쳐다보았다. 그녀의 눈빛이 애교를 떠는 것 같기도 하고, 질책하는 것 같기도 했다.

나는 점퍼 주머니에 손을 넣고 길을 걸었다. 등 뒤에서 그녀가 "너 대답 안 했어" 하며 추궁했다. "또 도망가네." "궁금해서 그러니까 절친한테 털어놔봐." "혹시 켕기는 구석 있니?" 기자라서 그런지 쏟아지는 질문이 상대방의 신경이 곤두설 정도로 끈질겼다.

"너 사실대로 말하지 않으면 마이너스……."

그때, 길 끝에서 나타난 검은색 세단이 위협적으로 달려들었다. 나는 본능적으로 돌아서서 그녀를 감싸 안았다. 내 품에 안긴 그녀가 "앗" 작은 비명을 질렀다.

타이어 마찰음이 귀가 찢어지게 울렸다. 잡초 속에 숨어 있던 겨울새들이 파드득 눈을 맞으며 날아올랐다. 바짝 달려와 멈춘 차의 안개등이 내 무릎을 노란빛으로 물들였다. 검은색 세단을 향해 몸을 돌렸다. 앞좌석 문이 다 열렸다. 양복을 입은 두 남자가 차에서 내렸다. 나는 점퍼 지퍼를 내리고 오른쪽 옆구리에 손을 집어넣었다. 늘 가죽끈으로 매었던 죠스가 있던 자리가 허전했다. 정말 습관이란 무서웠다. 나는 그녀를 물러서게 하고 주먹을 쥐었다.

검은 남자들이 다가왔다. 둘 다 가슴이 넓은 바위 같았고, 재킷 안에 소화기를 밀어 넣은 것처럼 팔뚝이 부풀어 있었다. 빈틈이 없는 남자들이었다. 얼굴은 무표정이었고, 행동에서도 덩치들 특유의 허세가 보이지 않았다.

"장민준 씨."

오른쪽 남자가 말했다. 주위를 환기시키기 위해 부르는지, 아니면 공무원이 신분을 확인하는 차원에서 부르는 것인지, 물음표가 있는 듯 없는 듯한 말투였다. 나는 내가 맞는다고 고개를 끄덕였다. 왼쪽 남자가 핸드폰을 꺼내 액정과 나를 번갈아 보았다. 액정 속에 내 얼굴이 들어 있는 모양이었다. 왼쪽 남자가 오른쪽 남자를 향해 고개를 끄덕이고 나서, 성큼성큼 자동차 트렁크로 갔다. 그는 트렁크에서 가방을 꺼냈다. 다시 성큼성큼. 그가 반원 각도기 모양의 큰 가방을 내 발치에 내려놓았다.

"부사장님과 잠시 얘기할 수 있을까요?"

그들에게 내가 말했다. 오른쪽 남자가 잠깐 고민하더니, 검은 세단의 뒷좌석 쪽으로 걸어갔다. 차창이 열렸다. 남자의 이야기를 듣던 뒷좌석의 누군가가 밖으로 손을 뻗어 내게 오라고 손짓했다. 나는 뒷좌석으로 다가가 안을 들여다보았다.

"뭘 그렇게 놀라?"

"죄송해요. 사실은 남자가 앉아 있을 거라 예상했어요."

털 달린 하얀 코트를 입고, 반짝이는 귀걸이를 한, 귀 접힌 여자가 코웃음 쳤다.

"죄송할 거 없어. 남자들이 그렇게 생각한 덕분에 내가 여기 앉아 있는 거니까."

"어리석은 남자들이 바보 같은 싸움을 벌이는 사이에, 결국 여자가 승리했네요."

"말은 똑바로 해야지. 여자가 아니라 내가 이긴 거야."

귀 접힌 여자가 한쪽 눈꺼풀을 반쯤 내리고 물었다.

"할 말이 뭐야?"

"궁금해서요. 제 친구 오스카가 이렇게 말했어요. 인간이 꿈을 이루는 건 비극이라고. 행복하세요?"

귀 접힌 여자가 잠시 눈을 감고 생각에 잠겼다.

"내 목표가 고작 여기까지일까? 목숨 귀한 줄 알면 입조심하면서 살아. 뭐, 어차피 너 같은 쓰레기는 밤거리에서 죽게 될 테지만."

인사도 없이 차창이 올라갔다. 곧 남자들은 차에 올라타고 사라졌다. 다시 길이 비었다.

긴장이 풀린 수빈이 한숨을 내쉬고 옆에 바짝 붙었다. "뭐야?" 그녀가 내 옷깃을 잡아당기며 재촉했다. 나는 무릎을 굽혀 남자들이 놓고 간 가방을 열었다.

"세상에."

머리 위에서 그녀의 감탄사가 들렸다. 올려다보니 입을 '오' 하고 벌린 그녀의 눈이 초롱초롱했다. 마치 보물 상자를 연 꼬마 해적 같은 표정이었다. 나는 가방에서 지폐 다발을 하나 꺼내 그녀에게 건넸다.

“돈 빌려줘서 고마워. 이 정도면 이자까지 합해도 모자라진 않을 거야.”

“도대체 어떻게…….”

나는 돈 다발을 하나 더 꺼냈다.

“그리고 이건 홍대 음악가 선생님 몫. 떼인 돈 못 받아내서 미안하다고 전해줘.”

양손에 지폐 다발을 쥔 채 멍하니 서 있던 그녀는 애써 냉정하게 표정을 바꾸고, 돈을 핸드백에 집어넣었다. 여전히 그녀의 두 눈에는 물음표 두 개가 떠 있었다.

“석인 빌딩에 김 회장을 찾아간 날이었어.”

나는 가방을 닫은 다음 가방 손잡이를 잡고 일어섰다.

“김 회장을 만나고 석인 빌딩을 나오는데 갑자기 그런 생각이 들었어. 형님이 내 입장이라면 어떻게 했을까. 과연 사법부가 재벌 4세인 김태영을 처벌할 수 있을까. 형님이라면 이중 삼중으로 보험을 들어놓지 않을까? 그 순간 형님이 했던 말이 기억났어. 악마를 이기고 싶다면 악마들끼리 싸움을 붙여라. 나는 화물 주차장을 통해 몰래 석인 빌딩으로 다시 들어갔어.”

트럭들로 오가는 지하 주차장 구석에 먼지 쌓인 작업모가 보였다. 나는 작업모를 눌러쓰고 아무렇게나 굴러다니는 빈

박스를 들고 엘리베이터를 탔다.

“그다음엔 김 회장의 장남인 김호영을 찾아갔어. 그에게 5번 룸 살인 사건의 정황을 설명하고 나를 도와줄 수 있느냐고 물었지.”

나는 그에게 말했다. 살인 증거를 내가 찾는다면 당신은 동생을 감옥에 집어넣을 수 있냐고. 그때 김호영은 김 회장과 똑같은 대답을 했다. 누구든 죄를 지었으면 벌을 받아야 하는 게 세상 이치라고. 자신은 목숨만큼 동생을 사랑하지만 개인의 사사로운 감정보다는 정의 구현이 사회를 위한 더 큰 가치라고. 그는 나를 돕겠다고 약속했다.

“이번에는 그가 내게 물었어. 원하는 게 뭡니까, 하고.”

바라는 건 5번 룸 살인 사건 범인의 체포뿐이라고 나는 대답했다. 하지만 김호영은 내 말을 믿지 않았다. 그는 집요하게 내 본심을 캐물었다. 돌이켜보면 김호영도, 김 회장도, 영감님과 혁철까지 모두 내가 5번 룸 살인 사건을 조사하는 이유를 이해하지 못했다. ‘목숨까지 걸면서 그 짓을 왜 하는데? 너한테는 아무런 이익도 돌아가지 않잖아.’ 그들은 정말 이해하지 못했다. 한결같이 내가 다른 꿍꿍이를 숨기고 있다고 생각했다.

“김호영은 무얼 원하느냐고 계속 물었어. 아무리 내 마음을 설명해도 그는 이해하지 못했어. 반복되는 질문에 지쳐서 그냥, 다섯 손가락을 벌렸어. 김호영은 만족해하며 '이제야 이야기가 통하는군' 하는 표정을 지었어. 그 일은 다 잊고 있었어. 설마 진짜 이렇게 돈을 주리라고는 믿지 않았으니까. 아마 나를 죽이는 비용보다, 큰 거 다섯 장으로 내 입을 막는 게 더 싸다고 생각했는지 모르지."

코트 주머니에 손을 집어넣고 눈바람을 맞고 있던 그녀가 입을 열었다.

"너 아주 바보는 아니었구나. 이제야 실마리가 풀렸어. 어떻게 재벌 회장과 재벌 아들이 나란히 형사처벌을 받는 초유의 일이 벌어졌고, 현암 법무가 널 변호한 이유까지."

이제는 관심 밖의 일이었다. 나의 소년 시절에 많은 일이 벌어졌다. 내가 소년이었을 때, 살아갈수록 삶은 하루하루 더 고단해질 거라 예상했지만, 그래도 어른이 되면 세상은 선명하게 보이리라 기대했다. 그리고 어른이 되었다. 세상은 헤치고 헤쳐도 흩어지지 않는 안개 속이었다. 미궁이었다. 원인과 결과가 어긋나는 아싸리판. 어찌해야 하나요? 가슴을 쥐어뜯으며 물을 때마다 신은 답한다. 소곤소곤. 잘 안 들립니다. 소곤소곤…….

"앞으로 계획이 뭐야?" 그녀가 물었다.

"하모니카를 배워보려고."

"뭐야, 안에서 버킷리스트라도 만들었어? 촌스럽긴."

뒤이어 그녀가 뜬금없는 말을 꺼냈다.

"탐정에 대해 어떻게 생각해?"

나는 그녀를 빤히 바라봤다.

"저 높은 담 뒤에 네가 짱 박혀 있는 동안 신용정보법이 바뀌었어. 흥신소 직원도 이제 탐정이란 명함을 쓸 수 있게 되었지. 하지만 아직 겨우 탐정이란 명칭만 쓸 수 있는 반쪽짜리 개정이야. 우리가 정치권 정보에 빠른 거 알지? 아직 언론에는 공표되지 않았지만 내년에 새 법이 제정될 거야. 일명 '공인탐정법'이라고 불리는 법률이지. 이제 대한민국에서도 공인받는 진짜 탐정이 생긴다고."

그게 무슨 기쁜 일인지는 알 수 없었지만 그녀는 얼굴에 홍조를 띠며 흥분했다.

"사실 나 어렸을 때부터 꿈이 탐정이었거든. 너랑 나랑 탐정 사무소 만들자. 지금부터 준비하면 대한민국 1호 공인 탐정사무소 만들 수 있어. 이슈가 되니까 언론들도 공짜로 홍보해줄걸. 사무실 인테리어도 다 생각해놨어."

잠시 담배 파이프를 문 내 모습을 떠올렸다. 나와는 전혀 어울리지 않았다. 고개를 저었다.

"네 말이 맞다면, 아마도 돈 냄새를 잘 맡는 어른이 탐정 협회를 만들고 법인 등록을 하겠지. 그리고 또 다른 어른은 꿈 많은 젊은 사람들의 돈을 뜯어내려고 자격증 시험을 만들 테고. 또 다른 어른은 학원을 만들어 수강생을 모으겠지. 누가 자격증을 팔지는 몰라도, 분명한 점은 전과자한테는 그런 자격증을 발급하지 않아."

말문이 막힌 그녀는 괜히 머리에 붙은 눈을 털어냈다.

"꼭 그렇게 숙녀의 낭만을 깨뜨려야 속이 시원하니?"

"현실은 늘 기대를 배반한다고 해서."

"아냐. 현실이 엿을 먹일지라도 사람이 해야 할 일이 있어. 자격증이 필요하다면 내가 딸게. 우리 나쁜 놈들 때려잡으면서 신나게 살자."

오랫동안 그녀의 눈을 바라봤다. 놀랍게도 진심이었다.

"내가 인간 말종들 정말 많이 알고 있거든. 지금 이 일 하면서 그놈들의 비리, 불법 관련 자료도 차곡차곡 모아놨어. 그동안 내가 얼마나 스트레스를 받았는지 넌 몰라. 밤에 침대에 누우면 천장에 그 수많은 악당들의 얼굴들이 보여. 화병이 나서 잠이 안 와. 울화통이 터진다고. 누군가는 쓰레기를 치워야 해. 혁명이 별거야? 못된 놈들 혼내주는 게 혁명이지. 난 홈스, 넌 왓슨. 우와, 정말 멋진 일이야."

그녀는 혼자 손뼉을 치며 들떴다. 탐정단을 만들자는 말인지 의열단을 조직하자는 회유인지 그녀의 몽상을 이해할 수 없었지만, 이상하게도 아이처럼 단순한 그녀의 말이 어렵고 복잡한 어른들의 말보다 훨씬 힘이 셌다.

"사무실은 종로에 내자. 강남이나 여의도도 염두에 뒀는데 역시 종로가 운치가 있더라고. 너도 이제 부자니까 투자금은 반반씩 내자."

"이건 내 돈이 아냐."

가방을 쥔 손에 유산의 무게가 느껴졌다. 그녀는 포기하지 않고 6:4, 7:3, 연봉 얼마, 성공 수당 얼마를 부르며 자신의 위대하고 '끝내주는' 사업에 동참하라고 부추겼다. 그 말에 긍정도 부정도 하지 않았다. 내일 일을 누가 알겠는가.

나는 돈 가방을 어깨에 메고 앞으로 걸어 나갔다.

"친구, 어디 가는 거야?"

나는 그녀를 돌아보며 대답했다.

"해 뜨는 집으로."

의아한 표정을 짓는 그녀가 뭔가를 곰곰이 생각했다. 곧 눈을 동그랗게 뜨고 나를 쳐다봤다. 얼굴이 믿기지 않을 정도로 해맑았다. 검은 나무들이 점차 갈색으로 변했다. 어느새 눈송이들이 늘어나 풍경을 하얗게 뒤덮기 시작했다. 겨울바람이 휘몰아치는 길을 걸었다.

나를 따라오는 하이힐이 얼어붙은 길을 녹였다.

작가 후기

#주제

이 작품은 저의 첫 소설입니다. 그동안 자기계발서를 써온 제가 첫 소설인 『마지막 소년』을 쓰며 느꼈던 가장 큰 이질감은 바로 주제였습니다. 자기계발서는 작품의 모든 요소가 주제와 연관되어야 합니다. 만약 '성공을 위해 아침형 인간이 되자'에 대한 자기계발서를 쓴다면, 책을 관통하는 큰 얼개와 캐릭터, 소품과 대사와 에피소드 등 작품의 모든 요소는 독자들에게 일 분이라도 일찍 일어날 수 있도록 독려해야 합니다. 책을 읽은 후에도 독자가 계속 늦잠을 잔다면 자기계발서로서는 실격입니다. 자기계발서란 어제보다 나은 오늘을 살고 싶어 하는 어른들을 위한 동화이며 교과서입니다. 생활에 유용

한 가르침을 얻고자 하는 독자들을 위한 책이기 때문에, 별 볼 일 없는 저는 매일 엄청난 스트레스에 시달려야 했습니다. 어쩌면 이런 중압감에서 벗어나고자 『마지막 소년』을 쓰기 시작했는지도 모르겠습니다.

소설의 주제는 자기계발서와는 다르게 복잡한 양상을 띠었습니다. 『마지막 소년』의 집필 초기에는 자기계발서를 시작할 때와 마찬가지로 명료한 주제를 가지고 있었습니다. 하지만 소설이 한 줄 한 줄 더해질수록 주제는 희석되었고, 동시에 하나둘씩 늘어났습니다. 우여곡절 끝에 『마지막 소년』의 마침표을 찍고 나서야 알게 되었습니다. 소설은 작품 그 자체가 주제라는 것을. 저로서는 이것 말고는 소설의 주제에 대해 달리 설명할 길이 없습니다.

> 어느 날 궁궐 악사가 왕 앞에서 음악을 연주했다.
>
> "이 곡의 주제가 무엇이냐?" 왕이 물었다.
>
> 궁궐 악사는 똑같은 곡을 다시 연주했다.
>
> "이것이 주제이옵니다."

#시간

삼 년 동안 오직 『마지막 소년』을 쓰는 데 온 힘을 다했습니다.

전작인 『관계의 힘』을 완성하는 데에는 칠 년이 걸렸지만, 그 칠 년 동안 생활인으로서 여러 작업을 병행했습니다. 삽화를 그리고, 영상 콘티를 그리고, 각색을 하고, 또 문화 칼럼을 썼습니다. 반면 『마지막 소년』은 다른 작업 없이 오롯이 삼 년을 바쳐 완성했습니다. 이 작품을 쓰는 데 삼 년이 걸릴 줄 알았더라면 절대 첫 문장을 쓰지 않았을 겁니다. 그건 전업 작가로서 경제적 자살 행위나 마찬가지니까요. 첫 문장을 보니 만감이 교차합니다.

오토바이를 볼 때마다 형이 생각난다……

#재미

"끝내주는 거 하나 쓰고 뒈진다."

어느 날 지인에게 작가로서의 각오를 말하자, 표현이 너무 과격하고 무엇보다 철모르는 애 같다는 대답이 돌아왔습니다. 과연 듣고 보니 세상에 시비를 거는 것 같아 요즘은 매일 이 말을 열 번씩 되뇝니다.

"끝내주게 재밌는 것만으로도 역사에 남을 수 있다."

#관계

창작은 고독한 행위입니다. 하지만 타인의 도움 없이는 세상과 닿지 못하고 작품은 완성될 수 없습니다. 우리가 펼치는 책엔 많은 사람들의 노고가 숨어 있습니다. 편집자는 스포트라이트 뒤에 물러선 책 세상의 '다크 나이트'입니다. 임지호 주간님과 이송 편집자님께 고마운 마음 전합니다. 영광스러운 상을 주신 엘릭시르에 감사합니다.

레이먼드 조

『마지막 소년』을 쓰며 참고한 도서들

- 마이크 데이비스, 『슬럼, 지구를 뒤덮다—신자유주의 이후 세계 도시의 빈곤화』(김정아 옮김, 돌베개 펴냄), 2007년.
- 주디스 루이스 허먼, 『근친 성폭력, 감춰진 진실』(박은미·김은영 옮김, 삼인 펴냄), 2010년.
- 수디르 벤카테시, 『플로팅 시티—괴짜 사회학자, 뉴욕 지하경제를 탐사하다』(문희경 옮김, 어크로스 펴냄), 2014년.
- 마이클 루이스, 『빅 숏—패닉 이후, 시장의 승리자들은 무엇을 보는가』(이미정 옮김, 비즈니스맵 펴냄), 2010년.
- 로버트 치알디니, 『설득의 심리학』(이현우 옮김, 21세기북스 펴냄), 개정5판, 2002년.
- 로저 로웬스타인, 『천재들의 실패』(이승욱 옮김, 한국경제신문 펴냄), 2009년.
- 조성식, 『대한민국 주먹을 말하다—조성식 기자의 현장취재』(동아일보사 펴냄), 2009년.
- 김미숙, 『보험회사가 당신에게 알려주지 않는 진실』(엘도라도 펴냄), 2007년.
- 고철기, 『자본주의의 종말』(물병자리 펴냄), 1997년.
- 박세길, 『자본주의, 그 이후—승자독식 논리에서 상생의 인본주의로』(돌베개 펴냄), 2012년.

마지막 소년

초판 발행 2021년 8월 27일

지은이 레이먼드 조

책임편집 이송 | **편집** 임지호 김유진
표지디자인 이경란 | **본문디자인** 이원경
저작권 김지영 이영은 | **마케팅** 정민호 정진아 김혜연 정유선
홍보 김희숙 함유지 이소정 이미희 김현지 박지원
제작 강신은 김동욱 임현식 | **제작처** 영신사

펴낸곳 (주)문학동네 | **펴낸이** 염현숙
출판등록 1993년 10월 22일 제406-2003-000045호
임프린트 엘릭시르

주소 10881 경기도 파주시 회동길 210
문의 031-955-1918(편집) 031-955-8896(마케팅) 031-955-8855(팩스)
전자우편 editor@elmys.co.kr | **홈페이지** www.elmys.co.kr

ISBN 978-89-546-8103-2 03810

엘릭시르는 출판그룹 문학동네의 임프린트입니다.

잘못된 책은 구입하신 서점에서 교환해드립니다.
기타 교환 문의 031) 955-2661, 3580